成长的山峰

群山 著

中国文史出版社

图书在版编目（CIP）数据

成长的山峰 / 群山著．-- 北京：中国文史出版社，2020.10

ISBN 978－7－5205－2327－1

Ⅰ．①成… Ⅱ．①群… Ⅲ．①长篇小说－中国－当代 Ⅳ．①I247.5

中国版本图书馆 CIP 数据核字（2020）第 184062 号

责任编辑：金硕

出版发行：**中国文史出版社**

社　　址：北京市海淀区西八里庄路 69 号院　　邮编：100142

电　　话：010－81136606　81136602　81136603　81136605（发行部）

传　　真：010－81136655

印　　装：北京温林源印刷有限公司

经　　销：全国新华书店

开　　本：660×950　1/16

印　　张：25.75

字　　数：380 千字

版　　次：2021 年 1 月北京第 1 版

印　　次：2021 年 1 月第 1 次印刷

定　　价：78.00 元

上篇　起伏的悲欢

下篇　心灵的漩流

上篇

起伏的悲欢

大树有深根

说出来吓你一跳。虽然我是地地道道的土家族人，但我祖先是中国历史上赫赫有名的东晋丞相谢安，就是那个皇帝到他家都要向他家人鞠躬的谢安。

公元318年，大地主王导帮助司马睿统一中国南方，建立东晋王朝。373年，丞相谢安开始执政。谢安读过许多书，经历了许多事，雄才大略，治国有方，委派侄子谢玄训练一支精锐新军，号称“北府兵”。

383年8月，统治中国北方的大秦天王苻坚从长安起程，率步兵60万、骑兵27万、骑兵卫队3万，浩浩荡荡，直奔南方而来，大举伐晋。晋廷君臣大都心惊胆寒，谢安却沉着冷静，胸有成竹地调兵遣将，“运筹帷幄于千里之外”，他弟弟谢石、儿子谢琰、侄儿谢玄则在前线指挥。最后，赫赫90万秦军竟被区区8万北府兵打得落花流水。苻坚逃回北方，不久吐血而死。这就是中国历史上著名的“淝水之战”。“草木皆兵”“投鞭断流”“风声鹤唳”这些成语，都来源于这次战争。其中一次著名战役——谢玄在八公山下的草丛、树林中安排一支小小的马队，跑来跑去，荡起漫天烟尘；苻坚的队伍误以为是一支庞大的敌军，吓得不敢冲过去，失去战机，反让谢玄取得最终胜利；这事被时人津津乐道地总结为“草木皆兵”。

要知其详情，请各位读者去看史书，我这里不多说。我想说的是，并不是我想高攀祖先的荣耀——无论我的祖先多么显赫，这个世界都不会多给我什么；和大家一样，我只是我，只有靠劳动创造，才会有美好生活——他们是丞相或将军，我只是一个在这里诉说自己成长故事的普通人。

我更想说的是，我的青春岁月就像我祖先们指挥的那场战争奇迹，历经磨难的心灵一次次跌入谷底，又一次次跃上高峰，高唱着悲壮、坚韧的曲调，冲出四面楚歌、草木皆兵的重围。

而且，如果我不在这里交代几句，后面第一章中一个梦境就没有出处。

据我家谱书记载，谢安、谢玄逝世后，不知过去几朝几代，中国大地上一直风风雨雨，历经无数变故。谢氏后代中，有一支人马从淝水辗转来到澧水，在岸边一个叫“谢家塔”的地方建起如今还矗立着的谢家祠堂。

谢家塔一展平阳，地肥水美，有“隔河两宰相，五里一秀才”的美誉。那时，能读书的人少之又少，有这个口碑很不容易，更不用说“隔河”就能出两个宰相，可见当时当地读书风气之浓厚。

清朝康熙年间，谢家塔发洪水。有一条谢家硬汉，他父母、妻子均在洪灾中丧生，只有他和他的两个小儿幸免于难。他就挑一担竹筐，一边筐里放一个小儿，从平原爬上高山，来到长乐县永茂司长进乡的五洲河岸，安家落户。100 多年后，他的子孙遍布五洲河两岸。我们这些子孙尊称他为“进山公公”。

且说当时，进山公公的第五代玄孙——我的太爷爷带领一家人，从河下搬上七峰山（因山顶矗立七座山峰而得名）长丰寨的山腰王家湾居住。先前，王家湾只有一户王姓人家。据王家谱书记载，他家祖先正是王导。自从搬来谢家人，王家湾改名为“谢王村”。

谢王村山大人稀，土地贫瘠。平原、丘陵地带来的客人形容说：“竖起的坡，挂起的田。每天一出门，鼻尖就能碰到山。”但，这里一年四季风景如画，春天树树映山红耀人眼，夏天习习凉风吹人衣，秋天累累果实逗人爱，冬天熊熊柴火暖人心。

谢王两家住的是当地土家吊脚楼，喝的是清凉泉水，饮的是浓浓绿茶，唱的是山歌，吃的有苞谷、洋芋、麦子和红苕，还有桃、柿、板栗、石榴、核桃、枇杷、野草莓、葵花子、猕猴桃……

太爷爷奋斗一生，挣下一笔令人眼红的家私。他过 80 岁大寿时，大宴来宾三天。第三天晚上，待客人散尽，他把三个儿子——我大爷爷、爷爷、幺爷爷——叫到跟前，将财产三五一十五，平均分给儿子们。哪知幺爷爷贪心重，领受过自己的一份，还想霸占分给我爷爷的一块好地。太爷爷一直宠爱幺爷爷，软劝硬逼，要爷爷让地。爷爷不买账，死活不松口，幺爷爷就去请来他干爹。他干爹是当时当地一位头面人物，来了就威逼爷爷让地。三天三夜后，这位大人物磨破嘴皮子，毫无作用，最后抱着一线希望，换上另一种口气，哀求爷爷："你是哥哥，他是弟弟，你就把这块地让给兄弟吧！"

爷爷鼻子里"哼"一声，竟鬼使神差地答应了："好，算了！"

就这样，那块好地转归幺爷爷所有。

确实，爷爷他们三兄弟中，爷爷最有个性，他年轻时，很调皮。偏偏他们三兄弟的亲娘死得早，不久太爷爷就为三个儿子娶了一个后娘。后娘对三个儿子十分吝啬，将一些好吃好喝的都用一个大柜子锁着。一次，趁她外出，爷爷扭开柜子上的锁，将里面的好东西偷出来，和大爷爷、幺爷爷分吃干净，然后偷偷笑着，听后娘整整骂了三天。

爷爷成家后，养成一个怪习惯——每天鸡叫就起床；春夏天刚亮明，他已从外面割一回青草回家；太阳蹿上山尖一两尺高时，他割的第三回青草又背回家，这时一到家，必须按时开饭，否则就会大发脾气；无论冬夏白昼长白昼短，每天总要吃齐三顿饭，少安排一顿或多吃一顿，他都会大光其火。

爷爷胆量惊人。一次他出去办事，经过离家约 1 里远近的一个小山湾时，看到路边开垦出的田里站着一只老虎。它静静地打量他。他不紧不慢地对它说："畜生，我俩井水不犯河水。我不惹你，你也不惹我。我走我的路，你去干你的事……"口里说着，脚下不停，大摇大摆地走过去，没有发生任何意外。

当天，他办完事回来，大吹特吹。他的独生子——我父亲那时才十五六岁，有些不信，就邀上几个伙伴，毛着胆子到小山湾里一查，果然发现田里有几个深深浅浅的老虎脚印。

虽然大爷爷从太爷爷那里分得田地，但他家中大小十几口，都得穿衣、吃饭，因此自从分家，就穷得叮当响，正如当地民间歌谣中所唱：

辣椒当盐，
合渣过年，
一条裤子穿它几十年。

合渣，是本地一道家常菜，在豆浆中放上白菜一煮，就成了。竟用这样简易的菜过大年，可见其生活艰难。

大爷爷家境贫困，脾气也坏得出奇。大爷爷的第一职业自然是种田，第二职业是割生漆。一次他割了几个月漆树，终于聚齐满满一桶山漆。可他二儿子——福葛伯伯不小心，把它们泼得满地都是。本来山漆很值钱，这下却再无用处。这无疑毁了一家人几个月的生计。福葛伯伯知道老子的坏脾气，将屁股一拍，溜了！

果然，大爷爷气得要命，大发脾气，一连摔坏堂屋里几把木椅，又要进灶屋去搬锅出来砸，嘴里直嚷嚷："干脆不用吃饭了！"

大奶奶拼老命才把大爷爷挡在门外。大爷爷又出去捡一块石头，准备扔进灶屋去砸锅。大奶奶急得大喊大叫。爷爷闻声而来，隔屋一瞄，就是几声大吼："砸锅！砸锅！不如连人都砸死，免得要饭吃！"

大爷爷竟然如中魔法，乖乖放下石头。

几天后，福葛伯伯以为风声已过，大着胆子回到家，哪知刚进门，就被大爷爷一把揪住，接着头上挨一木棍，头一歪，半死不活地倒在地上。大爷爷红了眼，又要将棍击下去。幺爷爷正好路过，闻声冲进去，挡在大爷爷和福葛伯伯中间，一眨眼工夫背上就挨好几下重的。正不可开交，就听爷爷在屋外吼："你打么子，打！把你儿子打死，当饭吃不成?!"

大爷爷竟然又如中魔法，乖乖放下木棍。

国民党因没多少人自愿为他们当兵卖命，就"捉征兵"。那会儿，也如民歌所唱：

狗子咬得紧，
不知来何人。
刚想出门看，
团匪进了门。
话还没说成，
绳子先捆人。
五丁抽了俩，

拉夫要三人。

福葛伯伯被点名要去服兵役。他不想去，在路上碰见团匪就装聋子。后来，村里人都称他“聋子大爷”，竟渐渐忘了他本名。

爷爷赶紧把我父亲送进学堂。那时，国民党的人遇见“先生”，都比较客气：骑马路过学堂门前，都要下马步行，以示尊重；见到学生，也礼让三分。因此，他们不会捉师生去当兵。在学校，父亲认识了不少方块字，迷上看小说，还学会一点算术。

幺爷爷有钱有势，他的独子福保叔从小就念书，自然不必去打仗。

新中国成立后，天地一变，土地都归国家所有。“聋子大爷”福葛伯伯因是“贫农”成分——旧社会“地主、富农、上中农、中农、下中农、贫雇农”中受地主、富农剥削的底层人，故被队里任命为集体仓库保管员。三年自然灾害时期，别家人常常饿得半死，面带菜色，他家人却饿不着，满面红光。

按政策，爷爷应被划为“富农”，却因他为人和善，人缘很好，驻扎在大队的上级工作队员只给我家定为“上中农”，并且将小队会计、大队出纳两个重要职务，交给我父亲担当。

幺爷爷可就惨了。他家被划为“地主”。他常常苦着脸去参加“四类分子”（解放初对“地主分子、富农分子、反革命分子和坏分子”这四类人的统称）会议，挨批挨斗。福保叔受到不少连带，吃了不少苦头。

“聋子大爷”只有一个儿子，名仁。福保叔也仅有一子，名军勇。父亲却有一大堆子女——河山、阳山、桃山、绣山、玉山、仁山，还有我，故事可就热闹了。

尤其是我——琼山的成长故事。

家住谢王村

第一回　父母生儿女　山月共天地

公元1969年盛春，树树映山红灿若鲜艳的明霞，一抹又一抹，飘忽在嫩绿的七峰山野。山上人家的院落周边，桃树正结毛茸茸的果。天地间，一派勃勃生机。夕阳落到七峰山西面，七峰山东面凉下来。

我父亲快步走上回家的映山红花路。他40岁，个子瘦长瘦长。古铜色的脸上布满沟沟坎坎，滴下一粒粒豆大的汗珠。旧棉布蓝褂敞开，里面没穿衬衣。古铜色胸膛上，也满是汗珠。蓝褂左前襟有5个扣眼，右前襟却只有1粒孤零零的黑扣子。背襟已湿透，像从水中捞出一般；上面白影显露，一块一块，像漫不经心画上去的图案，那是以往留在上面的汗水晾干后，盐渍留下的纪念。他穿一条破旧的黑色棉布长裤。脚上是一双洗得发白的解放鞋。裤脚、鞋带沾满枯泥。

本来，他头上还有一条扎成一圈的白毛巾，那是当时我们土家族农民最显眼的穿戴、最醒目的标志，无论冬夏都戴着，既可在冬天防寒，又可在夏天挡热，还可随时取下擦汗。这时，这方毛巾披在他肩上，随意搭着。

今天，他本来要和长丰生产队里的人一起——集体下地劳动，但他向队长请了假，和三儿子绣山到老林子，一气砍下600斤木柴，卖到五洲河边的长进大队茶站，卖得3元钱，交给绣山就读的长进中小学2.98元，补齐这学期所欠学费和书本费，还剩一枚面值2分的硬币。他郑重地将这枚硬币包在装烟叶的塑料袋中，放进上衣口袋，并把口袋上盖的扣子扣好。

两分钱虽少，当时却可以买1个鸡蛋或1盒火柴。

父亲已有7个孩子。大儿子河山刚满20岁，前年底应征入伍，到西安大雁塔保卫祖国去了。二儿子阳山将满18岁，在地区师范读书，今年夏天就要毕业。绣山10岁半，在中小学念四年级。四儿子玉山6岁半。五儿子仁山前几天才满3周岁。大女儿出生不久，就夭折了。二女儿桃山满14岁还没几天，她7岁启蒙时，同班同学见她衣衫褴褛，常常欺负她，因此只读完一年级，就死活不去了，宁愿在家务农。到底想不想生这么多孩子，我父亲也不知道。他只知道，那时农村没有实施“计划生育”国策，也没有任何有效的节育措施。于是，我父亲的子女就一个个降生于世。

这可不，我又要在这美丽的春天出生。

父亲回到谢王村，天已黄昏，一轮将圆的月亮挂在东方瓦蓝的天空。

父亲已和爷爷分家。去年冬天农闲时节，在老屋上面900步处，开辟出一片新屋场，建起一栋新吊脚楼。在农村，建房是人生中一件大事，需要大量人力、物力、财力。亏得山上杉木多，而且又高又粗；又亏得我外公是当地方圆数百里有名的木匠。这一切都让父亲省下不少心力，顺顺当当建起新屋。新屋比起下面又矮又旧的老屋，要显得高大、雄伟、气派。

奶奶已于前年冬天去世。爷爷年过花甲，身体依然魁梧壮实，一头白发如雪，看起来非常精神。爷爷、奶奶一手把我大哥带大。现在，爷爷守着老屋，专等我大哥复员回来养老。虽说爷爷和父亲分家过活，而且住在老屋，但十顿饭有九顿在父亲家吃。因此，他们父子俩还是一家。

父亲回到家。我母亲、姐姐正在家里忙活。母亲身材瘦小，比父亲大两岁多，但看起来比父亲要显得年轻。她正挺着大肚子，蹲在堂屋，就着微弱天光捡猪草，艰难，但不折不扣。姐姐正在灶上做饭。我四哥玉山、小哥仁山还在外面疯玩。

父亲对母亲点点头，对姐姐笑笑，算是打过招呼，然后端上早已泡好的一搪瓷杯浓茶，把半斤茶水一气喝干，又兑上开水，放在大门槛木方上，然后卷上一单中指长、拇指粗的兰花烟，插进一根两三尺长的竹烟竿的烟嘴，去灶屋就着灶火点燃，坐在大门边，抽烟喝茶，下意识地看东边山尖上升起的月亮。

为这一大家子的吃穿用度，父亲常常很累，一天累过，就这样坐下来，一杯茶，一单烟，消除疲劳，享受生命，等待吃晚饭。

忽然，父亲眼前一亮。对面，山峰闪闪发光，山上的树都挂满雪花，成为一个银装素裹的世界。冬天已过去，哪里会有雪花？父亲正感奇怪，就看见一个老人从天而降。老人身穿淡雅古装，长头发雪白，长眉毛雪白，长胡须雪白，手里拄一根沉香木拐杖，落在我家院子。这不是神仙下凡么？父亲依稀认得，忙站起来，迎上去，问："老神仙，您可是《西游记》中的太白金星？"

老人含笑道："非也。"

"那您是哪个？"

"我乃谢安。"

父亲仿佛听到一声惊雷，呆过半晌，才问："您就是我们谢家的老祖宗——东晋丞相谢安？"

"正是。"

父亲忙跪下，给谢安叩头，然后问："老祖宗，今日儿是阴历三月中旬开始、就要到阳历四月底，为么子还下雪呢？"

"今日儿"是当地"今天"或"今日"的口头语，在正式、隆重、严肃场合才说"今天"。"么子"是当地方言，"什么"的意思。

"你仔细看看，山上可不是雪，是玉树琼枝——这山都是玉做的，这树也是玉树啊！以后，你随手在山上采一块玉，拿去换些钱，就够你儿子读书，够你、你妻、你子、你女儿过一辈子好光景，就不必为区区 3 元钱砍柴卖了！"谢安哈哈大笑。

父亲心有疑惑，正想问"到时世上都是玉，那吃么子"时，就听老祖宗又说："这可是'琼山'啊，给你吧！"

老祖宗一挥拐杖，对面的"琼山"就向父亲逼过来。父亲吓得闭上眼睛，感觉身上直冒冷汗，可半天无动静，就睁开眼。哪里有什么"琼山"？只有那轮半月贴在天上，父亲仍坐在大门边。天已完全暗下来。原来是一场梦。父亲刚才打了一个盹。

突然，一阵婴儿的啼哭声传进耳朵。这声音很熟悉。父亲心中一动。这是他在自家第八次听见刚出生的婴儿哭声。

原来，父亲做梦时，母亲捡着猪草，突然肚子痛起来，根据生过7个孩子的经验，知道我要出生，赶紧洗手，去卧室躺下，同时吩咐姐姐去把村里的接生婆岳婶请来。

岳婶是王叔的妻子。王叔家离我家仅上百步远近。不一会儿，岳婶过来。岳婶身材高大，但不肥胖，是那种丰腴型，30岁。四哥、小哥两个小孩儿已归家，傻站在门边熟睡的父亲身边。姐姐正要叫醒父亲，被岳婶摇手止住。岳婶又让姐姐把饭从锅里全部盛出，请爷爷上来和四哥、小哥先吃，同时烧上一锅开水。

等姐姐安抚我两个哥哥睡下，锅里的水也开了。这时，母亲在岳婶引导下，顺顺当当生下一个婴儿。那就是我。

岳婶出来，笑眯眯地告诉爷爷和已醒来的父亲："又是一个带茶壶嘴的小子！恭喜恭喜！

"得贵子，得贵子，

保是国家栋梁子，

荣宗耀祖好样子！"

母亲在房里说："谢你金口！谢你金口！"

爷爷自然高兴。老年人总认为"多子多福"。父亲则又喜又忧，为又得儿子欢喜，为又添一张嘴巴担忧。现在国家搞大集体，正如一首民歌中所唱：

一天做到黑，

一年四季忙。

针尖上削铁，

碾米怕掉糠。

一日三餐，

粗茶淡饭，

还怕搞不上。

家中缺粮，更没有营养品给母亲补身子。没有奶，婴儿吃什么呢？

一会儿，岳婶回去。谢家也收拾睡下。临睡前，父亲掏出烟口袋，翻出那枚2分硬币，慎重地放在房里唯一一件像样的家具——一口红木箱子上。这是习惯，他身上从不带钱，一是钱太少，二是家中的钱都由母亲收着。至于刚出生的我，已不大放在他心上，他明天还得下地去挣那不值钱的工分；但，也可以说，他把我慎重地放在心上——孩子已生下来，再辛苦，流汗再多，也得养活。

在本地，孩子出生后，为表示庆贺，要在第三天摆上酒席请客，为孩子做洗礼，俗称“洗三”。我家没有条件为我过“洗三”，就不过。

这天恰巧放工早，王叔和岳婶不约而来，相跟父亲、姐姐走进我家。王叔中等个，壮实，本和岳婶一般高，但不仔细看，就显得比岳婶稍矮。岳婶年年为别人家接生，自己却还没生下一男半女，但天生爱孩子，就对我家的小孩子很好，像个第二母亲，常常为家大口阔的我家化解燃眉之急。因此，我们两家情谊深厚。

岳婶一进屋，就到母亲房中，抱过我，和母亲拉家常。王叔则留在外屋，和父亲叙话。王叔当过几天小队代课教师，在当地是被公认“肚里有几滴墨水”的人物。父亲谈起三天前那个梦，和王叔商量：“给孩子取么子名?”

王叔想想，说：“就叫‘琼山’好！在你那个梦里，老祖宗不是说‘把这个琼山给你’吗？这是天意啊!”

“对了！就叫‘琼山’，和他哥哥姐姐们都是‘山’。还是你读的书多，脑子比我开窍!”父亲大喜。

于是，我有了一个许多人羡慕、得自天然的好名字——琼山。正说着，家里来了客人——福保叔和他的独子军勇。福保叔30多岁，身材瘦长瘦长，像电线杆，黑瘦脸；军勇4岁，黑色方脸，一双小眼，溜溜乱转。他们家在谢王村上方，离村口我家有两三里远近，福保叔今日带着军勇在村口上集体工，这时闻讯来看我。

福保叔和父亲、王叔说过几句话，喝过茶，就牵上军勇，进卧室来看我。军勇看别人都把注意力集中在我身上，不由得双眼习惯性地四处乱溜，一眼看见红木箱子，又看见上面有1枚硬币，就慢慢挨过去，偷偷摸走那枚硬币。

以往，母亲会慎重地把每分钱都收好，但这三天来，她一直躺在床上，哪里留意那枚硬币？

军勇把硬币放进口袋，不声不响地出去，心中很得意。

其实，有人发现了军勇的行为。谁？他父亲福保叔。他们父子进来时，福保叔也留意到那枚硬币。这时，漫不经心中，福保叔瞥见儿子偷偷摸摸出去，又一回眼，看见箱子上的硬币不见了，心中自然明白是怎么回事，但他没作声，收回心，开始端详我。

我瘦得皮包骨头，看起来不超过二三斤。

姐姐用开水冲好一小碗早就准备好的洋芋淀粉，端进来。母亲用筷子头沾一点糊糊，吹冷，送进我的小口。

没办法，家里粮食不够吃，吃洋芋时连皮都不能削，因为要节约。再说，母亲年纪也大了，没奶水。那时节，市面上奶粉也少，再说我家也买不起。我刚出生3天，也只有这么对付着过活。福保叔看见，直摇头，用很怜惜的口气说："呀，这个伢子太瘦，又小，是养不活的！如果养活了，炕架子上的干鱼都会活过来！"

我听了，委屈得"哇哇"大哭。

母亲动作一滞，筷子掉在床上。她呆在那儿，要哭的样子。

外面屋里，父亲听见，正中心中痛处，脸上不由晴转阴，不再言语。王叔很气愤，大声向房里说："谢福保，你何必说些不三不四的话?!"

内房，岳婶更是豆腐心刀子嘴，从来不饶她认为不该饶恕之人，立刻就向福保叔"砍"去："你吃了饭无事干，别在这儿放屁！"

福保叔脸上很过意不去，塞责几句，灰溜溜地走出去，找上儿子军勇，回家。

王叔脸上立刻阴转晴，笑对父亲说："咳，我说谢大哥，你这么多儿子，还有女儿，而我一个都没有！能不能打个商量——把你儿子借一个给我？"口里说着，心里真的羡慕起来。

岳婶听见，心中一动，站起来，将我交给姐姐桃山，笑对母亲说："我走了，再来看幺儿子。”

母亲要起床相送。岳婶说：“才生儿子，到底虚弱，还是躺着吧！”

“我哪里有那么娇嫩！都生过七个伢子了，哪一次不是第三天就起来！现在有桃山做帮手，才没像以前生过伢子才三天就得起来推磨呢。”母亲说着，到底起床，将岳婶送出房门。

岳婶拉起王叔，对父亲笑笑，刚出我家，就喜滋滋地对王叔说：“我有件喜事告诉你！”

王叔心中正为无儿无女不自在，看岳婶脸上喜色正浓，有些不高兴，心说：“上前天，谢家生了琼山，你接生回来，不是羡慕得不得了吗，这时为幺子这么高兴？”口里却问：“幺子喜事儿？”

岳婶神秘地说：“回家去告诉你！”

夫妻俩走到拐弯处，就听见福保叔和军勇父子正在路上说话。他们夫妇素嫌福保叔的为人，不愿再去招呼他们父子，就不约而同地停下来，站住，也不出声。军勇从口袋里摸出 1 枚闪闪发亮的硬币，当着福保叔炫耀：“爹，我有钱！”

“哪来的？”福保叔明知故问。

军勇的脸一下涨得通红。福保叔以引导的口气问：“是不是捡的？”

军勇仿佛一下抓住救命稻草，赶忙说：“嗯，刚才我在路上捡的！”

“给我，以后你读书时，我给你买本子和铅笔用。”

“我要买糖吃！”军勇不情愿，撒娇。

“给不给？嗯！”福保叔神色威严。

军勇无奈地将钱交给他爹。

待那对父子远去，王叔和岳婶才动身回家。刚进门，王叔就迫不及待地问：“你刚才说有喜事告诉我，是幺子喜事？”

“我有了！”

“有幺子？”王叔不明白。

“你个蠢猪！我有小了！”岳婶擂王叔一软拳。

“小，幺子小？”王叔还是不明白。

“我肚子里有王家后人了！”岳婶又擂王叔一软拳。

王叔有些不相信自己的耳朵，呆过半晌，才迟疑地说：“你没骗我吧？”

“看你那熊样！骗你我是小狗！刚才，我把这几个月来身子内的变化，悄悄跟于大姐说了，她说我‘一定是有啦’！”岳婶还擂王叔。

岳婶的“于大姐”，就是我母亲。

王叔看看岳婶更加俏丽的脸，觉得她不像在骗他开心，才真相信了，30几岁的人竟一蹦老高，大声欢呼：“我有……”

他脚还没落地，嘴就被岳婶捂住，只听她说：“这种子才发芽，保不定以后会么样呢。你现在嚷出去，又让军勇他妈那些人嚼舌头，看我们笑话，说我们想伢都想疯了！”

“她敢！”王叔眼一瞪，但声音不大。

中秋，王家院中，一株桂花树香飘四处。

晚饭后不久，岳婶觉得肚里有动静，就烧上一锅水，早早收拾睡下，并叫王叔去把我母亲请来，说：“我怕是要生了。”

这几天，王叔特别累，既要下地，又要忙家务，忙里忙外，一天忙下来，骨头似乎要散架，但一听这话，疲劳仿佛烟消云散，又高兴，又紧张，赶紧过去把我母亲请来。

姐姐抱着我，跟过来。我对福保叔的预言很不服气，在父亲汗水里，在母亲、姐姐怀抱中，在哥哥们的目光里，顽强地活下来了。

岳婶卧房内家具齐全，环境安逸舒适。这，连我这5个月大的婴孩都能感觉出来。

王叔坐到外屋窗边，喝一杯茶，抽一支纸烟。他是谢王村少数几个吸得起纸烟的男人之一。别家大多家大口阔，而他家就两个大人和一个未出生的孩子。

窗口正对东方。东方正升起一轮圆月。一时间，万千想法涌上王叔心头……

突然，王叔看见那轮圆月从天上飘下来，落在院中一蔸兰草花上。奇怪！院里何时有了兰草，而且开了花？王叔心中正感疑惑，就见那轮圆月跳起来，挂在那棵桂树上，闪闪发光。阵阵香气扑鼻而来，既有兰花香，又有桂花香。王叔不禁想起《红楼梦》一书结束的事儿，脱口而出：“真是‘兰桂齐芳’啊!”

忽然，那轮圆月又跳起，直向他头上飞来，看看要砸中他脑袋。他吓得一身冷汗，忙闭上眼，就听见“哇”的一声啼哭。他惊奇地睁开眼。天边那轮圆月原样挂在东方，发出清爽的光辉。他这才回过神，知道自己经历了一场秋梦。

卧室里，在一片婴儿的啼哭声中，母亲惊喜地告诉岳婶：“伢他婶子，生下来了，是个白白胖胖的女伢！恭喜恭喜！

“姑娘本是一朵花，

嫁个女婿好才华。

将来一举成大名，

荣了婆家耀娘家!”

“谢你金口!”岳婶声音虚弱，却充满喜悦。

我在姐姐怀里乐得“哈哈”大笑。我有小伙伴了！嘿嘿，说不定将来还是我媳妇子儿！

外面屋里，王叔心中一紧，一种狂喜的感觉塞满心胸。他真想写一首诗，但脑中一片空白……

第三天，王叔决定倾家中所有，热热闹闹为女儿过“洗三”。说是热热闹闹，其实也不敢大操大办，甚至不能过分声张，因为当时是“伟大的文化大革命”时期，全国突出政治，人们能不能吃饱都是次要的，否则让你“吃不了兜着走”。王叔仅能悄悄请我们一家吃一顿好的，以示庆祝。所谓“好的”，也不过是洋芋削了皮，切成片，并用油盐炒一下，还有一般在过年才能吃上嘴的一碗肉和一碗鸡蛋羹而已。但，这在当时已是难得的美味佳肴。

这天黄昏时分，集体放工。稍事停当，王叔就跟父亲讲述中秋晚上那场梦，并说想学父亲给我取名一样，给女儿取个好名字，最后问：“伢他伯，‘兰月’好不好?”

“好，但可取更好的。”

“‘桂月’呢?”

“还不如‘兰月’好听。”

“‘齐月’呢?”

“女伢取这个名，太大!”

“‘芳月’呢？对，就是‘芳月’!”

“对了，就是‘芳月’好!”

于是，我出生才3天的小伙伴有了姓名——王芳月。芳香的月亮。又美又香的名字。

哥俩为芳月取好名，王叔就亲自请我们一家坐席。小哥被找来。他玩得满头大汗，脸上红扑扑。母亲问他：“你四哥呢?”

“早晨他上学后，直到这时我还没看见他影子!”

一家人急了。

第二回　亲情加友爱　姊妹多兄弟

从我家出发，走两里山路，过一个大沟，再向上走二三里小路，最后越过一个满是坟地的山岭——一个叫碑岭的地方，才到当地唯一的小学——长丰小学。父亲担心四哥摔到沟里或坎下，对王叔说："让别人先吃，我去找找玉山！"

王叔请爷爷坐席。爷爷着急，不坐。母亲也无心赴宴，就抱着我，拉上小哥仁山，去卧室和岳婶说话，看芳月。王叔跟进来拉小哥："大幺儿子，今日儿可有好东西吃呢！"

小哥说："四哥没回来，我吃不下！"

岳婶说："真是好伢子！就凭你这份心，玉山也不会出事！"

四哥是谢王村出名的调皮鬼。如果谁家饭桌边沿被刀削得凹凹凸凸，像锯齿，极不雅观的话，那一定是他的杰作；如果谁家鸡屁股上插一支箭，或狗身上有几处伤痕，那也是他的战果；如果谁家果树被砍坏，或房屋板壁上满是刻痕，那还是他在作怪。

四哥出生在1963年，正赶上好时光，即全国人民大兴农业、大搞副业时期，父亲是种地好手，母亲勤劳贤惠，家中有粮吃，有钱花，也有肉食，把四哥喂养得圆圆滚滚、结结实实。

这几年，国家政策一变，农民又没饱饭吃、没暖衣穿了。去年冬天，父亲做新屋时，四哥只穿一条小短裤、一件小背心，嘴上叼一个竹篮，抱住木柱，像壁虎一样爬上爬下，为在房架上面作业的外公送东西，竟不觉寒冷，一时传为美谈。

以前的好生活仅为四哥的一副好身板打下一个好底子，后来营养没跟上，让他难得长高，使他变得矮矮壮壮。

今年，四哥上学启蒙后，没有吸收书本中的文雅气，仍然调皮捣蛋。班上有几个留过三四级的女元老，有期负弱小的爱好，而四哥偏不买她们的账，对她们的命令从来不服，时常逗来她们的拳头和暴力。他人小力微，打不过她们，就去向老师报告。

学校只有一个老师，姓王，是个二十七八岁的男青年，偏偏说话女声女气，动作女模女样，常常和班上的女元老们讨论女红针织，师生感情亲厚。

一次，四哥竟从王老师抽屉里翻出一双布鞋半成品，当众用民歌里的词儿直嚷嚷：

鞋子我穿起，
银子交于你，
把给姐儿买茶吃！

顿时，王老师的脸成了一块红布。他恨四哥调皮，一直讨厌四哥，见四哥来上告，根本不听四哥解释，反而尖声尖气地呵斥四哥。四哥有冤无处诉，真是：

黄连树上吊苦胆，
哑子梦见娘，
有苦说不上。
往日事，
想一想，
越想越心伤！

四哥就逃学。好几天上午他走到大沟，就去捉鱼玩儿，一直玩到天黑，然后直接回家。

今天上午，四哥上学走到大沟，又去捉鱼玩儿，一直玩到下午，才到学校报到。王老师一气之下，宣布开除他。他不敢回家，磨磨蹭蹭走到大沟，又去捉鱼玩儿，直到天暗下来，还不敢回家。

这时，父亲借着皎洁月光，沿着去小学的路，边走边叫唤“玉山”，一直找到大沟，看到水旁一个小小的熟悉身影，才找到四哥。直到这时，四哥还在犹豫，是不是要回家。父亲真想揍这小子一顿，但平时为他操心惯了，就勉强忍住，没动手。

回家途中，父亲接过四哥带的一包午饭——十几个生洋芋果，发现还是原样，就问："你还没吃中饭？"

四哥这才想起去学校迟了，没来得及在学校食堂把洋芋蒸熟，肚里一直是空的，强烈的饥饿感顿时袭上心头，但他咬咬牙，有气无力地说："我不饿……"

父亲心里雪亮，到底忍不住怒气，狠狠骂四哥一顿。

父子俩后脚刚进家门，王老师前脚就跟进来。王老师冷静严肃地向父亲说明事情的原委，正式通知家长——谢玉山被学校开除。然后，他打着手电筒，踏着月色，回学校去。

那时，一个老师对一个农村学生，就有这样大的权力，说开除就开除。老师的话就是圣旨，老实的农民家长们从来不知道反抗。

王老师刚出门，父亲就捉住四哥，扒下他的小裤子，用一根竹条子，狠狠向那白生生的嫩屁股抽去。一下，两下，三下。四哥的小屁股火烧火燎地疼，但他硬是忍住已到嗓子眼儿上的哭声，始终没让眼泪流出来。

一家人听闻这个不幸事件，到底没在芳月"洗三"的喜宴上大嚼海喝，只是象征性地每样吃了点。只有我没心没肺地狠狠吃了一碗王家的蒸鸡蛋羹，涂得小嘴脏兮兮的，并不时在姐姐怀里对芳月傻笑，总算给她的好日子增添不少喜庆色彩。

我开始记事时，印象最深的是远方的大哥河山常常写信回家。那时，通讯和现在比起来，自然差得远，只有行政机关和邮电局里才有电话，自然不会像如今手机满天飞；也没有电脑，更不用说像如今通过伊妹儿（E-mail）联系；远隔两地，一般只有通过信件来往。

大哥的来信往往由三哥绣山读，其他人听。不识字的母亲听了，总流下滚烫的思儿泪。

每当这时，我也喜欢凑凑热闹，仔细听听，虽然听不懂，但常常下意识地想：“我还没见过面的大哥到底是个么样子呢，竟值得一家人这样牵肠挂肚，连一向沉闷的三哥念着念着，神情竟也变得光彩四射？”

刚满14岁的三哥中考成绩名列班上第一、全公社第三，却再也不能上学读书。自从三哥在长进中小学上初中，马二老师一直当他的班主任。他常常向马老师提问，马老师往往答不上来。有一次，马老师在班会上说：“毛主席教导我们说，‘人民公社好’！”

毛主席，就是当时全中国人民的伟大领袖毛泽东。

三哥立刻站起来，问：“老师，既然‘人民公社好’，为么子我们经常连饭都吃不饱？”

马老师答不上。他根本没有思考过这些问题。反正他是堂堂人民教师，每月有国家拨给的生活定量，吃饱不成问题。正因他从不思考这些问题，且一直对“上面”的话言听计从，从不持任何异议，才有幸从数千农民中被“提拔”为光荣的民办教师。其他同学从不向他提这些难题。偏偏三哥要提，而且常常提，不禁令他大为头疼。他一头疼，就很恼火，认为三哥在全班同学面前太不给他面子，于是瞄准三哥是“上中农”出身、似乎根子有些歪、底子有些黑、不如“贫农、雇农”根子正、底子红，就常常不明不白地惩罚三哥，给他小鞋穿，要他多扫地、多砍柴、多干义务劳动，毫无商量余地。

三哥天不怕、地不怕，无所顾忌，看马老师身材瘦小，戴一副高度近视眼镜，就编出一段顺口溜，天天和同学们喊上几遍：

马二小，四眼泡，
鼻子像个大坟包，
耳朵像俩猪食瓢，
嘴巴鼻眼像个三眼炮。
别人喊他“马老师”，
其实喊的是“草包”！

马老师很气愤，但逮不住三哥的碴子，因为三哥鬼精鬼灵，在马老师面前绝对不喊。

直到三哥初中毕业，马老师才得以报复。这时期，初中升高中，都由老师们一起讨论，推荐谁，谁上高中合适，校长提出名单，其中就有仁伢和三哥谢绣山。

早在四年前，我二哥阳山就从地区师范毕业，先在一个高山小学任教，后到长进中小学教初中数学，由于工作出色，去年年仅21岁就被提拔为学校副教导主任。这时，因事关自己亲弟弟，他主动回避了。

先讨论前几个，老师们都无异议。最后讨论三哥，马老师说话了：“虽然该生学习成绩好，但太调皮，出身和品德也不太好啊！”

其他老师正想提出不同看法，就听会议室外有人直嚷嚷：“我被四眼狗刷下来了！”

正是三哥稚气而愤怒的声音。原来，他一直躲在门外偷听，听到这时，很恼火，就嚷开来，以气气马老师这个“四眼泡”，而且将“四眼泡”升级为“四眼狗”。

老师们都很诧异，有的很气愤。校长脸上立时变色。马老师趁机说：“真不像话！这样的品德——竟偷听老师们开会，哪里是革命接班人的做法！”

就这样，还是少年的三哥早早结束学业，回家务农，走上姐姐桃山很小就走上的道路，每天跟着大人们，集体下地劳动，风吹日晒，霜打雨淋，晚上回到家，骨头都似乎要散架。

在谢王村，许多人是贫农，在田里干活时光顾和人说话，一天下来，竟和从早累到晚的父亲一样，被评为12分的最高分。三哥绣山呢？因人小，虽累得半死，也只评得当时4分的最低分。

当年，姐姐桃山更可怜，她人太小，又是女伢，有时为社员们看十几个孩子，有时下地，虽然做的事、出的力并不比一些大人少，但也只得大人最低分的半数。

这些都不说，最气人的是，有人竟常说：“谢福钦一家人多，不晓得吃了公家几多便宜呢！”谢福钦，就是我父亲的大名。

姐姐和三哥听了那些人名不副实的闲话，想想一家人受的罪，气不过，就常和那些人脸红脖子粗地争吵。那些大人吵不过理直气壮的姐弟俩，怒气冲冲，跑到我母亲面前告黑状。军勇妈就是那些人中最突出的一位，常去说："伢他大姆妈，你的乖女儿、三儿子不得了，全不把长辈放在眼里哩！"

母亲每天起早摸黑，忙了地里的事，又要忙家务，比父亲还劳累，虽明知这些人的筋筋怪怪，却因善良老实而不会辩解，一时说不出什么，就把一腔怒气发泄在儿女身上，常常几巴掌打得女儿、儿子嘴角出血、眼里流泪。她心里疼，但手上还得打。因为打了，那些人才会露出笑容，才会暂停搬弄是非，才会换得我们全家的一时安宁。

每当这时，只要岳婶看见，她就会以"孩子还小"为由来劝，拉开我姐姐和三哥，并送给军勇妈等人几个白眼，有时还厉言厉色地呵斥他们"缺大德"。

不久，三哥每天除下地干活和吃喝拉撒，就是蒙头大睡，竟由一个活泼玩童，变得和木头一样无声无息，连我这个三四岁的小孩童见了，都直觉心里憋屈得慌。

好在大哥常有信寄回来，让三哥时常变得鲜活一些。

这年冬天，大哥河山又寄回一封家书。信上说，他将在腊月间回家探亲。我们一家人喜得无救。尤其是我，简直是望眼欲穿，每日恨不得第二天早上一醒来，就能见到还未见过面的大哥，听他亲口说说山外头的精彩故事。

腊月二十六这天，七峰山上北风阵阵，天气格外寒冷。中午时分，我和芳月正在小哥仁山带领下，在王家门前道场上疯玩，不经意间，一眼瞥见我家门口走来一个军人。他二十郎当岁，粗壮个子，黑黝黝的方脸堂，穿一身绿军装，红领章、红帽徽点缀在一片绿丛中，很耀眼，像冬天里的三星火苗，似乎能驱走周身寒气，又像五月的石榴花，给人带来夏天的热烈气息。

我呆一呆，赶紧跑回家去。小哥和芳月跟过来。父亲、母亲正在家，他们喜出望外，赶紧把军人迎进屋内，亲热地叙话。我们三个小人儿跟进屋。军人拿出一捧水果糖，笑微微地分给我们三个。小哥盯着他看了又看，迟疑又迟疑，终于喊一声："大哥！"

我和芳月立刻就往军人怀里钻，要“大哥”抱。“大哥”愣一下，然后高兴地抱起我们两个小不点儿，一边膝上放一个，还单独送我一颗真正的红五星，端端正正别在我当时戴着的带檐蓝色仿军帽前面正中，让我过过当军人的干瘾。父亲、母亲、姐姐和闻讯而来的爷爷、王叔、岳婶见到这一幕，哈哈大笑。岳婶口中还念念有词：

喜鹊叫，贵客到，
当兵的哥哥回来了。
快去喊妈和嫂嫂，
哥装烟，姐敬茶，
我在旁边看热闹，
挪出嘴巴把“大哥”叫！

大人们的笑声，尤其是岳婶的话似乎有些不对味儿。我虽是小孩儿，也听出里面调侃的成分极浓，不觉愣了，不知怎么回事。母亲见我们不解，就对我们说：“他不是你们大哥，是朱二哥。”

原来，这个军人不是大哥河山，而是大哥的战友。他回家探亲，顺路来谢家捎口信：“谢河山被领导留住，说是商量点事，只能明年回来探亲。”

我们三个小人儿终于明白了，小哥和芳月羞得满面通红，我也感到脸上发烧。我和芳月赶紧从朱二哥身上溜下。朱二哥硬是没留住，嘴里说：“你们就当我是亲哥哥好了！”他一边说，一边拿眼偷瞟姐姐桃山。

姐姐已是大姑娘，紧绷绷的身躯随时弹出青春的芳香。她本就脸色红润，这时接到朱二哥的目光，更是羞得连耳根都红了，顿时面若桃花，娇羞动人。

第二年正月，大哥河山真从部队回来了。原来，部队领导看他相貌英俊，又上过初中，还会写一手潇洒的毛笔字，也会写像模像样的文章，甚至善于打篮球，就有心提拔他，去年底不让他回乡探亲，就是留他在部队和他正式谈话，没想到谈过几次，他都不改口地说要回家给爷爷养老送终。领导看他态度坚决，干脆批准他转业回地方。

大哥不是一个人回来，还从永茂镇郊区带回一个瘦弱秀气的年轻女子。大哥让我们这些弟弟妹妹叫她“吉家姐”。原来，吉家姐和大哥是初中同学。自大哥当兵后，他俩一直以通信的方式谈恋爱。鸿雁来来往往，两人的感情越来越深厚，越来越思念若渴，后来在吉家姐催促下，大哥复员回乡。这才是他下定决心放弃锦绣前程的最大动力。大哥回乡没几天，就被分到大队担任会计兼民兵连长。虽然年近古稀的爷爷身子骨依然硬朗，但大哥不让爷爷再随集体下地劳作。他还买些饼干孝敬爷爷，爷爷却从来不吃，专等小哥、我和芳月去老屋玩儿，就喜滋滋地拿出。这些饼干自然成为我们口中的美食。我至今还记得，在这些甜甜的饼干中，像婴孩脚掌的最多。我和芳月称之为“狗脚板儿”，因为我俩常听大人慈祥地叫婴孩“狗狗”。

爷爷看着我们的香甜吃相，笑得很开心，似乎比他自己吃这些人间美味还感到舒服。

“男大当婚，女大当嫁。”不久，大哥和吉家姐恋爱成功，没举行什么仪式，就跟爷爷一起住在老屋。从此，爷爷再没有“狗脚板儿”慰劳我们这些小孙孙，因为吉家姐不允许大哥再给爷爷买这些“白费钱”的东西。

没几天，爷爷就宁愿不在家享清福，也要随集体下地劳作，因为待在家里总看到吉家姐不阴不阳的脸色，老人家反觉下地劳作，和大伙在一起，心里还舒坦些。

大哥不敢说什么，免得和妻子吵嘴，免得更加心烦。

第三回　代代同一源　何必两相看

我和芳月自然还不知那些大人的筋筋怪怪，每天除了玩儿，还是玩儿。

我穿一身陈旧小中山服，是捡小哥仁山的“旧”。芳月则穿一身暂新的列宁女装。无论穷富，我俩总玩在一起。这不，我俩在阳光下做假饭，我要撒尿了，急切间，松紧裤硬是褪不下来，急得“哇哇”大叫。芳月来帮忙。我双手把前面的裤腰扯下。芳月熟练地帮我捏住小雀雀，以便不尿裤子。我身体内冲出一股水注，将前面做假饭的材料之一——一个小土堆冲出一团白色泡沫。

完事后，我觉得很好玩，就对芳月说：“我没有尿了，你也这么撒一泡尿，也撒起一朵白花吧。”

“我不能像你那样撒尿，撒不出花来。”

我们接着玩一会儿，我心爱的小木手枪掉到道场边的坎下，落在一棵桃树脚边。我下去拾，正要伸手，突然一注水射下。我赶紧缩回手，不禁抬头看去。桃树很粗大，树干上分一个大丫把，正和道场地面平齐，有几根杉木搭在场子边沿和树丫上，呈桥状。芳月正蹲在“桥”上，从空隙向下撒尿，嘴里怪笑，显然在搞恶作剧。我本不在意，又低头拿枪，却发现枪被尿水淋湿。我嫌脏，不禁大怒！我不再拾枪，几步爬上道场，和走回场中的芳月遇个正着，就挥拳打过去，哪知芳月远比我壮实，而且和我一般高。她一把捉住我，又一把推倒，然后顺势骑在我身上，口中高喊：

骑白马，赶白羊，
吹吹打打送月亮！

我在芳月身下乱扑腾，总挣不起身，不禁气得大骂，后来竟“哇哇”大哭。芳月得意扬扬，哈哈大笑，又高声念：

栀子香，栀子长，
里面歪个花姑娘。
一算算到大天亮，
原来是个哭伢子账！

突然，空中一声断喝：“瞎闹！”

我和芳月抬头。原来是小哥。小哥已启蒙读书近一年，这天刚刚放学回到家。他后面跟三两个小伙伴。小哥总是带领附近的小伙伴玩儿。小伙伴们也喜欢跟着他，像一串小尾巴。我和芳月很不好意思，赶紧爬起来，却装着没事似的，又跳又叫：

鸡母官，草里钻，
生个蛋，两斤半。
娘要吃，儿要看，
老子要留到姑娘回来过月半。

排座座，吃果果，
你一个，我一个，
妹妹睡哒留一个。

瓜有好大呀？
瓜有天大！

推磨拐磨，
推的粑粑黑不过，
吃哒心里不快活！

小哥叫住喊得山响的我们：“山山、月月，来，我们玩游戏！”

我俩齐问：“玩么子？”

小哥答："玩供销社。"

我俩齐叫："哇，就玩供销社！"

这个游戏，小哥领我们玩过多次，就是各自从家里拿来一些吃的东西，如这时节正熟的六月桃，以及家中的熟食熟洋芋等，集中在一处，由小哥安排一个"售货员"守住，然后按各自贡献货物的多少给小伙伴们相应的几张小纸片——"钱"。

这些年，乡亲们渐渐吃得饱，虽然肉食还很少，但苞谷饭、洋芋果渐渐丰富起来。人们不再饥饿。

一会儿，芳月拿几张"钱"去"买"六月桃。"售货员"给她一个，她嫌小，又弯腰，要自己动手选。"售货员"不依。两人争执起来，接着就动手动脚。

我正跟在芳月后面，突然看见她口袋里掉下一样东西——一个花花绿绿的小铁盒子。我正想告诉她，突然想起刚才被她整得够呛，加之这正是我平时想得到的心爱之物，就悄悄捡起来，怀着剧烈的心跳把它藏在口袋里，然后过去喊小哥来给芳月和"售货员"解交。

"解交"，当地方言，即解开正在发生的纠纷。

不一会儿，小哥就成功解开这起纠纷。突然，芳月大嚷："哪个偷了我的玩意儿？哪个偷了我的玩意儿！"

小哥立即命令小伙伴们集合，命令我们各自翻出自己的口袋。大伙都在翻，我没翻，脸上大火发烧，肯定一下变得通红，且神态很不自然。小哥望定我，一阵惊奇，白白的小脸也变得通红，就像自己做了贼似的，一步跨到我面前，从我凸起的衬衣口袋内，掏出那个小盒子，递给芳月。芳月立刻大声嚷嚷："原来是他偷的，不要脸！"

其他小伙伴也跟着嚷。我一时气极，大声辩解："是我捡的，不是我偷的！"说着，就对芳月抡起拳头。

"是么样捡的？"小哥上前一把抓住我上扬的拳头。

我急急地一五一十地说出刚才的情形。小哥脸色渐渐变得平和，但还是严厉地说："当时捡了为么子不还她？！"他的语气并不是要我回答，看我正要张口争辩，就补一句："等你读书后，老师就会告诉你'捡到东西要交还失主'，就是这个意思!"

不知为什么，虽然我没见过小哥的"老师"，但我一向很佩服小哥的"老师"。听"老师"都这么说，我就不再言语。芳月还冲我嚷嚷："不要脸！小偷!"

小哥又严肃地对她说："月月，这就是你的不对了。山山捡到你的东西，不还你，是他的错；现在还你了，你为么子还说他是小偷呢?!"

芳月一直很听小哥的话，心思玲珑，转变也快，当即向我认错："山山哥哥，我不该说你是小偷！以后你想玩铁盒子，就跟我说一声，我们两个玩儿!"她说着，像模像样地向我鞠一躬。

我转怒为笑，又和伙伴们玩得热火朝天。

天黑时，"货"卖完，供销社关门大吉。伙伴们正消化吃食，就听见对面山上一声大吼，"哞——"，震得地动山摇。是牛？不是，是老虎！一个小伙伴吓得"哇"的一声哭起来，带动其他两个也哭。小哥赶紧叫我们进屋，并把大门关上，说："不要紧，老虎离我们远着呢!"

小伙伴们立刻不怕了，又在屋里疯玩起来。

这时，大人们还在地里挣工分。每天只要不下雨，他们都得下地，早起见星星，晚归见月亮。

盛夏酷暑时节到来，远处修公路的炮声不断"轰轰"地传到谢王村，加之山上很多树林被开垦成坡田。老虎们没了安身之处，又怕炮声，就跑到山更高、林更密的地方去。后来，其生存之地越来越少，尤其是遭到疯狂捕获，干脆成为濒临灭绝的"华南虎"。据传说，我们土家族先民廪君逝世后，其精魄化为"白虎"。因此，我们土家族的图腾崇拜为白虎。如今，白虎的家园算是没了。

且说当时，碧空如洗，万里无云。中午时分，小哥仁山要在家做暑假作业，我和芳月为了不打扰他，自动避开，来到路口玩儿，不一会儿就看见一支队伍。这支队伍有一二百人，个个都是十七八岁的小伙子、大姑娘，扛着红樱枪，挥舞着拳头，呼喊"打倒 ×××"的口号，脚步声、口号声震得山响，似乎他们个个都满怀深仇大恨。他们陆续走过去，根本不看路旁小小的我和芳月。芳月问："山山哥哥，他们在干么子？"

我吸吸鼻子，用教训的口气说："这也不知道？玩打仗呗！"

芳月惭愧地低下头，想想，到底不甘心，还是忍不住地问："山山哥哥，玩打仗是'玩'，哪有这么凶呢？我看不见得……"

"你不信我的话？好吧，等会儿问小哥！"我大人似的叹口气。

我俩说话间，这支队伍已过完，远去，一直吸引我俩呆呆的目光……

突然，我俩身后有一个女子的声音响起："你们问'小哥'么子呢？能告诉我吗？"

这几年，永茂公社常常派干部到谢王村蹲点。今年，驻谢王村的干部是个年轻姑娘，人称"何书记"。她二十一二岁，高瘦高瘦，脸色比较暗，因为上面布满雀斑。我们小队集体上工时，何书记和青壮年男子一道，上悬崖砍树木，下地烧火坟、锄地、薅草，样样来得，比当地青年女子还泼辣。原来，她出身农家，高中毕业后当了干部，自然了解农村疾苦，很容易和群众打成一片，干群关系亲密。自她到来，谢王村就常常响起嘹亮的山歌：

我爱嘛长乐山啰依，
九里十八湾湾啰喂，
湾湾啦号子啊呴哎……

一时，千人唱，万人和，一片山呼海应，人人心中舒畅，干活充满劲道。

这时，年轻的何书记正好听到我和芳月的对话，就问上一句搭讪。我和芳月立时沉默，看她一眼，没理她，很不礼貌地跑开去。她也不在意。

中午，何书记应我父亲之邀，到我家吃午饭。母亲蒸饭时，在甑子下面煮上几个从自留地里摘下来的带壳的嫩苞谷棒子；等饭蒸熟，把棒子取出来，请何书记"尝尝鲜"。

何书记正享用，看我和芳月跟小哥进来，就递给芳月一截剥了壳的黄澄澄的棒子，递给我一个带绿壳的棒子。我拿过来，觉出有异，口中说："好轻！"边说边三下两下撕开棒子。哪里有棒子，纯粹一只壳！何书记哈哈大笑。芳月直欢呼："山山哥哥吃苞谷壳喽！山山哥哥吃苞谷壳喽！"

母亲是个严肃人，也笑得弯下腰。我觉得受到捉弄，正感不自在，就见芳月过来。她附在我耳边，小声说："山山哥哥，我给她取了个好名字。"

我的注意力立刻转移，好奇心大起，不禁问："么名字？"

"'苞谷姐姐'，好不好？"

我跳脚大叫："好！好！好！哈哈！"

正谈笑，父亲进来，满面愁容，对母亲说："刚才桃山写信来，说她病了，正在公社医院住着呢！"

这几年，姐姐出义务工，一直在工地上修公路。

"那我去看看！"这时，母亲一听，就急了，恨不能一步飞到街上。

"也好，你带上山山，这几天他大腿上长红疮，总治不好，去街上大医院看看，肯定有法！"

母亲点点头，又忙着给何书记安排午饭，哪知何书记主动上前帮着张罗。母亲和我三口两口扒完饭，就急急上路。一时，芳月真恨不能跟去。

两个钟头后，我跟母亲热汗淋淋地来到永茂镇。我太小，觉得街上房屋好大、桥好大、河滩好大，一切都大得装不下我眼睛。

母亲和我先去公社办公楼找到大哥河山。这几年，大哥工作出色，前不久被提拔为公社武装干事，并转正为国家干部。

大哥领母亲和我来到公社医院，在208病房找到姐姐桃山。里面墙壁雪白、床单雪白、日光灯雪白。在我眼里，连不白的物件都镀上一层干净的白色，和农村房里普遍的阴暗相比，真是别有洞天。姐姐躺在病床上，看见母亲和我进来，惊喜交集。原来，大伙儿施工时，一块松动的石头落下。她推开一个工友，却被石头砸中自己的脚。自她住院一个星期以来，大夫护士都把她当英雄看待，对她十分尽心地"服侍"，以至她的伤势明显好转，不几天即可出院。

晚上8点，一个我感到面熟的人到来，问寒问暖。原来是朱二哥，他前几年转业回到地方，在公社机械修理厂工作，多次遇见姐姐，两人渐渐产生好感，谈起恋爱。在谢王村，姐姐是第一个自由恋爱的女子。都新社会了，家族里有旧式的人反对，也反不出名堂。

翌日上午，朱二哥又来陪母亲找医生，给我看红疮。我们来到一间白房子，里面很多玩意儿我一概叫不出名目。还有一个笑眯眯的女大夫。没说几句话，女大夫就要我脱下长裤，让她看看“里面”。我不好意思，不愿脱裤子；女大夫就亲自动手，向下拉；我死命提住裤腰；女大夫也不强来，从口袋里掏出水果糖，企图“收买”我，可我仍然不干。正闹着，朱二哥悄悄出去，一会儿就抱进一个大柚子。一阵特别的香气扑鼻而来。我首次见到这玩意儿，双手接过，抱在胸前，觉得很新鲜。女大夫趁机扯下我的长裤。红疮长在大腿根部，分布在小雀雀两旁。女大夫看过，又看我很紧张地看她，就笑笑，说：“你不用怕！不会打针，用点药水涂涂，两三天就会好。”

母亲是平生第二次来到街上，我则是第一次。我们母子俩在朱二哥带领下，四处转悠。一条弯曲的街道一长溜摆在五洲河边，竖着十几栋大木房子或土墙石灰房子。

晚上，在雪白的病房里，我一直抱着那个大柚子，看了又看，直咽唾液，但一直沉默，我怕一开口，唾液就流出来，让我丢脸。

“山山，来，我为你弄开！”朱二哥以为我不知如何打开。

我不干，急急表白：“我要带回去，和月月妹妹、小哥、四哥一起，尝尝这个新味道。我一个人吃，有么子意思？”说着，唾液已从张开的口里流出来，赶紧“吱”的一声吸回去大部分。

母亲、姐姐、朱二哥都笑。朱二哥说：“看不出你这么心疼他们。这样吧，你和伯母先吃这个，我再给你买个带回去。好不好？”

“好吧！”我如释重负，脸上一定现出了轻松笑容，轻吐一口气。

我平生第一次尝到了柚子的味道，觉得又酸又甜，很解暑。

第二天，母亲看是个大晴天，不顾大哥、朱二哥、姐姐挽留，趁早上凉爽，背上我赶回家。

我见到芳月和小哥，就像久别重逢一般。三个一时十分亲厚。我向他们大吹特吹在街上的所见所闻。芳月平生第一次尝过柚子的滋味，就缠着我问这问那，因为她还从未去过街上。开始，我十分神气，对她的问题百问百答，过一会儿就不耐烦了。这时，芳月又问：“山山哥哥，你说街上的屋到底有多大？”

“真是一个鸡一天下十二个蛋，屁眼都溜光！我不早说过吗，就这么大，这么大！”我大声狂气，一面说一面用手比画。

“这么大，这么大，只一抱大，还比不上我们屋大呢！”芳月也学我比画，嘟嘟囔囔。

“肯定比我们的屋大呀！”我急了。

“那到底有多大?”

“有天那么大!”

芳月这才无话可说，一味想象“有天这么大”到底是多大呢?

姐姐桃山从工地回来，说是公路已修通，然后就忙于自己和朱二哥的婚事。这期间，朱二哥因工负伤，断了一根手指，不能再在厂里干，于是回家务农。好在姐姐对他痴心不改，毫不犹豫地依然要嫁到朱家，给予他受伤的心莫大安慰。

姐姐出嫁时，哭得一塌糊涂。我们土家族有点怪。老人归天，本是丧事，乡亲们却吹吹打打，唱歌，跳舞，欢欢喜喜，名曰“跳丧”，后来被聪明人演化成强身健体的“巴山舞”；女子结婚嫁人，应该是喜事吧，却哭，名曰“哭嫁”。怎么哭？这样哭：

豇豆开花起绿苔，
对面山上娶亲来。
爹爹哭来小儿女，
妈妈哭来手边人。
姐姐哭来亲妹妹，
哥哥哭来姊妹亲。

还有《哥哥背起进轿门》：

竹子好来柳叶子青，
听我唱个哭五更。

一更里来好伤心，
把我爹妈费心情，
一周一岁娘怀抱，
三岁四岁离娘身。

二更里来好伤心，
把我哥哥费心情，
妹妹小来哥哥引，
长大又是两姓人。

三更里来好伤心，
把我嫂嫂费心情，
样样针线你告诉，
厨房锅灶你指引。

四更里来好伤心，
把我姐姐费心情，
妹妹小来姐姐引，
长大又是两姓人。

五更里来好伤心，
看是婆家来娶亲，
前头打起八把伞，
后头竖起九盏灯，
闹得黄河水也浑。

红绫衣儿披上身，
红缎鞋来扯满跟，
双脚站在绣凳上，

一把筷子撒家神，
哭哭哀哀出家门。

哥哥背起进轿门，
吹吹打打出家门。

还有许多隆重的烦琐仪式。但姐姐出嫁那天都没有，因为那时上级不准。我仅记得，她一步三回头地走出家门时，哭得眼睛都红肿了。母亲也哭得一塌糊涂，让岳婶等妇女劝过好一会儿才止。我们这些弟妹也舍不得姐姐。

姐姐出嫁不久，嫂子吉家姐就生下一个儿子。大哥河山回家陪伴她满月后，又到公社上班去，但吉家姐身子很娇，仍在家调养。我和芳月常去逗弄大侄子，像是看见自己婴孩时的模样，很稀罕，很新鲜。

这天上午，我俩又去，一直玩到中午，就跟着吉家姐吃午饭。吉家姐伙食一直不错，现在做“月母子”，就更好。这几年，生活已较往年好点，我家好东西，也大都给了她；大哥是公家人，也想方设法，弄些当时当地的好东西回来，慰劳这个新母亲。吉家姐款待我和芳月，一起吃鸡蛋面条。除过年、过生日外，两个小孩子，尤其是我，很少吃到有油荤的东西。这时，我们两个小不点儿吃得很愉快，吃完不愿回去，跟吉家姐玩到天黑，又享受一顿丰盛的晚餐，才回去。

第二天上午，尝到甜头的我和芳月又去。吉家姐问：“昨日儿我给你们好东西吃，你们告诉大人没有？”

“告诉了。妈说你‘心真好’！”我如实回答。

“忘记告诉了。”芳月也如实回答。

一会儿，又到午饭时，吉家姐请我吃。我端起鸡蛋面条，发现芳月站在门边眼巴巴地看着，就说：“芳月还没来呢？”

“我今日儿没弄这么多……”吉家姐的脸一下就红了，支支吾吾。

我一口都吃不下了，放下碗，拉起芳月就走，一边走，一边对吉家姐直嚷嚷：“你为么子不多弄一碗呢？”

吉家姐很委屈的样子，泪水在眼眶里打转，突然听见儿子在摇窝里哭起来，赶紧过去哄。

下午，小哥仁山放学回来。我对他说起中午的事，最后问：“小哥，那是为么子呢？”

小哥想想，似乎明白，但说不明白，只好说：“黑哒问妈吧。”

晚饭后，我又问母亲。母亲说：“你嫂子昨日儿给你们弄好东西吃，你告诉我了，她明白有人晓得她的好处，心里高兴，就还给你吃；月月呢，她说没告诉大人，这样岳婶和王叔就不晓得吉家姐做的好事，因此，吉家姐就不给月月吃了……”她说到这里，看见父亲瞪过来一眼，立时知道不该对孩子说这些，于是住口。

小哥已明白。我还是有些不明白。母亲赶紧补充说：“你还小，等长大，就晓得了！”

第四回　校园小社会　社会大校园

阳春三月，大雨天，地里稀稀糊糊，人们无法下地。这是上天赐给农民的节日，人们尽可忙家务。

吃过早饭，母亲缝缝补补。父亲锯柴。我和芳月在屋里玩一会儿，看看雨停，就出去，爬上一棵湿润润的苦李树，摇摇晃晃，洒下无数雨点，像人工降雨，一时乐得哈哈大笑，正乐得云天雾地，就听一声大吼："快下来！"

就像平地升起一声炸雷。我和芳月大吃一惊，险些掉下树。我俩定神一看，竟是爷爷。爷爷黑风扫脸，怒气直冒。以前爷爷从没吼过我们，陡然受到他这么一吼，我们心中害怕，赶紧溜下树，回到屋里去。

爷爷脸色忧郁，手拿半丈长的竹烟竿。烟竿已成铜红，油光水滑。爷爷是启发父亲烟瘾的老师。去年冬月，爷爷满了70岁，几乎无力下地劳动了，就在家带带重孙子，做做饭，喂喂猪。这些活路比起在地里日晒雨淋，风吹雨打，要轻省得多，但爷爷反而没了笑脸。

父亲和母亲听到爷爷吼我们两个小人儿一恶嗓子，都惊讶失色，赶紧停下手中活计，迎爷爷进屋坐下。我和芳月站在不远处，看见爷爷气愤愤地诉说半天，还落泪。在我们两个孩子眼中，这是爷爷第一次落泪。

原来，爷爷再也受不了吉家姐的白眼。其实，爷爷是个难得的老人，活得硬气干净，从不患病，村里人谁不尊敬他老人家？可不知为什么，吉家姐就是看不惯老人家。这些，父亲、母亲早看在眼里，但吉家姐从不说什么。爷爷自己也从不上新屋说三道四，这次主动上来，说上一大篇，可见实在忍不下去了。

当天晚上，大哥河山正巧回家。父亲闻讯下去，对大哥和大嫂说："你们爷爷愿意上去住。"

大哥想留，见吉家姐直向他翻白眼，就没再言语。

第二天，父亲下去接，大哥往上送，只不过搬上床、铺盖和几件衣物，像举行个仪式而已。

童言无忌。我和芳月对爷爷说："吉家姐不孝敬您，我们孝敬您！"

几年来，爷爷第一次露出笑脸。

又是一个大雨天，父亲、母亲在家各干各的活儿，我和芳月在宽敞的堂屋里疯疯赶赶。芳月在前面跑，我在后面追。突然，芳月一不小心，绊倒竖在堂屋里的长木梯。梯身有五六丈长短，重约30斤，"吧嗒"一声脆响，砸在小小的我身上，压住我的嫩胳膊和大腿。我"啊"的一声惨叫，再无声息。

后来，我听说，当时爷爷、父亲、母亲闻声，脸色立刻变得苍白，赶紧过来。父亲一把挪开梯子，母亲一把抱起我。我软乎乎地躺在母亲怀里，已昏过去。母亲将口按在我额头，狠命吸几口，"吧吧"作响。当地，如果孩子背过气，大人往往用此法让孩子哭出来，这样孩子就能缓过气。可母亲连"吧"几次，我却毫无动静。母亲急得大哭。爷爷说："赶快找医生！"

父亲抱起我就跑。一阵颠动，我"哇"的一声哭出来。

王叔闻讯而来，问明情况，就要打芳月，被母亲拉住。岳婶跟着赶来，一到就吵王叔："还站着干么子？快拿上电筒，跟上芳月她伯，也好帮个手！"

王叔赶紧回去，找到电筒，追出门去。

小哥仁山放学回来，听到这个消息，急得直哭。芳月本已吓呆，半天没说话，这时受到小哥哭声牵引，跟着"哇哇"大哭。

岳婶回去做好晚饭，来请爷爷、母亲、小哥、芳月去吃。芳月呜呜咽咽地说："山山哥哥好了，回来了，我就吃！"

母亲也说："我吃不下。如果吃得下，我早就去弄了。爷爷肯定饿了，就过去吃点吧，我今日儿已无心弄饭！"

爷爷想想，说："刚才山山已哭出来，谅也无事，都去吃饭是正经。"

小哥脸上就有了喜色。芳月立刻破涕为笑。两个早已饿坏了，立时和爷爷一道吃饭去。岳婶和母亲仍没吃，招呼爷孙俩吃完，都坐在我家，急切等我们归来。

一会儿，芳月实在撑不住，看爷爷进房睡下，更挨不住，就躺在岳婶怀里睡着了。岳婶进到母亲房中，刚将芳月放上床，芳月就醒过来，问："妈，山山哥哥回来没有？"

"没有，你睡。山山哥哥一回来，我就叫醒你。"芳月坚决不再睡，下地，走出房门，一直眼巴巴地等着。

夜半时分，我们终于回家。王叔怀抱我，满头大汗。父亲在后面照手电，一只腿跛着，身上热气腾腾。母亲、岳婶、小哥、芳月迎上来察看。我睡得很香甜，一张小脸在昏暗的煤油灯下白如一张纸。母亲、岳婶禁不住掉下泪，问："到底么样？"

父亲忙着用土方法治腿。王叔则谈起去看医生的情况——

父亲和王叔带我急急忙忙来到一个老中医家。老中医常出门问诊，这时却正好在家。他看看我的伤势，一面说"不要紧"，一面放置好我，在我的小身躯上推拿一两个小时，又弄些麝香等名贵药材打点。一会儿，他身上汗水淋淋。我本来又哭又叫，渐渐不喊不叫，后来就睡着了。老中医这才说："已伤到筋骨，幸亏及时来治，也幸亏我在家。孩子身子骨还嫩，要恢复元气比较容易。不过，实话实说——以后，这孩子走远路、扛力活后，手臂、大腿会发痨。就是说，以后他要吃一碗省力的饭才好。当然，这孩子大难无事，又这么巧，就说明将来是个有福之人，你们不必担心。"

"么样才能吃省力饭呢？"父亲到底有些急，赶忙讨教。

"使力读书呗！考上大学，毕业后国家安排一份工作，不就行了？"老中医微微一笑。

父亲和王叔对看一眼，都在心中叫苦："长进乡至今没出过大学生，就连中专生，阳山也是第一个！"忽然，哥俩又同时点头，都想："阳山虽只考个中专，如今不也吃着轻省饭吗？琼山考上中专也行……"

回家时，兄弟俩一路议论老中医的话，父亲一不小心，摔到坎下。幸好坎不高，等他爬上来，只不过扭了一下脚脖，用土方法一治就会好。

"要是他读书不争气么办？"母亲听完，急了。

芳月说："山山哥哥是我不小心打伤。如果以后他读书不好，我就养活他！”

大人都笑。小哥说：“月月妹妹，你要养活山山，除非嫁给他！”

“嫁他就嫁他！我们早就说好，等我长大，就给他做媳妇子！”芳月很认真。

满屋人又笑。

第二天早晨，我下地玩耍，腿内隐隐发痛。好在小孩子一旦疯玩，就会忘记疼痛。

学前儿童毫无明确目标的日子，就这样一去不返地消逝。

到我的腿完全不疼时，就到8月下旬——学校开学的日子，也是新生启蒙的日子。算算我已7岁多，芳月也将满7岁，该上学了。这之前，我俩眼睁睁地看小哥仁山戴着火苗一样鲜艳的红领巾，欢欢喜喜上学去，快快乐乐回家来，读书的渴望就疯狂生长。渴望已久，真到时候，却又恍如梦中。

这天晚上，在昏暗的煤油灯下，父亲双眼闪闪发亮，透出无限挚爱、无限希望的光辉。他刚从河下回到家，脱下满是汗臭的土白布衬衫，顾不得喝茶、抽烟，就从口袋里掏出两支一模一样的水笔——钢笔，郑重地递给小哥和我，说：“笔，是学生最好的东西，莫弄丢了！”

我伸出双手，严肃地接过钢笔，就像进行虔诚的宗教仪式，小小心灵中充盈着神圣感。本来，我就像一颗埋在地下的树种，周围的世界一片黑暗，只能靠原始的感觉活着，而现在，我要进入人类文明的大门，开始找寻启开智慧殿堂的钥匙，开始寻求自己最完美的生命。启蒙，就是跨过愚昧和文明的分界线，就像种子发芽后冒出地面的一瞬。我将科学地分析世界，规律地顺应自然，有效地改造自我，在这块土地上，留下自己坚实的脚印。

小哥也很高兴。他请一直伴随他学习的铅笔退居二线，为暂新的钢笔做顾问。

翌日天晴，太阳公公笑眯眯地挂在东方天空。吃过早饭，我和芳月紧跟父亲、王叔、小哥和其他小伙伴、家长，来到长丰小学。学校很小，但在我和芳月眼里很大。一栋两层楼的木板房，散发黑不黑、黄不黄的光泽。房子前面有一个光秃秃的操场。全校唯一的体育设施是一间乒乓球室，里面有一张绿漆破旧的木球台。球台中没有球网，用一块依靠两边的石头固定的长木板代替。球台周围堆满乌七八糟的东西，木材啦、教具啦，还有竹子。楼上楼下各有一间大教室。楼上紧挨教室的是一间办公室兼卧室。楼下紧挨教室的是一间卧室兼办公室和一间厨房。木板房后面约20米处，有一间小木屋，分成男、女两间，是厕所。曾开除四哥玉山的王老师早就调走，新来了何老师、葛老师，同时增设三、四、五3个班级。两位老师脖子上各挂一只白亮亮的铁哨。葛老师办公桌上放置一个老式闹钟。

上午10点，在乒乓球室，开学典礼暨新生入学仪式隆重举行。没有标语，没有条幅。家长、高年级学生团团围坐在球台周围，前后分两层。我、芳月和其他十几个才入学的新生，分别依偎在家长怀里，听学兄学姐们合唱《东方红》：

东方红，太阳升，
中国出了个毛泽东，
他为人民谋幸福，
呼也嗨呀……

望着他们认真演唱的样子，我和芳月感到幸福极了，求知的欲望油然而生。本来，我俩已跟小哥学会这首歌，但害羞，不敢和他们一起唱。

仪式过后，何老师站在球台前，向大家说明：“同学们上学得自带凳子，或者两个学生商量好合带一条长板凳；每学期每个学生要交给学校30斤柴，以便蒸饭；平时，学生要参加义务劳动，勤工俭学，以补助教学费用……”

两个小时过去，散会，放学。一些家长带领子女，走到两位老师跟前，先介绍过自己的儿子或女儿，然后说：“何老师，对我这个学生要严厉，如果不听话，您尽管打！”

有的说：“葛老师，我这个学生从小就无法无天，如果不听教，您尽管抽他的皮！”

后来，我和芳月长大，见识过另外一些小学，才知自己的启蒙学校多么“小”。

第二天又是大天晴，太阳亮闪闪地挂在东方山尖。吃过早饭，我和芳月分别提上中饭——小哥和我合带一包洋芋果，芳月一包。小哥则扛一条板凳。三个来到学校。小哥把板凳放在一年级某个位子，告诉我和芳月：“记住，这是你俩的座位。”然后，他带领我俩来到学校厨房，把两包中饭放上灶：“等会儿，自然有人来把它们蒸熟。”

原来，每天老师自己做早饭吃过，就按顺序安排同桌的两个同学蒸中饭。这两位上午不上课，专去半里外的水井边，合抬一桶水回来，倒进一口大锅，上面放一个大木甑，将同学们的中饭装进去，架火蒸熟或蒸热。

上午10点，各地同学陆续到齐。“嘘——”何老师吹一阵哨子，就开始上课。四年级和五年级的学生远比低年级少，仅分别有十几个和不到10个，就与二十几个新生一起，在楼上大教室上课。三年级和二年级的三四十个学生则挤在楼下教室。木制课桌都已历尽沧桑，满身刻痕，乌黑发亮地站在那儿，有些怪可怜的只有3条腿，大多数新生肩膀和桌面相齐，听课时，只能露出一双眼睛。听课不大碍事，要命的是做作业，我们都要蹲在凳子上，才能写字。好在作业不多，大部分时间都在听讲。

楼上教室，上午第一节课是语文。何老师先让四、五年级复习，然后给新生发语文课本。我和芳月接到书，看里面的简笔画；看完画，就认里面的字，每认出一个以往小哥教过我们的字，都十分高兴。课本发完，何老师让新生翻到第一页。那是书中唯一的彩页，是毛泽东的特写半身彩照，下面有“毛主席万岁”5个红字。何老师先告诉同学们这几个字的读音，然后让四、五年级的学兄学姐们捉住我们的手，教我们写字。小哥正读四年级，被何老师点名教我。芳月正羡慕我，就有人过来要教她。谁？读五年级的谢军勇。芳月看见军勇嬉皮笑脸的样子，就讨厌，大声说：“不要你教！我要小哥教！”

军勇脸通红，很尴尬地离开。

我等小哥手把手教我写完“毛”字，就硬是不要他再教，说是自己会写了。小哥要我单独写一个字。我就单独写出“主”字。小哥觉得再也无必要教下去，正好芳月央他去教，就去教她。

中午，同学们一窝蜂拥进厨房，从甑子里捡出蒸熟或蒸热的午饭，三口两口吃下去，就疯玩。一时，你追我赶，踢毽子，拍小皮球，跳绳，打扑克，一片童音，组成一部天然交响曲。

下午，楼上教室是数学课，因数学课本没到，葛老师就在黑板上写出“1”“2”“3”，教新生认识。

放学，回家。路上，有果子，摘；有花儿，采；有鱼儿，捉。唱着歌儿回家，猜着谜语回家，讲着故事回家。伙伴多，乐趣也多。

才上学，我和芳月认识的人少，课间也不做游戏，总是两个手拉手，在这里看人踢毽子，在那里看人跳绳。军勇常来找我玩，无奈芳月总对他横眉竖眼，不免怀恨在心。小哥仁山曾几次告诫我：“军勇这人不大正经，以后你少和他玩!”

我不以为然，心想：“我们都姓谢，是弟兄，在一起玩，有么子了不起!”

新生班上有个叫胡顺子的小男生，很讨人嫌。他家和学校是邻居。他老子曾因行凶作恶，进牢房劳改过。顺子是独子，极得家里人宠爱，也如他老子一样蛮横，常常欺负别人。如果别人还手，揍疼他，他就回家告状，他奶奶、他老子、他妈立刻一窝蜂找到学校，对顺子的“敌人”破口大骂，甚至大打出手。这样父母帮子女打架的事，正直的大人是不干的、鄙视的。因此，班上同学十个有九个讨厌顺子，恰恰他老子名叫“胡顺”，一旦某同学与他有过节儿，就当着他的面喊：“你晓不晓得‘倒顺’？嗯!”

顺子常和军勇搅在一起。课间，军勇看我和芳月手拉手走出教室，就附在顺子耳边，说一阵悄悄话。顺子眉开眼笑，巴儿狗一般，尾巴一摇，跑到我和芳月面前，对我俩挤眉弄眼，怪笑几声，说：“你们两个好亲热啊！上课紧挨着坐，下课又手拉着手，是不是两口子啊!?”

“你这个狗东西，不要脸!”芳月大骂。

我紧捏拳头，冲过去。顺子赶紧跑掉。

午饭后，操场上，两个老师锯下一堆短木材，吩咐同学们将其搬进食堂。两人一组，我自然和芳月搭伙。无意间，我看到有同学故意把柴冷不丁向地下一扔，就势打中同伙的脚来取乐。我心中一阵激荡，目光一扫，看见军勇和顺子搭伙，就目示芳月等一下，然后过去，附在军勇耳边说："军勇大哥，和你抬柴的这家伙，平时很有点不晓得倒顺，你和他抬柴的时候，半路上把柴猛一放，打他一下好的!"

"好，好!"军勇直笑，连连点头。

我回去，附在芳月耳边说几句。芳月直乐。我俩一边抬柴，一边等着看那精彩一幕，但一直没看到。原来，军勇没有"教训"顺子。放学后，他偷偷跑到葛老师那儿。葛老师听他说几句，就在一个小本子上记下点什么。

这时，小哥、我和芳月正走在回家路上。迎面一个乡亲比较吃力地走上来。他背着背架，上装一部铁机器和一个铁箱子。铁箱子上用红漆写一行字。我和芳月吃力地念道："闪、闪、的、红、星。"

乡亲身后紧跟一个工作同志，身穿白亮亮的衬衣，手臂上搭一条蓝色涤卡中山服，非常轻松地走上来。小哥满脸喜色，说："山山，月月，晚上我们又要去学校!"

见到新事物，我和芳月本就感到奇怪，这时听小哥这样说，更感奇怪。芳月嘴快，当即就问："小哥，刚才放学，老师没说过这话，你为么子这样说呢?"

"告诉你们吧，今日儿晚上，学校放电影!"

"你说么子?"我和芳月没听真切，异口同声。

"今日儿晚上，要在学校放电影!"

我和芳月这才听清，不禁欢呼雀跃，大嚷大叫："啊！电影？这就是电影?!"我们两个小人儿心里就像什么抓得慌，直盼天早些黑下来。

那时，在这七峰山上，人们一年难得看几回电影，哪像现在家家都有电视，天天都可过眼瘾。那时，谢王村隶属长丰小队，每次队里请来一部电影，都在小学操场上放。白天，由队长派一个劳力到街上背机器；机器一到，队长就站在碑岭上大声一呼，四面八方的社员就知道了。这时，往往人们在地里做事，听见吆喝，很兴奋，好不容易挨到天黑，晚饭吃停当，有的打上电筒，有的打上火把，三三两两，扶老携幼，聚集在小路，浩浩荡荡，长龙一样游上小学操场。此时，往往电影放映员还端坐在附近农家，和队长一起接受肉酒肉饭的款待。中老年人则坐等电影开场，彼此客气地叙话，权当劳累后的休息和享受。小孩子们则满场跑来跑去，打打闹闹，疯疯癫癫。笑声、谈话声、喝骂声响成一片，热闹异常，过节一般。

我和芳月上学前，父母白天太累，晚上只想早点休息，一直没带我俩去看过电影。每当一年中有那么两三次，听人在碑岭上面呼喊“有电影喽，黑哒来小学喽”，就知道有所谓电影，但去不成，只能眼巴巴地看着小哥和大孩子们欢欢喜喜、紧跟别的大人去，翌日听这些大孩子大讲特讲电影中的有趣情节，看见他们眉飞色舞的样子，心里真是羡慕得要命！

第五回　人生如电影　最红是领巾

且说这天放学后，我们三个回到谢王村，跑到集体上工的地里，叽叽喳喳，把好消息告诉大人们。青年农民欢呼雀跃，爱热闹的中老年人则满脸喜色，干活更有劲头，话也多起来。正说笑，就听队长在碑岭上喊：“有电影喽！黑哒来小学喽！”

人们更加喜悦，一些人大声回答：“听到了！快回去告诉你老婆吧！”

有几个青年人干脆对起欢快的山歌：

隔山隔岭又隔岩，
叫个号子甩过来。
接得到的是妙手，
接不到的莫见怪，
买卖不成仁义在。

隔山隔岭隔黄河，
听见仁兄唱好歌。
唱得好来还你好，
唱得高来还你高，
半天云里耍飞刀。

……

好不容易盼到天黑，人们放工回家，开锅做饭。母亲刚把饭做好，芳月就过来。我三口两口扒完饭，扯上小哥仁山，和芳月一起急急回到学校。同学们几乎都来了，还有几个当地青年农民也早早赶来。放映员还在附近农户家喝酒吃肉。

教室外面的板壁上，已挂好一面宽宽大大的银幕。放映机的黑影立在操场中间，由一个青年农民守护。我和芳月上去，摸这摸那，受到守护人不少训斥，却不在乎，一味嘻嘻哈哈。

不知不觉间，人越来越多，连10里远近的人们大都赶来，黑压压的有上千人，坐满操场，站满边沿，几十个青年甚至像猴子一样爬上树，蹲在树丫，登高望远。小哥、芳月和我早早占据有利位置，三人挤在一条板凳上，好不容易等到放映员和队长打着饱嗝、带着醉意，来开机放映。喧闹的人群顿时静下来。空中响起放映机的“吱吱”声和影片中的各种声音。

小哥、我和芳月看得很投入。影片中的主角潘东子和副主角胡汉三给我们留下极其深刻的印象。

这天，一个噩耗传来：9 月9 日，北京的毛主席逝世。

大队为毛主席开追悼会这天，上午10 点多钟，长丰小学高年级的同学臂缠黑纱，低年级的同学胸前佩戴白纸花，紧跟默默流泪的何老师和葛老师，步行十几里山路，来到河下，来到设在大队部的追悼会场。

大队部设在五洲河边沙滩上，与长进中小学相对而立，是一栋3 层高的大木架楼。主会场设在宽大的三楼会议室。大队众乡亲几乎都来了，黑压压地挤在一、二、三层楼。学生占第一层，妇女占第二层，男人占第三层，分别由长进中小学校长、大队妇联主任、大队长主持。乡亲们有的号啕大哭，有的默默流泪。校长、妇联主任、大队长边讲话，边流泪。妇联主任讲着讲着，就讲不下去了。小哥、芳月也流下好几回泪水。我受到感染，却欲哭无泪，仅感到一种撕心裂肺般的痛苦。

太阳将落山时，追悼会开完。学生队伍解散。小哥仁山、我和芳月紧跟大人回到家。大人们自动聚在我家，一边喝茶，一边互诉毛主席生前种种好处，眼睛红红的，常有人抽泣。我依偎在母亲怀里，心里感到很憋闷，手拿那朵洁白的纸花，只管出神。

突然，军勇嘻嘻哈哈过来，一把抢过我手里的白纸花，扯成碎片。顿时，我泪如泉涌，大骂：“你不要脸！你、你不喜欢毛主席！你……你……

有罪!”骂着，就抡起拳头，恨不得打死军勇。

军勇边跑边说：“毛泽东死了，关你么子事？他又不是你干爹!”

他正说得高兴，就听人大吼一声：“你这个要死的!”

福保叔大步奔过来。瞬间，“啪”，军勇脸上挨了很脆的一掌。原来，福保叔看军勇抢走我的白纸花，心下就有些紧张，但又有一种莫名快意，这时听军勇说出无法无天的话来——这在当时可是不得了的反党言论，顿时吓得脸色苍白，就奔过来，一巴掌将军勇打倒在地，然后一把提起大哭的儿子，大踏步回家。

军勇边哭，边回头狠狠盯视我，心里肯定恨得直痒痒。

这日，中国又发生一件惊天动地的大事，即“四人帮”垮台。举国欢腾，将毛泽东主席逝世后的沉闷之气一扫而光。一个新时代到来。

农历腊月初十，两位老师随手在黑板上出几道题，进行期末考试。

腊月十二，考试结果出来，芳月双百，为一年级第一名。我一律把“2”写成“Z”，被葛老师扣去5分，为班上第二。

腊月十三中午，全校人马在操场上集合，按班级排成方队。何老师先讲话，口头表彰一、四、五年级总班长谢仁山、一年级小班长王芳月和身为学习委员的我等一批好学生，说我们思想好、学习好、守纪律、工作负责等等，然后发放鲜艳的红领巾，先由葛老师发给老少先队员，再由老队员给新队员戴，气氛很庄严。我心中“怦怦”直响。我和芳月一直认为戴上红领巾既神气、又光荣，早在启蒙前见到小哥脖子上“烈士鲜血染红的一角”时，就一直渴望自己早日戴上它。今天终于等到!

一会儿，芳月心情激动地走上去，由小哥双手给她戴上红领巾。一个上去，又一个上去……

到最后，竟没有我！那是我盼望好久的啊！我好失望。寒风好冷好冷，直透我肌肤，直刺我心。温热液体从我眼中滚滚而出，大滴大滴，无声地随风而落，如瑟瑟秋风中的落叶一般……

还有一些同学也没有当上少先队员，大都表现出无所谓的样子，而我却低着头，悄悄来到操场边的竹林里，呆立。一会儿，芳月戴着红领巾，又唱又跳，欢欢喜喜来到竹林，猛然见到我那副熊样，高兴劲一扫而光，小声说："小哥要我们等他一会儿，刚才葛老师叫他去一下。"说完，陪我默默站在那里。

一会儿，小哥过来，脸上满是忧色，那双明亮的眼睛红红的，有些失神。芳月问："小哥，葛老师找你干么子去?"

"还不是说明山山没得到红领巾的事儿。"小哥带着哭腔，说着，眼泪流出。

芳月急切地问："么回事？山山哥哥应该得到红领巾啊！何老师不是还表扬他了吗?"

"可他做了一件不光彩的事。"

原来，就是那次抬柴，我教唆"军勇大哥"把顺子"打一下好的"之事，这件"坏事"说明我思想不是百分之百的纯正，而现在评选少先队员的首要条件就是思想上没有丝毫污点。小哥按照大人吩咐，总严格要求我和芳月做完美的好学生，而现在我竟没戴上红领巾，因此他心里堵得慌，很有些不好受，但他这时抹去泪水，拍拍我肩："山山，再努点力，争取明年得到!"

我含泪点点头，和他俩默默回家。

腊月二十三中午，天气阴沉，乌云压顶，碑岭上又有人高声呼喊："有电影喽！黑哒来小学喽!"

我、芳月和其他小伙伴听见，唱歌蹦跳，只等天黑，虽然寒风肆虐，但小小的心里很暖和。哪知下午，老天爷来为难，雪子叮叮当当敲响地面，到黄昏时分，地面竟结出亮闪闪的冰层，里面镶满白晶晶的小冰雹，就像一床花毯子铺在地上，但不柔软。人们走在上面，必须小心翼翼，以免摔跤。我和芳月正着急，就听碑岭上又喊："各位社员听着！今日儿晚上不放电影了。明日儿上午在仓库关门看!"

队长连喊几遍，直到人们都听真切才停。我和芳月放心了，又笑又跳。晚上，我俩和大人讲定，明日一早，由大人带我俩去。大人们一口答应。

整整一夜，我都没睡踏实，辗转反侧，迷迷糊糊，好不容易盼到天亮，一骨碌爬起来，又唱又跳。母亲笑说：“山山，你别高兴过度，早喜是忧！”

“‘早喜是忧’是么子意思？”

“就是说，一大早起来，就这么高兴，注定你这一天要哭鼻子！”

“这是迷信！迷信！”

“你等着看吧！”母亲边说边做早饭。

一会儿，我快快吃过早饭，就缠住小哥仁山，要他带我去看电影。四哥玉山正好放寒假在家，说：“你急么子？我们不去，他们看人不齐，肯定不会这么早就放！”

四哥被长丰小学开除后，为大哥河山带过一段时间孩子，第二年到长进中小学重新启蒙，在严厉的二哥阳山眼皮底下读书，成绩也变好，现已读初中二年级。

“可每天到‘8 点钟’就是上午了！”我噘着嘴。

“告诉你吧，说是上午，其实最早也要挨到 10 点。”

“万一他们 8 点就放呢？”

四哥恶狠狠地说：“你也不想想，你们学校哪回按时上课了？说是上午，还不是要等到 10 点以后！”

我不再作声，正苦盼，就见王叔顶着芳月过来，对大家说：“这丫头硬不听话，硬要早些去。她妈嫌路滑，不去了，她还要去，闹得我早饭都没吃安稳！刚才过来这几步路，就摔了两跤，哪知她还是要去！”

芳月骑在王叔颈上，哈哈大笑。我羡慕得不得了，就听见爷爷说：“山山还不是一样！闹过好几回，才刚还是他四哥唬住。”

我急了，上去拉起王叔，就要走。芳月在上面助威。王叔禁不住我俩闹腾，只得牵起我出去。三人刚到一个上坡，脚下一滑，就骨碌碌滚回道场。父亲、四哥、小哥正出来，看到这场戏，大惊失色。父亲和王叔商量后，恐怕小小的我和芳月上去不便，打定主意不去了。我和芳月又哭又闹，可大人铁心不去，我俩也毫无办法。

一会儿，四哥和小哥鞋拴铁脚码，悄悄结伴出去。我和芳月遍寻小哥不着，又哭闹一番。等我们两个小人儿停止哭闹，母亲就过来打趣：“山山，我说吧——早喜是忧，你还说是迷信，这下不迷信了吧！”

一时，我哭笑不得。我和芳月手揉脆疼脆疼的小屁股，满面忧伤，一直等到下午两三点，才见四哥、小哥回来。虽然他俩在路上摔过好几跤，但都满面喜色，满口都是电影中的情节。我和芳月见不得他们那副高兴样子，又委屈地哭一场。

1977年春天，春茶开园，人们走进翠绿丛，披着满身春光，欢欢喜喜采茶。

这天下午第一节课是数学。葛老师让一年级复习，然后溜回办公室。

突然，天上传来飞机轰鸣声。我和芳月坐窗边，抬头望去。阳光下，一架闪着银光的飞机飞在瓦蓝的天空，远去，远去，渐渐消失。每次天上过飞机，我俩都百看不厌，小小的心灵生出无限轻盈的想法……

这时，芳月说："我长大了，要坐飞机！"

我说："那我长大了，一定为你做一架飞机，免得坐人家的！"

两个正说着，就发现操场上有异样。原来，那个放映员又来了，正在安机倒带。随着我俩一声欢呼，课堂上炸开锅，同学们都跑到窗边看，议论纷纷。

刚下课，同学们就一窝蜂奔到放映机旁，指指点点，摸摸捏捏，透出无限兴趣。这时，天上又有一飞机轰轰飞过。我和芳月竟破天荒地没有仰头看"稀奇"。

老师无法，只好干脆不上第二节课，提前放学。小哥仁山来邀我和芳月回家。我俩就是不走。小哥只恨我和芳月的腿没长在他身上，一直让我俩在放影机旁逗留了一个钟头，才想出办法："山山、月月，我们早些回去吧？"

"不急！"我直嚷嚷。

"急么子，还早呢！"芳月也喊。

"如果我们早些回去，就可以早些吃饭，就能早点来，不更好吗？"小哥心平气和。

我和芳月这才服气，异口同声："回去就回去！"

三个回到谢王村，跑进茶园。大人们都集中在这里采茶。我和芳月高喊乱嚷："今日儿晚上有电影看啰！"

采茶的人们一阵欢呼，又有人对起山歌：

你歌没有我歌有，
我的歌儿几箢篓。
老鼠子啃断一匹箢，
歌儿跑哒七八百。

你歌没有我歌多，
我的歌儿用船拖。
大船到达荆州府，
小船还在五洲河，
后面还有骡子驮。

……

新中国成立前，五洲河水要比现在大，水上可以驾船，现在树木砍伐过多，水小了，已没有帆影。当年，也有骡子在沿河的山路上搞运输，如今有了公路，有了汽车、拖拉机等，山歌中的骡子就绝迹了。

在欢快的山歌中，小哥去帮父亲采茶，我和芳月分别去帮母亲、岳婶。突然，姐姐桃山背着襁褓走过来，满面春风，喊"爹"，喊"妈"，喊"伯"，喊"叔"，喊"婶"，喊"哥"，喊"嫂"，喊"姐"，喊"弟"，喊"妹"，不亦乐乎。原来，一个月前，姐姐生了个女儿，现在月子坐满，按照本地风俗，背着女儿回娘家，拜升级的外公、外婆、舅、姨等。父亲就叫母亲、小哥和我先回家。芳月来采茶，本是图个新鲜，这时已觉得没意思，怨不得岳婶直说她"帮倒忙，回去还好些"等话，看见姐姐回来，立刻借机尾随我而去，逗一会儿外甥女，就邀姐姐今晚去看电影。姐姐笑笑，似乎默许。芳月直叮嘱："把外甥女也背去啊！"

小哥笑笑，很神秘的样子。

吃过晚饭，王叔背上芳月，来邀小哥和我。我高兴得不得了，去邀姐姐：“姐姐，走，看电影去！”

“我们还没吃饭呢。”

“妈为你做好多好吃的，还要等好大一会儿，我们不如先去看电影，回来再吃！”

姐姐有些为难，正要开口，母亲就过来说：“月月，你去吧，山山他们今天不去了！”

我大吃一惊，看小哥对芳月直点头，明白是真去不成，就大哭大闹：“呜呜，上次天上下冰路滑，我没去成，这次又没下冰，为么子不让去？呜呜，我要去！呜呜……”

父亲立刻满面怒色，对我吼道：“哭么子哭？今日儿就是不能去！”

我不敢再言语，眼睁睁看着王叔、芳月去，无声流泪。

母亲朝小哥努努嘴。小哥走过来，对我说：“山山，你的眼泪也太不值钱！姐姐今天来，她是客，你是主人。一年中，她能来几回呢。爹妈这么忙，都专门回来招待她，你不待客，却要去看么子电影，像么话！哦，快别哭了！今日儿外甥女第一次来拜你这个小舅舅，你不留下逗她，怨不得爹发火……”

爷爷也来劝：“山山，这还是一点小事呢。等你长大，就会晓得，世上的事并不会都如人愿。而且，不如愿的事比如愿的事还要多……”

爷爷和小哥劝下一大篇，我才渐渐罢哭。

日子就这样演电影般过去。自这学期起，我谨言慎行，看看一学期结束，在升级考试中，也得到双百。学校却再也没有发展少先队员的意思。我好不焦心，比去年还失望，但看小哥和芳月也不再戴红领巾，说是上级的意思。如此，我纵有一千一万个渴望，也是白盼白望。

直到我上了初中，就要跨入 13 岁门槛时，“上面”出台《关于在校儿童都要佩戴红领巾》的规定，我才终于赶上“末班车”，得圆儿时一个梦。可是，虽然这时我脖子上的红领巾和当年没能戴上的领巾一样红，但其含义却多么不同啊！当芳月告诉我怎么戴时，我的热泪夺眶而出……

第六回　考试警顽愚　烈火炼真金

新学期开始，长丰小学有了新变化。军勇他们升上初中的理所当然到长进中小学寄读。小哥他们升上五年级和五年级留级生竟也到长进中小学去寄读。就是说，长丰小学只设四个年级了。我和芳月顺利升上二年级，教室从楼上搬到楼下。

开学第一天放学后，我和芳月回到家，刚吃过晚饭，就听见吉家姐在老屋下高喊：“妈！妈！”

母亲笑笑，出去站在道场边沿，口里大声答应：“好！你稍等一下，他就来！”

母亲回到屋里，对我说：“你大嫂子不敢在家过夜，白日儿里她找我商量好，以后就让你去跟她做伴睡。”

吉家姐胆子特别小，不敢自己过夜。偏偏大哥河山在外工作，一星期才能回家一次陪她。她夜里怕鬼，对付鬼怪的方法却很古怪。别人怕鬼，晚上总把门关紧。而她不，总是天一擦黑，就点燃明亮马灯（谢王村其他人家都是昏暗的煤油灯），把所有门都大敞八开，反觉比关门还要胆壮些。但无论如何，夜里睡觉时，总得把门关严吧，没人陪，她就不敢睡；如今有了儿子，却太小，竟更不敢独自睡。以往，每天夜里总要小哥仁山去给她做伴；上床后，房里还必须点上煤油灯，她才敢睡着。如今小哥去中小学寄读，给她做伴的光荣任务自然就落到我身上。

我直嚷嚷：“我不去！我不去！妈，要去，您自己去！”

母亲劝说好一会儿，我就是不去。母亲只好自己去，但去过几天后发现不行，因为上有老下有小，还有猪、羊都要她喂养，白天要去地里苦挣工分，这些事只能在晚上加夜班，往往要忙到深夜才能去陪伴吉家姐，而吉家姐家务事少，睡得早，常常等不得。母亲无法，就去和岳婶商量，让芳月去给她做伴。岳婶答应，芳月却不答应，她和我一样，死活不去。吉家姐就有了搬回娘家居住的心思，因为她娘家姊妹多，那样的话，大哥离家也就近得多。但她真这样做的话，我家就很没面子。母亲只好勉为其难，一日三餐，边吃饭边做家务，比以往更累。

好在不久，小哥从中小学回到家，说是二哥阳山让他回长丰小学重读一年。吉家姐夜里有人做伴，才收回搬家的心思。一年后，小哥重新考上五年级，又到中小学寄读，吉家姐又无人陪夜了，她再也不顾我家声誉，和大哥哭闹几次，终于拆掉谢王村的老木屋，在我家帮助下，在娘家旁盖起一栋土墙屋，住进后，才算了结一桩心愿。

其实，这些年来，吉家姐仅仅做做家务，主要照顾自己和儿子的嘴。队里派给她家的工，大都由我家代劳（其余的由大哥假期回来披星戴月地干）；每年队里分粮食，都由父亲、母亲、哥姐们直接给她背回家；应该由她家赡养的爷爷，也由我家养着。但不知为什么，她总不爱我们这个大家庭，从未给无偿“劳力”们做过一顿饭。这部书后面，她还对我家做出许多不堪的事情。也许，她爱的，仅仅是从大哥身上得到好处吧。

这是后话，且说当时，星期六下午，四哥玉山和小哥从中小学回到家。小哥右眼角一片青紫，显然是一块瘀伤。我和芳月心疼得了不得，上去摸摸，问：“小哥，哪个打你了？”

“是我自己跌伤的！”小哥眼里立时泛红，但强笑笑。

晚上，小哥对父母说：“二哥让我回长丰小学重读一年。”

一家人都很吃惊。父亲说：“军勇是勉强升上去，你是昂首挺胸考上去。你学习好，品行不坏，凭么子让你留级？”说着，又盯住小哥脸上那块青疤，语气变得严厉起来：“是不是你闯祸了？”

“不是！是二哥说山山、月月还小，让我回来照顾他们一年，不过……”他欲言又止，眼圈又红，已说不出话。

母亲很心疼，敏感地问：“不过么子？”

四哥接口：“他们班上有个叫王霸的凶家伙，把他打了！”

“那真是个‘王八’儿！他么样打你五弟？”母亲更加心疼。

“五弟不小心踩王霸一脚，王霸就打他一拳，把他打倒在地。刚巧我路过那儿，正要去教训那个王八东西，没想到被走过来的二哥拉住！”

“看来，阳山让仁山回来，还不止照护山山、月月这一个原因……”父亲沉吟。

小哥连忙说：“真是这个原因！”

“二哥说，一则五弟年纪还小，二则山山、月月更小，回来照护小的一年也好。”四哥做证。

我和芳月先是诅咒那个王八东西，发誓要为小哥报仇，这时听小哥回来陪我俩一年，又高兴得了不得。

子女学习的事，父亲一向听二哥的，也就不再多说。而母亲总听父亲的，更不会多说什么。

第三天，我和芳月又在小哥仁山带领下，蹦蹦跳跳上学去。他仍被任命为大班班长，带领四年级的同学和才入学的新生在楼上大教室上课。

放学后，小哥要到老师那里谈工作。我和芳月到竹林边等小哥。突然，从竹林里跳出一个人，是顺子，他满脸凶巴巴的气象，拦在路中央，恶声恶气地问：“谢琼山，你这个狗东西！你是不是叫谢军勇用柴打我？”

我已忘记那段公案，先前见顺子拦路，还以为是下午上课时，顺子回答老师的提问答不上来，我主动站起来回答，他怀恨在心呢。其实，上课回答问题对不对，于顺子而言向来无所谓，他在意的是上学期军勇离校时，曾专门把他叫到一边，说：“谢琼山曾叫我用柴打你，以后你要防着他点！”

当时，他很恼火，也没问问清楚，以为是我让军勇狠狠揍他一顿。这时，他看我似乎不明白，以为是装糊涂，当即气狠狠地抽冷子一拳，打中我鼻梁。我脸上立时开花，鼻血直流。芳月手脚麻利地向前跨上一大步，一掌把顺子推倒在地。顺子倒撞在一块小石子上，头被戳破一个小口子，流出血来。他“哇”的一声大号，拼命奔回家去。顺子爹胡顺正在家，看见宝贝儿子这个模样，问过几句，就冲到竹林，黑风扫脸，扬起手就要打芳月。芳月正从路边扯起一把蒿草，揉成团，预备堵住我流血的鼻孔。人们常用这个土方法止鼻血。这时，我看胡顺冲过来，要打芳月，当即捡起一块石头，就要投过去，猛听一声断喝：“大人打小伢，要不要脸?!”

原来，小哥赶来，正看见这一幕，就喊上一恶嗓子。胡顺一愣，赶紧住手。小哥跑过来，从芳月手里接过蒿草团，飞快地塞入我鼻眼，同时一手打落我手里的石头。胡顺看清我脸上的血花，不好再怎样，转身回去，迎面遇上哭哭啼啼的顺子，就一把提起儿子，恶狠狠地说："牛 × 的，号，号什么丧!"

顺子一直怕他爹，勉力忍住，不敢再号。

这年，国家想逐渐恢复"文革"前一些教学制度。长乐县响应号召，决定在全县范围内进行小学二年数学统考，摸摸底。

这是个阴天，我们全体同学在葛老师带领下，一早就出发，脚踏湿地皮，翻山越岭，来到大队部。大队部已不是以往的大队部。那三层高大的木楼已被去年一次历史上罕见的大洪水冲垮。现在大队部设在一栋两层楼的泥墙房内。房子表层刷上石灰，灰不灰，黄不黄，一副面黄肌瘦的难民样子。

长进乡几个小学的一百多名二年级学生集中在二楼，进行考试。我和芳月一上场，就傻眼了。昏暗的天光中，再不是老师随手出在黑板上的几道简单题，而是摆在桌上的前所未见的一张八开油印试卷，内容也高深莫测，还有两个极严肃的监考老师转来转去，气氛很吓人。我和芳月稀里糊涂，做完就交卷。

几天后，二哥阳山回家，带回考试结果。他面容清秀，身材瘦瘦的，和他的大脑袋有些不相称。他穿一身洗得发白的蓝色中山服，风纪扣都扣上，贴身白棉布衬衣领口已补上整齐的补丁。但他整个人看起来很整洁，很精神。在弟弟和学生面前，他从来不笑，一直很严肃。我、芳月和他在一起的时间不多，但我俩常听小哥说："很多学生远远看见二哥过来，就躲着走，尽量避免和他碰面。他们说他很有'煞气'!"

向火房里，在若明若暗的煤油灯和忽闪忽闪的柴火的交织光线中，一家人吃过晚饭，母亲开始剁猪草，其他人则围坐在火塘旁。王叔、岳婶、芳月也过来，和大家坐在一起。二哥清清嗓子，向在座的各位汇报："王芳月 28 分，为班上第一名；谢琼山第二名，26 分。"然后他似笑非笑，面向我不紧不慢地说："这次考试，山山还是不错的。爹他们流一天汗，辛苦一整天，最多挣 12 分，"他放慢语调，加重语气，"而山山呢，仅仅两个钟头，仅仅动动笔，就挣了26分！”

人们哄堂大笑。我本就低着头，满面羞愧，恨不能钻到火塘中的灰里，这时听二哥如此说，当即羞愧得号啕大哭。芳月本为自己得到第一名沾沾自喜，这时听二哥讽刺我，联想到自己离满分100分还差得远，心中顿时极不自在，禁不住眼泪滚出眼眶，也哭出声。二哥又说：“后来，我去看了试卷。由于阅卷的马二老师粗心大意，给山山解错，实际上应该是46分。就是说，他还多挣了20分！”

人们又是一阵哄笑。我自然知道，46分这个数字也不光彩，而是耻辱，因此我哭得更加伤心。芳月也由抽泣发展成号啕大哭。人们劝说好半天，说些“以后多努一把力，争取多考几个满分，让他们看看”等话，才劝住我们两个泪人儿。

好在不久，我就洗却前耻。

长丰小学二年级刚学过乘法口诀，就参与全乡第二次数学统考。这次考试在本校进行，由长进中小学派专人送来油印试卷，并监考。

试卷上几乎都是乘法题，只有一个“7 ÷ 7 = ”的题目。芳月已能比较熟练地背诵乘法口诀，唰唰唰做完，早早交卷。我贪玩，一直没有背诵口诀，只做出几个简单不过的，其他的做不上来，看芳月早早出去，心上不禁着急。一个钟头飞快过去。突然，我脑中灵光一闪，想起刚学乘法时，葛老师仅仅要求我们背口诀，而小哥仁山却按二哥阳山的“指示”，教过我乘法和加法的本质联系，如“5 × 5”就是5个5相加，即5 × 5 = 5 + 5 + 5 + 5 + 5 = 25。我便依这个方法，将每个乘法题一道一道加下去，最后剩下那个“7 ÷ 7”，心想“这大概是题目印错了”，就信手将“ ÷ ”涂改成“ × ”，然后在草稿上写7 + 7 + 7 + 7 + 7 + 7 + 7 = 49，就在“ = ”后写上“49”，然后交卷，正好结束哨声响起。

不久，考试结果出来，全乡最高分的桂冠竟然由我荣获；一共50道题，仅“7 ÷ 7 = ”那道题算错，扣去两分。我兴高采烈，从葛老师手中捧回一张金光闪闪的奖状，贴在家中堂屋香台领袖巨幅画像下面，和小哥曾得到的许多奖状并列，风风光光。

当天晚上，我得意扬扬，向小哥和芳月吹嘘自己考试时的聪明之举，羡慕得芳月直咽口水。小哥却眉头一皱，说："这是捡便宜，如果你不会背诵乘法口诀，以后学除法就会七窍通六窍——一窍不通，考试时包你得个大零蛋！虽然月月这次没你分数高，但她已能背口诀，以后学习会比你容易得多！"

芳月立刻不再羡慕我，反刮鼻子羞我。我正在兴头上，哪里听得进这话，当即嘻嘻哈哈，不了了之，仍然贪玩，不背口诀。

第二天放学后，小哥到葛老师那儿去汇报工作。我和芳月在竹林边等他。一会儿，他过来，一脸严肃，对我说："山山，葛老师叫你去！"

芳月问："么子事？"

"要批评他！"

我大吃一惊，心想："我刚得到第一名，为学校争了光，又没干坏事，批评我干么子？"想归想，去归去，我只得惴惴不安地跑到葛老师那儿。

原来，刚才小哥跟葛老师说了我考第一名的来龙去脉，很为我担心。葛老师也说："我说呢，他连乘法口诀都不能背，为么就得了第一名？原来是这样！"

葛老师见我来到，一改往日笑脸，一脸严肃，开口是"谢琼山"——不再是以往亲热的"琼山"，然后说："你连乘法口诀都不会背，这次碰巧得到第一名。这不行！你小哥说得对！以后，如果你再这样考试，我就让人给你打零分！限你在这个星期之内，背会口诀，到时我要检查！"

回到家，我就在灯下背口诀，第二天早晨又复背一遍，确信能倒背如流了，上学后就去葛老师那儿做了验证。葛老师、小哥心里暗笑，复又感慨。

这天吃过午饭，还有一个多钟头才上课，我召集一班虾兵蟹将，将自己削制的十几把小木手枪，发给部下们一人一支，带领他们，雄赳赳、气昂昂地跑到队里仓库门前大晒场上，玩打仗，一会儿就杀声震天，个个满头大汗。突然，一个同学从学校跑上来，对我说："谢琼山，葛老师叫你们回去，说还要训你呢！"

我被吓住，不知老师会怎么收拾我，待在那儿，直到头上被打中一枪把，才醒过神，赶忙召集敌我双方，命令停火，然后胸中怀着一只惊惧的兔子，回到学校，却没看见葛老师等我，也不好意思去自首。

翌日，我上学，腰里不再扎一根手搓的棕叶绳，而是一根真正的武装带——朱二哥送我的。葛老师走过来。我胸中的兔子立刻乱跳。葛老师走到我身边，亲热地一把抓住我腰中的宽皮带，不费吹灰之力，就将我提到半空，口里哈哈大笑，放下我，吹几声哨子，上课。

我放下心，后来问小哥，才知这是葛老师耍的一点小计谋，不过是怕我们玩出问题，让我们早点鸣金收兵而已。

浅浅春草绿过，深绿的夏天就到来。

星期六中午，小哥仁山、我和芳月早早放学回家。那时，学校都是星期六中午放星期，比现在少放一天。

母亲竟少有地在家，把家里收拾得干干净净，满面喜色地告诉我们："你们二哥谈女朋友了，说好今日儿下午一道回来。你们都把脸上、身上收拾干净点，免得娇客第一次来家，就带坏印象回去。如果你们淘气过头，我可不饶你们！"

我们都很吃惊，继而欢喜，连忙答应，心里都想："未来的二嫂子是个么样子呢？"

夏天的天气，孩儿脸，说变就变，中午还是晴天，下午竟下起雨。社员们无法耕种，只得收工回家，都在半路上淋得精湿。

一会儿，太阳出来，照定远山。近处却依然下着小雨。只见一道彩虹，从南到北，横跨东面那匹山峰，很是壮观。我和芳月一阵欢呼。小哥遐思无限……

突然，芳月大喊："看，二哥回来了！"

小哥和我一望，只见路口冒出两个人。二哥阳山在后面，撑一把油纸伞。他前有一位女士，撑一把小花伞。他俩说说笑笑走上来，满脸幸福神色。我大惊，突然高喊："苞谷姐姐来了！"

芳月仔细一看，又惊又喜，也跟着高喊："真是苞谷姐姐啊！"

原来，那位女士就是"何书记"。小哥想起当年她给我空苞谷壳的情景，笑了。

苞谷姐姐走上道场，笑微微地看着三个弟弟妹妹。二哥跟上来，随口答应弟妹们的一片招呼声，不再是那副特严肃的样子，而是春色满面。

父亲、母亲闻声迎出来，就听何书记连喊“大伯”“大娘”，连忙答应：“哎！哎！”

大家心里乐开花。我们都没想到，二哥的女朋友就是“何书记”。

晚上，二哥叫住小哥、我和芳月，手指“苞谷姐姐”，说：“以后，你们就叫她‘何姐’。”

暑假即将结束时，“何姐”又来一次我家，改口喊父亲、母亲为“爹”“妈”。父亲、母亲喜得嘴巴都合不上，心想：“阳山的婚事成了。”果然，就在下学期开学前一天晚上，二哥和何姐在长进中小学举行了简朴而隆重的婚礼。由于条件所限，小哥、我和芳月人小，没能去参加，只听去过又回来的父亲、王叔说，婚礼在宽敞的教室里举行，里面贴着表示喜庆的字画，二哥、何姐身上都焕然一新。有青年老师高喊：“请新郎说说恋爱经过！”

二哥没了在讲台上那种挥洒自如的风度，满脸通红，二十六七岁的人竟躲到和他一般高的新娘身后。新娘倒是出得台面，脸不红，心不跳，大大方方站起来，一张口，就像演说似的：“在高中，我们同班，就认识了。但没几天，他就去读师范，因此我们之间接触很少。不过，在短短几个月内，他给我留下深刻印象。他很忠实，头脑聪明，学习成绩很出色，是个难得的好人！他也知道我不是坏人。但那时我们根本没有考虑成家的事。参加工作后，我一直不急于成家，因为别人给我介绍的对象我都不了解。而他为了几个弟弟读书，为给父母排忧解难，也把婚事一拖再拖。直到上学期，有人介绍我们认识，哪知我们一听对方名字，就知道这是老同学，都很放心，没说二话，就好上了。这个暑假，我们一直在进行‘谈判’，后来一致认为，我们都老大不小了，这几年农村生活也日渐好转，他肩上担子越来越轻，我们就结婚吧。现在，我们就在这儿举行仪式！报告结束，请大家批评指正！”

掌声如雷。婚礼一直闹到半夜过，人们才陆续散去。

小哥、我和芳月听了，均想：“二哥真幸福！将来，我也这样，就好了……”

第七回　下孝上也慈　无憾为老死

又一个新学年到来，长丰小学又发生了巨大变化。小哥仁山他们升上五年级的到长进中小学寄读的同时，四年级居然也跟去。更令人吃惊的是军勇，他竟从长进中小学的初一班倒退到长丰小学三年级；他已13岁，竟和9岁左右的我和芳月做起同班同学。这是怎么回事？原来，这年中国天地大变，农村有了新政策。长丰小队有了新安排，每个劳动力都可承包一块土地，在一定时间内干完农活，就能得到相应工分。相对而言，农民比以前拥有了更大的自由空间。

教育界也有了新政策。党中央、国务院号召全国人民尊师重教，狠抓教学质量，把在“文化大革命”中的损失夺回来。今年，二哥阳山荣升为中小学教导主任。他想出一个硬办法，让本乡中小学、小学来一次过硬的大统考，先中考，考不上高中的就回头从初一考初二，不能升级的又回到小学五年级参加毕业考试，只要语文、数学总分达到60分，即可升入初中，否则又参加四年级升五年级的考试，两科总分不能达到60分者，又回到三年级参加升学考试，以此类推，一直退回启蒙线为止。在这次大考中，军勇一路败退，一直退到小学二年级升三年级的考试，终以总分140分升上小学三年级，只好重回长丰小学。据他自己说，他最怕写作文，偏偏从三年级起就要写作文，因此他才一路败退，否则，他早已升上初二。芳月反驳说：“作文分数再高，也只占两科满分200分的40分啊，只有作文不行，其他都行，也不至于从初一退到小学三年级啊！”

军勇没话说了，唯有红着脸，对芳月白眼相加。这次退下来，落差太大，军勇觉得再不努力学习，就对不起自己的一大把年纪，因此很少生事，和我、芳月倒也相安。可军勇真是祸不单行，学业倒退不说，又成为本年长丰小学长耳风包的第一人。再是他的“亲密战友”胡顺子。耳风包似乎很会传人，接着是和胡顺子相好的人被传染，再是顺子好友的好友，不久就在班上乃至全校风行。

这天放学后，我回到家，吃过晚饭，就吹：“我们班，就我和芳月没长耳风包，其他人的腮帮子都这么大，这么大!”边说边用手比画，“都像猪八戒！这几天，都有几个‘猪八戒’不来上学，在家养猪嘴筒子，让它还大些，大些!”

爷爷、父亲、母亲都笑。

晚上，我刚睡不久，就觉得耳朵根子怪痒痒，这是常事，也没在意，胡乱睡去。忽然，我看见军勇妈拿一把白亮亮的匕首追来，想逃又跑不动，眼睁睁看军勇妈追上来。寒光一闪，一刀划在我腮上。我吓得大汗淋淋，猛然惊醒。原来是一个梦。这时，已是第二天早晨。我渐渐觉出两腮怪沉重，还痒痒，就重又倒下，睡会子早床，直到吃饭时母亲叫过几次，我才爬起，洗脸时，感到脸上肉多了好些。母亲盛上一碗饭，递给我，一下就发现问题：“山山，你也长耳风包了!”

“昨日儿他还笑话别人呢，没想到只过一夜，自己也成‘猪八戒’了!”父亲笑起来。

爷爷哈哈大笑，刚喂到嘴里的一口饭“噗”地喷出来。我羞得不行。羞归羞，治归治，我边吃饭，边让母亲在胖腮上涂桐油。据说，这能稍减疼痛，但不起根本性的治疗作用，要等耳风包完全消失，得等一个月，它就会自动好起来，因为这是每个人一生中必须经过的事儿。

饭后，父亲风趣地问：“山山，今日儿你多长两团肉，恐怕路上带不动，还上不上学?”

我看看大晴的天，挺硬气地反问：“为么子不去?”

爷爷连声称赞：“好！一点小病就不去上学，像话吗?”

正说着，王叔过来。我迎上去问：“芳月准备好没有？如果好了，我们就去上学，免得迟到!”

“昨日儿晚上，芳月长耳风包，今早她妈不让她上学，让我来请你跟老师告个假，没想到你也长了。你去不去?”

我正有些迟疑，就听父亲说：“山山自己说去，我这就送他去。”

我立刻又硬气起来，抬头挺胸，对王叔说：“当然去!”

父亲一直将我送到碑岭上，才转身回谢王村。

后来，我听说，这天黄昏时分，父亲和母亲收工回家，没看见我，就去问爷爷。爷爷说："没看见他回来。"

母亲认为我肯定看芳月去了，就赶过去，正好顺便看看芳月，哪知过去一看，没见到我踪影。母亲急了，连连高喊："山山！山山！"

声音震得山响，但没人回答。母亲更急，回到家一说，父亲也急得不行，就看见芳月过来。她说："山山哥哥肯定是怕过那条大沟，这时还……"

没等芳月说完，父亲就急急沿路寻去，一边赶路，一边高声喊："山山！山山！"

且说这天上午10点，我刚进教室，何老师就跟进来，哨子一吹，上课。何老师满教室扫视一遍。三年级一共12个同学，这会儿只有耳风包已好的谢军勇和胡顺子，以及其他两个同学，还有带"包"而来的我，共5个，还没凑齐一半。二年级本有28个，这时只有10个耳包风已好的同学。我站起来，说："报告！王芳月长耳风包，她妈不让她来上学，让我给她请个假。"

何老师点点头，又看我端端正正坐那儿，很感动，当众表扬我："谢琼山同学家离这儿比较远，而且又长耳风包，可他照常来上学，这种精神值得我们学习！今天我们上作文课，题目叫作——"说着，在黑板前写上"记一个刻苦学习的同学"几个大字，写完，坐上一张空座位，开始思考，一会儿也写起来。

放学后，我走到竹林边，没看见芳月的影子，才猛然想起今日芳月没来上学，就独自回去，走不多远，突然强烈意识到自己是独自回家，开始害怕，怕那条大沟。大沟也真怪，自10年前在沟里摔死一个人，隔3年摔死一个。村里人议论纷纷，大都说大沟里闹鬼，先死的鬼故意拉独自过路的人下去做伴，尤其是孩子……

我没见过鬼，但胆子远没有四哥玉山大，平时和芳月两个，不觉害怕，这时可就惨了。从谢王村到小学有两条路：一条是远路，爬上岩湾，经过军勇家门口，再到学校，沿途都有人家，不必害怕；另一条是近路，就是我走的这条，自碑岭以下，直到我家，沿途没有人烟。这学期，这条路上，上学的就只有我和芳月。

农村有许多鬼怪事，而且绝大多数人都迷信，人们喜欢讲些鬼怪和惨事。我就听到不少。就说一件伤心事吧——谢王村对面那座高山上，解放前仅有一户人家，某年天灾不断，这家没吃的，某天月夜，这家10岁的小儿子睡在楼上，半夜起来，向下撒尿时，他父亲竟把他推下楼，活活摔成肉饼，因为家贫养不活！

自从我听到这个故事，总怕有天灾人祸发生。我还常常听大人说起“拿人”的无常。无常就是在梦中帮阎王捉拿大限已到的人去死。我常常在半睡半醒时分，梦见自己在大沟边，有个怪物追来，追上桥就掐我脖子、喉咙……

以往上学，小哥仁山领路，碰上夏日天气好，我们还到大沟里捉鱼玩儿。这学期开学不久，有一天放学，军勇图新鲜，不从上面那条路回家，说是到谢王村村口会齐他爹娘一起回家，就撺掇我和芳月，三个也在大沟里捉过一会子鱼。

这时，我特别容易想起那些怪事、惨事、惊梦，仿佛还看见昨夜梦中匕首的闪闪寒光……

我心里直发毛，走到碑岭，就再也不敢向下走，决定等一个到谢王村或去河下的同路人再走。

太阳落山了，没人来。

天色暗了，还是没人来。

一会儿，不远处的人家已点亮灯火。我看到岭上的碑和坟，突然鲜明地意识到下面埋着死人，更是胆战心惊。天就要黑，我终于下定决心冲过大沟！于是，我埋头直冲，从碑岭冲下，冲到大沟木桥上，不敢停留，也不敢向四周任何地方看，一味埋头向前冲，一鼓作气冲过木桥，然后冲过一片林子，来到一块开垦出来的田中小路上，就听父亲呼唤我。我停下，立刻觉出胸中“怦怦”直响，头上大汗淋漓。我张开口，想答应父亲，却像做梦一般，声音卡在喉咙，重新回答好几声，终于有一声“哎——”爆发出来。

我自己都听到声音中明显的哭腔，接着感觉出热泪滚出眼眶，和汗水一道流下脸颊。

这时，天色模糊。父亲听见回答，又看见一个小影子站在田中，吊到嗓子眼儿上的心才稳稳当当放落。父亲跑过来，不顾一整天的劳累，一把将我抱起。我依偎在父亲肩上，心渐渐平静。父亲一路问话，我一路答话。走到家门边，我完全平静下来，要下地。父亲还想抱我一会儿，平时他难得好好抱抱我，就说："山山，让爹还抱抱吧！"

我难为情地说："我都9岁了，还让大人抱……"说着，坚决溜下地。

等在门口的爷爷、母亲、王叔、岳婶、芳月都松一口气。我说何老师表扬我。芳月羡慕得不行，直嚷嚷："明日儿我也要上学！"

岳婶说："山山哥哥是男子汉，又比你大，才去。你是女伢，还比他小，不能去！"

芳月哭起来。王叔说："让她去嘛，太娇惯孩子，不好！"

岳婶说："这次她病了，依不得你，也依不得她！"

芳月直嚷嚷："明日儿我要去上学！我要去上学！"

"乖，我们回去。等你病好，你掉下的课程，让山山帮你补上。乖，听话，回去我弄好东西给你吃……"岳婶一把抱起芳月。

王叔尾随母女而去，直摇头。

第二天早起，又是晴朗的一天。吃过早饭，父亲问我："今日儿去不去上学？"

"当然去！"我回答得很干脆。

父亲笑了，正要送我上学，就听后面一声喊："山山，等一等！"

原来岳婶和芳月母女过来。父亲问岳婶："是不是又让山山去给月月请假？"

"不是！昨日儿芳月她爸给我说一些道道，我觉得在理。让月月上学，也好让山山有个伴，过大沟就不怕了。"

父亲感动地说："那好呗，我就不用送他们了。"

我和芳月走到碑岭上。芳月要尿尿，就转过头，对我说："山山哥哥，你转过身去!”

我顺从地转过身，听见芳月很响地尿在地上，再听见衣服窸窸窣窣声，最后听芳月说：“好了。”

我转过身，几步跨过一块湿地，赶上芳月。

我俩刚到学校，哨声就响起，上课。何老师搬来作文本，让芳月发下去，同时表扬她，说她家和我家一样远，带病坚持上学，小小年纪，不简单，精神可嘉，同学们都应该向她学习。芳月很高兴，站起来，望望我说：“昨天，山山哥哥带病坚持上学，今天我是学他才来的!”说完，坐下。

“昨天她也要来，是她妈岳婶怕她受不了，不让她来!”我站起来，说完，坐下。

何老师笑了，说：“你们都是好同学，而且不贪功，更好。一个是班长，一个是学习委员，给同学们起了很好的带头作用。好了，同学们，昨天我布置的作文《记一个刻苦学习的同学》，你们都认真写了，我已解完，现发给你们。有几个人写得比较好，谢琼山同学写得最好，他写王芳月同学，写得真实可信，有条有理，感情丰富。课后，你们可以借他的作文多看看，多从中学习学习。再呢，昨天，我看到谢琼山同学带病坚持上学，很感动，也写了一篇作文。我这是怕班上很多同学写不好作文，借昨天谢琼山同学的事，作一篇范文。因为上面考试常出这个题，因此我作出这篇，你们抄去，把它背下来，以后升级考试好用，但不要告诉其他人，尤其是长进中小学的老师!”

“何老师，我们哪能抄老师的作文呢？我今天就自己补写一篇，保证和山山哥哥写得一样好!”芳月站起来，说完，坐下。

“何老师，将来升级考试，我也不抄您的，保证自己写一篇!”我也站起来，说完，坐下。

“能自己写更好。这篇范文本来就是写你谢琼山同学，你抄我的，不成了自己写自己吗？况且，你这篇写王芳月同学的作文，也写得很好啊!”

军勇不禁脸红，但心中十分高兴，因为这个难题总算解决。

放学后，我和芳月走到碑岭上。我要撒尿，就停下来，对走在前面的芳月说：“月月妹妹，不准回头看!”说着，转过身去，解开裤扣，很响地向路上撒尿，撒完，扣扣子时，突然心中一动，就不先说“好了”，而是迅速转头，就看见芳月正斜侧着身子回头偷看。

她见我猛不丁回头，迅速转过身，险些摔倒，口里吃吃直笑。我说：“好哇，你竟偷看男伢子屙尿，等会儿我回去告诉岳婶!”说着，扣好扣子，要走上前。

芳月赶紧回过身，向我鞠躬，央求说：“山山哥哥，我再也不敢了，你别告诉我妈，好不好?”

“好。”

我和芳月回到谢王村，发现母亲竟在家。母亲忧愁地告诉我俩：“你们爷爷病了。刚才到河下请医生来看，说是老病，治不好，这时正躺床上呢!”

我俩进内屋。爷爷躺着，很痛苦的模样，看见我俩进来，欲起不能，眼泪像断线珠子一样滚落在枕上。我俩和爷爷说一会儿话，就听母亲喊我俩出去吃炒洋芋片片。

我俩吃完，天已黑下来。父亲回到家，扶起爷爷的头。母亲端进一碗稀有的大米粥，一匙一匙喂爷爷……

期末考试这天，临上学，在大人示意下，我和芳月去向爷爷辞别。一个多月来，爷爷一直躺在床上，这时已说不出话，只有出气，没有进气，听我俩叫他，努力睁开眼，几乎没动地点点头，满含慈爱，看着我俩退出房门。

考试结束，我和芳月走到碑岭，听人说爷爷已过世。

我俩回到家。大哥河山、吉家姐、二哥阳山、何姐、姐姐桃山、朱二哥、三哥绣山、四哥玉山、小哥仁山都已赶回，和父亲、母亲一样，泪流满面。

黄昏，乡亲们陆续来到我家，远处不少人也闻讯赶来。锣鼓响，鞭炮响，唢呐响，丧事办得轰轰烈烈，隆隆重重，但一点儿也不迷信，不铺张。“上头”不允许像解放前一样看风水、请道士、摆道场。

第三天上午，出殡时，天上下起小雨。棺木由八大金刚抬起，向山上走去。后面二三里路上密密麻麻，排满了人，冒着刺骨寒风，像一条长龙，向山上游去，许多人号啕大哭。我没有哭，但觉得气氛很沉闷，透不过气。芳月哭得两眼红肿，过后还怪我竟没哭。她说，爷爷那么受人尊敬，我这个小孙孙却不哭他，真没良心！

爷爷享年77岁。有两个“7”，很好记，因此我和芳月记住了，但我俩一直不知道爷爷的名字，也从没向任何人问起。我们只知道，爷爷生前种下的桃树、核桃树、枇杷树有的已枯死，随爷爷去了；有的幸存，却也风烛残年。

我们永远记得，爷爷看我们吃水果、饼干时，那副笑眯眯的陶醉样子。

第八回　血浓终胜水　小子幸有知

二哥阳山婚后，有4个家——学校一个，何姐单位一个，谢王村一个，何家一个，真可谓“四海为家”，但在假日，他主要住在何家，因为何家就何姐一个孩子。

农历腊月二十一，二哥、何姐回到我家，二十二玩一天，二十三早饭后，夫妇两个就游说我去何家过年。我不去。何姐说：“如果你去，我给你买一顶军帽、一双新鞋、一个新书包、十本小人书，好不好？”

“你第一次到我们家吃饭，就骗我——给我空苞谷壳吃！”我动心了，但不放心。

“这次是真的，不骗你！”何姐大笑。

二哥也说：“有那么好的事，你还不去？叫我早去了！”

我知道二哥向来不说假话，就答应了。何姐又问：“你准备在我家玩几天？”

“3天。”

“那到二十七就回来，能过年吗？”

“那就7天吧。”

“那，不是刚过年，就得回来吗？”

“那你说几天？”

“我说干脆玩一个整数——10天。正月初三我们回谢王村，好不好？”

我心里很勉强，但口中很干脆：“好吧，10天就10天！”

三人到河下，先到桥头，走进长进卫生所解医生家。原来，何姐小时得天花险些夭折，幸得解医生和她夫人医道高明，救活她一条小命，因此她拜解家夫妇为义父义母。卫生所是一栋两层楼的土墙屋，解家住在楼上三个较讲究的单间。昏暗的光线下，一些较高档的家具不屈地闪着光。二哥、何姐喊一个瘦高个壮年男子为“爹”，喊一个富态壮年妇女为“妈”。

屋里，一个衣着鲜艳、头缀明珠、长得秀美的小姑娘从沙发上站起。她脸上一色的白，像上等面粉。我吓一跳，先还以为她是一个石膏人呢。她喊二哥、何姐为“哥”“姐”，眼睛却盯着我。我脸上发烧，肯定羞得脸色通红。我长这么大，还从没有一个这么体面的陌生漂亮小女生这样大胆地看我。三个客人坐下。二哥默不作声。何姐就将我们两个小朋友拉到一起，作介绍。小女生叫解琼，和我同岁，正在长进中小学读小学三年级。说一会儿话，解家要给客人做饭。二哥、何姐出于礼貌，有心吃过再走，无奈我总觉别扭，闹着要走，只好拜辞出门。走出解家，三个就去长进供销社，给我买下蓝军帽、绿球鞋、黄书包、小人书。我第一次背上梦寐以求的新书包，第一次拥有几本小人书，高兴得了不得。二哥要帮我背上它们，我偏不干，硬是自己一直挎在肩上。

三个翻山越岭，中午时分来到何家。两位大人迎出，很亲热地抱起我。我在二哥指导下，分别喊他们“幺叔”“幺婶娘”。一行人来到向火房，坐在火塘边，喝茶。幺婶娘单给我抓来糖果、花生、板栗、核桃，塞满我书包；一提，就“哗哗唧唧”直响。我大吃板栗、核桃，因为家里有。我只吃了3颗花生和3颗糖，并细细品味，因为家里没有。

一会儿，一个清瘦的长一嘴白山羊胡子的老人到来。二哥让我喊他“何爷爷”。何爷爷是幺叔的父亲，解放前曾当过“私塾先生”，特别喜欢我，给我说些和小人书上差不多的故事。不一会儿，我们爷孙俩就成为好朋友了。

俗话说，人家的饭好吃，自家的铺好睡。幺婶娘做的晚饭特别有味道。尤其是蒸的鸡蛋羹非常嫩。吃过饭，何爷爷就告辞，回到大儿子家中去住。

临睡前，幺婶娘这样安排：“山山跟幺叔睡。”

我不干。我和幺叔还不熟悉。幺婶娘又说：“那你跟我睡吧。”

我也摇头。我和她也不熟。幺婶婶就商量着问：“那你愿意跟哪个睡呢？”

“我要跟二哥睡！”

“为么子？”

“这个屋里的人，我只和二哥熟！”

幺叔、幺婶娘耐心地劝说好大一会儿，无奈我就是要跟二哥睡。何姐说：“就随他吧。”

幺叔、幺婶娘苦笑笑，只得点头默认。我来到一间布置得很漂亮的房间。房里贴着大红的双喜字。家具崭新，比较高级，我见所未见。虽说这房间温馨宜人，一张大床也软乎乎的，但我闭上眼后还一味回想这一天，怎么也睡不着，迷迷糊糊间，隐约听见二哥、何姐说着轻柔的话儿进房，然后是宽衣解带的声音，最后两个在我脚头睡下，睡下还不老实，光在那头轻轻说话，好像有说不完的话似的……

我没用心听，一会儿就感到疲倦至极，渐渐睡去。香甜一觉醒来，天已大亮。我觉得二哥、何姐已不在床上，赶紧穿衣，爬起来洗过脸，就看见何姐手里拿一块油淋淋的精肉，屋里屋外追赶二哥，口里嘻嘻哈哈，追上就把肉塞到二哥嘴里。二哥一边嚼，一边和何姐哈哈大笑，快活得像两个不谙世事的小孩。

这天，幺叔常和我套近乎。晚上，叔侄俩已混得烂熟，我就答应跟幺叔睡。

几天过去，我很想母亲，也想小哥和芳月，但我憋在心里，绝不想说出，可还是在无意之中说了。

腊月三十，我第一次在别人家过年，独自放了整串整串的鞭炮。以往过年，我只能放零零星星几个，甚至一个也没有。因此这天我玩得很开心，就把想家的念头放在一边。

大家吃过团圆饭，幺婶娘在厨房准备晚上的点心，何爷爷、幺叔、二哥阳山、何姐聚在炭火旁打花牌。一会儿，我翻完小人书，过来佝颈——看打牌。我没玩过花牌，看见何爷爷放下3张“三”，其中一个“花三”上面画一个年轻女子，和二哥打的那张“白皮三”不同。我感到奇怪，就想问问何爷爷，一张口，竟把何爷爷喊成“妈”，突然意识到错了，立刻住口，哪知何姐听见这声称呼，立刻大声朝厨房喊：“妈，妈，快过来！”

幺婶娘答应着问：“做么子？”

“快来听听，山山喊您‘妈’！”

幺婶娘无生育能力，何姐是她从大伯家过继而来，听说我喊她“妈”，岂不欢喜，立刻走过来，想验证一下是不是真的，哪知我羞得脸上发烧，低着头，不看幺婶娘，也不看那四个已停止出牌的牌友，沉默着。幺婶娘慢慢转身回厨房，嘴里唠叨：“肯定是你们听错了！”语气很失望。

何姐在后面解释：“妈，山山肯定是怕羞，不好意思当面喊您！”

“乖儿子！好幺儿子！我的幺儿子！”幺婶娘又欢喜了，转身把我抱起来，在我脸上亲了又亲。

我依然沉默，脸色肯定通红通红。何姐又说：“妈，您看，他更不好意思了！”

“山山，你的脸皮本来就薄，妈怕你脸皮烧得更薄，这就过去。说不定锅里已冒烟!”幺婶娘更加欢喜，赶紧放下我。

在人们的一片笑声中，幺婶娘欢欢喜喜过去，重又炒菜。

自此，何家对我又好十分。我却更加十倍地想家。直到我们坐在火塘旁“守岁”，守到夜里12点，送走旧的一年，迎来新的一年，去外面放鞭炮“开天醒”，我想家的念头才淡一点。

好不容易盼到正月初三，我早早起来。外面纷纷扬扬，下起铺天盖地的鹅毛大雪。天气分外寒冷，我心里却很热：“今天回去，就可以见到妈了，就可以和小哥、芳月打雪仗了！”

吃过早饭，何姐向二哥使个眼色。二哥对我说：“山山，今日儿我们不回去！”

顿时，我心里凉了半截，惊问：“为么子?”觉出眼泪流到眼眶边，带着哭腔。

二哥为难地说：“你看，这么大的雪……”

我走出去。地上已有半尺深，空中雪花还在扯棉絮似的撒下。我“哇”的一声哭出来，边哭边喊：“我要回去！我要回去！你们说话不算数！大人说话都不算数！”

大人们苦笑笑，商量一会儿，最后一致决定，二哥、何姐和我冒雪回我家。我这才破涕为笑。

一会儿，三人收拾停当，翻山越岭，一路摔跤，终于爬上谢王村。

芳月坐在向火房里，听见屋外踏雪声，心中一动，跑出来，立时看见我戴着新帽子，穿着新球鞋，背着一个鼓鼓囊囊的新书包，傻傻地朝她笑。她大喜，大喊："山山哥哥回来了！山山哥哥回来了！"

三哥绣山、四哥玉山、小哥仁山正在王家，和王叔、岳婶闻声而出。二哥、何姐依次给王叔、岳婶拜年。我从书包里掏出花生、核桃、水果糖，分给小哥和芳月。三个又说又笑又吃，一路回到我家。二哥、何姐随后跟来，走到大门口就喊："跟爹妈拜年啰！"

四哥说："正月初一，爹、妈就上山给家公拜年，今日儿还没回来呢！"

我们这里的"家公"，就是外公。

我的高兴劲一扫而光，当即"哇哇"大哭。我正哭得伤心，就听岳婶在那边喊："山山，山山，你爹你妈回来了！"

我赶忙跑出去，果然看见父亲、母亲踏雪归来，立刻转悲为喜，破涕为笑，一边跑，一边大喊："跟爹妈拜年！"

母亲在前，一把抱起我，回到家，放下我，就去下厨。何姐立刻上去帮手，就听外面有童声喊："跟爷爷、奶奶拜年！"

一家人迎出。原来是大哥河山和吉家姐带着儿子来了。一伙人进屋，寒暄一会儿，母亲又去做饭。吉家姐、何姐一起去打下手。何姐快言快语，边往灶里添柴，边说起去年腊月二十三晚上我要跟二哥睡的典故，说得娘儿三个笑声不断。吉家姐喊我过去，打趣说："山山弟弟原来怕丑，硬是不陪我睡，去年腊月硬要跟二嫂子睡，是么子道理？"

我把她的假话当了真，解释说："我哪里晓得苞谷姐姐要跟二哥睡呢？"

大家又哄笑起来。我不好意思了，过去拉起小哥和芳月，出去打雪仗。屋里，何姐又讲起我在何家喊"妈"一事。娘儿三个又笑。母亲就喊："山山，进来，妈有话要问你！"

我进屋。母亲问："山山，你为么子不当面喊幺婶娘'妈'呢？在背后喊，是么子道理？"

我赶紧解释："我根本没有喊幺婶娘'妈'，只不过那几天很想您，哪里晓得喊何爷爷的时候，喊成'妈'了！"

"那有么子？幺婶娘特别喜欢你，才想你拜她做干妈啊！你何姐也是这个意思，喊就喊呗！”

“我自己有妈啊！您就是我最亲的妈，我凭么子还认一个妈呢?!”我急了。

“瞎说!”母亲嘴里这么说，脸上却露出甜蜜蜜的样子。

我刚过完10岁生日，就进行期中考试了。

一个星期后的星期五中午，何、葛老师宣布放学，并说星期六也放假。

我和芳月回到家，小哥仁山也从长进中小学风风火火回到家，浑身是汗，满脸通红，说今日晚上中小学有电影，他是受二哥阳山和四哥玉山委托，回来接我和芳月去看电影，并且办一件喜事。我说：“怪不得今日儿这么早就放假!”

芳月问：“小哥，么子喜事?”

小哥笑而不答，然后带领我俩，为谢王两家抬满两缸水，为两桶洋芋刮了皮，去地里向大人“吱一声”，就像兔子一样蹦蹦跳跳，向河下冲去，冲下五六里山路，来到中小学，先去初二教室。

小哥走在前面，刚到门口，一根啃光苞谷籽的棒子就飞出，险些砸在他头上。我和芳月在后，同时“呀”的一声惊呼。原来，二哥回何家了，四哥就作威作福，单派小哥回去接我和芳月，自己则偷懒，一直在教室里和同学们寻快活。这时，他们正打仗，一时，教室里苞谷棒子“嗖嗖”横飞乱砸。

一会儿，天黑下来。我们四个带着两条板凳，赶紧去操场上选定最佳位置坐下。

不一会儿，操场上就挤满学生和附近农民、干部等等。有的甚至从10里以外赶来，有两三千人，大都手拿电筒。

放的电影名叫《平鹰坟》，说是解放前，一个地主家里养一只恶鹰，因偷吃贫农家里的蛋鸡，被贫农大爷一锄头打死，地主就把大爷抓去，在埋葬死鹰的同时，也把大爷活活当陪葬埋了——看到这里，芳月竟痛哭失声，惹得许多人不看电影了，专看她——后来，大爷的儿子报名参加解放家乡的战斗，最后镇压了地主，为大爷报了仇，为老百姓报了仇。一时，我满场欢呼，惹得周围的人都愣看我。

看完电影，小哥去四哥的学生宿舍睡，我和芳月去二哥宿舍里洗过澡，双双睡在大床上，讨论一会儿电影，渐渐睡去。一觉醒来，已是天亮。四哥、小哥进来。四个刚吃过早饭，二哥就脚踏露水，从何家回到学校。

上午 8 点整，在学校操场上开大会，两三百中小学生列队坐在一起，一片黑压压的人头，主席台上摆满文具盒、钢笔、墨水、奖状等。

天气晴朗，太阳很“毒”地照着大地。我和芳月直冒热汗，像要被太阳烤化似的，只希望大会早点开完才好。

先是校长讲话。原来这是一次全乡范围内的教育战线发奖大会。

再是教导主任谢阳山念表彰名单。其中，谢仁山荣获特别奖，谢琼山和王芳月荣获一等奖，谢玉山荣获三等奖。

我和芳月立刻不再觉得炎热。

待小哥上去领回一个文具盒、一支钢笔、一瓶墨水和一张奖状，我俩竟觉得心里有凉风拂过。

等一会儿，我俩一前一后，分别领回一支钢笔、一瓶墨水和一张奖状，心里更加凉快。

盛夏刚到，升级考试就跟着到来。果然不出何老师所料，在长进乡小学三年级语文试卷上，作文题为《记一个身边的好同学》，只是很多同学不知变通，依然写得一团糟。军勇毕竟年纪大，经历的“战事”多，心想：“这篇作文，完全可以和何老师写的《记一个刻苦学习的同学》一样嘛。”他早就背下那篇范文，这时一字一句抄下，第一个上去交卷。

我想：“我身边的好同学，芳月不就是一个吗?”于是，我想起做过的作文《记一个刻苦学习的同学》，又增添一些好素材，加之文字功夫扎实多了，做起来很顺手，第二个上去交卷。

芳月想：“我身边的好同学，山山哥哥不就是一个吗?”于是，她想起自己曾补做的《记一个刻苦学习的同学》，又想起何老师做的那篇，就将两篇综合，一会子做完，看我交卷，就跟上去交了。

我出来，跟教室外的何老师、葛老师神吹这次考试，一会儿就忘形。

两个老师笑微微地看着自己的得意弟子，脸上很有光彩。芳月在旁，心里将自己写的作文暗暗作比。“上面”来监考的王老师走出教室，含蓄地对这“四人帮”看一眼，又特别对我含蓄地一笑。葛、何两位老师当即明白是不让我再扰乱考场秩序的意思，立刻把我和芳月带到离教室较远的角落，继续听我吹嘘“得意之作”。

不久，芳月、我和军勇被长进中小学四年级录取，班上其他同学则全部名落孙山。葛老师曾建议二哥阳山让我和芳月还重读一年，说是课本往往迟到半学期，以致同学们基础不扎实，恐怕对我俩以后的学习不利。但二哥认为才住小学，以后完全有机会补上。

暑假里，四哥玉山也得到好消息，他不但顺利初中毕业，而且考入设在永茂镇的长乐县农业高中。

童年，宛如白生生的叶芽，一旦张开成嫩绿的叶片，就成为历史，再也无法找回。但我们不必为童年的消失而伤怀，因为我们的生命树上，就要长出更美丽的花苞。

但是，即将到来的蓓蕾，会不会受到风雨吹打呢？

泪洗中小学

第九回　小溪入小河　新地唱新歌

时近1978年夏天尾梢，我和芳月蹚过清亮的五洲河，到长进中小学报名读小学四年级，稍事停当，两个就手拉手，满校园转悠，瞧这瞧那。以往来这儿，都是匆匆而过，现在才得以从容看看。

中小学的大小约为我俩的母校——长丰小学的10倍，主要由刷白石灰的土墙屋和两个操场组成，分为阶梯似的上下4级。最上一级是教师食堂、学生食堂、女生宿舍、教师宿舍、初中教室、男生宿舍和厕所围成的一个半圆。第二级是一长溜5间小学教室。第三级是光秃秃的小操场。第四级是大操场，东西两端分站一个木质篮球架，再下则是宽阔的五洲河河滩，有石，有沙，有田，有草，有树……

我和芳月一路看，一路说，一路笑。

一会儿，小哥仁山叫我俩去吃晚饭。这顿晚饭是二哥阳山特意开的小灶，在煤油炉上煮的鸡蛋面条，还有用饭菜票从教师食堂打来的大米饭、半碗肉和一碗炒白菜。二哥对我和芳月说："学校条件有限，生活远不能和家里相比……"我赶紧说："不要紧，在家里，我们只要有一碗炒洋芋片片就行了！"

二哥道："在这里，过集体生活，连洋芋片都很难吃得上！"

芳月说："不要紧！我们是来读书的，又不是来享福的！"

"说得好！"二哥赞许。

饭后，我和芳月又手拉手，来到河边。在河边某个地方，向西仰望，会看见一个大岭，上面有一只飞翔的苍鹰，只有一粒黄豆那么大。那个岭后面，就是谢王村。

从此，我和芳月告别木枪和童谣，宛如七峰山上叮叮咚咚的大沟，注入山根的五洲河，又将唱着歌儿奔向远方……

当天，军勇来报名后，住在初一班男生宿舍。我和小哥跟二哥一起，挤住在一个像火柴盒的教师单身宿舍。芳月是唯一寄读的小学女生，和初一班的大姐姐们住在女生宿舍。

“丁零零！丁零零！”第二天一早，我被清脆的铃声惊醒。起来出门，看挂在二哥宿舍门框上方的大闹钟，才6点过3分。

早饭后，在二哥指点下，我和芳月来到第二级阶梯第四间教室。里面明显比长丰小学要阔气。前面是一块很规范的黑板；课桌都刷了红漆，排列得整整齐齐；不是板凳，而是独凳，在每张课桌后面都放两把；没有损坏不堪的物件；四面墙上贴着马克思、恩格斯、列宁、斯大林、毛泽东的巨幅头像。

8点整，铃声响起，小学生从四面蜂拥而来，跑进教室。除军勇、我和芳月站着外，其余三四十个学生都自动在位子上坐好。班主任进来。他身材高而粗大，姓古。古老师安排我坐在右边第一位，和一个衣着鲜艳、长相秀美的女孩坐一桌。原来是解琼，她正看着我微笑。芳月被安排在我后面，和一个姓陈名祖科的男生坐一桌。他寸头，圆圆的脸蜡黄蜡黄，鼻子周围满是雀斑，但眉目和善。军勇身材高大，被安排到最后一位，和一个年纪不小、又粗又高的黑男孩坐一桌。这个胖男孩，就是曾经欺负小哥的王霸，在去年大考中，他和军勇一样，从五年级败退到三年级就读，现在重又升上四年级。

古老师简略说明中小学的制度，就点名我当班长、陈祖科当副班长、芳月为生活委员、解琼为文娱委员、军勇为学习委员、王霸为体育委员。古老师兼任我们四年级语文科任教师，给同学们发过新书，就上第一节课。古老师在前面讲得起劲，解琼却觉得无味，就用手肘碰我，轻声问：“谢琼山，你要不要草稿纸啊？”

乍到新地方，我一直很小心，这时不禁胆战心惊，脸上发烧，口气却很冰凉："不要！"说完，又专心听课。

解琼一直被人捧着，很多男孩向她献殷勤时，就常以向她讨草稿纸为借口，现在她反过来，主动接近我，哪知我竟这样对待她！刚下课，她一路"噔噔噔"，跑到古老师办公室，愤愤说几句。古老师连连点头。芳月留心到这一幕，心里很高兴。看到解琼那公主般的傲样，她就别扭。

翌日上语文课，古老师走进教室，立刻安排我和芳月换位。芳月满心欢喜，收拾书本文具，搬到解琼身边，用幸灾乐祸的目光看解琼。解琼气得脸色通红，但高傲地硬撑着，不理芳月。说也巧，从此解琼的成绩竟好起来。

当时，军勇和王霸也很高兴。王霸和解琼是亲戚。他俩从小一块儿长大。王霸的父亲叫王三，本是长进中小学民办教师，因和公社教育组的领导关系很铁，不久就转正为公办教师，并且调到永茂公社重点初中——永茂中学任教，不几年，就被任命为学校教导主任。解琼的母亲王医生是王三亲姐姐。军勇在中小学读初一时，就注意到解琼，但无缘结识，没想到现如今，竟坐进同一间教室。自从军勇来到，王霸就在这个大个子面前摇尾巴，看军勇对解琼有意思，就把她介绍给他。解琼在河边长大，见的世面多，很自然地和军勇认识，仅一天工夫，两个就说说笑笑，毫无顾忌。军勇喜得心里直痒痒，恨不能自己长矮些，以便和她同桌，哪知她被安排到我桌上，心里正恨得不行，现在看见我俩分开，心里顿时好受起来。

我坐到陈祖科桌上。他主动帮我放置书本文具。我俩对视一眼，又看一眼，都一笑，心中一动，就像见到老朋友一般。

下课后，我和他手拉手出去，看人打球，看人跑，看人闹，听人喊，听人唱，听人笑，一边说着说不完的话。他比我大 3 岁，家住河边，离学校只有两华里。他天生虚弱，从小有病，无兄弟姊妹，是家中独子，3 年前因病休学，今年病愈复学，就和有缘的我同桌了。

第二天早上 7 点半，军勇、芳月打来早饭，在教室里低头吃，谁也不理谁。我手拿两个馒头进来，分给芳月一个，两人一边吃，一边笑。这几年，农村搞包产到户，已有足够的粮食，正渐渐有足够的猪肉和小菜。但寄读生的生活仍然很差，早晚为苞谷饭和合渣。合渣名不副实，豆浆不浓（炊事员暗里克扣黄豆)，也没有菜叶。农村学生往往在热饭和热合渣汤里放一勺猪油化开，然后就着辣子等冰冷小菜，半冷不热地吃（这时，芳月和军勇吃的正是这些）；午饭多是从家里带来的洋芋果，上午由大食堂（即学生食堂）炊事员蒸熟或蒸热。

在本地，小麦磨出的面不白净，大都换面条吃，很少有家庭做饺子、包面之类，就是馒头也几乎没人做。我和芳月这时吃的馒头，是小食堂（即教师食堂）用公办教师特有的商品粮做的，用料是从外地运来的白花花的面粉，因为每次都要做很多，不免费时费力，所以小食堂一星期才做一次，而且里面掺有苞谷粉子，因为民办教师没有“皇粮”，只能从家中带来苞谷面。因此，这在老师们眼里看得比较金贵，在军勇、我和芳月眼里就更是稀罕之物。

我和芳月享用甜香的白面馒头，根本就没想到旁边还有一个人。军勇看不过，饭都没吃完就出去了。

第三天中午，我又端来更好的——一碗清蒸油拌糯米饭，上面放有已炸好的菜油和葱丝，雪白的糯米、金黄的菜油、碧绿的葱丝，放在一处十分好看，又香喷喷的，十分好吃，这就更稀罕。我和芳月一边分吃洋芋果，一边分吃这碗佳肴。军勇在旁，眼馋嘴馋，但没有办法，又早早出去，眼中满含泪水。

以后每个星期，我和芳月都要分别享用一顿白面馒头和一顿糯米饭。每次，我和芳月都不在意，因为我俩从小就这样，而军勇都要在心中的天平上，加重痛恨我们的砝码。尤其是班上许多同学都知道这一令他丢脸的“恶性事件”后——我给外姓人好东西吃，却不给他这个本家哥哥，他真恨不得一口吞吃我俩。

长进中小学的教学环境和小学基本不同，节奏很紧，每天除 6 节课外，还有课间操、课外活动，初中生还要上早晚自习，没有多少宽松余地。我和芳月新来乍到，不太适应，第一次数学测验，芳月仅得 62 分；我更低，只有 57 分，位居班上倒数第二，占不及格人数的二分之一；另二分之一则是军勇，54 分。

这天上午，第二节课是数学，教四年级数学的章老师宣布了考试结果。我很惭愧，欲哭无泪。下课后，我看同学们大都欢呼雀跃，去上课间操，仅芳月和军勇还在教室里闷坐，就对芳月苦笑笑，又走到军勇面前，低声说："军勇大哥，班上就我们两个姓'谢'，可恰恰我们两个不及格，多丑！以后我们两个努点力吧！"

军勇装出无所谓的样子，鼻子里冷笑两声，一走了之。我看着他飘然而去的背影，觉得他笑中全是刺，自尊心像被蛇咬一般……

突然，教室外爆发一阵爽朗的笑声。原来，章老师还站在门口，刚巧听见我的话，就鼓励性地大笑。我决心更大——从哪里跌倒，就从哪里爬起来！但我到底惭愧，不好意思立刻就见章老师，叫上芳月，从后门溜出去。

做课间操的铃声响起，学校广播同时播出体育运动进行曲。我和芳月赶紧进队列站好。军勇站在我右边，看定我，脸皮上浮现一层讥笑神色。我不顾这些，一板一眼地做操。来到中小学之初，我和芳月呆站在队列里，不动，很紧张、很尴尬地看别人随着乐曲，随着"一、二、三、四"的领操声，手脚划拉，后来才学着划拉。这一个多月来，我俩已基本学会，只是还有些紧张。

军勇来中小学读初一时，就学会第五套广播体操，但从不好好做，一直吊儿郎当地划拉。刚才，他奚落过我，觉得很解气，不免得意忘形，又比以往吊儿郎当10倍。

今天，由马二老师值日。他就是被三哥绣山喊为"四眼狗"的那位老师。在小食堂，他常和小哥仁山、我碰面，大都是冷冰冰的面孔；但有二哥阳山在旁时，他既笑眯眯地和二哥说话，也笑眯眯地和小哥、我开玩笑。现在，他也是初中班数学科任教师。教学质量比不上二哥，他不在意，他在意的是他也努力了（没有功劳也有苦劳啊），更在意的是他早来十几年，可就是没转正，连副教导主任的位子都没摸到过。因此，他心里对二哥有气，却不敢表现出来，"城门失火，殃及池鱼"，就讨厌上小哥和我。但他有策略，在二哥面前，他绝对是要笑的。二哥也常对他说："对我这两个弟弟，您可要严格啊！"

“看这两位老弟这么知事，是不必严厉的！”马老师打哈哈。可在二哥背后，马老师常常莫名奇妙地很“严厉”，常常拿眼死盯我们这两位“老弟”。

这时，马老师威严地站在小操场前沿，监督大操场上的同学们做操。突然，他看见军勇在下面乱划一气，很恼火，向军勇一指，正预备说几句什么，就有一位老师过来，附在他耳边，说句什么，然后离去。马老师点点头，同时转过头，镜光闪闪。他约思索半分钟，就拿眼向我一扫，大声发话：“谢琼山，站住！你给我注意点！”又十分严厉地训斥我几句。

很多同学都用讥笑的眼光看我，军勇更是幸灾乐祸。我觉得自己十分认真，没有什么需要注意，心中十分委屈，加之心情本来就不好，一下呆在那儿，禁不住泪流满面。

午饭时，小哥和我一路去小食堂打饭，问：“山山，今日儿做课间操，马老师凭么子训你？是不是你做操不认真？”

我眼眶湿了，委屈地说：“根本不是我不认真！是军勇乱划，他看见，正要发脾气，就有个老师来问他事，那老师一走，他回头就训我！”

“我明白了。下次他值日领操，你听我的——不做！”

我顺从地点头。我们走进食堂。马老师正在里面，对我俩点头，笑眯眯的。二哥正在里面，和章老师谈论什么。小哥狠狠瞪马老师一眼，心里说：“你等着，我叫你好看！”

我也不理马老师，一偏头，自顾自打饭买菜。马老师心中一惊，他知道，谢仁山这个同学可不好惹，外表温柔，内心却极是刚强，年纪又比谢琼山大得多，什么都明白。马老师头上直冒冷汗……

长进中小学共有 15 位教师，除校长外，其余 14 人分为两组值日，一组值一星期，轮流转。值日教师负责打铃、领操、安排生活等事。第二个星期二，马二老师又雄赳赳、气昂昂地披挂上阵。

早操时，马老师来到小操场前沿，监督大操场上的同学们。我正想站进队列，看见马老师，突然想起上次那段公案，就拿眼四处搜寻小哥。果然，初一班的队列里没有小哥。小哥站在篮球架边一棵树下，正向我招手。我毫不迟疑地过去，和小哥站到一起。兄弟俩直直盯视高高在上的马老师。

马老师的目光威严地四下一扫，就看见树下不入队列的小哥俩，突然想起上次宿怨，不禁心中一沉，本想发作，但他强行忍住，因为谢仁山这人不好惹。今年开学，发新书时，有几本损坏的书。拿到坏书的同学埋怨不已。小哥拿到一本好书，竟主动换来一本坏书。他的成绩也特别好，是班长，有胆识，有主见，品行高洁，在同学中极有威信，不平之事他都敢管。这都不重要，重要的是谢仁山的亲哥谢阳山是他马老师的顶头上司。因此，马老师的目光刚刚和“出格”的小哥挑战的目光一碰，就以极快的速度收回眼窝，装作没看见，同时高声喊：“立正!”

场上刚才还如鸦雀窝，一片喧闹，这时立刻静下来。马老师正要喊“稍息”，就听见有人先喊：“稍息!”

是小哥。小哥心想：“你想装熊，我今天偏不给你面子!”于是，他决心来一场战斗，就出口喊上了。

马老师没料到这个。同学们都转头，望着小哥和我。有的干脆应和着小哥的口令，开马老师一个国际玩笑，真的“稍息”。一部分人哄笑。马老师很气恼，想发脾气，但还是拼命忍住，镇定情绪，威严地说：“眼睛都长到耳朵上去了？啊!!!”

这一招很灵——虽然许多同学私下喊他“四眼狗”，但在他面前，还得充当猫的角色。刚好广播里响起“第五套广播体操现在……”，马老师跟着说：“开始!”

全体做操。小哥本预备和马老师战斗到底，哪知马老师装熊装到底，他想到“做人不应赶尽杀绝”，就不再为难。

中午，马老师专门守在小食堂，见小哥和我来打饭，就跟在后面，一直跟进二哥宿舍。这时，二哥正在小食堂，边吃饭边和老师谈心。小哥和我低头吃饭，故意不理马老师。马老师满脸堆笑，说：“请你们饭后来我办公室。”说完，没趣地走了。

小哥和我大笑。笑完，我担心地问：“小哥，我们去不去?”

“为么子不去？看他么样整治我们！谁叫他缺德？怕他不成?!”

饭后，小哥在前，我在后，满身英雄气，来到马老师宿舍兼办公室。马老师十分高兴，让座泡茶。我连连摆手，不喝茶。小哥照样喝茶，但心藏戒心。老师们往往这样，先客气待你，扫除你的警戒后，就大刀阔斧地砍你一顿。这时，马老师说："上次是我对不起谢琼山同学，这次你谢仁山同学已达到报复目的。我们一报还一报，扯平，好不好？"

小哥心想："这还差不多！"站起来，说："只要您不故意找碴子，我们一定不会难为您。"说着，拉上我，就出门。

马老师慌了，赶紧在后面叮嘱："别把这事告诉谢主任啊！"

谢主任，就是我二哥。

期中考试结束，我的数学考了87分，比上次整整多出30分，成为班上第一名；芳月83分，第二名；军勇53分，仍为倒数第一。小结课上，章老师十分兴奋，竟把我规劝军勇的事儿抖搂出来，表扬我如何自尊、如何争气、如何有出息，同时点名批评谢军勇"不争气"。章老师最后说："可见自尊心实在很重要。如果你保留自尊，你将成功在握，节节胜利！跌倒了，也不要紧，只要爬起来，就会一步稳胜一步！"

军勇很恼火，认为自己受到奇耻大辱。谢琼山得到的荣誉简直就是建立在谢军勇所受的羞辱之上！

中午，我和陈祖科在河边玩儿。几个一年级小学生跟过来。科伢曾听过我讲王霸欺负小哥的往事，就指着其中一个，告诉我："那个瘦瘦的尖脸、一副凶样的小东西，就是王霸的弟弟王狮！"

我一边走近仔细看王狮，一边说话。突然，王狮看定我，怪腔怪调地学我说话。我觉得这小子很讨嫌，就警告他："你还学一句试试！"

"你还学一句试试！"王狮又学我。

我又警告。王狮还学。我不禁心头火起，随手捡起一块小石片投过去。王狮左眼下眼皮被石片划过，留下一条红红的口子，他号啕大哭，跑回学校。我心上后悔，听着哭声一路远去。真烦人，真像石头刮铁锅的声音！

一会儿，古老师将我叫去，黑着脸，明知故问："谢琼山，你今天做了蠢事吧？"

我点头承认。古老师又严厉地说："如果石片还向上那么一点点，他的眼睛恐怕就要瞎！你二哥回来知道了，不揍扁你才怪！"

二哥阳山碰巧回何家去了。古老师看我险些吓昏，才温和地说：“以后注意点，好不好？”

我痛心疾首，连连点头。

第二天，二哥回校，没批评我，更没揍我。第三天、第四天、第五天、第六天，都没有动静。一个星期过去，我心上的石头才落地。原来，古老师没把这件事告诉二哥。

王狮向他哥哥哭诉一番。这新仇，勾起王霸的旧恨。王霸从五年级降到三年级后，王三曾专门来中小学找过校长。校长说：“这事是谢主任想出来，并报上级批准的，要找得找他。”

王三找到二哥，“要求”让王霸升级。二哥为难地说：“这不能啊。别的老师都知道王霸同学的分数……”

“不是58分吗？只差两分！就不能通融通融吗？”

“只差1分或0.5分的，都有一大层呢。如果这个口子一开，会有一大层人要求升级。再说，王霸同学成绩不好，降级后可以把基础打好，这对他本人也是好事嘛！”

王三无话可说，只得口里同意，心里却恨上二哥。

王霸连降两级，在他倒没什么，听他爸跟他妈说起这事，也不在意，心想：“反正我打过谢老师的弟弟，他让我降级，正好扯平。”自从和我同班后，他被古老师委任为体育委员，头上有高帽紧箍咒箍着，自然收敛许多。哪知今天他弟弟被我欺负了，这还了得，一定要找机会报仇！

第十回 自强者自强 缺德者缺德

长进中小学还差一名教师。寒假里，校长亲自发动，二哥阳山着手操办，通过笔试、面试，选中高中毕业才半年的汪道红，并报上级得到确认。长进中小学的民办教师大多为初中毕业生，因此这位才18岁的女子刚报到就被学校委以重任——换下古老师，担任四年级班主任，同时担任该班语文科任教师。她新来乍到，教学经验不足，常被军勇和王霸捉弄，出过不少洋相，心里痛恨这两个害群之马，却又无可奈何。

星期一上午，看看要上课。每天这时，都由学习委员谢军勇去老师那儿拿来作业本发放，可他上星期六回家后这时还未归校。怎么办？王霸说话了："请班长代劳！"

我去拿来作业本，发下去。

第一节课结束，军勇归校。王霸跟他说过几句悄悄话，他立刻嚷嚷："不当这个烂学习委员了！"

军勇学习成绩差，正好和他的个头、年纪成反比，还当学习委员，岂不让人笑掉大牙！这是其一。其二是让我多一顶帽子箍着，还累点。其三是军勇明白老师让他当干部，就是为拴住他，现在借机赖掉，免得受班干部帽子束缚，而且在劳动课上不必做表率、装样子。因此，他硬要我兼任学习委员。我不干，无奈汪老师不能说服胡搅蛮缠的军勇，只得默认。

夏天到来，天气一天比一天炎热。人们脱下厚重的棉衣，换上轻松的衬衣。解琼穿上白套裙，在一群农家孩子中显得鹤立鸡群，更像一位小公主。

下午，四年级课表上第一节是"体育"。在同学们一致要求下，体育老师让体育委员王霸带队，下河游泳。全班人马来到深潭边。河风一吹，似乎把炙热的阳光吹走不少，让人从骨子里感到凉爽。同学们大都脱下外衣，只穿短裤，急急跳下水潭，扑起阵阵浪花。解琼没脱裙子就下水。她家就在潭边岸上，回去换衣服很方便。同学们简直乐疯了，有狗爬的，有仰游的，有拿扬手的，有扎迷宫的，有打水仗的，闹得一片欢。

军勇只会“爬沙”，在浅水边爬来爬去，一眼看见水中解琼正和王霸嬉戏，很是羡慕，忽然灵机一动，就大喊王霸，让他来浅水处说话。王霸恋恋不舍地离开解琼，游过来。军勇附在他耳边，说阵悄悄话，再向岸上努努嘴。岸上只有两人。是我和芳月？不，是我和陈祖科。班上就芳月和解琼是女生。芳月不会游泳，也不想在男生面前展示身体，因此没来。我正问科伢：“你在河边长大，也不会游泳？”

“我爹妈迷信，一直禁止我下水，说是算命子（算命先生）认为我是火命，最好别下水，否则有生命危险，因为水克火……”

王霸上岸，热情似火地邀请我这个“大班长”下水。我羞惭地说：“我不会！”

“不会？我教你！”王霸更热情。

我本想下去，但看解琼在水里，不愿在她面前光身子，就死活不下去。王霸悻悻离开，游到军勇身边，附在他耳边说几句。军勇失望地摇摇头，轻声对王霸说：“那就等以后有机会，再下手吧……”

晚饭后，我独自来到潭边，看着河水发呆，心想：“在水中是么子滋味呢？真想下去游一游啊！”

军勇、王霸和家在附近的几个同学过来，脱衣下水。王霸又热心地要教我游泳。我稍微迟疑一下，就脱光衣服，趴在一个同学背上。王霸高喊：“小五子，扎迷宫！”

小五子背着我就向水里钻。我连最基本的游泳技术都不会，脚不会动，手绕在小五子脖子上，紧紧箍着，看看水要进鼻子，不禁大急，就大叫起来。军勇一努嘴，王霸就嘻嘻哈哈，过去将我俩往水里按。好在有几个同学看出事情紧急，一边大喊“不能开玩笑了”，一边游过来，将我托上岸。我已喝下两口水，呛得头脑发昏。

王霸本想把我淹个半死再说，哪知我被其他伙伴救下，但看我已成这样，心中仍然高兴。

我和芳月常常被汪老师、章老师叫去帮助修改作业。军勇和王霸的作业常有很多大大的、红红的“×”——错误的标志。王霸倒没什么，军勇心里却特别不舒服——自己老大不小了，这每一个“×”就像画在他脸上的墨团一样，真让他难受。这简直是谢琼山和王芳月故意给他脸上抹黑，故意出他的丑！每次看到作业本上那些耻辱标志，他都不免风言风语，对我和芳月冷脸冷眼，不给我俩好颜色。

有一天，芳月告诉我，以后多给军勇打红红的、大大的“√”。我明白过来，照办不误。果然，军勇看见作业本上充满鲜红的“√”，笑逐颜开，对我和芳月也有了好颜色。我和芳月则在心中暗笑。

这天语文测验后，汪老师先给我和芳月解出试卷，又解出其他同学的作文分数。晚上，她叫来我和芳月，让我俩帮忙解出剩下的试卷，自己则去找男朋友。我和芳月正解出几份，解琼就从家里赶来，抽出自己的试卷，请我先给她解。这半年多以来，我们三个了解加深，相互不再存有敌意。一会儿，解琼的试卷解出来，86 分。解琼很高兴，坐在我和芳月中间，看我俩继续解试卷。

军勇进来。屋里灯光很柔和，摆设虽然简陋，但经过正值青春年华的汪老师一摆弄，就显得奇妙。况且汪老师正处在热恋之中，就更注意这间小屋的“仪容”。军勇翻看过已解出的分数，心里说：“这次考试，我感觉良好，分数一定在 80 分以上，也让你们看看！”口里却好言好语恳求我：“小弟，我们都姓谢，你开个‘后门’——先帮我解出来吧！”

我笑笑，就给他解出来，仅 65 分。军勇的脸“唰”的一下通红。他原以为全对无疑的几道题，竟然全错或半错。他心想：“解琼本来就有些瞧不起我，我本想这次让她对我改观改观，哪知还是‘演’砸了！”他很遗憾，也很尴尬，幸好另外三位不怎么注意他的分数高低。他的成绩一直在中下游徘徊，不会一下子好得让人吃惊。他想走，但又舍不得解琼。他已 15 岁，朦胧感觉到少男少女在一起，有一种特别的情调。他以为我、芳月、解琼也是这种感觉，不禁妒火中烧。他在心里说：“我偏不走，让你们也不能顺顺当当地谈情说爱！到时，还要叫你们好看！”

军勇无事，习惯性地拿眼四下一扫，看见书桌上有一个小书架，就随手在上面抽出一本厚厚的书，不经意地翻。突然，几张花花绿绿的长方形纸片出现在他眼前——都是10元一张的人民币，崭新崭新，共有6张，分别夹在书中6处。顿时，他脑中充血，心上猛跳……

自出生以来，军勇还从未见过这么多钱。往年，福保叔陪幺爷爷受苦，为摆脱苦闷，曾学会木匠活，没想到这几年派上大用场，到处给人家做房子，打家具，吃东家的好饭好菜，喝东家的好酒，每次还捞到外水一大把，仅一年多，家中已存款上千元。但他极吝啬，从不给军勇一分零花钱。这既让军勇高兴，又让他恼火。高兴的是，自己的家财能和解琼家相比；恼火的是，解琼有好吃好穿，他却没有。因此他常常想到小时的惯技，看人家不防，就摸人家几张饭菜票，往往不显山不露水，以至胆子越来越大。这时，他见到书里刷刷新的钞票，心里一阵鼓响，幸好外人听不见。他拿眼瞄瞄我们三位。我们的注意力都在试卷上。他比我们高出一头，又站着，我们就更不会发现他的小动作。

书架正在解琼对面。军勇放还那本书时，她好奇地瞄上一眼。那是一本厚厚的小说，书脊上写着“飞雪迎春”4个字。

第二天是星期六。上午，小学一年级上完两节课，因故放学。

做完课间操，我和芳月坐在教室里闲谈。第三节课是自习，其他同学都没来，我俩也没在意。一会儿，科伢进来，急急说：“在一年级教室里，王霸正向汪老师报告，说你们两个谈恋爱呢！”

我和芳月没听清，齐问：“么子？”

“王霸说你们两个在恋——爱！”

“么子‘念爱’？”我和芳月还是不明白。

“唉呀，那边教室正在开会，批斗你们两个呢！”科伢急得满头大汗。

我俩跟科伢来到一年级教室。汪老师脸红耳赤，正和军勇、王霸争论。班上同学几乎都集中在这里。汪老师大声说：“简直胡说，胡说，胡说！”

我和芳月进来。军勇站起来，大声喊：“请班长和生活委员说说，昨天晚上他们在哪儿？是不是在汪老师屋里？”

我和芳月同声说：“是啊！”

军勇又问：“你们在干什么？”

芳月说："你去看见的——我们在帮汪老师解试卷呀！"王霸站起来，高喊："谢军勇看见你们两个在汪老师屋里谈恋爱！"

我问："什么谈'念爱'？"

芳月突然明白过来，脸一红，哭起来，边哭边骂："你们这几个不要脸的东西，凭什么诬蔑我们?!"

王霸喊："谢军勇昨晚进去，看见你们两个紧紧坐在一起，不是谈恋爱是做什么?"

我这才明白，一急，连争辩都不会了，也大哭起来。其他同学跟着军勇、王霸起哄。汪老师不知所措，受到我和芳月感染，竟也哭起来，只不过没有声音，只有两行清泪顺着脸颊向下淌……

突然，有人站起来，说："他们没有谈恋爱！"是解琼，"昨天晚上，谢琼山和王芳月解试卷，我也去了，就坐在他们中间。就是说，他们两个没有坐在一起，更没有紧挨着。这是诬蔑！"

同学们立刻不笑了。汪老师、我、芳月停止哭泣。我们和科伢都投给解琼感激的目光。军勇本以为发动这场战争，解琼不敢站出来说话，因为事前，他和王霸已"关照"她，说她一旦说真话，就会被指责也参加了"恋爱"，哪知解琼竟勇敢地站出来。他不禁恼怒："解琼，你不要卷进去！"

王霸也说："琼子妹妹，你不要帮他们说话！"

"我就要为他们说话！这是事实！当时谢军勇进去，要谢琼山先给他解卷子，还翻看了汪老师的一本小说。"解琼很气愤。

"什么小说?"汪老师心中一动。

"《飞雪迎春》。"

顿时，汪老师大怒："谢军勇，你好卑鄙！你竟然诬蔑班上同学早恋！还有王霸，你连事情经过都不清楚，就跟着谢军勇瞎起哄！你们、你们真是唯恐天下不乱！同学们！在这里，我表扬解琼同学，她很有正义感，敢于和歪风邪气作斗争。在这里，我也为谢琼山同学和王芳月同学平反。在这里，我宣布：谢军勇和王霸必须写检讨，限期明天……哦，明天是星期天，那就后天，哦，也不，在星期二，把书面检讨交给我。我还要把这个情况向学校领导汇报，要求学校严厉处分这两个害群之马！"

王霸看看军勇。先前，军勇见解琼为我和芳月做证，本想反戈一击，倒打一耙，诬蔑到底，连解琼也进行批斗，哪知解琼说出“飞雪迎春”，他心中就开始发毛，胸腔内“咚咚”直响，黑脸紫红，像霜打的蔫茄子，毫无生气。王霸见自己的统帅如此熊样，只得自认倒霉，不再言语。

汪老师回到宿舍，抽出书架上那本《飞雪迎春》，仔细检查，查来查去，只查出5张钱。还有1张哪儿去了？她心里明白，坐在那儿想想，就走向校长办公室。

星期一，校长召集有关教师开会，说明这件事，最后说：“大家看，怎样处理才合适啊？”

几个老师都说：“像谢军勇这样的害群之马，应该开除！”

二哥阳山说：“这事有关我亲弟弟和堂弟，本来我不该在这里说话，但我还是提点看法，供老师们参考。在对待品德不好的学生时，我们的教育方针是以挽救为主，因此，我认为还是先看看谢军勇以后表现如何，如果再犯严重错误，只得开除他！”

校长点头。

会后，汪老师把军勇和王霸叫到自己宿舍兼办公室，狠狠训斥一顿，然后把开会经过和结果告诉他们，又说：“学校老师大都要求开除你们，是谢老师主张挽救你们，如果你们再为非作歹，试试看！”

他俩感激涕零。军勇当即交出偷的10元钱。晚上，两个就交来检讨书。最终，学校认为他俩认错态度良好，分别给予记大过和记过处分。

每天晚自习，军勇总在外面鬼混。我和芳月则在教室里谈天或学习。有时，科伢和解琼也早早过来，和我俩一起学习或侃大山。这天早自习，教室里就我和芳月。两人学习一会儿，又讲一些散话。我出去，看看大闹钟，只差5分钟就要下自习。我跑到小操场，抽起陀螺。看着陀螺飞旋，我的心思也跟着飞旋，一边抽陀螺一边笑，很是欢实。

二哥阳山从初二教室出来，一眼看见，想想，就喊住我：“山山，从今天晚上起，每天早晚你都到我办公桌上自习。啊！”他说完，就去打铃。今天归他值日。

当天晚上，我到二哥宿舍上自习。二哥高高在上，坐进太师椅，捧看小说，或解作业。以后，天天如此。每当二哥看小说，我在一旁学习，就觉得怪没劲！渐渐的，我有了一个心愿："长大后，能谋个清闲职业就好了，那样就可以像二哥一样，能经常坐在太师椅上，悠闲地看自己爱看的书。"

渐渐的，晚上，当二哥在旁解作业，我也无心复习功课，但又不能早早睡觉，因为每天我都要等小哥仁山下晚自习后，和他一道进入梦乡。这时，我只得硬撑，苦苦盼望下自习的铃声响起，又恐怕打瞌睡，就把《语文》或《数学》挡在外面对准二哥，而将《自然》《地理》衬在里面，看书中图画，看栩栩如生的人物和动物，以消磨枯燥无味的时光。但不久，终因这两本书的图画已看得烂熟，也不再感兴趣，换小人书之类的又不敢。这天晚上，看着看着，我终于挡不住困倦，瞌睡起来，迷迷糊糊中，被二哥推醒。二哥一字一句地说："也、许，你、还、是、早、点、睡、为、好!"他目光深沉，语气中并无让我"早点睡"的意思，同时把我的秘密——两本书，轻轻甩到我眼前，伤心了："我一直以为你在认真学习呢。刚才看你睡着，以为你学习辛苦，就来看看，才发现是这样！原来，你在骗我，骗术还很高明……"

我很惭愧，只得重新打起精神，看《语文》《数学》。本就学过几遍，还被逼着看，日复一日，真难过！没几天，二哥又看出我的无奈，想想，说："山山，不是我不同意你看一些课外书，但那是'课外'书，应在'课外'看！喏，送你这本书，'课外'看吧。"

我从二哥手里接过一本书。书的封面有一个小伙伴，一双圆溜溜的大眼睛透出聪明而调皮的神色；他背一个小相机，拿一只硕大无朋的钢笔；还有一行很好看的大字"小灵通漫游未来"。我一下就喜欢上那个小伙伴和那本书，不禁喜色满面，真恨不能一下就看完，但看二哥眼含深意，就说："我只在'课外'看!"

二哥微笑。他不常笑，一旦笑了，就很灿烂。我很喜欢他那种正在开花的向日葵似的笑。

四哥玉山回家过暑假，在小哥仁山、我和芳月面前，常常吹嘘如何大偷特偷学校附近农户家的果子，称作什么“铁军行动”。父亲深深叹息，说：“玉山考大学没指望了！”

在四哥的吹嘘中，暑假被吹走。我和芳月回到长进中小学，移到第五间教室上课。古老师重做我们班主任兼语文科任教师。二哥阳山对古老师的教学能力和管理能力深信不疑，让我重回教室自习。我终于脱离二哥过紧的管束。

第十一回　身大做大鬼　人微志不微

这几天常停电。军勇、我、芳月、解琼正在教室上晚自习，突然电灯熄灭。军勇一阵欢呼。突然，教室外，有人严厉地说："嚷什么，嚷！谁嚷的，啊?"原来是古老师，他手拿电筒进来。就像老鼠见到猫，军勇胆战心惊。古老师将手电照住军勇，教训说："是谢军勇吧？没电，不学习，你就高兴了？啊!"

军勇听出古老师并没要他回答的意思；回答，只会引出更多训斥。果然，古老师接着说了训斥的结束语："以后注意点!"说着，把一些东西放上讲台，发出"咕哝哝"的玻璃瓶子摩擦声。他摸出火柴，"嚓"的一声划燃，点到瓶子上。原来，是用墨水瓶改装的小煤油灯。他的大脸膛被4盏煤油灯照亮，很严肃："这是上届毕业生用过的，他们走后，我收起来，刚才倒进一些煤油，现在发给你们；四人用，以后没电，就用这个继续学习。"我、芳月、解琼陆续上前，各拿走一盏。军勇最后上去。古老师狠狠瞪他一眼。他身子一抖，灯芯险些从他瓶子里蹦出。

第二天课外活动，归王霸打扫教室。他同桌这几天生病，请假在家休养。刚下课，他就拾起扫帚，满教室打扫，一时灰尘腾腾。同学们大都出去，只有军勇留下，而他早不和王霸同桌。自从发生几次"怪"事后，我对军勇和王霸多长了一个心眼儿，这时见他俩留下，心里一动，就躲在教室外一棵大树后，注意里面的动静。

军勇走到门边，看看外面，没看见什么，又进去。王霸配合默契地迎上。军勇附在王霸耳边，说一阵悄悄话。王霸眉开眼笑。一会儿，军勇一手扯着上衣前襟，捂住肚子，怪模怪样地从后门出去，一会儿回来，动作一番(具体的动作，在墙边进行，我看不清)，接过王霸手中扫帚，打扫地面。王霸也手扯上衣前襟，手捂肚子出去，一会儿，装模作样回来，一进后门，就窃窃怪笑。我不声不响，从另一端悄悄溜走。

吃过晚饭，我来到教室，见到芳月。芳月说：“不晓得为么子，周围总有一股尿味。”

我用鼻子一吸，也闻到尿臊味，突然想起下午的事，就把自己桌前的煤油灯移过来，揭开灯芯盖。一股臭味直扑鼻。我立刻明白——军勇和王霸扫地时，到厕所给我和芳月的煤油灯内各撒了一泡尿。我又去闻闻芳月桌上的灯，果然也是一股臊味。我眼光四处一扫，只见4盏煤油灯一模一样，也不说什么，拿起自己那盏，和军勇那盏对换，又把芳月那盏移到王霸位子中，然后笑嘻嘻地把芳月邀到河边，跟她讲了下午发生的事。芳月先是气愤，后想到我的报复，又笑。我俩明白，这时军勇不会进教室；每次他都是等自习铃声响起，才极不情愿地到教室。我俩回去，用空墨水瓶做一个新煤油灯，在二哥那儿注上煤油，交给芳月使用。

晚上7点上自习时，天已黑定，电仍没来。铃声一响，军勇走进教室，见我和芳月满面怒色，没有点灯，都凑在解琼那盏灯下。他心中暗笑，扬扬得意地来到自己座位上，划燃一根火柴，点灯，没点燃，又擦一根，又没点燃；还擦一根，先不点灯，而是照上去，看还有没有煤油。灯里清一色，果然没油了。他端起灯，向门外飞跑，却觉得有液体流上胳膊，粘住衣服，不禁心里一惊：“未必是满满一盏油！”他赶紧回身，坐下，把灯放上座位，就闻到一股尿臊味，以为是我和芳月灯中发出，心中暗笑，又划燃一根火柴，去点灯，又没点燃，心上不禁疑惑，就划燃一根火柴照亮，然后一手揭起灯芯盖，把鼻子凑上去。一股浓烈的尿臊气扑鼻而来，险些把他熏翻在地。一瞬，燃着的火柴把他拇指、食指烧得灼痛，他“哎呀”一声，赶紧甩掉火柴，很恼火，举起尿瓶子，就要向我们这三个掷过来，又硬生生收回。尿水沿着袖管，流到他腋窝。他赶紧跑出去，把瓶子狠狠砸上树干，碎了一地，一如他此时破碎的心境——然后回宿舍清洗。

我和芳月哈哈大笑。解琼见我们脸色由阴转晴，很奇怪，问：“为么子这样笑？”

我和芳月你一句，我一句，把先前的事一五一十地说给解琼。解琼连说“活该”，笑得肚子疼。

军勇没再来，幸好老师也没来，总算平安无事。

翌日上午，军勇没把昨晚的情况告诉王霸。自己一手导演的恶作剧，竟硬邦邦地砸到自己头上，说出来，太丢人！上课前，王霸见到他，奇怪地问："谢军勇，你昨日儿才换衣服，怎么今日儿就换了？"

"昨日儿摔一跤，身上满是泥，就换洗了。"军勇苦笑笑。

王霸坐到位子上，闻到一股尿臊味，猛然想起昨天下午的"杰作"，故意大声喊："谁在教室撒尿？谁呀？谁呀？"

王霸边喊边夸张地吸鼻子，见同学们都转头，向他行注目礼，更得意，又怪模怪样，故意向我和芳月瞟过去，企图用目光告诉同学们："那两位在教室里撒尿，什么勾当！"同时，他哈哈怪笑，揭开课桌上盖，随手把书包丢进去，只听见课桌内"咕咚"一声脆响。他心里疑惑："今天我没带啥硬家伙呀！"带着疑问，他捡起书包，就看见位子里有一盏倒下的煤油灯，灯下有一摊湿湿的浅黄色液体。一股浓烈的尿臊味扑鼻而来。书包底子湿一大块。他明白自己和军勇的阴谋败露，而且遭到报复，看同学们都异样地看他，不禁脸色通红，一下又变得苍白。他正要霸气地大闹一番，上课铃声就响起。高老师进门。他赶紧按兵不动，仅向正张口要和他说话、捂着鼻子的同桌狠狠瞪视，示意不知趣的同桌"不要说话"！刚巧同桌今天病愈复课，就碰到这倒霉事儿，这时赶紧闭口，勉强放下捂鼻子的手。王霸迅速把《语文》从书包里拿出，放在桌上。幸好《语文》放在上面，没浸湿。他装模作样坐稳，心不在焉地听讲，脑子里乱转。从课桌里冒出的气味，简直要熏醉他。他这才明白，自己的尿味比别人的还难闻。他真想吐，但必须端端正正坐着，还要装作专心致志——这是班主任的课，他不敢放肆。苦苦熬过 110 分钟，好歹听完两节语文课。好在早上风雨大作，不必去上课间操，他有时间去和军勇商量。

正值秋天。这时已是小雨。军勇、王霸头顶秋风，冒着秋雨，找一个僻静角落，秘密商量。军勇这才把昨天晚上自己所受的"不白之冤"向王霸苦诉一遍。王霸心里直埋怨："好你个谢军勇狗 × 的，自己受过罪，还不告诉我，让老子也受这么大的罪！"脸上不免露出不悦的神色。

军勇赶忙解释："王霸兄弟，你可别怨我先没告诉你。我压根儿不知道他们会把尿瓶子悄悄放到你位子里！"

王霸心里好受些了，就和军勇商量报仇之法，最后两人一致决定："以后'作战'，更要秘密，没有十分把握，绝对不干!"

王霸冷静下来，暗自庆幸没有掷瓶子大闹一番，否则一旦真相大白，他俩吃不了也得兜着走！王霸更加佩服军勇，认为自己跟他增长了不少见识，不像往日那么急于干"事"，这是战略上的成熟和进步。

回去后，王霸装头疼，向古老师告假回家，妥善处理书包和书本。晚饭时，他又从家里偷偷来到学校，用军勇的脸盆端水，把课桌清洗干净。

三哥绣山下学后，一直梦想看看外面的花花世界，于是步上大哥河山的后尘，报名参军。时代变了，出身上中农家庭的"成分帽子"再也箍不住他的自由。不久，他就身穿绿军装，胸戴大红花，去天津当兵。

晚饭后，在五年级教室，我跟芳月大讲特讲《小灵通漫游未来》的故事："一颗煮熟的米有洋芋果那么大；西瓜必须用长锯子锯开，切面有圆桌那么大……"芳月听得津津有味。二哥阳山进来，递给我一封信，说："这是你三哥写来的。"

我正要抽信看，就听二哥说："山山、月月，你们刚才讲的是'未来市'的大米和西瓜吧?"

看我和芳月鸡啄米似的点头，二哥说："洋芋果那么大的米粒、圆桌那么大的西瓜，都是未来科学家攻克的目标。也许，这未来的科学家就是现在的你们。就是说，希望你们努力学习，长大后能当科学家，种出书上写的那么大的大米和西瓜!"说完，飘然而去。

我看信。原来，这是三哥写给二哥的信，顺带向小哥、我和芳月问好。

二哥要求小哥仁山代他给三哥回信。我自告奋勇，写下平生第一封信，字迹密密麻麻，用去两页信纸，其中有这样一些话："二哥给我看了《小灵通漫游未来》这本好书，他希望我和月月妹妹长大后当科学家。我也想过，当科学家，就当科学家吧!"结尾，"希望你在部队立功受奖，为祖国争光，为人民争光，为家庭争光!"

我把信夹在小哥信中，遥遥飞向天津。

半个月后，我意外收到三哥专门写给我的回信。这是我平生收到的第一封信。信中说：“山山，我真羡慕你有这么好的学习机会。想当年，我受到沉重的出身的束缚，连高中都没上成……幸好你们的世界，已不是我们从前的世界，只要你和月月努力学习，长大后一定能当科学家；但要当科学家，首先必须考上大学……”

从三哥信里，我和芳月才知道父亲曾念叨的“大学”是怎么回事。从此，我俩有了明确的人生理想——考上金光闪闪的“大学”，铺平当科学家的道路！

明天，五年级将进行期终考试，上午考语文，下午考数学。这时，由于上午的紧张复习，我头疼得厉害，吃过午饭，看天气不错，就打算到五洲河边吹吹风，以凉攻疼。

我仍瘦如竹竿，自进中小学后，常常头昏，尤其是中午，更是疼痛。这也许是我正在快速长脑子的缘故。每当这时，我就利用一个多钟头的午休，到河边去看清亮的水、闪闪的波光、历历在目的河底卵石和一些小鱼，浑然忘我……

顺手拾起薄石片片，斜着身子，巧妙地甩向水面，看着石子一跳一跳，擦着水面飘飞过去，落在对岸。人们称这种游戏为“打漂漂”。我手里打着漂漂，心里却有一种宁静至极的感觉……

坐在河边净石上，就像坐在母亲身旁。我将赤脚泡在水里，轻轻划动，听水的响声，想象的翅膀在水里张开，张开……

就在本期刚开学时，一个酷热天的一节劳动课后，看其他男生鸭子一样纷纷下水，我顿觉身上黏糊糊的，心里热得难受，在一些同学的高声邀请下，到底经不住诱惑，看解琼回家了，就脱光衣服，受人指点，在浅水处“爬沙”，以后天天去，渐渐能在水中自由自在地“狗爬”。游在水里，就像儿时躺在母亲温软的怀里一样舒服……

这条唱着歌儿向前奔流的小河，实在是我幼年的写照，是我孩提时代的诗篇。这条小河，赐给我幼小的心灵多少安慰、多少梦想、多少欢乐啊！在与大自然的神交境界中，我常常忘记头痛。

这时，我刚走到小操场，冷不丁一颗小石子飞来，打在我头上，脆疼脆疼。我四处望望，只见三三两两的男女生走来走去，都不像袭击我的人。我又向高处望去。军勇坐在石礅上，皮笑肉不笑，望定脚下，却不看我，眼角的余光瞥见我抬头，就装模作样看天。我气不打一处来，但无可奈何，只好又向下走，走到大操场。

王霸和几个同学正热火朝天地打篮球。在长丰小学没有篮球可打，上长进中小学后，我连小学一、二年级的高手都抢不过，早就打消和篮球结缘的妄想，现在，我简直对篮球有一种冷漠情绪。可是，篮球不让我漠视它。我刚走上到河边去的石级，篮球就飞过来，不偏不倚，砸中我后脑。球反弹回大操场。我滚下石阶，一直滚到沙滩上的一片菜园，只觉脑袋内炸疼炸疼，像放鞭炮。王霸飞奔下来，扶起我，口中连连道歉："班长，对不起！我运球不小心，运到你头上。好在你大人海量，不和我这样的小人计较。"他又装模作样地仔细看看，"没伤着吧？"

平时，同学们都说王霸篮球打得好，偏偏这时没准头？我心里雪亮，勉力咽下这口气，狠狠瞪王霸一眼，说声"恶心"，厌恶地推开他的手，努力站起来，努力站稳。幸好身上没有伤，只是脑袋更昏更沉。我硬挺着，走到河边，坐在一块干净石头上，痴痴地想，没再理会他。他心里怪笑着回去，边走边自我解嘲地说："看来，不要紧。班长没事，我也就放心了！"

我一直硬挺着，下午挺着复习，又挺着吃晚饭，还挺着上晚自习，一直挺到夜里上床，才全身松弛，可脑子内仍然一片混乱。我怎么也睡不着，平生第一次失眠，直到鸡叫三遍，才昏昏沉沉迷糊一会儿。

起床铃声响起，我赶紧爬起，洗过脸，上早操，上自习。早饭后，夜里迷糊一会儿换来的一点劲头很快消失，眼球发胀，眼睛发涩，直想瞌睡。我支持着走进考场，拼命做试卷，才做二分之一，就不行了；再是作文，脑子里根本没有思路可言，我只好信马由缰，提纲也不打，一路胡写，写满誊写作文的白纸，交卷后，摇摇晃晃，回到宿舍。二哥阳山正回来，看见我病恹恹的样子，大吃一惊，问："山山，你么样了？"

我心里一阵悸动，倒下去。二哥赶紧上前，将我接在怀里，放到床上，扶着我肩膀，喂下一杯白糖水，才见我醒来，忙问："出么事了？"

我迷迷糊糊，把昨天发生的事和今天的语文考试情况略说一遍，最后总结说：“肯定是昨晚没——睡——好!”说完，就像注入催眠剂，沉沉睡去。

二哥心里又怜又恨，暗暗打定主意……

中午，小哥仁山考完两门课程，回来看我睡了，正要叫醒我，二哥就“嘘”一声，附在他耳边，说几句话；然后让他守着我，自己出去吃饭；再是自己守，让小哥去吃饭；最后跟厨房里的师傅说：“请您到时帮忙煮一碗鸡蛋面条。”

下午1点半，二哥叫醒我。我精神焕发，去食堂吃完鸡蛋面条，把嘴一抹，回到宿舍清洗清洗，就精神抖数，上阵考数学。腊月二十一，考试出结果。我语文58分、数学92分，第10名。古老师不点名地批评我：“个别同学以往语文成绩非常好，这次竟不及格，创历史最差纪录!”

我双眼模糊了。芳月、科伢和解琼为我叹惜。军勇和王霸舒心地暗笑。

腊月二十二，在本学期总结班会上，古老师一改昨天的怒容，轻言细语，说明我前天被球打伤的经过，又向我道歉：“昨天不明情况，不该批评你，今天听你二哥谢主任说了，才知道真相，请你原谅!”又对同学们说：“谢琼山同学在这种痛苦的情况下，坚持考试，而且数学得到第一名，难能可贵！我们都应该学习他这种精神!”

我感动地流泪。芳月、科伢和解琼都笑了。古老师又说：“有些人成绩差，打人却歪打正着，不简单啊不简单，了不起啊了不起!”

军勇和王霸心里很不是滋味。

天气低沉，寒风阵阵，吹得人心冷。

小哥仁山、我和芳月回家过寒假，回到家都各自到厨房找些现成东西吃。母亲感慨地说：“你们每次从学校回来，都像从笼子里放出的饿老虎!”

正在这时，幺爷爷来我家，一副可怜巴巴的样子。他后面跟着“聋子大爷”福葛伯伯。老人家很悲伤，口口声声要求“聋子大爷”和我父亲这两个本门“大侄子”主持公道：“给我这个六七十岁的老家伙安排一碗饭吃!”

原来，这一年多来，福保叔有了钱，在军勇妈撺掇下，再也瞧不上歪斜的祖居老屋，在老屋上面不远处建起高大新屋，一家 3 口搬上去，堂堂皇皇过日子，却把幺爷爷独自丢在老屋，不闻不问。幺爷爷只好来求“聋子大爷”和我父亲去说服福保叔养老送终。“聋子大爷”和我父亲欣然同意。他俩本知军勇妈不好惹，但为老爷子老有所养，还是毫不犹豫地来到军勇家，好说歹说，做尽艰苦工作，终于在福保叔的新屋里，给幺爷爷找到一席安身之地。

可翌年正月十三中午时分，仁伢从岩湾回到谢王村口，就带回一个惊人消息：“幺爷爷吊死了！”

村里人不明白：“腊月间还好好的，凭么子自杀？”

仁伢从小娇生惯养，自从 1975 年高中毕业，就回家务农。当时，高中毕业生金贵，绝大部分被招工当上民办教师或国家干部。仁伢因学习不认真，文不能文，武不能武，没单位愿要他，只得回家操锄头把，修理地球。回农村后，他却不思农事，今天游东家，明天逛西家。农村小伙子结婚早，订婚更早，可今年仁伢已 22 岁，方圆几十里还没有哪个姑娘愿跟他。

这天，仁伢让老父“聋子大爷”独自头顶寒风下地——这在他是常事，自己却逛四方，先游上小学，临近中午，突然想起去找军勇玩儿，就一路逛到岩湾，遇见军勇一家正在路边种洋芋。军勇让仁伢先到家中与幺爷爷说说话，说他和爹妈吃午饭时就回去。仁伢来到军勇家。门虚掩，里面没有丝毫响动。他推门进去，来到火塘边，只见柴火沤着，里面冒出丝丝缕缕蓝色的柴烟。窗台上一块苞谷粑粑，很硬，上面一排牙齿印。仁伢咽口唾液，就喊：“幺爷爷！幺爷爷！幺爷爷！”

没人应声。可能幺爷爷还在睡早床。仁伢想着，就推开内房门。房里很暗，充满屎尿气味，臭气熏人。无疑，这是幺爷爷住的房间。仁伢由亮处进到黑屋，眼睛一时不适应，感到一团模糊。他凭经验向床前摸去，刚走几步，就被一个悬空的东西碰到。他吓一跳，赶紧退后一步，用手摸那东西——天啦，竟是裤子——他吓呆，等眼睛适应黑暗，定睛一看，只见一个人悬空吊在一根绳子上。仁伢连滚带爬跑出，来到军勇他们种地的路边，惊慌地喊：“幺叔、幺婶娘、军勇，幺爷爷吊死了！”福保叔惊叫一声，奔回家。军勇惊慌地跟去。军勇妈慢腾腾地收拾工具，慢腾腾地回去，嘴里直骂："老不死的！这回到底寻了短见，还偏偏不让我们种完这块田再死！又没逼他见阎王，活该！"

仁伢没再上去，立即回到谢王村。经过分析，人们明白了：幺爷爷起床后找吃的，只找到一个粑粑，咬咬，又冷又硬；老人家牙不行，咬不动，想到以前受的气，一时想不开，就进屋上吊自杀；房里有臭味，一定是军勇一家从没好好照料过老人家的缘故。

当天，福保叔请去十几个谢家的青年子弟，颇带喜剧色彩地跳一夜"丧鼓"舞，十四早上就把谢王村谢家最后一位老字辈送上山安葬。军勇妈在后面干号几声。丧事办得潦草，来送葬的人不多，总共算来，仅一二十个。从一个人死后葬礼上主动来送别的人数多寡，完全可以看出这人生前为人，以及他（她）的直系亲属为人。爷爷如此，幺爷爷如此，天下人都如此。

第十二回　热泪洗伤痛　雏鹰展翅飞

正月开学，古老师又要我当班长。我好歹不干。二哥阳山为我分析过，我不适合当班干部，因为我心太慈，压不住人心。古老师就让同学们不记名投票，我仍以全班总人数减去两三票当选。我只好答应，但终究没有干，因为当天我将这个情况跟二哥说过，二哥就去古老师那儿谈一次心。第二天临上语文课，古老师说："既然谢琼山同学不愿当班长，如果我们非要他当班长，他就有理由不好好工作。因此，我宣布，免去他班长职务，陈祖科同学任班长，王芳月同学任副班长。你们就要小学毕业，为取得更好的成绩，今后，必须来学校上早晚自习！"

第二天临上早自习，同学们到齐，王霸故意大声问："喂，科伢子，听说你爹妈给你讲了个媳妇子，她乖不乖？"

科伢的脸"腾"的一下，通红通红，不理王霸。原来，科伢父母看科伢是独子，三代单传，又体弱多病，现已 15 岁，怕他有什么意外、香火无继，就在寒假给他说下一门亲事。科伢爹是篾匠，心灵手巧，经过几年苦挣，家中比较富足，女方很愿意。科伢的未婚妻比科伢大 3 岁，只等他下学，就想方设法办理结婚手续，以传宗接代。科伢是个懂事的孩子，本不干，但经不住父母哀求，就应下。这样的事，在农村传得快，没几天，附近乡亲大都知道了。王霸家离科伢家不远，哪有不知道的？这样的事，在农村司空见惯，但在学生看来很丢人，很可耻。科伢和我是好朋友，这期又升"官"半级，王霸眼热，就故意和科伢过不去。我见不得王霸对科伢挑衅，大声斥责："王霸！你注意点！别光害人！"

"谢琼山，你莫充能！你已不是班长，狗屁干部都不是，别来管老子！"王霸没想到我不当班长了，倒比原来硬气。

"王霸，对你这样的害人之物，人人都可以管！"我火气更大。

王霸反唇相讥："谢琼山，我跟你说，'大哥不要说二哥，三哥是个癞脑壳’，你比科伢还差劲！科伢的亲事是他爹妈定下的，而你和王芳月，还只 ×× 大一点，就开始谈情说爱！”

“王霸，你这个坏种子！不要诬蔑好人！上次你诬蔑老子，受到学校记过处分，你忘了!?”我“腾”的一下站起，拍得桌子山响。

“那是汪道红那个小姑娘卫护你这个小男人！哼，谢军勇看见你和王芳月在你们大沟岩壳里结婚！”王霸嘻嘻道。

同学们大都听呆，少数几个不怀好意地怪笑。芳月早已听不过，这时也“腾”地站起，不顾副班长身份，破口大骂：“王八蛋，你这个臭不要脸的东西！谢军勇，你更不是个好东西！你们几次在解琼面前说些肉麻话，打些歪主意，别以为我不知道，我不揭穿你们，你们倒越发上脸！你们真是猪狗不如！”

王霸终于沉不住气，喊：“你们做得丑事，我说不得！”

芳月又哭又骂，就听铃声响起。解琼仍和芳月坐一位，用手指指外面，又推推激动的芳月。芳月瞄见班主任古老师已走到门边，就坐下，不再骂，只抽泣。王霸也赶紧住口。军勇本坐不住，预备站起，这时也不敢妄动。我本气得说不出话，沿着解琼手指方向，见古老师已到门边，倒委屈地哭出声来，再也不顾什么，随即边哭边骂。几年来的怒气、火气，都从胸中、口中喷出，又变作液体从眼中流出，骂军勇和王霸两个“不是人的东西”，叙说他们怎样诬蔑我和芳月恋爱，又怎样用石子和篮球打我，还如何用尿水注灯，又有军勇如何偷钱，以及幺爷爷怎样吊死，等等。军勇和王霸见古老师坐在前面边听我数落边狠狠盯住他们，只得拼命忍受。谁叫自己太缺德？再说，谢琼山这样大闹课堂，古老师肯定会整治！所以，他俩脸色铁青，眼睛充血，却咬紧牙关，硬挺着听。

一个钟头过去，下课铃声响起。我觉得骂够，这才收泪，住声，坐下。古老师说话了：“毛主席说过‘一个人有气，有话，就让他说完吧’，气出了，心也就平了。再说，你们俩实在不像话！竟做出这么多缺德事！”军勇、王霸挨过我的骂，又受到古老师教训，只得自认倒霉。

古老师将这一事件呈报校长。校长召集部分老师集体讨论。会上，许多老师要求：“将谢军勇这个害群之马开除！给王霸记大过！”之所以只说开除军勇，而不说开除王霸，是因为王三是公社中学教导主任，以后可能有求于他。

二哥最后说话："这次事件由王霸引起，同意给王霸记大过一次；虽然谢军勇诬蔑谢琼山和王芳月，但他这次没参加侮辱行为，受到班主任批评后，认错态度良好，不应受到处分。"

老师们很佩服二哥的宽宏大量，尤其是马二老师，也开始真心佩服他。

随后，古老师召开班会，宣布学校给王霸同学的处分决定，最后说："王霸你听着！你已记大过，即将小学毕业，如果还不收敛，学校一定开除你！"说着，故意盯军勇一眼。

军勇打一个寒噤。

班上总算安宁。我和芳月扬眉吐气，但我俩再也没有儿时活泼。经过一系列打击，我俩的童心受到极大伤害。我俩明白了，学校并非一块净土，也像外面的社会一样复杂；学童们并非个个都纯洁无瑕，也因遗传、环境、教育的影响而良莠不齐。

我俩将永远诅咒人间的"丑八怪"，也将终生对主持正义的人们感恩。

冬雪化尽，春天到，五洲河水涨起来，清澈无比，明媚无限。何姐受到春天召唤，从工作所在地巨村——她是永茂公社派到那里的党政一把手——来到长进中小学，带着一岁大的女儿。无意中，母女俩正赶上我生日。晚饭时，二哥阳山让小哥仁山从食堂打来一些小菜，又亲自烹上一锅米饭，炒一盘瘦肉和一盘肥肉，让我叫来芳月。两个大人，4 个少儿，一起吃饭或吃奶，趣味盎然。一会儿，瘦肉被 5 人消灭干净，又向肥肉进攻。

对二哥、何姐、芳月来说，肥肉正是好东西；而对小哥和我来说，甚至不愿尝一尝。这大概是因自从我俩生下来，有近 10 年家中很少见肉的缘故。我们兄弟俩从根本上厌恶肥肉，觉得肥肉在口中肉麻麻的。猪身上的东西，我俩仅吃少量精肉，以及搅拌在饭菜中的一点猪油。记得，一年除夕，我家吃团圆饭，有一道主菜——肥肉，在母亲苦苦劝导下，我下定决心，夹上一块，刚放进嘴，就"哇"的一声吐出，从此，再也不沾肥肉。

二哥眼看小哥和我瘦巴巴的样子，一直很心疼，总想为我俩改善生活。

他明知我俩不吃肥肉，偏想我俩吃点，以补补身子。这时，他先给芳月夹一箸，再给小哥夹一箸，小哥当然不要。二哥把手伸直，将那箸肉递到小哥面前，无论小哥怎样推辞，总那样伸着，不收手，不说话，也不看小哥。小哥只得接下，喂进嘴，嚼都不敢嚼，就囫囵咽下去，恶心得想流泪。

二哥又夹上一箸递给我。我自然也不要，于是受到同样待遇，不得不接下，但我没有小哥那股勇气硬吞，眼珠一转，计上心来，声称“出去一下”，边说边端碗出去，偷偷将肥肉拨进屋檐下的阴沟，然后假装吐痰，吐几口唾沫，又颇有声势地咳几下，才回去。二哥看看我碗内，得意地微微一笑。

星期六下午放星期，寄读生回到家。晚饭后，我把“吃肉的阴谋”告诉一家人。父亲笑笑，又突然不笑了，反过来教训我：“何必甩了呢？怪可惜的！不吃就不吃嘛，还他或不接就是了！”

我反驳：“他那样子，就不是让还的样子嘛！”说着，像模像样地学一遍二哥“劝肉”的模样。

一家人哈哈大笑。笑了会子，父亲说：“山山，你猜，为么子你二哥要逼你吃肉呢？只因他从小遭孽，生活太苦！那时不说肉，连饭都吃不饱！”

母亲接着说：“他七八岁的时候，全队无论大人小孩，都在大集体的一口大锅里吃大食堂。那哪是吃饭呢——一大锅野菜汤，里面撒几把苞谷面，就是我们的‘饭’。就连这样差的饭，大人都只有一碗，小伢只有一小碗，根本没有油星子。吃没有油星的饭菜不经饿，越吃越饿，越饿越想吃。偏偏你二哥小时饭量大，比一个大人还大。那么一小碗汤菜饭，做盐都不咸！有时，我和你爹看他饿得那个苦样心疼，就把自已碗里汤饭匀出一些给他。他真懂事，知道大人还要下田，比他还饿，死活不要！

“那年腊月二十八，他听说队里要给各家各户分点粮食过年，喜得么子似的，背上背篓，一大早就到队里仓库门前去等。去的都是大人，他人小，挤不过他们，白白挤一天，天挨黑时还没挤到手，竟一下饿昏，倒在地上。你爹晚上赶去才及时救活他的小命……”母亲说着，哽哽咽咽，再也说不下去。

一家人热泪盈眶。父亲擦擦眼角，继续说：“虽然苦成这样，他读书却争气。不过，有一段时间，他不想读书了。那时，你大哥跟爷爷、奶奶单过，吃得好、穿得好，常常嫌弃穿得不好、面黄肌瘦的桃山，看别人欺负她，也不教训那些坏小子，这也是你姐姐硬是不去读书的一个原因。阳山看桃山不读书了，也死活不去。有一回，他和你大哥走上碑岭，硬不去了。你大哥就喊我。我去，把他绑上一棵杉树，整整一天，他才答应好好读书。

“上三年级时，他读书开始认真，从6岁启蒙——为的是和将近8岁才启蒙的河山一路相互有个照应，一直和你大哥同班读完小学。据他同学说，他成绩总比你大哥好，有一次写作文，比报上写得还好，受到老师表扬。你大哥哭一场，发奋重写一篇，虽然也得到表扬，但还是没你二哥写得好。

“你二哥不费吹灰之力，就考上初中，在初中他遇到文攻武斗，被人打坏，是好心的同学救了他，好在以后他尽量躲着这些事，一心学习，就考上高中，准备读大学，只读了一年，看家庭负担重，就转身考上师范。

“他读初中的时候，这个地方还没中学，只县里和永乐公社有，县里那所是重点初中，永乐公社那所是普中。你大哥考上的就是这所普中，刚毕业就去参军的。那时，家里太穷，只有三床铺盖，我背一床最好的却也旧了的棉絮，翻山越岭，从天麻麻亮一直走到天黑，走过150里路，送你二哥到城关读书。他才11岁，脚上起一个血泡，但他没哭，直到第二天早饭后，我给他5块钱，回转的时候，他却哭了。

“后来，他一天只吃两顿苞谷饭，没有菜，甚至有时，一天才吃一顿……”父亲泪流满面，也说不下去。

过一会儿，母亲擦擦泪，又说：“当时，每个星期他只有一顿好饭，那就是到学校旁边的小吃店，买一小碗5分钱的小米面。一个星期才一次啊……”说着，又哽咽难语。

父亲又接着说：“饶是这样，后来我们连他这每个星期的5分钱，也供不起了，因为首先他得买书，买本子，交学杂费——好在那时，这些都不贵，否则我们也交不起；他只吃苞谷饭，还饥一顿，饱一顿……”又说不下去，眼泪豆珠一样滚下脸颊。

一会儿，母亲又说：“你们猜么样？三年初中毕业，他回到家，那床旧棉絮已破烂，他又带去读高中，读师范，又带回来，珍贵得么子似的，现在参加工作好几年了，听说还垫在下面!”

翌日，小哥和我回校，在二哥床下一翻，果然见到那么一床已破烂不堪的棉絮。

又一个星期六下午，二哥回谢王村看父母。晚上，小哥和我已睡下，二哥还在和父母谈散话，谈着谈着，他就得意地说出如何让小哥和我吃肥肉的事。父亲一笑，当即把我的底子抖搂出来：“仁山吃了，琼山没吃……”

二哥哭笑不得。从此，他再不“硬劝”我们这些弟弟吃肥肉。

现在，中国教育界将恢复“文革”前的初中三年制，长进中小学将变成一所纯粹的小学，初中生和小学毕业生将根据升学成绩优劣，分别被录取到公社重点初中永茂中学和设在巨村的普通初中。因此，长进中小学抓得很紧。可最后一个月进入总复习时，古老师却允许同学们自由选择上早晚自习的地点。

大考迫在眉睫，我却依然慢悠悠地吃三顿饭，中午还到河边去沉思。早自习，我常常爬上河滩一棵李子树，一边摇晃，一边背诵课文，如坐在白云上一般，又如一只栖息在树上的小鸟，欢势得很。

在同学们紧张的复习中，日子过得飞快，好像仅隔一夜，就到了全县小学毕业统考兼升学考的日子。这天早饭时，由二哥阳山接待公社教育组派来的巡视员，他为巡视员开小灶，煮面条。当时面条是稀罕东西，很金贵，一般用来招待客人。二哥只有一点面条了，大约刚够巡视员吃一顿，做好后，他盛满一碗，递给巡视员。然后，他把剩下的汤汤水水全盛起，也仅大半碗，双手递到我面前，亲切地说：“山山，吃吧，考好点!”他目光柔和、深远，大有送我上战场的架势。

我强烈意识到一种情感在心中涌流，双手接过碗，三口两口喝干，大有受命担任大将的风度。

第二天早饭后，我和芳月回到谢王村。大人们都问：“考得么样?”

“没问题！一定能考上重点初中!”我和芳月在路上讨论过，很有把握。

大人们心里高兴，嘴上却说：“你们考得好，别人照样考得好，哪里晓得一定会考到街上去呢?”

永茂中学，在小集镇上，因此是“街上”。

我和芳月心里一惊。我们没想到这一层。

一星期后，全县初中毕业考兼升学考结束，小哥仁山回到家，白天泡在田里拼命做事，夜里则忧心如焚。他考得不如意。长进中小学没有英语课，全靠自学，他仅在最后一学期听说要考英语才学完第一册，这次却考了4册内容，他算了算，这科成绩不到10分；看来，到永茂中学读初三的希望不大。

又一个星期过去，军勇、我和芳月去长进中小学参加小学毕业典礼。我和芳月除领到毕业证书外，还各自领到一枚由公社教育组授予的“三好学生”奖章。这次小学升初中考试中，长进中小学取得空前成功，平均分为全公社第一；毕业班共24人，有10人越过重点初中录取分数线，13人过了普中录取线，仅王霸一人落选。我和芳月分别夺得全公社第一名和第二名，为长进中小学大大争光，因此，学校还专门奖给我俩一人一支钢笔。许多同学都发感叹：“谢琼山这小子复习时，常在树上摇啊喊的，竟考得最好。看来，只要学习得法，完全可以轻轻松松地过学校生活。”

为庆祝我们取得的辉煌胜利，学校破天荒地安排大小食堂齐动手，炒上一些菜，备下白花花的大米饭，一分钱不收，任同学们互相“奉菜”，相互盛饭，吃得饱饱的，高高兴兴地告别小学时代。我、芳月和科伢、解琼分别时，没有眼泪，只有欢笑，因为我们都考得不错，一定会在永茂中学再相聚；还由于我们终于甩掉军勇和王霸这两位“山大王”。军勇很幸运地刚好能上普中。

不久，3张32开、草绿色的小纸片飞上谢王村，分别飞到小哥仁山、我和芳月手中。原来是永茂中学寄来的《录取通知书》。小哥热泪盈眶。果然，他英语成绩仅9分，以至总成绩仅比录取分数线高4分，真难为他了。长进中小学这次初二升级考和小学升学考形成鲜明对比，外语成绩拖了后腿，以至平均分为全公社老幺，考取永茂中学的仅4人，被巨村中学录取的也仅6人。

临近开学，二哥阳山回谢王村看父母。本来，永茂中学点名调他去任教，但何姐现在巨村工作，独自一人带着女儿，公事、家事累得她直叫苦；为照顾妻女，在他主动要求下，调到普中任教。因此，他既欢喜，又遗憾，为弟弟妹妹们能考上如意的中学而欢喜，为自己不能和弟弟妹妹们一起到新学校开拓新生活而遗憾。

四哥玉山读完高中，顺利毕业。这届高考，农中像以往一样，剃了个亮亮的光头。四哥一旦离开二哥，就没了管束，自然吊儿郎当，像周围的同学一样学习不上心，只等混到文凭，就回家种田。

血染五洲河

第十三回　小河永奔流　手足情深厚

时至1981年初秋。这天一早，吃过名副其实的早饭，王叔和四哥玉山就送小哥仁山、我和芳月去永茂中学报名。天气晴朗，在我们3个准重点中学生眼里，觉得一切都很亮丽，天空蓝亮，树木绿亮，溪水清亮。我们心中充满喜悦，充满向往，充满希望。

两个小时后，我们把20华里上上下下、弯弯曲曲的山路甩在身后。蹚过一条小溪时，四哥说："这是长美溪。"

爬上对面溪岸，来到一条县级公路上。从公路斜下去一二十步远近，有一个大"四合院"——四面都是房子，中间一个大操场和一对篮球架。四哥指点说："那就是长乐县农业高中，又叫'长美溪中学'。"

原来，这是四哥的母校，真不起眼，谁叫它是全县三所高中里最差劲的高中呢？我们三个准重点初中生都没怎么在意它，因为它不是我们上高中的目标。

走过农中，再沿公路前行一二华里，来到永茂镇。街上车水马龙，人来人往，很热闹。6年过去，我又来这里，觉得这里的天地变小，原因是我长大不少。1976年的洪水改变了附近地段河滩的模样，且冲毁永茂镇不少的"大"。但新的"大"又产生——建起原先没有的大平房。去年，长进供销社用石头水泥砌成一栋两层楼的洋房，上盖是黄土烧的蓝瓦，目前为当地"第一建筑"。而镇上却有近10栋水泥房，上盖都是平的，比长进新供销社都高得多，大得多，气派得多。

芳月是平生首次来街上，很兴奋，东张西望，看不尽繁华带来的新鲜物事。她觉得，街上高楼虽没有我小时吹的“天那么大”，但也足够高大。

永茂人民公社办公楼是一栋4层的高大平房，方方正正，像个硕大的火柴盒。四哥带领一行5人，走进101号。大哥河山在里面。这是他宿舍兼办公室，10平米左右，也像一个火柴盒。里面放一张床、一张办公桌、一把太师椅，以及脸盆毛巾之类，余下的地方刚够六七个人落脚。芳月心说：“和长进中小学的教师宿舍差不多！”为节约每人每学期5角钱住宿费，以后小哥和我将住在这里，吃饭却在学校。大哥虽是公家人，但一年四季都有忙不完的农事，春天播种，夏天挖洋芋、割麦子，秋天收苞谷，冬天种小麦、洋芋，都得他带着吉家姐干，甚至更多时候是他独自一人披星戴月地干。因此，他一个月难得有几天夜里住宿在这。

喝过茶，四哥带领一行人走出大楼，过一个转角，斜向上走四五百步，再向右走过一条上面有小桥的溪沟，来到一个大操场。操场上站立一对木质篮球架。操场西面站立一栋长房子，两层，木板壁，黑乎乎的，上盖也是黑乎乎的瓦。解放前，这里有一座关帝庙，俗称“关庙”。解放后“破四旧”，红卫兵推倒里面供奉的关帝泥胎神像，将楼上改为教师宿舍兼办公室，楼下改为教室，建成“关庙小学”。

庙门背对东西面的五洲河，前面又有一个小操场，是凸凹不平的泥地。其右有一栋白石灰土墙长房子，分成三间教室；其左有一长溜房子和教室对立，也是外刷白石灰的土墙，分成若干“火柴盒”，也是教师宿舍兼办公室。小操场西边是倾斜五六十度的黄土陡坡，坡上赫然站立一栋外刷白石灰的小土墙屋，是高高在上的厕所，虽不雅观，但下面空气不受其污染。自从有了这些新建筑，关庙小学就摇身一变，成为初级中学，俗称“关庙中学”，现又成为永茂公社重点中学。

校园内树木不多，仅在大操场左边站立几棵垂柳。园里园外长满绿油油的杂草。小哥、我和芳月比较失望，心里都说：“比起长进中小学，这里差劲多了，还重点呢！”

关庙一楼一底，底层面向五洲河的是一溜小单间。五人走上去，迎面是第一间小屋，木框上贴一张白纸，上面用毛笔写几个黑字“教导处”（报到处）。里面靠窗的一张办公桌前，坐一个脸色微黑、长一双小眼睛、嘴唇乌黑的人。他扫众人一眼，问小哥：“叫什么名字？”

“谢仁山。”

这人一惊，细盯小哥一眼，取过小哥手中通知书，看看名字，又盯小哥一眼，然后在一个本本上写些字。写完，他又盯我，先是神色上吃一惊，等镇静下来，才问：“叫什么名字？”

我把通知书递过去，说：“都在这上面，您自己看好了！”

他看看名字，又死盯我一眼，若有所思，微微点头，在另一个本上写些字。当他接过芳月的通知书，又下意识地点点头，然后在记我的那个本上写几个字。这人就是王霸的父亲王三，既是中学教导主任，又是初三班数学科任教师。他早从王霸口中听到小哥、我和芳月的大名。闻名不如见面，我们三个都长得这么清秀俊逸或美丽动人，而王霸虽则牛高马大，却歪头邪脑，神色猥琐。王三顿时感到心中很不是滋味。

王叔、四哥为我们三个中学生交上学杂费，按王三不甚热情的指点，去女生宿舍安顿芳月。宿舍设在教导处楼上，条件和中小学差不多，也是在一个方房子内，摆上几架分成上下铺的木床。安顿好芳月，王叔叮嘱我们几句，就和四哥赶回谢王村。

我们三个回到大哥那儿。小哥收拾安顿行李。我则陪芳月上街走走。我俩刚出大门，就发现两个熟悉的身影迎面而来。科伢和解琼家比谢王村离学校近，来得早些，这时正在街上熟悉环境，就遇到老朋友。我们四人合到一处，说说笑笑，指指点点，在相对熟悉这里的解琼引导下，走向永茂镇的标志性建筑——永茂大桥。突然，我们听到一个熟悉且很讨厌的声音：“解琼——”

原来是王霸。我们四个大吃一惊，心中都不解：“凭么子他也在这儿？”

王霸走近，不理科伢、我和芳月，只看定解琼说话：“琼子妹妹，以后常到我爸那儿去玩啊！”说完，似笑非笑地扫视我们另外三位一眼，扬长而去。

我们猜测：“未必王霸也在这里读书？”

科伢道：“他不是连普中都没考上吗？”

解琼说："兴许他是到舅舅这儿玩玩……"

四人一路谈论，走上永茂大桥。桥是石拱桥，长约 300 米，横跨两岸，气势雄伟。解琼说："七六年发大水，漫过桥面，但由于桥修得好，没被洪水冲垮，只有几根栏柱松动了！"

四个这里摇摇，那里晃晃。果然有几根栏柱是松动的。我们很佩服建桥的人。

五洲河水在桥面七八米以下，"哗哗"流向北方。阵阵河风吹拂，凉爽到人骨子里，真舒服！

阳光下，我们四个高兴地跑啊，跳啊，笑啊，浑不知巨大的阴影即将笼罩自己……

学校不举行开学典礼，开学第二天上午直接上课。经人指点，科伢、我、芳月和解琼来到西边第一间教室，胡乱坐到一块。教室里的摆设和长进中小学差不多，只是课桌多些，有二十四五张，但很陈旧。王霸进来，大大咧咧地坐在第二排，由于个子高，十分显眼。我们四个感到惊讶："王霸真到这儿读书?!"

科伢悄悄说："肯定是他爹搞阴谋，开'后门'进来的！"

一会儿，一个瘦个子青年老师进来。他二十七八岁，偏分头，长脸，细眼，肤色黝黑，一张口一嘴黑牙，手指头黑黄黑黄，肯定是被烟熏的。他在讲台上站定，自我介绍说："我姓吉，名水生。"边说边拾起粉笔头，在黑板上写下"吉水生"三个大字。

字体潇洒飘逸。这是迄今为止，科伢、我、芳月和解琼见到的最漂亮的手写体。吉老师又说："以后，如果没有特殊变动的话，我们将在一起生活 3 年，我会一直担任你们的班主任，并教你们 3 年《语文》。今天，我们先不忙上课，因为书本和课表还没分好。现在，都跟我出去拔草！"

同学们跟他鱼贯而出。经过一个空寂的暑假，校园内绿草丛生。同学们大都叽叽喳喳，仅科伢和我认真拔草，一心一意，不言不语。吉老师暗中观察同学们好一会儿。

下午在教室，吉老师让同学们都站直，根据高矮一致和异性相配的原则编位。科伢和一个名叫王芙的女生同桌。解琼和一个名叫王方的男生同桌。王霸则被编到最后一排，他嘟着嘴，极不情愿地和一个叫吴翠翠的女生同桌。吴翠翠高高大大，全身肉鼓鼓。王方文文弱弱，瘦小枯干。王芙清清秀秀，身材苗条，衣着和解琼一样鲜艳，也很得体。

同学们相互生疏，不可能投票选举班干部。吉老师根据拔草时观察和分析的结果，指名科伢任班长，我任副班长，芳月任学习委员，王芙任生活委员，王方任劳动委员，王霸任体育委员，一个叫林虎的男生任文娱委员。林虎瘦个儿，长脸，头发像锅盖一样铺在头顶，一双眼睛不笑而笑，一笑就露出两颗暴突的门牙。

星期日，小哥仁山、我和芳月吃过早饭，出发回归永茂中学。我们是昨天放星期回谢王村的。小哥背着四五十斤“吃喝子”，我和芳月各背一二十斤杂物，一路说说讲讲，来到一条岔路口——斜向上，过大沟，就到长丰小学；斜向下，也过大沟，则去街上。我们向下走，来到大沟边。突然，3 人几乎同时发现路边坎下有一口红色杉木箱子和一床被盖。坎下树影中，挂一个背篓，背篓下面吊一个人。芳月眼尖，不禁惊呼：“谢军勇！”

我看看，说：“真是这个坏东西！”

芳月说：“我们走吧，不管他！”

我说：“他太不是人了！”

小哥知道我们之间的宿怨，平时看见军勇，心里也直冒火，但他这时说：“军勇是我们谢家弟兄，就说他不姓谢，我们也不能见死不救。说不定，他会因此受点教育，不再做坏事。人心总比石头软啊！”他放下背篓，指挥我和芳月也把行李放稳。

三人勾下身子，使出吃奶的力气，合力把箱子提起。箱子提上背篓。背篓提上军勇。三个将军勇和他的行李扶过大沟，在平地放稳，发现他身上无伤，仅手上有几个小小血口，就不再理他，径自背上行李，继续前行。

原来，自从军勇接到普中录取通知书，福保叔痛恨儿子在校偷东西，名声太臭，又看他人高马大，却仅仅考取普中，心中就有气。巨村中学每学期开学都比永茂中学晚一周。今日早饭后，福保叔给齐足够的学杂费和少量生活费，让军勇独自背上行李去学校报名。军勇妈要送军勇，福保叔一声大吼："不准送！这么大的人，竟以为爹妈供他读书容易，总不使力，也让他自己上回学，尝尝艰苦的味道，心里警醒些，免得又做出些无天非法的事来!"

军勇只好独自背上七八十斤行李，可怜兮兮地出发，来到大沟边，心中恍惚，一不留神，踩上一颗滚动的小石子，"呼啦啦"掉到坎下。好在他勇敢，抓住一根带刺的小树，强忍钻心疼痛，硬挺着。

这里没有人户，尽是茅草路，很少有人路过，但从这里去街上，要比从长进中小学去街上近四五华里。军勇已坚持20多分钟，一旦乏力，就会掉下大沟，非死即伤。就在这时，他听见小哥、我和芳月说说讲讲而来，心里顿时充满希望，正想呼救，却被我和芳月几句冷语浇在心头，想起以往自己恨不能置我俩于死地的恶处，后悔起来，心中十分羞惭，觉得没脸喊救命，哪知小哥顾大义，慨然救起他。他十分感动，在大沟边大哭一场，清洗清洗，用一块布把手上血口裹住，又歇息一个钟头，觉得元气恢复，才背上行李，继续前行，边问路边走向巨村中学。

后来，军勇在读中学期间，福保叔依然太吝啬，从不给足生活费。军勇正处在长身体的时候，饭量大增，又不愿明告父母，终为生活所迫，重操旧业，常做些偷鸡摸狗的勾当，最后一次不幸被当事人抓住，当即被学校开除，只得回家务农。

小哥仁山、我和芳月救过军勇，马不停蹄，从谢王村来到街上，浑身汗水淋淋。刚洗完热水澡，我就觉得鼻子里"交通不便"，呼吸困难，怪不舒服。小哥到学校去一会儿，回来时，我已昏昏然，头重脚轻，无力支持，倒在床上就睡。小哥独自一人，去学校食堂端来一碗结结实实的苞谷饭，另一只手端来一碗合渣汤。他把饭和汤分成两碗，分别拌上指头大一团猪油，再把从家带来的油炸薯片（洋芋片）拿出，一个碗里放一把，喊起我，一人分一碗。他三下两下吃完。我却才吃两三口，就再也吃不下。小哥无法，只好拉开大哥河山的抽屉，拿上一点饭菜票，一路打听，拐弯抹角，去公社政府食堂打来二两米饭和一碗5分钱的豆腐汤。我这才各样吃下半碗。小哥要把剩下的留到明天早上热给我吃。我说："明日儿早上，我的病就会好，你吃吧！"

小哥本来不吃，无奈我撒着娇，硬逼他吃。他正长身体，区区半碗苞谷饭、半碗合渣汤、半碗米饭、半碗豆腐汤，乃是小菜一碟。我见小哥吃完，这才合上眼，又要睡去，就听小哥说："山山，今日儿晚上你不去上自习，我给你请假。"

我想起床，可刚抬起头，脑中就一片混乱，只得又躺下，做个沉重的梦，一觉醒来，感觉被子裹得很紧，头上汗津津，憋气得很。原来，我头上被子上都堆满衣物，只露出鼻孔。我刚要掀开被子，就被人使劲按住。小哥在黑暗中说："山山，别动！"

"呀！"小哥拉开床头灯闸，拿一条干毛巾在被中仔细给我擦身子。擦一次，我又流一些汗；又擦；大约擦了半个钟头，才基本擦干。小哥这才把堆在我身上的衣物拿开，又让我在被子里摸索着穿好衣服。这是治感冒的土办法。小时，父亲曾这样给我治过几次，一治就好。

这时，我身心渐渐轻松，仔细看小哥。小哥眼里充满血丝。原来，他一直穿着衣服没睡。顿时，我感觉眼中的泪水像五洲河一样，滚出眼眶，奔涌。小哥轻柔地说："山山，哭么子？如果我病了，说不定你一夜都不会睡呢！"他边说边把垫单换掉，又把被子外的包单和包心拆下来。

包单和包心上已结一层湿润润的水气。他从床底抽出一床干包单，包在裸露的棉絮外面；又抽出一床干垫单，垫在下面。两个重新睡下。拉灯时，我瞥一眼办公桌上的小闹钟——已是凌晨3点。

第二天早上，我已痊愈。幸喜小哥没累病，只是眼圈发黑，有些疲惫。天气很好，太阳很亮，我心里暖融融的。

中午，小哥洗被子。我帮忙。以往，在长进中小学，两人的衣物被盖都由二哥洗濯。现在，大哥忙了工作又要忙家事，没时间照顾我们两个小弟，一切都得我们小哥俩自己动手。

随着小哥、我的浆洗技术越来越好，一学期不知不觉就结束。在期末考试中，我夺得班上第一名的桂冠，林虎为亚军，芳月屈居季军，科伢、王方、解琼、王芙、王霸、吴翠翠分获第四、第五、第六、第七、老幺、倒数第二。以上9人，除王霸和吴翠翠外，均被评为“三好学生”。发奖状时，吉老师宣布一条好消息：“县文教局传来通知，今年底将评选全县‘三好儿童’，评上者将获得一定奖励，对以后升学也有好处。”

我们学校有两个名额，但只有初一班有资格评选，因为年龄限制在13岁以下。吉老师让同学们以6名“三好学生”为候选人（科伢已15岁，不能参评），无记名投票评选。结果出来，班上共50人投票，我得48票，芳月47票，王方2票，解琼2票，王芙1票。

同学们大都佩服学习成绩出众的同学，但不大佩服林虎。林虎脑子特别好使，背诵课文时，往往在吉老师来检查前临时抱抱佛脚，抢记一下，就能流利背出。他很活泼，吹拉弹唱，样样来得，用二胡拉上一曲《二泉映月》，简直能拉去小听众的魂。熟悉他的人说，这是他爹遗传给他的本领。虽然他家穷，但他爹是个乐天派，爱好音乐。可林虎有个致命缺点，就是什么都不在乎，喜好耍赖，满身都是痞子习气。因此，没有同学选他。

王芙则和林虎相反，她父亲是公社干部，见的世面多，显得落落大方。上体育课，女生们大都低着头，羞答答地前进后退，忸怩作态，就是平时喜欢大踏步行进、较“英雄气”的芳月和解琼，这时也不够大方。但王芙不同，她总是昂首挺胸，英姿飒爽，因此很得老师和同学们喜爱，即使她成绩排在老七，依然得到一票。

吉老师宣布：“我将把这次评选结果如实上报，再由学校领导在前五名中取舍。谢琼山和王芳月成绩突出，遵守纪律，班干部工作负责，排在头两位。望你们今后不要辜负同学们对你们的厚爱，再接再厉，争取更大成绩！”

同学们雷鸣般鼓掌。唯有王霸“岿然不动”。

放寒假了。回家路上，我和芳月兴兴头头，认为稳得全县“三好儿童”无疑。小哥却泼冷水：“你们别高兴得太早！”

“为么子？”

“有些事说不准，必须等到兑现了才能算数！”小哥沉思。

第十四回　黑暗小人心　光明在前路

长乐县有个风俗，即从农历腊月二十四过小年开始，到翌年正月十五过完元宵夜为止，年才算过完，农民才拾起头年的农活下地；单位上，虽然正月初四五就上班，但总要过完元宵，才严格地上下班，这之前的十来天总是拖拖拉拉，很散漫，算是从"过年"到"工作"的过渡期。前几年，农村搞大集体，只要天无雨雪，大年三十农民也得上工，这几年不同了，农村搞联产承包责任制，农民有了一定程度的自由支配空间，搞农村工作的干部也轻松许多，于是逐渐恢复沿袭下来的"年俗"。因此，学校均在正月十五这天报名。这天晚上，永茂镇会比平时热闹得多，官方或民间组织的狮子队、彩船队、龙灯队，都将大显身手，大闹元宵，到时会鞭炮震山，锣鼓喧天，山歌遍野……

正月十五下午，小哥仁山、我和芳月带着过大年的余味，风尘仆仆赶到街上。芳月直接去学校，小哥和我走进公社大楼，刚到大哥河山宿舍门边，就听吉家姐在里面恶声恶气地说话："以后，你少把饭菜票放在屉子里！"

小哥赶紧把我拉住，不声不响地停下，又听吉家姐说："以后，你在食堂打饭打菜干脆赊账，一个月去结一次，别买饭菜票了！"

大哥说："你也太小心眼儿。我叫他们去食堂吃，他们还不去呢！"

"你晓得?！你是大意人，事事粗心，平时哪里注意这些？说不定他们当你面不去，背后常去呢！上次，你没看见——他们把自己两床被单都换下来，偏用你的?"

"好了，好了，以后去记账得嘞！"

吉家姐有了笑声。

一分钟后，小哥拉拉我衣角，小哥俩一前一后进去，和大哥、吉家姐打招呼。

原来，吉家姐来街上过元宵节，顺带看看病。她有肝病，也有胃病。这时，她和我们小哥俩淡淡应对几句，就倚在床上，懒得再说话。

“大哥，给你添麻烦了！从这学期起，我们搬到学校去住。”小哥解下身上的房门钥匙，交给大哥。

大哥脸上立时变色，放下正在熬药的瓦罐，不知说什么好。吉家姐笑了，心虚地笑，立时变得亲热，说：“为么子，学校条件比这儿强?”

小哥说：“差些，但天天要去学校端饭下来，一天三次，不太方便，这次寒假回去，我跟爹妈说了，他们也同意我们搬到学校住。”

我心想：“寒假里，爹妈问起，小哥还说大哥这儿比学校强多了，衣服、行李都不怕人家乱动，大哥又不住这儿，正好。哪知……”

“既然你们不方便，那就随你们。”吉家姐说着，脸上隐隐露出莫名其妙的笑。

小哥和我去学校报名，顺便把行李搬到学校。我跟小哥住在初三班男生宿舍。这里自然没有大哥那儿好，一个宿舍里有 4 架木床，上下 8 个铺位，每个铺位只有三四尺宽，而且要两个人挤住在一起；相当潮湿，热天蚊虫多，农村伢却大都没有蚊帐遮挡。在长进中小学，我们小哥俩跟二哥阳山住一起，比较享福，现在可要受苦了。好在我们想得通，因为芳月说过：“我们是来读书的，不是来享福的。”

正月十六，开学第一节课，公布“全县三好儿童”名单。果如小哥所言，王方和解琼榜上有名，我和芳月却名落孙山。同学们都大吃一惊，吉老师也很恼火，但无可奈何。原来，这都是王三一手导演。王方是他侄儿，解琼是他外甥女。他是教导主任，去年接到吉老师报上来的名单，见我和芳月当选，心里极不平衡，看着看着名单，突然计上心来。当校长询问他这事时，他说：“通过全班同学不记名投票，解琼和王方当选。”

校长姓邓，刚从外地调来，年近花甲，半边脸患病，治愈后就麻木了，还身带许多老年病，平常有些糊涂，这时疑惑地问：“我听吉老师说是谢琼山和王芳月，怎么不是?”

“那是您老事情多，太忙，听错了——把‘解琼’听成‘谢琼山’，把‘王方’听成‘王芳月’了!”

“哦，肯定是这么回事！唉，我老了，不中用了！这记性，嘿，已太差！老糊涂了！对了，这事就交给你去办吧。”

当王方和解琼喜气洋洋，从吉老师手中接过奖状，我和芳月怎么也想不明白这是怎么回事；过后又想想，也不靠这虚名挣分数升学，就把这事丢一边，不再放心上。

初三班面临毕业，就要进行升学考，因此抓得很紧，每天早晚自习前后还各增加一节课。

5 月的一天，刚下晚自习，我就像往常一样，先到初一班男生宿舍，和科伢谈天说地。科伢住下铺，刚好能独自占一个床位，就背来两床被子。熄灯铃响，我赶紧回到初三男生宿舍。

一个多钟头后，小哥仁山回到宿舍，爬到靠窗的上铺躺下，正迷迷糊糊间，就听我在他脚头说：“我回去。”

在室外路灯“挤”进来的微弱散光中，我掀开被窝，光身子爬起，要下地。小哥感觉到，急了，一时不明白我回哪儿去，就叫：“山山!”边叫边恍恍惚惚坐起，伸手拉我。他本睡外侧，朦胧间，从一人高处掉下，“砰”!

同室的张三还比较清醒，赶紧起床，拉开电灯，只见我闭着眼睛去拉门，一副要出去的架势。张三赶紧把我拉住，也闭上眼睛，神神秘秘地说：“你回来了，上床去睡吧!”

我仍闭着眼，竟顺从地转身爬上床，原样睡下。也不知我怎么“看见”路径。李四被灯光惊醒，赶紧下地，扶起小哥，问：“不要紧吧?”

“不要紧！就是头有点昏，好像没么子大问题。”小哥已清醒。

张三、李四一起摸摸他脑袋，摸到一个小包，看看不十分要紧，又看夜色已深，就把他扶上床，然后熄灯。

翌日 7 点半，同学们打来早饭，都在宿舍吃。有人问我：“昨日儿晚上，你么子了?”

“么样‘么子了’?”我不解。

他们七嘴八舌，把昨天晚上的情形学说一遍。张三提示说：“昨日儿晚上，你是不是梦见么子了？”

我努力回忆，说：“我想起来了！我梦见在科伢他们宿舍，和他玩一会儿，熄灯铃响起，就对他说‘我回去’，就从他床上下地，然后回这里，进门，就有人说‘你回来了，上去睡吧’，我就上去睡了。”

“敢情他么子都不晓得！”同学们又惊又奇。

张三道：“告诉你们吧，这就叫——梦游！”

李四关切地问：“谢仁山，你的头么样了？”

一句话提醒我。我赶紧过去，在小哥头上抚摸，心疼地说：“小哥，不要紧吧？都是我害你从床上掉下来！”

小哥说：“过一夜就好了，连昨晚那个包也没了。这说明，人在不清醒的时候，遇到危险也不太危险，因为不怕，没有心理压力。”

同学们哈哈大笑。我望定小哥，心里温温的，眼里湿湿的……

星期六中午，我和芳月早早放学，等小哥仁山复习到下午3点，三个才赶着回谢王村，两三个钟头后，终于大汗淋淋地回到大沟边。看看就要到家，三个十分欢喜，我在前，芳月在中，小哥在后，冲过沟，又冲上坎。胳膊几甩，只听“吱”——一声响，小哥的衬衣被撕裂几道口子。他这件棉布衬衣还是四哥读高中时穿过，洗了几水，缩小许多，本就有些囚到天上去的模样，去年肩上已穿一个洞，母亲用一块旧棉布把双肩部都给补上，又给小哥穿，早已糟朽。我们三个回到家，天刚黑定。母亲看见这件破衬衣，笑笑。晚饭后，她从红箱子里拿出一件淡蓝色的的确良衬衣，对小哥说：“我看你身上那件旧的已不成样子，就为你做了件新的，没想到恰巧遇上你的旧衬衣撕坏。来，试试，看合不合身？”

小哥满面喜色，接过新衬衣，穿上，正合身，挺括括的，衬得人都精神多了。芳月看着直赞叹：“哇，好雄啊！”

我直皱眉头。我身上的白棉布衬衣还是捡小哥的旧，也大有囚上半天云的模样，再囚上去一寸，就要露出肚脐眼儿，但这时母亲没有拿出第二件新衬衣。我心里凉了半截。

第二天，我们三个返校。一路上，我懒得说话。芳月问我好几句，我才不咸不淡地回答一句。小哥和我说话，我竟气哼哼地爱理不理。平时，我可是话篓子呀。芳月和小哥感到奇怪。

来到学生宿舍，洗过澡，小哥脱下汗津津的旧衬衣洗了，换上簇簇新的衬衣，一脸喜色。我背的物事少，虽然流过汗，但这时衬衣早干了，但我光着身子，气哼哼地说：“我的衬衣湿了，又只一件，连件换洗的都没有!”

小哥脸上露出惊讶神色，然后笑笑，心想：“原来，路上山山不爱说话，是看我穿新衣服，自己却没有，不高兴啊!”他把新衬衣脱下，递给我，“山山，你换着穿吧，我还可以穿秋衣。”

我脸上阴转晴，三下两下穿上新衬衣，把旧衬衣泡到脸盆里搓洗。小哥直笑，穿上一件淡蓝色秋内衣。

星期一，我穿着新衬衣上课，喜气洋洋。芳月感到很奇怪。做课间操时，芳月看见小哥穿着紧身秋内衣，汗水直淌，而其他同学大都穿白亮亮的衬衣，很凉爽的样子。她一下全明白。这几年，我家家事多，家道比较艰难，小哥和我一直穿着不入时，常常只有一套整齐的外衣外裤，另外仅有一套带补丁的衣服用来换洗——裤子上往往有一大块桃形补丁，怪难看。下操后，芳月把我叫到角落，说：“山山哥哥，你好自私！你本来有一件好衬衣，还把小哥的霸占!”我脸色通红，得意劲一下全没，赶紧回到宿舍，正遇上小哥和好几个同学都在。一时，我不知如何是好。不还衬衣给小哥吧，似乎没道理；还吧，实在有些舍不得。这时，李四说话了：“谢琼山，说实话，在我们学校，亲兄弟、亲姊妹、亲兄妹、亲姐弟都有，经常不是吵，就是闹，还打架，能像你们兄弟这么和气的，实在不多。而你却霸占两件衬衣，让你哥哥穿秋衣过热天，像话吗?”

我更加羞惭，赶紧脱下新衬衣，光着上身，流着泪，到小哥面前，双手还给他。小哥笑笑，说：“山山，你穿吧，是我自愿给你的，哪叫‘霸占’呢?”

顿时，我心上绞动，后悔莫及，痛哭失声，加大还衣决心，抽抽噎噎地说：“小哥，我本有一件，还霸占你的，太不应该！是你的，就该还你！看，你脸上这么多汗，都是我不好，不会做人……”说着，我硬把新衬衣塞到小哥怀里，取下已晾干的旧衬衣穿上。

同学们都很感动，为我俩鼓掌。张三劝说：“谢仁山，你就穿上吧。琼山也真后悔了，你不穿上，他会心中不安的！”

我直点头。小哥眼噙泪花，这才脱下已被汗水浸湿的秋衣，换上合身的新衬衣，一下又精神起来。同学们鼓掌。

一时，上课铃响，大家都高高兴兴去教室。

又是星期一，第一节课是语文，吉老师将一个本子交给我。原来是《初一班班务日志》（以下简称《班务日志》）。这学期，我已“升官”，经50位“群众”投票，48票选我当班长。今天，归我值日。吉老师向全班说明，最近，各科任教师常常反映上课演牌时，有同学在后面搞小动作，不专心致志听讲。现发下这本《班务日志》，让班干部注意各位动向，一旦有风吹草动，就记上；课堂以外的不正之风和好人好事，也要记上。7个班干部一人一天轮流记，正好一个星期循环一周。

第三节是数学课。于老师在前面演牌，我听到身旁座位上一阵轻微响动，转头一瞄，就看见王五和赵六两个男生正在位子里走微型象棋。班上女生少，男生多，有的位上两个男生同桌。永茂中学的课桌和长进中小学的课桌略有不同。中小学的课桌上面安置活动盖子，揭开后才能拿出里面的东西；这里的课桌开口在同学们面前，而且敞开。他俩一边走棋，一边注意于老师和我的动静。王五分工注意我，这时走一步棋，就抬头，正碰上我严肃的目光，他有些不好意思，讨好地向我示意。我对他微微一笑，示意他们不要再下。王五碰碰赵六，指指我。赵六也乞求地望望我，脸上充满不好意思的表情。我对他俩笑笑，转头听课。他俩不敢再走，也听课，耳朵里听着，脑子里却尽是未下完的棋路，手不觉越来越痒。王五碰碰赵六，指指棋盘，走一步。赵六会意，想想，也走一步。开始，他俩还时不时关注于老师和我，一会儿就沉浸在车马炮的大战之中。

我认真听一会儿课，猛然想起什么，又向身旁一看，只见王五和赵六又在大战，就轻轻捅捅只隔一道走廊的王五。王五惊醒过来，看我比较严厉地盯他，一下不知所措。赵六走一步，正要示意王五走棋，好一会儿不见动静，也抬头，就见我严厉地盯他。他比较乖觉，指指自已，又指指王五，还指指棋盘，连连摆手。我明白他的哑语是“再不下了”，就笑笑，又转头听课。

下课后，我对王五和赵六说：“喂！我这人做事有个原则叫‘事不过三’——你们第一次犯错误，我不追究；第二次犯，我还不追究；第三次犯，我可就不客气了！如果你们第三次被我撞见，就要干涉！”

王五、赵六表示：“再不敢了，再不敢了！”

第四节课又是数学。于老师又在前面演牌。20 分钟过去，王五和赵六根本没心思听讲，一时百无聊赖，手又痒起来，于是下棋，只是提高了警惕，每见我转头就赶紧假装听课，直到临下课，两个才又忘乎所以。

于老师讲完，看看手表，布置完作业，说声：“下课。”

王五和赵六没听见余老师的话，但模糊听见我喊“起立”，迟迟疑疑站起，已比别人慢半拍。我喊一声“坐下”，他俩才清醒过来，转头看我，我正严肃地盯视他俩。他俩心中一惊，知道大事不妙，刚等于老师出去，就来到我面前，一个从口袋里掏出香喷喷的炒瓜子，一个掏出香喷喷的炒花生，忙不迭地敬献。我不收赂贿，训斥：“我先跟你们打过招呼——‘事不过三’，你们偏不听，不仅违反纪律，而且轻视我！如果不记你们，别人还会专心听讲吗?!”不由分说，我在《班务日志》上记下：“王五和赵六上数学课下象棋，我说过两次都不听劝。”

王五和赵六脸色通红，自知理亏，再上课就不玩小动作了。

后来，同学们都知道我记《班务日志》的法则——“事不过三”。“上有政策，下有对策”，他们往往做两次不合校纪班规的小坏事之后，绝不犯第三次。我的做法充满人情味，同学们大都很欢迎。

然而，事件的发展，往往出人意料。一个阴雨天，校园一片泥泞，无法上课间操，王霸出去一会子，回来就严肃地对我说：“老校长让你去！”

我心里“咯噔”一下。芳月和我坐一位，暗自担心，眼看我的背影出了教室，就跟去。我的衣着很滑稽。我只有一件好褂子。这是上次回家，父母给钱，让小哥仁山在百货商店给我买的一件天蓝色的的确良青年中山服。这件上衣笔挺，几乎盖住我膝盖。这是家里为我多穿几年，等我长高，还可以穿，才买这么大号的。今日天变凉，早上我刚穿上，就有几个同学取笑我：“呀，你一下长高了！”我心里有些别扭，这时无法上操，正好“躲”在教室，以免受到其他班更多同学的取笑，哪知还是被王霸叫出去。我一门心思都在“老校长要训我么子”这一问题上，就没怎么在意头顶的小雨，低着头走着走着，猛然瞥见老校长站在小操场的泥泞中，穿着雨靴，打着雨伞，火气十足地向我招手。我穿一双劣质浅底塑料凉鞋，小心翼翼地蹚过去。老校长先瞪我一眼，然后用一种苍老但洪亮的外地口音训斥我。许多言语我听不真切，只知道老校长的意思大约是，你谢琼山身为班长，记《班务日志》不地道，故意纵容同学们作恶两次，给同学们违纪的机会。你谢琼山“衣冠楚楚”……

我的新衣服已受到不少同学嘲笑，万没想到老校长竟用这样一个词形容我，而且我和老校长几乎没什么交往，凭什么说我“衣冠楚楚”呢？因为我心里有疑问，所以听得真真切切。我根本没料到，老校长会在这种场合，会这么训斥我，像开我的批斗会似的。在教室外的阶沿上，站满看热闹的同学。这可是全校同学啊，很多人摆出一副幸灾乐祸的样子。这真是一场莫名其妙的羞辱！我真想大哭一场，但我拼命忍住。与城市孩子相比，我们农村学生大都比较老实，因为我们的父母大都是老实巴交的农民，一般都没有什么硬过老师的后台可倚仗，受了委屈，也只能忍。

我一动也不敢动，烧着脸，硬着耳根子，听老校长训斥了大约 10 分钟之久。上课铃响，老校长想结束训斥，但终觉“训兴”未尽，就对我说：“午饭后，你来我办公室！”说完，转身飘然而去。

第十五回　一人献青春　一人显专横

我红着眼睛，回到教室，伏上课桌，流三两分钟泪，等科任教师进来，带着哭腔，喊“起立”，喊“坐下”……

午饭后，天放晴。我惴惴不安地来到老校长门前。校长夫人是一位花发婆婆，她说校长正在午睡。

晚饭后，我又去。校长夫人说，校长下棋去了。我很纳闷，回到教室。芳月、科伢、解琼、王芙围上来，关切地问我“如何”？我把以上怪事说一遍。王芙惊喜地说：“校长老糊涂了，喜欢忘事！如果晚自习他不来找你，你就不用去；来叫，也没事，因为你去过两次，是他自己没等你。”

果然让王芙料中，老校长一直没来叫我，以后也没找我麻烦。我遇见他，他仍一脸和和气气，好像根本没训过我似的。

原来，这事又是王霸搞鬼。上学期王霸当体育委员，加之同学之间还不熟，就尽量不给他老子王三脸上抹黑，倒安分了一学期。这学期他的班干部被选掉，又耳闻目睹同学们拥戴我记日志“事不过三”的原则，就心生一计，直接找到老校长，如此这般，添枝加叶地一鼓捣，就导演老校长在全校师生面前，一举“弄丑”我。他不禁兴奋好几天，得到一种快感。

王三听说这件事，也在心中冷笑。

期中考试，我的数学竟考出100分的满分，这在全校历史上还是第一次。晚饭后，芳月、解琼和科伢几个老朋友聚在教室，听我介绍实现零的突破的光荣经验，正谈笑风生之际，王芙慌慌张张跑进来，说：“吴翠翠又失踪了！”

在永茂中学初一班《班务日志》上，常有吴翠翠的旷课记录。她仅十四五岁，但个子已高大得吓人；一张大脸盘，但是小眼睛；脸色红润，但不正常地肿胀；一张嘴又长又宽，唇有一指厚，似乎一口可以吞进一头牛；腰围大约1米，即使隔着厚厚的棉衣，也让人感到肉嘟嘟的，这里一团横肉，那里一团横肉，如同吹鼓的气球悬挂在身。她是我、芳月有生以来见到的最胖的女子。王霸看她长得如同自己一般，常常公然骂她“傻 ×”“壮猪”“肥猪”“大母猪”等。

吴翠翠傻得确实也够“重量级选手”。考上初中，从山旮旯来到街上，在她眼里，无异于从原始部落来到花花世界，于是花样百出。开始，她常在晚上失踪；后来，她整天不来上课；再后来，社会上陆续有人来告状，说她死皮赖脸，非要帮人家做事，硬要在人家吃饭、睡觉，赖着不走不说，还常带坏男孩子。吉老师无法管理她，有心劝其退学，但不知她去向。

这天，终于有一个40多岁的公社卫生院的女大夫把吴翠翠送回学校。女大夫在本地较有名望，家中环境比较优裕。大约一个月前，吴翠翠来到她家，帮她做家务，十分勤快，赢得她的好感。一周后，吴翠翠不走了，赖在她家里吃喝拉撒睡，非要拜她做“干妈”。她一口应下，有了做“妈”的名分，就直接劝说干女儿回校读书。吴翠翠拼命搬动那张厚嘴，说出无数理由，无非是“家贫，不能上学了”，以及“学校生活太差，活不下去”等。这样磨蹭20来天，“干妈”还不知“干女儿”是何方人氏，到底不放心，宁愿自己出钱供她上学。这下吴翠翠没辙了，只好被送回学校。

吉老师看在她“干妈”分上，没有劝其退学。可吴翠翠又跑了，再也没有音信。后来她父亲历尽千辛万苦，才在外地找到她。她回家后，就嫁一个傻子为妻。

在谢王村，人们纷纷传说上岭有一户人家，这段时间养个瞎眼算命子；算命子算定这家老婆婆必在今年秋初过世，还算定这家35岁的主妇将“打不过三十六岁大节巴”，并让这婆媳俩把棺材、寿衣等后事早早准备停当。老婆婆已70多岁，去世无憾，大婶却正当年富力强，死早了未免可惜。于是，这家人把瞎子留在家里，让他帮着想个消灾之法。如今，这算命先生已在上岭活动一周有余，天天有人去求他算命。

这天午饭后，母亲看中考后回家过暑假的小哥仁山终日愁眉不展，和父亲商量过，就带小哥和我去算命。

晚上，娘儿仨踏着月色归来。芳月一家都来问情况。母亲又喜又忧。算命子测算前，一人收去5角钱，给小哥和我算半天，最后说小哥这次中考一定高中，将来要当大官，必将光宗耀祖；我这几年运势好，“一年可当五年”，就是说，这5年可当25年来看，运势够好吧，但我绝对不会考上大学，不会靠书本吃饭。母亲很相信，喜的是小哥能高中，忧的是我竟不能靠笔杆子吃饭。

后来，事实证明，那个算命子不但眼睛瞎，心里也瞎。老婆婆没有遇到任何不祥，反而健康快乐地活到87岁高龄才去世；大姊更是没事，只不过担惊受怕一年多，一直活得好好的，再不信那个瞎子的鬼话。小哥在算命后不到一个月就得到中考成绩单，英语仅9分，总成绩在班上只是中等水平。许多同学接到中专通知书、中师通知书、县第一高中通知书、县第二高中通知书，不亦乐乎，小哥却没有这份快乐。直到8月底，才有一纸长乐县农业高中的录取通知书寄到他手中。他沉闷好半天，后来好几天眼睛都红红的，不大言语，抢着到地里帮父母做事，总默默苦干，别人问一句，他才答一句。农中是全县最被人看不起的高中，在历届高考中一直剃光头，一直没人考上中专，更别说考上大学。

小哥的时间过得很慢。我和芳月的时间却过得飞快，晃晃就到开学的日子。我俩比小哥早开学一周。这天天色阴沉，小哥送我俩去报名，一路上不言不语。我俩知道他心情不好，也默默无语。不一会儿，3人路过农中，心中莫名地颤抖不已。这一年来，几乎每周，我们都路过这里两次，一去一来，一直没进去看看校园，仅从旁看到一栋水泥石头砌成的两层楼房背对我们，上盖是瓦，由一抱粗的柱子支撑；我们谁也没想到，小哥要到这所全县最差劲的高中念书。其实，现在也不难想到，从他勉强考上重点初中三年级那时起，就决定了这个结果。哪怕他再努力，也是如此。

今天，我们又匆匆路过农中，来到永茂中学。小哥把我俩安置停当，出来，我俩送他，他才主动说话：“山山，月月，今后学习、生活要全靠你们自己了。”说着，有晶亮的液体流到眼眶边。

我和芳月想起这几年与小哥朝夕相处的日子，想起他的种种好处，也不禁流泪。突然，芳月破涕为笑，说：“小哥，山山哥哥，你们别伤心，好像小哥要去当兵似的！小哥不是还在农中读书吗，我和山山哥哥每个星期回家，还不是要你一路领回家呀！”

“是啊，小哥，你又不是去当兵，又不会像三哥离家那么远，一去就三年五年！”我也笑了。

“不会的！”小哥神色黯然。

“么子‘不会的’？”我和芳月不解。

小哥不再言语，泪水滚下青春红润的脸颊。我和芳月慌了，忙问：“小哥，你到底么样啦？”

“我逗你们的。只是想到不能像以往一样，天天和你们在一起，我就有些伤感……”小哥勉强笑笑。

我和芳月把小哥送出校园。分手时，我说：“这时还早，小哥你还可以去看看你的新学校。”

“不必了。”小哥又神色一黯。

“为么子？”我和芳月又惊奇了。

小哥像从梦中醒来，笑笑说：“以后看不得几多！”

回去时，小哥没有去看他的新学校，而是径直走，径直想，想了一路，到家时心中已有决定，觉得被捆绑已久的灵魂得到解脱，不再苦闷。

星期六晚上，我和芳月回到谢王村，见小哥没有去农中报名的意思，很奇怪，问：“小哥，明天你们学校开学，你为么子还不收拾收拾啊？”

“我不读书了！”小哥笑笑。

我很着急，就问父亲：“爹，小哥说的是真的吗？”

父亲不作声，似乎在专注地吸那支兰花烟。做家务的母亲停下手中活计，对我说：“上次，他送你们上学回来，就说不上学了。我们问他么子原因，他只笑，不说。后来问他问急了，他才说如今玉山在大队茶场做事，已恋爱，不多久就要成家；绣山一旦转业，也要立刻成家；他看家里就我们两个老家伙，想回家种田，帮我们做事。又说山山学习好，供你读书，比他自己有把握考上大学；还说么子这几年，家境本来就比较艰难，山山在学校连一套换洗的好衣服都没有。反正说上一大篇。我们说，读书是大事，我们就是累死累活，也要供他把书读好，能读到哪里是哪里……”她哽咽起来。

小哥笑劝："妈，您别说了，我早已打定主意。到时高中毕业，是回家种田；现在就回家，也是种田；迟回不如早回，既可以节省点学费，又可以让山山好好读书，有么子不好呢？"

我和芳月深深感动。我泪到眼眶边。芳月干脆哭起来。小哥来劝："这是我自己愿意的，你们哭么子？只要你们努力学习，将来考上大学，我就满足！"

这学期，刚20岁出头的中专毕业生于老师回母校进修大专，永茂中学初二班的数学科任教师由王三顶缺。自吴翠翠回家，班上又有几个同学自动退学，从长进中小学考上来的10个同学就剩科伢、我、芳月和解琼4个。但班上也增添一些"新鲜血液"——故意留级的三男两女，两女是玉洁和高盼男；三男是李小华、吉应学和王木青。王木青的老父亲是公社教育组副组长。高盼男的爸爸是巨村中学教导主任。他俩的母亲都是农民，就是说，他俩是"半边户"子女。吉应学是吉老师亲弟弟。他们学习成绩本来都不错，但在自己或家长主动要求下，故意留级，以取得中考胜利的绝对把握，理由是很多人认为，从初一升上初二，一下增加物理和几何两门新课，重读一年，才会学得更好。

这天晚自习，吉老师走进初二班教室。他有备而来。这几天，《班务日志》上，常有这样的记载："王霸和林虎晚自习不知去向。"果然，这时那二位又不在，吉老师大声问："有谁知道林虎和王霸的下落？"

同学们都摇头。王霸和林虎到底在哪儿？原来，他们迷上电影了。开始，他们等晚自习结束后才去。每当公社露天电影院的电影临近终场，守门员离开岗位时，他俩就趁机进去看看结尾，往往能过10分钟左右的瘾；有时运气好，趁守门员上厕所，还可以看上半个钟头；如果听说电影特别好看，就站在公社大楼楼顶，从四五百米处眺望，可这在侧面，总看不清楚，更听不清，但他们有办法，那就是根据模糊的图像，猜度情节。

后来，他们已不满足于只看结尾或猜度剧情，常常不上晚自习，就来到影院门口，紧贴在高个子观众后面，趁守门员收门票时，从腋下狠命挤进去，跑到黑压压的人群中躲起来，即使守门员发现，也为时已晚。他俩如此浑水摸鱼，连连得手，就更加起劲。一天晚自习，王霸和林虎又溜去。王霸先挤进去。林虎正要往人丛里钻，后颈就一凉，被守门员抓住。原来，这几天电影队发现有不少中小学生趁机起哄，挤进去白看电影，经过慎重研讨，大胆改革，安排两个人同时守门，一个收票，一个专门注意“不法分子”，果然收效显著，第一次就逮住林虎。林虎尖脸，两颗门牙不大于两颗板牙，有很宽的缝，而且彼此总闹别扭，一颗向外凸出，一颗向内凹进。他怪嘴一张，露出那口丑牙，嬉皮笑脸地乞求：“大叔，您就当我是一粒大米饭，放进‘口里’去吧！”

守门员不理他的幽默，反而大声呵斥：“你这个小东西！补票！”

“大叔，您就当我是一个屁，把我‘放出去’好了！”林虎又讨饶。

门边人大笑。守门员却不笑，反而变本加厉地呵斥：“小东西，别来这一套！快补票，否则送你回学校出丑！”

正推推攘攘，不可开交之际，王霸返回，拉住中年人。守门员扭头，见是个大个子，立刻放开林虎，一把抓住王霸，严厉地说：“你还敢转来！是不是想打架?!”

“我来补票！”王霸“嘻嘻”一笑，掏出6毛钱，递给守门员。

风波平息。林虎十分感动，跟上王霸看整场，欢欢喜喜，气气派派。

几天来，一旦王霸来约林虎，两人就去。几天后，林虎看王霸天天花钱为自己买票，过意不去，但自己又没钱，以后王霸来约，就说：“不想去了。”

“别急！我发现一个好地方，不必花钱买票，就可以看整场。”

林虎本就想看，哪里禁得住王霸又来这般游说，当即跟去。他俩来到一处所在——离电影院院墙约500步处，有一所高高在上的大猪圈，两层楼，楼上有一扇破窗户，正斜对200米远处的银幕，且声音清晰可闻。他俩很快乐地看这“不看白不看”的“无票电影”。但蹲上半个钟头，两人都腰酸背痛、腿麻眼胀，闻着怪臭的猪粪，觉得怪对不起鼻子；尤其是脖颈，扭得怪酸怪酸，可他俩宁愿受这份罪，也要过瘾。

这天晚上，两个又过足瘾，偷偷摸摸回宿舍，走在前面的王霸前脚刚跨进门，就听一个严厉的声音小声呵斥：“站住！”

吉老师的声音。他俩乖乖站住，心里直发毛。吉老师带领他俩，回到他的宿舍兼办公室，扯亮电灯，自己侧坐在书桌前一把太师椅上，却让两个客人站在面前，开始训话，待问清情况，就对林虎说："你站在这儿，我回来再发落你。"然后对王霸说："现在，我送你到你爸那儿，看他怎么发落你。"

吉老师将王霸送回王三宿舍。王三正和两个老师打花牌，正在兴头上，见吉老师押着王霸进来，有些扫兴，但还是满脸堆笑，说："吉老师，什么事啊？又是王霸犯了错误吧？"说着，狠狠横王霸一眼。

王霸低下头。吉老师诉说一遍，然后"请王主任亲自处理"。王三狠狠训斥王霸几句，最后喝道："还不快滚？快滚回去挺尸！"

王霸得救似的跑回学生宿舍。他没跟他父亲王三住在一起。王霸刚走，王三就来拉吉老师，亲热地说："吉老师，我们正缺一个'坐醒'呢，你来了，正好！"

"明天上午一、二节有我的课呢。"

"明天上午我还要领操呢。我都不急，你急么子？我们玩到十二点就结束！"

"林虎还在我屋里站着呢。"

"管他干什么？他违反纪律，正该罚站！"

一个老师来帮腔："吉老师，玩一会儿吧！我们年纪都比你大，都能熬夜，你还不能！"

另一个也帮腔："吉老师，何必扫王主任的兴头呢？"

吉老师只得坐下。玩一会儿，零点到，吉老师要回去，那三个死活留他。直玩到两点过，吉老师好歹脱身回去，一路走，心里急得很，想："林虎的腿肯定都站僵了！"大步流星回到宿舍，一看，哭笑不得。

林虎躺在太师椅上，小头颅枕在椅靠上，仰张着嘴，打着响鼾，唾液从嘴角流下来……

吉老师叫醒他，真想再"致"一番训词，但什么也没说，就让他回宿舍了。

第十六回　恶师是豺狼　奸舅是畜生

清早，王三及时披挂上阵。上操铃声响起，同学们跑进大操场，站成队列。王三站在前面训话："你们给我好点跑！否则，街上的人会以为我在养猪厂工作！好，出发！"

队伍行进在街上，沿公路跑步。咚嗒，咚嗒，咚嗒！大多数人都比较安分，只有少数几个吊儿郎当。偏偏王霸就属于这少数几个之一，他趁他老子不注意，做鬼脸，说闲话，乱甩胳膊乱踢腿。紧跟他身后的王木青说："喂，王霸，看来你老爸真是养猪的！"

王霸知道王木青在借机骂他，正要发怒，就见王三过来，只好管住蠢蠢欲动的嘴。王三正巧听见王木青的话，很气恼，但又无可奈何，因为王木青有后台——谁叫他老子是学校的上级领导呢，所以只对他俩狠狠一瞪眼，又吼一嗓子："你们给我仔细点！"

晚上，熄灯铃响过，在初二男生宿舍，只有合用一个床位的科伢和我安静地躺着，其他人都在叽叽咕咕，尤其是王霸和王木青还在争争吵吵。王三猛然推门进来，面对突然变得寂静的空间，低沉地吼："狗嘴是不是不舒服？还讲什么讲！都给我起来，站到外面去！"

我和科伢没动。王三一把将我俩的被盖掀开，吼道："起来！"

我争辩："我们两个没说话！"

"叫你起来，你就起来！"王三不容我争辩。

我和科伢只得起来，走到外面，和其他同学站成一排。王三故意挨个儿问："你说了什么？"他问完几个，问到我面前，"你说了什么？"

我委屈地说："我没有啊，我……"

王三粗暴地打断我的话，恶毒地学说一遍："我没有哇——"故意把尾声拖得老长，用来引起其他同学对我的反感。

果然，有几个同学哄笑。我正要解释。王三已不理我，径直走到下一个面前。全部问完，他也不说什么，就飘然回到宿舍。

秋初的夜风凉起来，带一股刺骨的寒。我们一行人都穿衬衣，冻得只打摆子。

两个钟头后，王三才回来。昏暗的路灯下，他的目光忽闪忽闪，像幽灵。绝大多数同学都勾着头。突然，王三喊："向前走一步！"

同学们纷纷向前跨一步，只有王霸站在原地。他看见他老子眼中有一种暗示，心中一动，就依然勾着头，假装睡熟。王三上前推推王霸。王霸抬头，似乎未睡醒。王三说："看来，你真是辛苦，还不给老子滚回去挺尸！"

王霸赶紧回宿舍躺下。王三对其他人说："看来，你们还很有精神，为防备你们回宿舍后又有讲不完的话，就辛苦你们再站一会儿！"说完，飘然而去。他又在和几位老师夜战。

又是两个钟头过去，同学们又冻又饿，两腿僵直。王三才慢悠悠地来命令我们回去睡觉："看你们还安不安静！"

第二天早上，科伢和几个同学都感冒了。起床铃响，我努力睁开眼，眼皮又涩又沉重，用冷水洗过，才清醒一些，但肯定充满血丝。看来，得硬撑一天了。

王木青是经自己要求，并经他老爹批准后重读的。他自认为以往成绩不错，放胆玩一年也未尝不可；要知道"十年寒窗苦"啊，已经苦了10年，玩一年后再苦吧！因此，上课时，他总爱和同桌讲小话。吉老师得到反映，将他编到班长桌上——与我同桌，以便约束他。还有一些同学，也有在课堂上讲小话的爱好，于是全班进行一次大调位。在我和王木青前面一桌，坐着王芙和解琼。

这天早自习，解琼小声说："喂，王芙，昨晚我做一个怪梦！"

"梦见么子啦？"

解琼脸色桃红，神秘地说："我梦见和吉老师睡在一床，抱在一起，一滚就滚到床下，一吓，就醒了，才晓得是个梦！"

"你也不羞！是不是看吉老师长得帅，就胡思乱想?!"

解琼吃吃地笑，又神秘地说："醒了，我一摸那地方，流出些黏黏糊糊的东西……”

王芙也红了脸，嗔说：“好啊，你可真要脸!”

王木青无所事事，百无聊赖，正仔细观察前面两个女生说话的亲厚样子，以及她们的美态，碰巧听到这段对话，觉得很新鲜，就接话：“解琼，你哪个地方流出么子东西来?”

解琼的脸更红，回头斥责王木青：“你一个小男人，管么子女人的事?”

“你一个小女人，梦见和吉老师睡觉，真不怕丑!”王木青气愤了。

同学们哄笑。解琼慌了，她听做医生的妈妈给她讲过青春期的生理卫生知识，知道这很正常，但处在这个封建意识浓厚的小世界，让王木青大声揭丑，也怪不好意思。她恼了，大骂王木青。一时，两人大叫大嚷。王三推门进来，大声呵斥：“你们吵什么？吵!”等同学们安静后，又对解琼说，“上晚自习时，你到我宿舍来一下!”

顿时，解琼的脸变得煞白……

上晚自习不久，解琼就独自来到王三宿舍，怯怯叫声：“舅舅。”

“琼子，你把早自习和王木青吵架的事，向我复述一遍!”王三一脸严肃。

解琼心上打鼓，低声喃喃说：“太丑了，我不想说……”

“快说!”王三催她。

解琼一时没了主张，只得一五一十地说。王三听完，笑了，说：“这有么子大不了的！人大了，就会想这事。”说着，站起来，关上房门，在解琼头上摸，“你看，你长大了，头发格外柔软了，脸蛋也比小时漂亮多了，粉嘟嘟的。”说着，又摸上她脸蛋，接着碰碰她前胸。

解琼家庭生活环境比较优裕，生性活泼开朗，发育较早，这时胸前已挺起两座小山峰。小时，舅舅王三常常抱她，亲她，倒没什么；这时，她竟莫名其妙地慌神，脸色通红，一动不敢动，仅一味惊恐，说：“舅舅，你别、别……碰这儿!”

王三不碰她身体了，开导似的说：“总之，你的身体发生了显著变化，有了想男人的心思，是不是?”

解琼小声道：“是。”

“这本来很正常，可在我们国家，很多人不允许你们这么大的女孩随便梦见男人……”

解琼清醒过来，恢复活泼的性格，笑问：“舅舅，别人么样能阻止我做梦呢?”

王三也笑，正要说什么，竖得直直的耳朵听见房外有脚步声，就不笑了，重又变得严肃，严厉地对解琼说：“当心你爹妈知道你做这样的梦，不剥你的皮才怪!”

解琼想起母亲王医生曾告诫她说：“女伢子大了，在结婚前，就得当心失身于男人，你应该努力学习，不要胡思乱想，免得做些乱七八糟的梦，更别做乱七八糟的事!”

房外，脚步声远去。王三又笑，用衣袖擦擦脸上的冷汗，小声对解琼说：“晚自习后，你来我这里，我们再谈论谈论这事。”想想，补充说，“晚上熄灯后，看别人都睡熟了，就来我这儿。”

“为么子要那时来，现在说不行吗?”解琼不解。

“对这些事，人们都很敏感，别人听去不好。你还是小姑娘，被人知道，名声会受到影响。好了，这样吧，晚上你来，我屋里的灯不开，给你留着门，你进来后，我们悄悄谈，免得别人晓得。”

“舅舅，明日儿我们找个安静的地方谈，不好吗?”

“我这里单家独户，晚上没人路过，比较安全。再说，有么子时候比深更半夜更安静呢？你可是犯了错误的！我这是对你负责任，因为我是你舅舅!”

解琼想想，觉得自己亲舅舅，不会把自己怎样，就说：“好吧，舅舅，我走了。”

她说着，扭开门，就要走，又被王三拉住，附在她耳边小声说：“你千万别告诉别人啊，否则对你可不好!”

解琼点头，出去。王三眼看解琼发育得紧绷绷的臀部，以及细嫩柔软的腰肢，想起农村又老又丑像水桶似的王霸的妈，尤其是老婆那和王霸一样歪瓜瘪枣般的黄脸，就恶心，这时心里就像有猫爪子抓得慌……

解琼是个单纯姑娘，但想起王三那些举动，心里还是直跳，直打鼓，好不容易待到晚自习结束，晚上归寝后，躺在床上，想这想那，一会儿，她从梦幻中醒来，坐起穿衣服，故意弄出一些响动，发现别的女生都睡熟了，就溜出去，借着星光，来到王三宿舍门口，轻轻一推。门果然没关紧，一下就开了。她闪身进去，就被人一把抱住，她不禁大惊，本能地张口要喊，却被一只大手捂住嘴巴……

过一会儿，黑暗中，解琼悲愤地说："你是舅舅，怎么能……"

王三低声狠狠说："你干不干？如果你不干，我就告诉你妈……"

解琼害怕极了，一下昏过去，等她醒来，感到下身一阵撕裂般的刺痛，就听王三说："琼子，下星期这天这时，还来我这儿吧。""我再不来了！"解琼像患过一场大病，带着哭腔。

王三狠狠说："你敢！你不来，我就把这事告诉你爸妈，看你以后还么样做人！"

解琼带着剧烈疼痛，摇摇晃晃，回到女生宿舍，悄悄上床躺下，眼泪像牵线般淌下脸颊，浸入枕头……

此后，以前爱说爱笑的解琼消失了，只有一个闷头闷脑的解琼，且常常泪流满面。别人问她，她也不说什么。不久，她要求将她编到最后一排。吉老师不明所以，但还是照办。

秋天，吉教师要求同学们练习毛笔字，称之为"练大字"。每人买个大字本，吉老师在头一个空格内写上范字，同学们"依葫芦画瓢"地"填空"，但吉老师没有告诉我们怎样清洗保养毛笔。这天课外活动，我练完"大字"，随手把毛笔搁在课桌上，没套笔帽的笔尖伸出课桌前沿。王芙写字或看书累了，习惯于伸直颈背，在后桌沿上靠一会儿。这下可好，一靠，她的褂子背后染上一个黑黑的大墨团。我发窘，不知怎么办。王芙感觉到什么，转过身。我说："对不起。"又指指毛笔和她后背。

她一看，一笑，明白了，说："不要紧。"然后去换上一件新褂子。

翌日课外活动，我练过大字，忘了昨天的教训，又如此这般将王芙的新褂子后背染上一个黑黑的大墨团。她又去换上一件。这些天，秋雨连绵，湿衣服不易晾干。一般来说，同学们只有两套衣服轮流换洗，如果在雨天洗得勤，就换不过来，幸喜王芙有3套齐整的外衣，但她第三件褂子的花色和质量明显比前两件要逊色得多。

这个年代，由于封建社会的一些遗毒扎根很深，以致男女生之间的鸿沟也很深。我曾和玉洁同桌，除班上公事外，某天值日扫地时，我才和她说上最节约的一句话“我们扫地吧”，然后就默默无言地各自扫地；平时，则仅有“把板凳挪挪”这一句。一次，吉老师命题作文《我的同桌》。玉洁一改以往作文水平不够高的局面，把我写得活灵活现，并从此爱上写作文；而我这个作文高手则无事可写，搜肠刮肚，好不容易凑成一篇交差，因为我对她的印象实在是一塌糊涂——除匆匆一瞥发现她很漂亮外，而这是不敢写进作文的。

初二班女生中，只有两人常常大胆地跨越男女生之间的鸿沟，以往是解琼和王芙，现在则是王芙和玉洁。我住在公社大楼时，一直住在那里的王芙常来找我，两人之间渐渐培养起某种默契，每次碰面都有一种亲近感。可是，自从我两次染黑王芙的衣服后，每当看见她，就有些害怕，理由竟然是我觉得她太好了，好得“可怕”，好得令我敬畏。一颗美好的心灵，能滋生多少美好的情感啊！

这天午后，在初二班教室，只有我和科伢两个在高谈阔论。王芙突然进来。我一阵心跳，脸色微红，一把拉起科伢，跑出教室，又跑到河边，坐在一尊大石上。科伢不解，喘息刚定，就问：“么子了？”

我把这几天和王芙之间发生的事儿细细叙说，猛听石头后有人高喊一声：“谢琼山是流氓！”

我和科伢转到石头另一边，才发现王霸和另外两个男生躲在这里打花牌。他们每人手边有些饭菜票和零钱。其中就有林虎，正咧嘴嘻嘻直笑。科伢质问王霸：“你凭什么说谢琼山是流氓？”

“他在小学就和王芳月恋爱，现在又和王芙好上。才 ×× 大一点，就和两个女生谈恋爱，不是流氓是什么？”

我气上心头。虽然我是个讲道理的人，但知道和王霸这种人讲不来什么道理，就大骂：“你爸爸才是流氓！”

王霸跳过来，骂骂咧咧，扬起拳头就要打我，突然发现眼前转过一个人来，一下就蔫了，乖乖垂头，收拳。王三幽灵般站在那里。王霸、林虎和另外两个男生心上直发毛。因为他们正在赌博，这显然是学校所不允许的。然而，王三并未抓住赌博这事不放，只是揪住王霸耳朵，说："你在这里吵什么吵！害得老子弄好午饭，到处找你！快滚，饭后我找你们算账！"

那三个只恨爹娘少生两条腿，迈开大步，慌不择路跑回学校。王三见他们跑远，才转过身。他满心惊慌，满脸通红。刚才，他听见我对王霸说"你爸才是流氓"，心里一炸，以为自己所作所为的猪狗不如的事被我知道了，心里直打鼓。其实，我的意思只是说"如果你王霸骂我是流氓，那么我就是你爸爸"，不过给王霸当一回家长，以达心理平衡而已，哪知"说者无心，听者有意"——哪知王三心中有鬼？这时，我心想"如果以后我生出王霸这样的丑东西，真是作孽"，不禁后悔竟给王霸这样的人"称老子"，就听王三对科伢说："你先回学校，我要找谢琼山同学单独谈谈。"

看科伢走远，王三将小眼挤成一条线，甚至有些讨好地对我说："刚才你和王霸吵架，为么子说我是流氓呢，有么子根据吗？"

我慌了，肯定急得脸色通红，一时说不出子午卯酉："我，我，我不是故意……"

"你是班长，学习成绩也好，可不要乱猜乱想啊！我上的几何课，你有么子不明白的，尽管来问我！"王三脸上挤出眯眯笑容，说着，伸过手，"我们交个朋友，好不好？"

我不明所以，怔怔看着、听着这一切，稀里糊涂伸出手，和王三握握。王三又说："你先回去吧，我在后面慢慢来。你走好啊！"

我稀里糊涂回到学校。王三在后面看我这副模样，以为我正在思考"听到或看到"的"么子"，心里的鼓更响，决心想尽一切办法稳住我，不让我说出什么……

我走到教室门前，推门进去。忽然，上面掉下一把脏扫帚，正砸在我头上。迷迷糊糊之间，我听到科伢发出一声喊："当心！"

待我清醒过来，就感觉到科伢正为我拂去头上、身上的灰尘，同时骂王霸："你真缺德！"

王霸直嚷嚷：“陈祖科，你别护着他！你 ×× 大一点，家里就有媳妇子，丑不丑？”

同学们一阵哄笑。科伢的脸色一下刷白。我正要痛骂王霸，就听身后一个严厉的声音：“王霸，你给我住嘴！”

原来是王三。他一边喊，一边从外面进来，揪住王霸衣领，狠狠打王霸一记耳光，凶狠狠地说：“叫你胡闹！叫你瞎说！”说着，揪住王霸耳朵，扯回宿舍，又顺手抽他一记耳光。

顿时，王霸的脸肿起来，一丝鲜血从嘴角溢出，脑里昏昏沉沉，口里嘟嘟嚷嚷：“平时你不是恨不得吃下谢琼山、陈祖科吗？现在倒护起他们来！”

王三一愣，愣过，就小声说：“你也不能这么明目张胆地对他们使坏呀！人家看见，还以为是你老子指使的！”说着，就有些心疼儿子，“以后让老子整治他们。你别惹他们，好不好？对了，你刚才说陈祖科家里有媳妇子，是么回事？”

“妈告诉过你，原来你没听啊！”

“哦！当时我肯定在想教书的事，没听见，现在你给我具体说说。”

王霸如此这般诉说一遍。王三听了，露出阴险的笑容。

冬天到，天气越来越冷。同学们大都从家里带来木炭和火盆。我从大哥河山那儿提来一个火炉子。王芙不带火。她说，一到冬天，寒风一吹，她的皮肤就过敏，手就肿胀，因此不能长时间地守着火；说着，含笑伸手给我和芳月看。这时，她又和芳月同桌。果然，她白皙的皮肤更白，亮亮的，泡泡的。我说一声“好胖”，3 人都笑。芳月也因此不能带火。有时，我看她俩冻得嘴唇发紫发乌，就把火炉子递到前面，让她们共享温暖，因为王芙仅烤一小会儿，不会过敏。

期中考试第一天，临吃晚饭，王芙将中午没吃完的一个大洋芋放在我炉子里烤着，就去吉老师那儿查看上午考过的语文分数。一会儿，洋芋已有焦味。我封上炉门，提上炉子，也来到吉老师宿舍兼办公室。吉老师周围，黑压压地围满十几个男生女生。王芙在外围，鸭子一样伸长脖子。我轻轻拍她手臂，说："喏，你的洋芋烤好了！"说着，拿出洋芋，递给她。

她接过去，极不自然地望我一眼。几个同学闻声转过头，异样地含笑看我和她……

吉老师合上卷子，不解了。他还没有吃晚饭，饿了。同学们渐渐散去，最后剩下我和王芙，问："吉老师，解了我们的没有？"

"你谢琼山的是第一个解的，又是高分，考得不错！正要解你王芙的，同学们就来了，只得先给他们解。"吉老师又专对我说，"明天中午，你们考试就结束，饭后，你不用睡午觉，来帮我解试卷，我先解作文，你再帮我解基础题，好不好？"

我点点头，和王芙一同出去。走到门外，王芙红着脸，搞地下工作似的，看看四下没人，就问："你为么子当着这么多人，给我送……"

"送么子？"

"送洋芋啊！"她脸更红，说完就上前跑了。

我心中纳闷："这有么子？"

期中考试第二天中午，我来到吉老师宿舍。吉老师交代几句，就出去。不一会儿，十几个同学都来打听分数，这个要我解完，那个又要。几个女生在内圈，得到自己的分数也不走，几个男生故意向里挤，她们就顺势将胸脯扑在我背上。我感觉背上软乎乎的，有些透不过气，有点晕头转向。好一会儿，他们才散去。王芙独自来了，很大方，很平静，看我帮她解。刚解完，吉老师就进来。她笑笑，匆匆出去。吉老师神秘地笑笑，说："琼山，王芙喜欢你哩！你们两个可别早恋啊！"

我闻言，先是心中一惊，不知所云，呆一呆，也就明白，脸上不禁大火发烧，赶紧寻门出去，身后是吉老师善意的笑声。

第十七回　人大生爱意　不为利卖身

星期六中午，放星期，我和芳月回谢王村。芳月一反以往走在我前面的默契“规矩”，非要在我后面走。我笑问：“为么子不上前啦？”

她脸一红，顶嘴：“山山哥哥，叫你上前，你就上前嘛！还问‘为么子’干吗！”

在学校，芳月早已不在人前称我“山山哥哥”，以显得我们已长大。我也不当别人面称她“月月妹妹”，以免难为情。但我俩单独在一起时，还像小时一样称呼。这时我哈哈一笑，也学她的口气说“好嘛”，真上前走。两个一路无话，走到半路僻静处，她突然问：“山山哥哥，你说，我是不是变丑了？”

我感到这话怪得很，就停下，转身看定她。她的俊脸比小时变得更有光泽，丰满红润，小嘴朱红小巧，鼻梁秀挺，一弯细眉长又长，整个身体丰腴美满，胸前挺起一对小山峰，腰肢一扭，身体各部曲线上下流动；特别是那双圆圆大大的眼睛，一闪一闪，有一种水光，只不过不如小时显得自然。我感慨地说：“你比原来更好看了！”

“你骗我！”她因发热而红扑扑的脸更加绯红，撒娇。

“天地良心！我么子时候骗过你？”

她嘴巴厉害：“现在你就在骗我！你说，我和王芙比，哪个好看些？”

我脸上开始发烧，想想，认真地回答：“你们都好看，不能相比。”

“为么子不能相比？”

“你是胖脸胖身子，但不胖得难看，是那种丰满的感觉。王芙呢，她是瘦脸瘦身子，但不瘦得难看，是那种苗条型的。”

“那你喜欢丰满的，还是苗条的？”

我脱口而出：“都喜欢！”

芳月突然害起臊来，嗔声说：“山山哥哥，还站在这儿干么子，我们走吧！”

我俩又走，但走得较慢，因为我担心她跟不上。好一会儿后，我们爬山，爬上一匹岭。再过一道岭，就是谢王村。她建议说：“山山哥哥，我们歇一会儿吧。”

我俩并肩在岭上坐下。虽然天冷，但我俩还是走出一身热汗，双双把外面袄子脱下，放到腿上，谁也不说话，一种默契的氛围在我们之间缓缓流淌。突然，我扭手扭脚，脸上露出痛苦不堪的表情。原来，自小时我被木梯打伤后，一旦变天或远行，就腿疼手臂疼。我在那儿龇牙咧嘴，她看在眼里，疼在心头，说：“山山哥哥，都是我不好，不小心让梯子打中你！”

我忍痛说：“都、都陈年旧事了！再、再说，你也不、不、不是存心的！”

她十分感动，突然变成冲动，一下抱住我。我感到她胸前软绵绵的两团肉直压过来，被她箍得手臂生疼，就叫：“月月妹妹，你把我抱疼了！”

她赶紧松手，很不好意思地笑笑，然后站起来，走上前，回头说：“山山哥哥，我们走吧！一走路，你就会忘记疼痛！”

我身上痛，还不忘开玩笑，一开玩笑语言也流畅了：“你愿意上前了？”

“你管啦！我想上前就上前！”她说着，尽量优美地走上去，走上去……

省、地区、县三级教育主管部门将举行一次大型表彰活动，大举表彰优秀教师、优秀学生干部和三好学生。永茂中学有4个名额，初三班两个，初二班两个。经同学们选举，吉老师的推荐名单是“谢琼山、王芳月、王芙、玉洁”。他着重在“谢琼山”“王芳月”名下打上波浪线，以示“这两个最有资格”。“资格”是什么？既看品德，又看成绩，后者更重。这期新开两门课——几何与物理。我和芳月成绩依然很优秀，这次期中考分别以总分第一、第二，雄居榜首。那几个留级生竟然根本不是我们的对手，他们连王芙都对付不了；这次，王芙一跃成为第三名；尤其是王木青，自吹以前成绩如何如何好，哪知现在一经检验，竟比原来还退步了，干脆决定以后只求怎样玩得快活，吃得舒服，学习则不用再上心。玉洁是重读生中佼佼者，这次名列第四。科伢有些退步，这段时间他总是心事重重，闷闷不乐，再也不和我说什么知心话。林虎退步更快，一下退到中等水平线。

名单交到王三手上。他先点上“谢琼山”，然后加上“解琼”，又把解琼叫去，关上门，一把抱住她，说：“琼子，上次我把王芳月的‘全县三好儿童’抢给你，这次我又把她的‘三好学生’名额抢给你，你觉得么样?”

“本是别人的荣誉，就该别人得!”解琼挣扎。

“有舅舅给你撑腰，你怕么子！有了‘全县三好儿童’和‘三好学生’两块硬牌子，只要你成绩保持中等，在加分的基础上，保证你考上好学校!对了，上次我叫你来，你为么子不来?”

“我已成这副模样，人不像人，鬼不像鬼！这次期中考试，成绩倒数第五。您就饶了我吧!”解琼抽泣着，死命挣脱王三怀抱，夺手拉开门，跑了。

王三怔一会儿，下意识地看看名单，突然鬼眼一转，又去把王芙单独叫来，说：“我想推荐你和谢琼山一起去县城接受表彰，你认为么样?”

王芙本想说“那是王芳月的荣誉，凭么子给我”，但想到能和我一起去县城领奖，当然高兴，不禁满脸喜色，说：“这怎么好意思！这怎么好意思!”

“你知道这本是王芳月的光荣，是我硬要给你，你该么样谢我呢?”王三怪笑笑，关上门，手就要摸上王芙前胸。

王芙和解琼一样，家庭环境优越，营养好，身子发育正常，已渐知人事。这时，她一下闪开，惊问：“王老师，你要干么子?”

王三大惊，一步奔上前，一把捂住她的嘴，轻轻说：“别嚷！我是为你拂去胸前灰尘。”

王芙明知自己刚换的衣服，胸前并无灰尘，不禁脸色通红，一下挣脱他的手，狠狠瞪他一眼，骂声“畜生”，拉开门跑出去，找个地方哭会子，又想到好在自己明白，没上王三这头牲口的当，决心以后时时处处提防坏男人就是，才抹干眼泪，重又打起精神。

王三恨得直咬牙，又惊又怕，想半天，才认定王芳月是我的好朋友，得到实惠，即使我对她说出他王三的丑事，她也极有可能不会说出去。他想明白，就在名单上划去解琼、王芙和玉洁，然后向老校长汇报。

经学校研究，上报我为省级优秀学生干部、芳月为省级三好学生、初三班男生钱坤和罗峰分别为地区优秀学生干部和三好学生。后来，上面有关部门批示，由于省级表彰名额很少，地区级表彰名额较少，而要表彰的面大、范围广，确定我和芳月分别为地区优秀学生干部和三好学生，钱坤和罗峰分别为县级优秀学生干部和三好学生。

吉老师告诉我和芳月这一喜讯，并让我俩收拾一下，后天一早就进县城领奖。我俩兴奋一天两夜，第三天早上天刚亮就起床。天气真好，一如我俩此时的好心情。我俩碰头，来到街上会齐钱坤、罗峰，坐上开往县城的班车。一条长长的曲里拐弯的公路，像线一样，将我们牵向永乐县城。路边的山、树、人都向后远去，远去。我和芳月此生首次坐班车，有种飞翔的感觉，很新鲜。一会儿，芳月还兴致盎然，对窗外的景色总看不够，我却疲惫不堪。原来，我晕车，几次想吐，一阵阵涌上喉咙的恶心物事都被我拼命咽回去。

中午，终于抵达长乐县城。四个在县城第一招待所报到。我头昏脑涨，硬撑着洗了，又硬撑着在一招餐厅享用一顿丰盛午餐。我太累，也没仔细看，草草吃过，就回房躺下，到晚饭时才爬起，感觉舒服些了，又在一招餐厅用餐，依然是丰盛宴席，有许多佳肴，有亮晶晶的大米饭，还有甜津津的饮料，我和芳月基本叫不出名目。

饭后，我俩跟定两个师哥，逛街。街上有宽敞的柏油马路，有高高大大的平房，有琳琅满目的商店，与永茂镇相比，自又繁华许多，不可同日而语，令我俩大开眼界。

次日早饭时，我和芳月饱餐一顿包子、馍馍、泡菜、稀饭，觉得味道真是好极。在永茂镇，我俩一年难得几回去国营旅社买几个 2 分钱的馍馍享用，至于 5 分钱一个的包子就更难得。而在这里，用土家族的语言说，可以“敞吃”。

饭后，有专人领我们 4 个来到长乐县总工会俱乐部会议大厅。那些绣花的窗帘、镶花天花板、枝形大吊灯等，我和芳月都是首次见到。表彰大会上，有穿着如军人一样的小学仪仗队助阵，阵阵鼓响，声声军号，气氛热烈。全县受省表彰的仅 3 名，高中生 1 人，初中生 1 人，小学生 1 人，分别代表三个阶段。我和芳月各自荣获地区行署教育局授予的一张特大号奖状、一个精致的绸面日记本，以及县文教局授予的一张小型奖状和一本厚词典、一支黑钢笔。这下，我俩“发财了”，自觉拥有了以前未曾拥有过的这么好的、这么多的、这么珍贵的物事。人逢喜事精神爽，我感到元气恢复不少。

会议整整开了三天。回去这天早上，天气和来时一样好，但在我和芳月看来，这天天气更好，一如比来时更好的心境。两位师哥把我们送上车，说是还有事，明天才回永茂镇。我心情再好，却也依然闻不惯那股怪臭的、我认为是世界上最难闻的汽油味，也受不了很厉害的颠簸，于是依然恶心得厉害，一次次淌着眼泪，拼命咽下一阵阵从肠胃涌上喉咙的那些物事。芳月扶住我，我才觉得稍微好受些。

好不容易回到永茂镇，我等车上的人下去，只剩芳月在后时，侥幸地想：“不见得会呕吐吧。”哪知口一张，污物就直喷而出。我搜肠刮肚般呕吐好一会儿，眼泪淌得更凶。好苦！

自从我和芳月进城，王芙心上总像缺点什么，头脑里总有我的影子。她常常下意识地回头，却看见一个空座位，就有些失望。几天来，她都打不起精神。这日是上午第四节课，她心中一动，下意识地朝窗外看去。我脸色苍白，头发散乱，由芳月扶着走向宿舍。王芙又惊又喜，喜的是我回来，惊的是“未必他病了”，但看到芳月扶着我的那个亲密样子，胸中又酸酸的，眼泪都险些滚出眼眶，赶紧回头，想定定心，但心思总不在课堂上，好似早就飞出窗外……

我躺下，沉重的眼皮迅速合上，但哪里睡得着，脑内总是轰轰隆隆，仍像坐在车上飞驰……

这段时间，王芙总找机会和我接触，最常用的方法是请教数学题。我动口动手，边说边写，给她讲解，讲完，抬头，发现她直勾勾地看我。我感到奇怪，就问：“你在听没有？”

王芙一惊，这才似梦中醒来，脸色通红，赶紧说：“我在听！”

我有些怀疑，故意道：“那你解给我看。”

王芙也不客气，拿起笔，一路不停地解下来。也许她本来就会做，但我无话可说。

以后，我发现王芙看我时，总有些异样，总带一种水灵灵的秀色，常常脸蛋绯红。我不明白这是为什么，但也渐渐想起她种种可爱的模样，见到她，就莫名其妙地高兴，像个小孩子。

高兴的时光过得特别快，晃一晃，一学期就结束。寒假里，最快乐的日子自然是过年。农村生活一天比一天好，人们消闲的日子越来越多，快乐日子也多起来。芳月很快乐，我却不快乐。我觉得这个寒假比以往的10个寒假还长，一天难挨一天。正月初三，家家户户人来人往，都喊“拜年”。我眼看重重高山，突然想到芳月和王芙都姓“王”，就跑去问：“喂，月月妹妹，王芙是不是你亲戚啊?”

“不是。”

“她要是你家亲戚就好了，就会来给王叔、岳婶拜年!”我幽幽叹口气。

突然，芳月的话冒出酸气：“你盼她来我们这里哪?”

我猛然意识到说漏嘴，赶紧闭口。

“你是不是天天想她啊?”芳月立时变得怪模怪样。

“月月妹妹，你说么子啊!”

“这个寒假，你整天整天没魂似的，原来是想她啊!”芳月火直冒。

“随你怎么想吧，我走了。”我见她说破，有些不好意思，只得掩饰，踏雪跑回家，连摔好几跤。

芳月恨恨看我背影。

好不容易盼到开学，我高兴极了。可是，第一天没见到王芙，第二天她位上空着，第三天还是不见她人影。我心里好着急：“难道她病了?”

第二个星期开始，我心想：“既然你不来了，也不告诉我一声，真难为我这么想你！哼!”就渐渐淡化那份想念王芙的心思。

这天早晨，我正埋头自习，就听前面有人说话：“王芳月，新年好!”

我惊一跳。啊，王芙！她脸苍白，比以前瘦了些，口里和芳月说话，目光却扫着我，并微微点头，似乎要把我看透似的。芳月也是口里和王芙说话，目光却很有意味地扫着我。我心里有一团什么堵着，怪难受，过一会儿，这团“什么”渐渐消失，怪舒服……

上午第二节课，初二班课表上是“英语”。教全校英语的章老师不点名批评我“成绩大幅度下降，令人吃惊”云云。章老师没有“煞气”，镇不住同学们。往往上英语课之时，就是许多同学“休息休息”的“好时光”，其中王霸和王木青最为突出。他俩连作业都懒得做。王木青常常找我扯闲篇。开始我不大理睬，后来经不住他一味吹捧，渐渐就应对几句。

从初一升上初二后，同学们的外语成绩普遍下降，许多师生都不当回事，认为这是学外语的普遍规律——一年级才接触，学的内容少而简单，容易得高分；上初二后，单词多起来，句型变得复杂，成绩自然会下降。因此，我受到批评，也不大在意，一门心思都在王芙身上。

章老师又说：“值得表扬的是王霸同学，以往考试，他都只有几分，甚至吃过‘鸡蛋’——零分，而去年期末，他竟考了20分。虽然分数不高，但成绩上升很快，长此以往，他将成为优异生，值得同学们学习！而有的同学不仅自己不认真，还打扰别人，扯别人后腿，使人家的成绩大大下降。这种人可耻！”

王霸偷笑。王木青冷笑，他成为“有的同学”，心中不快，仗着不怕章老师，霍地站起，吐出讽刺口吻：“报告！在上期期末考试中，‘有的同学’并不是凭真本事，而是凭运气考了20分！”

原来，王霸根本不喜爱英语，压根儿就没认真学过，连26个字母都不能认全，每次考试的分数都是从单项选择中得来。有一回，他拿到试卷，头脑一片空白，真是猫子吃乌龟——无从下爪。他预备考零分算了，可无事可做，等一会儿，已百无聊赖，猛然看见“单项选择题：请在以下三个答案中选一个正确的”字样，不禁心血来潮，把粉笔头削成小方块，在平面上分别刻上“A”“B”“C”等字样，然后指定一题，随意丢下粉笔头，待落定，看上面是A就填A，是B就填B，是C就填C，饶是如此，往往撞对几个，就得到相应分数。既得分，又玩一把心跳，何乐而不为？此后，每次英语考试都是他快活的赌博游戏。上期期末考试，他又玩出新花样，拿到英语试卷，不再丢粉笔头，而是在第一道单项选择题中填A，第二道填B，第三道填C，第四道又填A，第五道填B，第六道填C，如此类推，A、B、C，A、B、C，一路填下去，一共20道题，就这样填定，哪知“瞎猫碰上死老鼠”，竟全碰对，一下得到单项选择题的满分。这就是章老师表扬他的原因。这时，王木青绘声绘色地将以上情形描述一遍，最后对章老师说：“不知您调查研究没有？还表扬这样的同学，哼！”说完，不经章老师允许，就径直坐下。

同学们一阵哄笑。章老师气得脸红脖子粗，但听他说得有理，只得勉强咽下半口气，把另半口气吐出来：“这个事，等我调查证实了再说。继续上课！”

上完课间操，王霸找到王木青，直骂：“你这个狗娘养的！凭么子在章老师面前告发我，让同学们笑话……”正骂到这儿，就听见一个威严的声音：“王霸，你给老子小心点，自己不争气，还怨别人！”

又是王三，不知他从哪儿冒出来。王霸低头红脸，跑进教室，坐着直生闷气。王三对王木青说：“你做得对，看他敢把你么样？来，我们打篮球去！”

大操场上，正有几个同学和吉老师一起打半场，另几个同学在旁观战。王三和王木青过去，邀上看客，对吉老师说：“来，我们打整场！”

吉老师带领王木青等几个人组成一队，王三带领几个人组成另一队，双方展开大战。一会儿，王三抓住球，就向自己栏下跑。王木青跑到他前面，预备去抢篮板球，冷不丁头上被球猛砸一下，倒在地上，一时想站起却站不起来，迷迷糊糊间，被吉应学扶到教室坐下，好一会儿才清醒。

王三暗中冷笑。

第十八回　世道多艰险　晴空起乌云

王木青被吉老师调离我的座位，到最后面和解琼同桌，嘴更闲不住，常常逗解琼开心。解琼坐在位上，就像一具僵尸，头脑里却转个不停，惊涛骇浪，一波未平，一波又起，尽想些痛苦不堪的场面。王木青陪她说话，能分去她心中不少忧愁。慢慢的，她就开始笑，有时也学习学习，这天上数学课，忽然发现没有草稿纸，心下着急，思前想后，勾起往事，就有些懒得说话。王木青急了，整整一节课没安神，一待下课，就问她："你到底么子了？这么不理人！"

解琼这才说："我忘记买草稿纸了。"

"你为么子不早说！"王木青笑笑，递给她一叠草稿纸。

解琼的难题得到解决，又和王木青有一搭没一搭地轻轻说笑。此后，一旦解琼需要什么，就不理王木青。王木青为打发时光，就无偿供应，以求一个听众。可惜，这又被吉老师察觉，王木青仅仅为解琼当了一个多月的"后勤部长"，就被调到一个丑女生身旁。丑女天生马脸，眉毛很浓，眼睛一大一小，一单眼皮，一双眼皮，满口龅牙，常常因此紧闭嘴巴，嘴部就明显突出，特像随时都在和人生闷气，王木青很不满意，但无可奈何，只好常常发发脾气，发泄发泄心中不平。大多数男女生同桌，虽然交流不多，但为节约炭源和课桌下的空间，冬天总是默契地共用一个火盆或火炉。王木青和解琼同桌时，是他一个人出炭，一人出力发上一大盆烧得红旺旺的火，无私地让她与自己共享温暖。自和丑女同桌，他则独霸自己的火盆。丑女面丑家境却不"丑"，穿着在班上是上等。她看王木青如此，也不说什么，在旁干冻两天后，也自发上一盆火。王木青却再也不发炭火，一味烤她便宜。丑女极尽温柔，每天独自出炭，独自出力，发上一盆红红旺旺的炭火，无私地与他共享温暖。平时，她尽量少惹他，免得他发脾气。但他总看她不顺眼。

春天回到人间，天气暖起来。同学们把脚下的火盆、火炉撤去。万木复苏，大地上绿意盎然，生机勃勃，鸟语花香。王木青却没有好心情，甚至截然相反。这日，轮到他和丑女值日打扫教室。下午第二节课刚结束，他就跑到墙角，拿起扫帚，直奔她而来。她正在做作业。平时，同学们总是在课外铃声响起，才扫地。因此，这时她没在意。哪知，他为早点去打篮球，急得什么似的，将扫帚直直递给她，眼睛瞪着，也不说话，恶狠狠的样子。她没发觉，依然做作业。他烦了，就用扫帚柄抵抵她肩膀。她这才发觉，抬头，看到他那副恶样，心中惧怕，就低头收拾书本作业。他等得不耐烦，直骂："你这个 ×，怎么搞的，快点！"

丑女兮兮哭，过后好半天，眼睛还红红的。以后，她就在恓恓惶惶中度日，直至毕业。

一转眼，夏天又到。自从小哥仁山下学后，就把衬衣让给我；在春天结束前夕，还及时为我置办一件新衬衣，料子是的确良，雪白雪白，左前胸一个口袋，穿在身上很笔挺。我一下神气许多。更让我神气的是兜里装有 5 块 3 毛零花钱。这可是个大数目，可买 80 多个馒头或 250 多盒火柴。我用零头 3 角买回个小小塑料钱包。钱包很漂亮，粉红色，上面描一只开屏孔雀，展翅欲飞。我用它装上剩下的"大头"，一直舍不得花。我把它们装进衬衣口袋，稍一低头，就可看到里面露出一层粉红色光彩，心上就有快意的电流流过。

做课间操时，我神气活现地来到操场，进入队列，非常认真地做操，一手一脚，一板一眼，十分规范。最后是跳跃运动。我跳着跳着，只听身前身后一片跺脚拍掌的声音，没听到另一个"啪"的清脆声——钱包从我口袋里飞出，掉落。王霸正好排在我后面一位。他一边心不在焉地胡乱划拉，一边盯看女生们划拉的美样，从头看到脚，又从脚看到头，再从头看到脚，猛然发现一个粉红色物事在阳光下闪着金光。他心上一动，也不言语，等做完操，看我气昂昂地走向教室，就一步踏上前，踩住那团红光，假装漫不经心地左看右看，发现没人注意，就弯腰，迅速拾起那个玩意儿，装进口袋。他刚走近教室门，就看见我一脸焦急地直奔出来，不免心中暗喜。

我先到操场找遍地皮。哪有粉红色的影子！我又疑心自己根本没把它装进口袋，就到宿舍去翻看，又没有！我又去教室，在课桌中翻捡，依然一无所获。我回到宿舍，扑到床上哭起来……

科伢推门进来，问清原因，告诉我："你肯定是做操时掉的！"

我心上顿时现出希冀的闪光，不哭了。科伢又说："下操后，我看见王霸拾起一样东西！"

"么样子？"

"我没看清，但好像有种红色，还发出一种金光……"

我大声道："正是这个！"立刻要起身去找王霸。

"你别去找他！"科伢一把拉住我。

"为么子？"

"你真是急昏了头！你还不晓得王霸那德行，他要是还你，早就喊你了。你去要，又没当场抓住证据，他偏不给，还会说些不好听的话。你是班长，班上就他不服你，这事做得好就好，做得不好的话，影响多不好！没把握的事儿最好不要做！"

顿时，我心中凉了半截，不再言语，泪水又要掉下。

"唉，只怪我当时不晓得是你掉的！"科伢叹口气。

王三鬼心事多，时刻密切注视我动向，这时正在门外偷听，听到这里，轻手轻脚离去。

高兴，自然要找人分享，否则就没多大意思。午饭后，王霸拉上林虎上街。途中，他掏出那个粉红色钱包，取出钱，把包扔进阴沟，到街上花去4毛钱，买4个肉包子，换来一大堆零钱，递给林虎两个包子。林虎边吃，边嬉皮笑脸地问："嘿，哥们儿，今日儿为啥这大方啊？是不是又在哪儿赢了？"

王霸边吃边说："屁！"他附在林虎耳边，原原本本说出钱的来源，最后说："你千万别说出去啊，我只告诉你一个！"

林虎心里不舒服起来，觉得肉包子不香了。王霸看在眼里，拍拍他肩膀，说："嘿，老弟，别装正经！今日儿晚饭后，我们邀上几个人，到河边去打牌，咋样？"

林虎还是没兴致。王霸慌了，赶紧数出两块钱，递给林虎，说："嘿，林老弟，见者有份，我给你本钱，去玩玩，乐乐，么样?”

林虎这才笑，一把抢过钱，又嘻上了：“Thank You！”

一时，王霸后悔得肠子青，悔不该让林虎知道这事。

下午第二节课是体育。上午体育老师回家，临走时曾吩咐我“让同学们自习，别乱跑”。这时，我就在黑板上写下：“同学们，按老师吩咐——自习，别乱跑!”

“热死了！体育课不活动，么时活动？同学们，下河游泳去!”王霸首先反对。吉应学也喊：“我是体育委员，老师都没跟我说，会跟你说么?”

我不好意思说“我是班长，你们得听我的”，就不言语。绝大多数男生早就想下河凉快凉快，闹腾闹腾，只愁没人带头，这时听吉应学和王霸一声招呼，就积极响应，一窝蜂奔下河，只剩下我和科伢。吉老师来到教室，发觉异常，殷殷询问。我只得以实情相告。吉老师满面怒容，坐等王霸他们归来，一时脑子里转得飞快，想着处理办法。

一会儿，王霸他们回来，个个兴高采烈。吉老师走到教室外，迎上去喝住他们。吉应学就跟王霸咬耳朵：“肯定是谢琼山这小子告密，不能饶他……”

吉老师让他们排列成整齐的一队，狠狠训导几句，令他们在操场上跑10圈。烈日高照，操场上直冒热气，10圈跑下来，个个满头大汗。那滋味极不好受，刚才到河里算是白游了。我也被吉老师安排在毒日下，为他们数圈数，这时也头昏脑涨，汗珠直掉。王霸看见，有些惊异。林虎附在他耳边说：“这小子跟着我们受罪，说明他还有良心，没有告密!”

王霸点头。吉老师一片苦心没有白费。

晚自习结束，王霸、林虎邀上吉应学，偷偷摸摸来到河滩。天上有月亮，夜色明朗。王霸带来一盏带罩子的煤油灯。他们坐在河边，摆上花牌，艰苦奋战，一会儿就吆五喝六，赌钱赌饭菜票，正上劲，就听见身旁有人阴沉地说：“你们真有出息！竟在这个时候，在这种地方赌博!”

不用猜，又是王三。原来，上午他听到我和科伢的谈话，有些不放心，想告诫王霸一下，下午竟忘了，晚上专门去学生宿舍找儿子，哪知儿子竟没归寝，心下十分着急，以为儿子捡钱的事败露，就到吉老师那儿看个究竟，哪知扑一个空，就对吉老师说："王霸、吉应学、林虎都还没归寝呢！"

"他们又在搞么子名堂？"吉老师恼了。

王三忽然想起什么，当即带领吉老师寻来，果然如此！王三、吉老师一时气得不行，脸色铁青。王霸、吉应学、林虎吓得魂不附体。王三喝一声："狗崽子们，还不快给我滚回去睡觉，明天我找你们算账！"

王霸他们三手两脚收拾好，一溜烟逃回。王三和吉老师在后面踱回。路上，王三严肃地说："你一定要给我严厉查处这件事，不要顾忌我面子，不要便宜王霸这个混账东西！"

话是这么说，吉老师却分明从王三口气中听出"要宽大处理"，就说："明日儿我'削他们一顿胡子'，勒令他们每人写一份几千字的检讨交给你！"

王三猛然想起什么，心里一动，就说："这事说出去，影响不好，还是我来处理。涉及我儿子、你弟弟，因此要着重处罚，还要报告校长！"

翌日上午，王三找那3个去他办公室谈话："只要你们写来检讨交代清楚，认错态度良好，就从轻处罚。不准交头接耳地商量，都要单独写，单独交给我。否则，我绝不客气！"然后，他让吉应学、林虎先回去写检讨，唯独留下王霸，"你给老子小心点！还嫌惹下的乱子不够，是不是？不用你说，我就知道你昨天捡到了钱，是不是？有了资本，就去赌博，是不是？"

王霸心上一炸，暗暗恨起林虎："你这小子，竟这么快就到我爸这儿告发我！他妈的，你等着瞧好看的！"

王三从王霸脸上得到证实，又说："快去给老子写检讨，别写捡钱的事！哦，对了，你把这事告诉别人没有？"

"哪件？"

"捡钱的事。"

王霸心中一惊："未必老爸看出我要去揍林虎？"

"没、没有……"

"真没有？"

王霸猛然想到"林虎已告诉他，刚才我一急，竟忘了这一层"，就吞吞吐吐："告、告诉林虎了。"

“啊，你自己不觉丢人，还告诉别人？除了他，你还告诉别人没有？”王三更火。

这次王霸回答得很干脆：“再没有了！”

“好，那你去给我把林虎叫来！”

王霸找到正写检讨的林虎，先瞪他一眼，然后没好气地说：“我爸叫你去！”

林虎起身。路上，王霸恶狠狠地说：“好你个林虎狗 ×，竟把昨日儿下午的事告诉我爸！”

林虎惊问：“么子事？”

“捡钱的事！”

“冤枉啊冤枉！”

“你还不承认，有你好瞧！”王霸火气更大，推林虎一把。

林虎险些栽倒在地。王霸又说：“等我爸跟你的事完了，我跟你没完！”

林虎正要说什么，已到王三门前。王三看他们进来，先瞪王霸一眼：“这里没你的事了，还不快给我滚！”问过王霸给林虎分钱的详细经过，心中有了底，又问林虎：“你告诉别人没有？”

林虎回答得很干脆：“没有！”

“你不必把这事写进检讨。你也分了钱，这对你不利，懂吗？”王三看他神色坦然，放了心。

林虎一改嬉皮笑脸的习惯，恭敬地说：“懂。”

“好，你可以走了！”王三松口气。

就这样，王霸、林虎、吉应学各交一份检讨，几天后已平安无事，就像未发生过任何事。但这事，还没完。

临近期末考试，老校长却发号施令：“为建新校舍，请同学们发扬雷锋精神，到河滩上背沙石。初三班处在中考前夕，免；初一、二班要赶快行动！”

同学们连续背过一周沙石，以后改为一周背一天。这天，又要背沙石。背过三节课，我又背上一竹背篓石头，和科伢一道向上爬，在半道要歇歇了，刚歇稳，眼前就直冒金星，腿肚子发颤，十分难受。我专门换上的旧衬衣已湿透，豆大的汗珠沿着发烧的脸颊，牵线一样砸在地上……

每次，我们背回学校，都有专人检验质量。我们班男生每人每天任务为600斤，女生500斤。这都是无偿劳动，没有一分钱报酬，不减免一丁点学费，还得自带工具。稚嫩的双肩，承载过分的重量，都像奴隶一样劳动，流下一身汗水，却连一顿好饭都没有，有的只是苞谷饭和合渣，而且正值热天，饭色往往又黑又灰，里面爬满白白的小棉虫……

这时，我感到好受些了。本来累得半死的科伢也缓过劲，两人又向上爬去……

王霸和林虎一路争争吵吵向上行进。王霸只背二三十斤，背挺得较直，轻松地走上来。林虎则背有五六十斤，压弯了腰，艰难地爬上来，一边走，一边气鼓鼓、上气不接下气地说："老子又没、没做对不起你、你的事，凭么子、子要老子每次都、都帮你背？"

"那一次老子捡到钱，分给你两块，你还翘辫子，还跑去告诉我爸，你亏不亏心？"王霸也很气愤。

"我没有！"

"没有？那我爸为么子晓得了？"

"反正我、我没有，就、就是没有！"

"你还嘴硬！老子就告诉你一个，没第三个晓得。不是你是哪个？"王霸狠狠推林虎一把。

林虎一下扑倒在地。背上石子全压在他背上、颈上、头上。他的门牙被磕掉一颗，口里直冒血。王霸立时被吓坏，几步跑得无影无踪。林虎慢慢爬起，把石子全抛在地，提上空背篓，捂着嘴，痛苦万分地去水池边洗净，挪到床上躺一个多小时，才慢慢爬起，口里也不大疼了，只是心里疼得厉害，午饭也不吃，去街上转一圈，刮尽口袋中所有钱，买回一把小刀，回到宿舍。王霸正在屋里，见到林虎，就想溜到他老爸那儿去，只听林虎大喝一声："王八蛋，你欺人太甚，今日儿老子宰了你！"拿出那把亮闪闪的刀子，朝王霸扎过去。

他们的战斗发生在门边，地带比较狭小，王霸本能地用左手一挡。刀子扎在他手背。王霸忍着痛，看血冒出来。林虎胆小，真看见血，就有些忍手。王霸右手迅速抢过刀子，狠命一刀，向林虎划去。林虎向后一个倒仰，只觉额上一凉，倒在地上，额头直冒鲜血。王霸跑出去。

王三正在宿舍，见王霸进来，满手鲜血，又气又急又心疼，边骂这个"狗东西"，边为"这个不争气的东西"包扎伤口，包扎好，领王霸到镇上卫生院去，在路上问清来龙去脉，十分恼火："你以为林虎告了你吧？不是！是陈祖科看见你捡了东西，当时没注意，后来和谢琼山说，恰恰被我听到。唉，你和林虎闹出这么大的事，老子都跟你担惊受怕。我看你恐怕要被学校开除！"

王霸不管能不能继续上学，只知错怪林虎，心里内疚，不知哪里来的一股豪气，竟对他老子说："现在你不用教训我了，好不好？既然是我错怪林虎，刚才动刀子，我也把他额头扎中。我们赶紧回去，送他上医院吧？也不知他这时么样了？"

"你还嫌伤小了点，是不是？自己都成这样了，还管他做么子？"王三不依。

王霸终究拗不过他老子，只得作罢。父子俩刚到医院门口，就听里面有熟悉的声音，不约而同地停下脚步。其实，我和科伢早已把林虎背来。这时，医生正给林虎额上贴膏药，林虎哭诉王霸怎样捡钱，又怎样给他两块钱拉他去赌博的事。医生听完，愤愤地说："王三和王霸我都认得，这两爷子，真不叫人！"

科伢说："我就知道是他捡了，捡了还不搞好事，尽干坏事！"

林虎一改往日的无赖形象，真诚地对我说："真对不起！不说当时鬼迷心窍，只说用你父母、小哥的血汗钱去和王霸这种狗东西赌博，我就不是人！"

"你都被他弄成这样了，我还怪你做么子？"

"以后，我一定戒掉恶习，不再和王霸这个没人性的东西来往。我一定努力学习！你给我补课吧，好不好？"

"好！其实，我的英语成绩也下降得太厉害。你这科成绩一直比较好，以后也帮我一把，好不好？"

“好！不过你吃亏些——你要帮我好几门，我只能帮你一门。”林虎擦干泪。

“只要都好，就好！”我又对科伢说，“我们三个一起补，好不好？”

“我们一起补，一起补！”科伢因成绩下降得厉害，这时听了我二人的对话，正不自在，就听我问他，霎时脸色通红，眼中蓄满泪水，使劲点头。

王三觉得偷听够了，就拉上很不自然的王霸进来。内心深处，王三对我、科伢和林虎怒气冲冲，但在医生面前，却不得不仅仅对王霸怒气冲冲。王霸本为误解林虎而内疚，现在听了这些话，也不内疚了，又找到新的攻击目标，心里狠狠说：“陈祖科，你等着，我许你死得成！”他心里想着，就狠狠盯科伢。

科伢忽地一个寒噤，心中冰凉。我看林虎包扎完毕，就拉上科伢，谢过医生，扶着林虎出去，根本不和王三打招呼，鼻子里还“哼”一声。三个刚走出大门，我就说：“王霸这个狗东西，心可毒了。你们以后要防着他点！”

室内，医生满脸冷笑。王霸气得鼻子歪，牙齿紧。王三敢怒不敢言，纵有苦水也得自个儿咽下肚，还得耐着性子，赔医生笑脸，请他精心为儿子治疗。

第十九回　黑手遮手眼　几人离人间

学期结束，教物理的洪老师在初二班做期末总结，让同学们一个个上讲台领取解出来的物理试卷，最后才发给我。我一看——99分！洪老师看着我笑笑，鼓励说："你完全有资格进入初三学习物理！"这是洪老师对全班同学中唯一的表扬。

我心中一喜，但不露声色，尽量谦虚地对洪老师笑笑，转身又尽量谦虚地紧绷嘴唇，望望同学们，以免张口露出得意忘形的笑。

翌日，总成绩出来，我和芳月、王芙仍为前三名，并被评为"三好学生"。学校召开期末总结会，我们3个喜气洋洋，走上主席台，从老校长手中领取奖状。我回到队列，猛然见到科伢的泪水溢出眼眶，轻盈的心绪顿时烟消云散。这次他是第13名。我为好朋友的这个恶劣成绩感到沉重无比，看到林虎向我表示祝贺的笑，也仅勉强点点头，就沉默。

王三在主席台上讲话，说的是处分王霸和林虎的事儿："林虎先动刀子，情节恶劣，这样的学生不开除，不足以平民愤！"

对林虎而言，这无异于平地一声惊雷！他一颗门牙没了，额上又添一道刀疤，好在有蓄出来的长发勉强遮住，但没想到这么倒霉，还是被开除！王霸呢？王三接着说："王霸同学是受害者，还手属于正当防卫，但他是我儿子，平时又'大错不犯，小错不断'，才造成今天这种局面，因此，经我申请，学校也决定给他处分——记大过一次！"

听到这里，林虎气不打一处来，当即脸色煞白，向地上倒去。我一直担心地看他，这时"哎哟"一声，向他奔过去。科伢从羞愧中惊醒，帮我扶起林虎。征得老校长同意，吉老师、我、科伢、吉应学等人七手八脚，将林虎抬到宿舍，派人轮流守候。

第二天中午，林虎的父亲从家中赶来。林父和林虎很相像，只不过脸上布满皱纹，比儿子老去20多岁而已。这时，他不似以往穷快活，而是愁苦着一张脸，眼中满是哀伤，对我和科伢说：“多谢你们守他一天！望你们今后切切不要学这个不争气的东西，好好学习，天天向上！”

林虎眼含泪水，一句话也说不出，呆看我们这两个早就认识的新朋友，满是离别的哀伤。我隐约感到这个会用鼻子吹笛子的小伙伴，也许今后不会快乐了。我和科伢禁不住泪流满面。林虎这才哭出声，说：“我走了，你们多保重！”

学生放暑假之时，正是农民最忙的时节，主要是采夏茶和收洋芋。茶采迟了，会老在树上；洋芋挖迟了，会恋土，因此必须赶时间。每当这时节，我和芳月也要下地帮忙，整天整天做小小农夫或村姑。我俩仅在讨论暑假作业时，才偶尔相聚。除此之外，我一直想着林虎的悲剧，总想不明白。同时，我感到身体正在发生天翻地覆的变化，胸前乳处有了两个硬果，隐隐向外鼓胀；阴部开始长出直直的黑毛，时时发痒，怪不舒服。我不知这是怎么回事，又不好意思向别人请教，一味烦躁。不过，我突然明白科伢为啥闷闷不乐了。至于身外事，我仅知永茂公社改为永茂区，大哥河山当上了该区永茂镇镇长。

开学，我们初二班升为初三班，又有几个同学主动退学，同时增加三个故意留级的同学。两男一女，两男是钱坤和罗峰，一女叫杨英。他们都是为成绩更好而故意留级。王霸经过一场大事，依然“稳坐钓鱼台”，就更放任自己，只不过做坏事隐晦得多，常常以攻击别人取乐。这天早自习，教室里没老师，王霸无事找事，问：“科伢，你跟你媳妇子睡过觉没有？”

科伢的脸“腾”的一下通红，大骂王霸：“你这个臭王八，我跟你妈睡过！”

王霸大怒，当即冲过去，要揍科伢，就听门边一声吼：“住手！”

王三怒气冲冲，进来。刚才，他又在门外偷听。刚生王霸时，他还是民办教师，教数学，语文水平却不怎样，希望儿子长大后当“霸王”，就给儿子取名“王霸”，偏没想到这是“王八”的谐音，直到以后人们叫惯“王八”，他才醒悟，后悔不迭，却已迟。这时，他竟听科伢公然骂自己的儿子为“王八”，心里极不舒服，于是进去先给王霸两耳光，然后对科伢说：

“我已教训过王霸同学。现在，轮到你了，跟我来!”

科伢跟去。眼看科伢浑身发颤的背影，我心上猛然“咯噔”一下。科伢跟到王三宿舍。王三严厉地说：“你给我站那儿!”他自己则坐下，自顾自修改作业。

一会儿，早自习结束，王三去打来饭菜，有滋有味地吃，吃完又去洗碗，并让王霸去食堂吃：“不必来我这儿。”

科伢又饿又怕，但不敢动，痛苦万状。王三依然不理他，自顾自看书。9点，一个干部模样的人进来。王三赶紧让座敬茶，热乎乎地叫“区长”。原来，这正是永茂区分管文教的副区长，因他女儿读书不争气，今年未能考上这所重点初中，来找老校长，想让学校开后门。老校长敷衍两句，就让他来找王三。王三听完他的解释，不阴不阳地说：“我们当老师的就像母狗子。平时，‘别人’不管我们死活，工资一月推迟一月，真恨不得不发。一旦有好处，公狗子可就成群结队地来，今天这个来，明天那个也来！为么子为自己那点事，就那么勤便呢?”

副区长还没听完，脸上先憋得通红，心里窝火，脸上却笑着，打断王三的话：“王主任，您忙，您忙，我再来，再来!”说着，灰溜溜地出去。

“您走好，您走好!”王三嘴上客客气气地将副区长送出门，转身后依然不理科伢，一脸得意地干自己乱七八糟的事，冷笑着心想：“如果是能做主的正区长或更有权的区委书记来找我，还差不多！你一个副的，又升不上去了，还空手来找我，谁理你?”

第4节课铃声响起，科伢脸色苍白，豆大汗珠直往地下掉，双腿发抖。王三冷笑几声，然后开腔：“你以为你十六七岁就找老婆，很光荣，是不是？嗯!”

每一个字都像重锤一样，砸在科伢幼嫩的心上。他心里慌乱得更加厉害。他最怕有人说这事，加之身体正在发育高潮期，心理十分脆弱，哪里经受得起这些话？汗珠子掉得更勤，腿更僵硬，却抖得更厉害，一张脸白得像纸，像雪。

“王霸问你一句，你还挺得意，竟当着众人侮骂他母亲，这是人话吗？即使他打你、骂你，还有我嘛，你可以找我告状嘛，凭什么口口声声辱骂他母亲呢?!”王三故意停顿几秒，看科伢将要瘫痪的样子，才说结束语，“你别光荣了！回去好好管住臭嘴，管住做人的清白是正经!”

科伢一下昏倒在地。王三残忍地冷笑几声，也不去管他，径直来到初三班教室，先和正在讲课的章老师打过招呼，就喊：“谢琼山，你带个男生来一下!”

我正因科伢去半天没回，坐立不安，这时见王三进来，心中突然一震，预感到什么，听到叫我，没顾上喊人，就独自冲出去，直奔王三宿舍。王三又喊：“吉应学，你也来一下!”

我跑进王三宿舍，扶起科伢，顿时泪如泉涌。吉应学赶来，帮我把科伢背回学生宿舍，就回到教室。一会儿，科伢醒来，看见我，心里有苦，却说不出，不禁痛哭失声。下课铃响起，科伢突然对我说：“你一定要活下去啊!”

我心里一震，嘴上却安慰他：“别胡思乱想。你肯定饿坏了，我去把中饭捡来，你一吃，就会好!”

永茂中学的学生伙食跟长进中小学差不多，早晚为苞谷合渣饭，午饭为自带的大米、洋芋、苞谷棒子等。唯一差别在于，现在农村的生活水平比以往好多了，许多学生可带大米蒸成午饭。今天早上，我淘了小哥仁山用苞谷从区粮管所换来的大米蒸上。这时，我去食堂端来热气腾腾的白米饭，先让科伢吃。科伢本没吃早饭，却也仅吃几口，就再也吃不下去，眼泪仍牵线似的流出。我见状，吃得几口，也吃不下去。

下午，我向吉老师告假，在宿舍陪科伢，几次都说要去请医生，无奈科伢总说“身上没事，只是心里疼，明天就会好”，就没去。

晚饭时，我去街上餐馆买来一份好饭菜，喂科伢。科伢本来不吃，经不住我左劝右劝，才勉强吃下十来口。饭后，芳月、王芙拉上解琼，来看科伢。解琼见科伢被折磨成这样，想到前不久自己又被王三诓去糟蹋几回，一时心里堵得慌，真想一吐为快，痛骂王三这个畜生，但启口几次，终没吐出半个字，禁不住泪水也牵线似的流下来……

我又去向吉老师告假，晚上守护科伢。这时，科伢的泪似乎流干，不再哭，也不言语。归寝时，同学们进来，有和科伢好的，来问候一阵，听到熄灯铃响，只得去躺下。我心里为科伢担忧，总睡不着，直到半夜过去，听到几声鸡鸣，又听到科伢的鼾声，终于耐不住困倦，和衣沉沉睡去。突然，我看见科伢被王霸打伤，满头是包；王三冷笑，把那些包划开，鲜血直冒；科伢远远跑过来，跟我哭诉："我好苦啊，我父母做主给我定的亲事，关我么子事呢？呜呜呜！"

科伢的哭声忽然变成起床铃声。我正不知所以，一下惊醒。原来，是南柯一梦。突然，我感到脚头空空，不禁心上紧缩，仔细一摸，哪有科伢的影子！顿时，我心中绞痛，想起刚才的噩梦，更是不安，赶紧起床，发现科伢的毛巾、脸盆都在，不禁大急，脸也顾不上洗，就跑到吉老师门外，很响地敲门。房内，吉老师很不耐烦地问："哪个？"

"是我！"我自己都听出带着哭腔。

吉老师听出我的声音，不烦了，赶紧穿衣服，边穿边关切地问："怎么啦？"

"科伢不在了！"

"你说什么？"吉老师没听清。

我急得哭起来，大声说——几乎是喊："科伢不见了！"

"啊，真的吗？"吉老师倒吸一口凉气，穿好衣服，开门，洗脸，"到底么回事？"

"昨日儿他曾哭着对我说'一定要好好活下去啊'，刚才起床，他就没了！"

吉老师大惊，但他毕竟是老师，沉着地对我说："就要上早操，我们去等班上同学到齐，看有没有他，如果没有，就让同学们分头去找。"

说着，上操铃响起。同学们大都到齐，单单没有科伢。我和吉老师更着急。吉老师号召班上同学分头去找。我好像有种预感，等吉老师号召完毕，拉上吉老师，就向五洲河边跑。七弯八拐，约5分钟后，师生来到一个偏僻所在——五洲河一个深水潭前。潭里碧绿碧绿，有条白影随着水波晃动。我头皮一紧，脑中一炸，一下软倒在河滩上。吉老师很镇定，三下两下脱掉身上不多的夏装，只穿一条红色短裤，一个猛子扎下水，睁眼一看，发现科伢身穿白衬衣，两臂紧箍一块大石头，手压在石头下，身子悬浮在大石头上面。他赶紧潜下底，挪开那块大石。科伢的身体浮上去。他游上前，把科伢的身体托住，抱上岸。

我睁眼一看，果然是科伢。科伢的脸被水泡成白漂漂、胖大大的，但满面愁容依稀可辨。他已没有活气。我一下昏过去。吉老师想想，把科伢的尸体放到岸上，迅速穿上衣服，先把我抱回学生宿舍，放上床，让芳月和王芙守护，再简约向老校长汇过报，就带人去把科伢的尸体背到镇上。老校长让解琼带路，领吉老师和几个民工抬着科伢的尸体，去找科伢父母。

中午，一行人悲悲切切来到陈家。科伢母亲当即哭昏，醒来，就哈哈大笑。她疯了。陈父强忍悲痛，跪地磕头，请乡邻将自己的独生子安葬，后大病一场，好久身体才痊愈，但心上的创口永不会痊愈。

当时，解琼一路哭泣，领人把科伢送回家，看到那些悲惨场面，更加难受，突然觉出肚子里似有什么东西在蠕动，顿感一阵恶心，禁不住呕吐起来。解医生和夫人王医生正在这里，赶紧把女儿抱回家，给她做检查，越查越吃惊，最后不得不得出可怕结论——女儿怀孕了。夫妇俩如雷轰顶，怒气攻心，王夫人问待在那儿的解琼："姑奶奶，你是不是在学校和男生做出格的事了?"

解琼"哇"的一声哭出来，哽咽着，把她舅舅王三对她的玩弄一五一十说出。王夫人经不住这巨大打击，一下昏过去。解琼扑到王夫人身上，号啕大哭。解医生恨不能拿刀去把王三这舅子给宰了，但看母女这般模样，只得强忍愤怒，在旁悉心照护。

中午，我醒来。上午已有大夫来看过我，说："不要紧，一是因为饥饿，二是因为睡眠不足，三是因为精神受到打击，会很快好起来。"

这时，芳月和王芙看我费力地睁开眼，心中都一跳，一阵惊喜。我又闭上双眼，口中喃喃道："水、水!"

芳月扶起我的头。王芙把早已准备好的冷开水喂到我口中。慢慢地，我睁开眼睛，又说："饿，饿!"

王芙从旁拿过早已准备好的米粥，一勺一勺喂我。我像个婴儿，饭来张口，吃下一二十口。芳月和王芙松口气。突然，我眉头一皱，想起什么，问："科伢呢?"芳月和王芙低下头，眼泪止不住掉下来。突然，我想起科伢白漂漂、肿胀胀的脸，禁不住号啕大哭。三人抱头，失声痛哭。

王三躲在宿舍里写检查。几天来，从我和吉老师口中，老校长得知王三虐待科伢、导致科伢自杀的经过——当然，一部分是推理出来的——就一边要王三停课写交代，一边向上级有关部门汇报，等待处理。

突然，王霸妈和王医生怒气冲冲走进校园，几步来到王三宿舍门前。王霸妈掏出钥匙，哆哆嗦嗦打开门。王三本来焦躁，正心中发麻，就被老婆一把揪住头发，又撕又咬又抓。同时，王医生的拳头直向他捣来。他当即明白，自己的禽兽行为败露！他没有还手。老校长和吉老师闻声赶来。王三鼻青脸肿，脸上、颈中到处是血痕，嘴角直流血，像一条癞皮狗，瘫在那儿。老校长和吉老师好不容易拉开那姐妹俩，问："什么事?"

姐妹俩一个眼中带怒，一个眼中含泪，都充血。王霸妈正要说什么，就被王医生止住。这几天，王医生已渐渐镇静下来。这时，她说："校长，吉老师，这事公开不好，我们想请你们到一个安静地方，秘密谈一谈，你们就会明白这个衣冠禽兽都做了些什么!"老校长点点头，和吉老师一道，把她们引向吉老师宿舍。王霸妈出门前，又狠狠踢王三一脚。王三本倒在地上，这一脚正踢在他下巴，下巴被踢歪，痛得要命，却不敢喊叫。真难为了这个畜生!

此后几天，王三一直躲在宿舍，不敢出来见人。每次吃饭，都是王霸打来。王霸见以往那么"英雄"骄横的父亲，这几天头发蓬乱，脸皮寡黄，衣衫不整，人不像人，鬼不像鬼，心中疑惑，却不敢问。

秋天说到就到，天气凉下来。王三躲在宿舍，呆呆地思前想后，脑中一片混乱。有人敲门，他也不理。这段时间，任何人敲门，他都不开，连王霸进来也要用钥匙。外面继续敲门，变得狠狠的。王三依然不理。原来，是老校长、吉老师和一个穿白制服的公安人员，以及当地派出所的警察。公安人员拿着手铐，警察拿着绳子。老校长对他们说："他不会开的，叫他儿子来开吧。"

一会儿，吉老师找来王霸。王霸看到这架势，手直抖，勉勉强强打开门。王三陷在太师椅里，头伏在书桌上，觉得冷风吹进来，知道门开了，又觉出自己被提住后颈，抬头一看，顿时吓得魂不附体，尿了一裤子，栽倒在地。公安人员蔑视地捉住他背后双手，利索地铐上。警察鄙视地提起他，然后带出去。王霸慌了，大叫："你们干么子?"要冲上去，被吉老师拉住。

吉老师说："你爸爸犯法了!"

王霸惊惶地问："他们会把他么样?"

老校长沉重地说："可能会枪毙!"

王霸号啕大哭，哭声惨烈。围观的同学们都冷笑，心中称快。

不久，王三被依法判处死刑。

解医生本是外地人，想方设法搬回老家。解琼随之转学，再也没有音讯。

曾经不可一世的王霸有一段时间抬不起头。同学们都以鄙弃的目光看他。特别是我和芳月特别不"尊敬"他，根本不把他当人看。只有吉应学还常常关怀他，这令他更加仇恨我和芳月，更加感激吉应学。

冬初，王霸渐渐从他老爸死后的阴影中走出，开始寻思报复。这天中午，他把吉应学叫去，把那张臭嘴附在吉应学耳边："我告诉你谢琼山和王芳月的丑事……"如此这般，胡说一遍。

"这是真的吗?"

"这是谢琼山的堂兄谢军勇告诉我的，他说他亲眼看见的!"王霸拍胸。

两人淫邪地笑。

第二十回　最恨心灵暗　走过是晴天

永茂中学动用近百个“童工”，苦干半年有余，消灭了高高在上的厕所，建起一栋在当地比较时髦的宿舍大楼，共两层，每层分前后两排。前排带围栏，上下都是教师宿舍。后排有走廊，下层是男生宿舍，上层是女生宿舍。为此，我和芳月各自背坏一个竹背篓。

北风吹来时，学校推倒关庙，让大小操场成为明显的上下两个等级。师生搬进新楼。我所在宿舍为101号，里面还住有王霸、李小华、吉应学等。王霸和吉应学合用一个床位。我和李小华合用一个床位。我是班长，理所当然成为室长，握有宿舍唯一一把钥匙。这可是“大权在握”，因为校纪明文规定“早晚自习及上课期间，没有特殊情况，任何人不得在宿舍逗留”。握有钥匙的人可谓“一夫当关，万夫莫开”。101号宿舍的人要进屋，都得我去开门。

星期天晚自习，刚刚从家返校的吉应学对同位的王木青说：“今日儿我带来了炒花生，香喷喷的。”

王木青就流口水，当即从口袋里掏出饼干，递给吉应学半包，要求吉应学去取花生来“享享口福”。吉应学眉开眼笑，接过饼干，放进口袋，走到我身边，低头哈腰，嬉皮笑脸地说：“敬爱的室长——哦，亲爱的班长，请帮我开一下宿舍门。”

“为么子?”

“去取一本书。”

“别耍花招！刚才你和王木青的交易我都知道了。”

“你去了，好处大大的!”

“还是上自习吧，一个钟头后就可以享口福，何必这么急呢?”

“我们到大操场去说话。”吉应学听我口气有些缓和，就拉我。

我想到他哥哥吉老师对我亲如兄弟，应该给他一点面子，就跟他来到操场。寒风吹过，很刺骨。只有树影舞动，没别人。吉应学说：“你给我开门，我给你香喷喷的花生！”

“自从前年我们小队从供销社买回花生种，当年收获不错，以后年年都丰收，我不稀罕这个。”

“那我给你饼干。”

我无法，只得直说：“你想，如果我给你开了这个先例，别人这个也来开，那个也来开，我照顾得过来吗？你也应该想想我的难处。”

“你是班长，哪个不怕你？你愿意给谁开，就给谁开！”

“哪有你说得这么简单？你哥哥是我们班主任，你为难我，就是为难他！”

“你干不干？”吉应学收了人家东西，不能兑现诺言，一下成了乌鸡眼。

“不干！”

“到底干不干？”

“就是不干！”

“好啊，你敬酒不吃吃罚酒！那你说说——你小学三年级的时候，是不是和王芳月在岩壳里做过那事？”

这在我听来，无异于晴空里一声炸雷。顿时，我脑子里放电影似的闪过科伢的尸体，不禁全身冰凉，无力地对吉应学说：“根本没那回事，那是谢军勇瞎说……那条路上，只我们两个人一起上学，中间有一条大沟，常常闹鬼……”想解释，哪知头脑一片混乱，语无伦次。

吉应学不等我说完，就阴阳怪气地说：“还真有这事啊！嘻嘻！”

我更着急，心知本想辟谣，反而弄巧成拙。当时，我哪里知道，一些人宁愿相信谣传，以求误乐自己，或讨好别人的耳朵以及阴暗心理，也不愿听当事人解释真相，以免失去传播谣言的快乐。我火了，开始骂吉应学，还扬起拳头。吉应学跑，我追。我边追边骂，却不敢大声骂，加之急于禁住吉应学口舌，竟骂了他娘。吉应学常常回头还一句：“你做了丑事，还不许人说?!”

我更加气愤，真想把吉应学撕碎。我俩正在操场上追逐，争吵，就听吉老师低沉地喝一声：“你们给我站住！谢琼山回去上自习。吉应学跟我来！”

吉老师刚刚来到高高在上的小操场边沿，正巧听见我骂吉应学的娘，想到这也是骂他娘，心里有气，但想到我从不这样丑恶地骂人，一旦骂出，一定有冤，就把吉应学叫去，问明经过，反问："你说，那时他俩才几岁？"

"八九岁！"

"你想，9岁的孩子懂什么呢？会像王霸说的那样吗？"

"不会！"

"对了，我警告你，如果再那样对待谢琼山，说不定他会成为第二个科伢，懂吗？"

"我一定不再乱说！"吉应学想起科伢，心中一炸，立刻醒悟。

"我还忠告你，今后少和王霸这小子来往。他不是个好东西！"

我跌跌撞撞走进教室，满腹心事。我模糊明白谢军勇的谣言早已成一种流毒，虽然当年已辟清，但别有用心的王霸将其传承下来，现在又开始残害我心灵。我想将这些看法告诉吉老师，但想到刚才骂了他们兄弟共同的娘，吉老师一定听见了，我就想等等看，看吉老师对我是不是有了成见。

过后几天，我根本无心学习，如果班上有谁对我笑，我就觉得这人在讥笑我；许多时候，耳朵总是竖得高高的，费去许多时间和精力，听人家是否正在疯传我干过丑事；就像一个时时提防猎人和天敌的惊弓之鸟，或是惊兔；常常满腹心事，头脑一片混乱，仅在新开的化学课上，还能应付自如，因我兼任化学科代表，常常额外得到化学科任教师王老师的悉心辅导。而这些辅导都是在王老师办公室进行，没有外人分去我心思。因此，我化学成绩一直很好。

上午，我走在新楼下方小操场，走向教室。吉老师站在楼上围栏前，身后就是他的新宿舍兼办公室。他有事要交代，喊："谢琼山，谢琼山！"

我勾着头，满腹心事，模模糊糊听人叫自己，却没听真切，散漫地向四周望望——刚巧没顾上方，看看没人，以为是这段时间常有的幻觉，就径直走进教室，依然勾着头，满腹心事。一时，吉老师气得脸红脖子粗。

下午语文课，吉老师借题发挥，不点名地批评我："有的人本是谦虚谨慎的人，但自从不久前入团后，就开始有黄缸粗了，而且成绩也下降得较快……"

黄缸，当地一种粮缸，很粗。如果说某人“有黄缸粗”，就是说这人自高自大。前不久，我和芳月都光荣加入中国共产主义青年团，在全校举行的入团仪式上，庄严地举着拳头宣过誓。这时，听吉老师这样说，有几个非团员露出讥笑神情。这更加深我的恐慌。我认为，不能将那段心事告诉吉老师！我心中冰凉，冰冷的泪水夺眶而出……

寒假，我回到谢王村，不再害怕闲言碎语，这有利于我恢复良好心境。这时，我已渐渐适应身体的巨大变化，那种青春期之初的烦躁正在减弱，头脑开始清醒。我想：“初中阶段就要结束，一定得振作起来；中考后，就能脱离心灵的苦海，那时一切都会好起来。”

可是，进入初三下学期，班上发生一系列我们这些中学生意想不到的事情。自从王三被开除地球球籍，曾老师接替他担任初三班数学科任教师。曾老师是个30岁出头的育龄妇女，挺着大肚子，艰难地匆匆上完全部课程，就面临生产。她明知同学们一直依赖老师学习，一时之间要全靠自己，肯定不会适应，但已力不从心，只好“师傅引进门，修行在个人”，全凭同学们自己的造化。老校长是初三班政治科任教师，一直忙于基建，建起新宿舍，又要建造美丽气派的大小操场，对授课也是力不从心，只好敷敷衍衍。全校英语教学一旦进入初三就要死不活，已没学生能考及格；况且，章老师是外地人，正全力以赴地上下打通关节，一门心思要调回家乡镇政府工作。洪老师草草教完全部课程，就焦急地回农村建新房。他是半边户，妻子、孩子户口在农村，一直住得不像样；他要为他们建造一个堂皇而不落后的“窝”；将来自己退休，也有一个清静去处养老；临走，他把我找去嘱咐：“以后，遇到物理课，你们就自己复习，遇到难题，就记下，等我回来后再问我。”

这学期，成为班上第一名的钱坤理所当然地当选为班长，我为副班长。我回到教室，正要宣布洪老师这一“命令”，吉老师就跟进，大声宣布：“以后物理课都上语文。洪老师回来后，用我的课时还他。你们有老师辅导，才不会盲目复习。”

三两个星期后，洪老师回校，并不见我们去请教，心中不禁疑惑，但这疑惑仅是心中一闪念，因为他绝大部分精力都用在建造新房的大量工作上，后来竟忘了找我问问。吉老师一直没有“还课”的意思。我出于尽到副班长和物理科代表职责的考虑，加之对于物理的喜爱，就去问询吉老师：“您到底还不还物理课啊？”

吉老师脸一红，又一黑，没有解释什么，一脸恼怒。我这才知天高地厚，知趣地走开。果然，以后吉老师一直没有兑现诺言。

这就是我们中考前夕面临的可怕命运。但我们这群尚未长大的孩子，一直生活在这小小空间，无法看清自己暗淡的前途，心里就没有这方面的无奈和悲哀。王芙问我：“你中考第一志愿填哪里？”

“家里早就要我考大学。第一志愿自然填县一中。”

“那我也填一中。”话刚出口，王芙就明白说漏嘴，当即脸上一红，赶紧用话引开，“你上大学是没问题的，那你上大学后读么子专业呢？”

“家里一直要求我将来当科学家。我本想考上大学后读物理系，哪知现在物理学成这个局面，就不这么想了。刚巧我化学成绩还好，如果我考上大学，就读化学系！”

王芙正想说“如果我考上大学，也读化学系”，突然想起刚才的窘境，话到嘴边，赶忙打住，而是说：“祝你如愿以偿！”

“也愿你考得特别好！”

王木青在旁听见，心里直冒酸水……

玉洁听了，问高盼男：“喂，开个玩笑——如果你只考上农中，你去不去？”

高盼男头一仰，大咧咧地说：“如果只考取农中，我绝不去！”

李小华在旁听见，冷笑不已。

一会儿，王芙去找钱坤请教一道习题。钱坤仔细给她解答，王芙很认真地听。芳月故意朝他俩看看，又转头看看我。我心里闪过一丝失望的光芒。直到芳月故意咳嗽一声，我才从呆想中醒悟，望望芳月，微微一笑，心上顿时轻松，想：“既然王芙喜欢的是钱坤，我以后将她当作一个好朋友得了……”

初中生的爱情来得快，去得也快。在外人看来莫名其妙，但我们自己却知道来去的原因。

自从王三被地球除名，王霸就成为一个地地道道的农妇的儿子，再没有靠山，再没有当年那种居高临下的优越感，开始和我们平起平坐，一时心理落差过大，又开始进行赌博的“浪漫之旅”。好几天晚上，他等我们睡熟后，就和吉应学以及另外一个男生，点上蜡烛，大战三百回合，常常赌到凌晨两三点，时光倒也不难打发。临近总复习，多数老师对毕业班睁一只眼，闭一只眼。因此，王霸尽可白天在课堂上呼呼大睡，养足精神在夜里大战。

这天晚上11时，他们三个用一张床单罩住窗口，再用一张床单围住王霸和吉应学共睡的那张床，躲在里面大战。战至凌晨4点，王霸依然精力旺盛，另外两人却已呵欠连天。王霸顿觉无趣，就撤去床单让他们先睡，自己则就着床帮上的蜡烛，独自看起小人书，看着看着，不知不觉睡去。蜡烛越来越短……

李小华看见可恶的王霸正用一支烟枪往他鼻子里吹烟子。他奇怪自己竟不能动弹，任凭王霸欺负，仅几下就熏得怪难受，大声咳嗽，一咳嗽就醒来。原来是南柯一梦。等他完全清醒过来，就发觉房里确实有种焦味，猛睁几下眼，终于睁开，但眼前黑茫茫一片，因咳嗽赶紧偏头，这才借着窗外路灯的散光，发现一股黑烟正从自己头上方飘出去。继而，他发现屋里有火光，赶紧坐起，高喊：“快起来，快起来！起火了，起火了！”边喊，边扳动我的脚。

我醒过来，迷迷糊糊间闻到火味，赶紧坐起。这时，李小华已下地，端起一盆同学没及时倒掉的洗脚水，向铺上浇，但没浇灭。我喊：“用被子捂，全部捂住！”

吉应学早已醒来，正呆着，这时听见喊声，赶紧捡起被角，一下捂住火团。火渐渐熄灭。床帮处的垫被已烧出一个碗口大黑乎乎的缺口。吉应学捡起王霸枕边一条新的确良短裤。它被烧得仅剩半截。吉应学哭泣起来，口里数着词：“啊，我的短裤！呜呜……”

王霸早醒来，这时低吼一声：“别嚷了！我们商量个办法——老师问起，你们别说打牌的事，只说我看小人书，睡着后，没防到蜡烛燃完，就烧到被子。懂吗？”

“懂！懂！你是不连累我们的意思！”吉应学想明白，不再嚷，反而很感动。

王霸又哀求其他同学："你们也不说，好吗?"

吉老师正在解作业，闻声下来查看，看看没事，"问明"情况，就回去睡觉。

不久，即将毕业终未毕业的王霸被学校开除。他没了王三这顶保护伞，这是很自然的事情。本来，他早该从学校除名。吉应学和另外一个当事人平安无事。原因很简单——上级不知他们打牌的事。

中考前夜，除李小华外，其他人刚到晚上9点就按时熄灯睡下。天气烦热，夜蚊子多如牛毛，成群结队，一群在人耳边敲锣打鼓，另一群吸人血，轮着上。这都是王霸在时，常常站在窗边向外撒尿的"遗物"招来的害人之物。不知李小华哪根神经出了毛病，竟在这时燃起蜡烛，专心致志地开夜车。

夜蚊子有个习惯——在亮亮的大白天和电灯下它不来，在漆黑一团的夜里也不来，而在若明若暗的一豆烛光中，它们就成群结队地来。同学们家里都不宽裕，没有蚊帐之类，根本无法抵挡它们的疯狂进攻。这时，我和李小华同床，受害尤甚。我刚迷糊，一个小东西就在脸上一叮一吸，一痛一痒，我顺手一拍，就清醒过来。如此好几次，就再也睡不着。

直到凌晨1点，李小华才躺下。我却失眠了。这时的充分睡眠是多么重要啊，但我越是强迫自己"一定要睡着"，就越是无法入睡。直到鸡叫第三遍，心力交瘁的我刚刚迷糊可怜的半个钟头，起床铃就响起。

早饭后，吉老师把我叫去，要我为学校争光，为班级争气，千叮万嘱："我希望我们班有人考出100多分的好成绩。这个人应该是你，因为你最有把握！当然，你是地区优秀学生干部，档案中有详细记载，你考得不太好，也不要紧，但这只是一个方面，另一方面则是——如果你考好，就更光荣!"他掏出自己的钢笔，递给我，"你也带上这支笔，以防你那支出毛病或没墨水了，好救急!"

我很感动，连连点头，信心十足地走上威风八面的考场。可是，刚坐下，强烈的疲倦感就向我袭来。我昏头昏脑，思维散乱，梦游一般，心中着急，却好半天才做出几道题。写作文时，根本无法理清思路。后来，我这门成绩仅79.5分，而总分为120分。

且说当天晚上，李小华又开夜车。我又失眠一晚。翌日上午考数学，我又是昏头昏脑，又如梦游一般。倒数第二题为一个重头代数题。我连看三遍，竟都将“$\Delta=0$”看成“$\Delta\neq0$”，直到结束铃声响起，我也没有将它解出所以然。

好在最后一晚李小华没有开夜车，而且天降凉快雨水，我总算睡足一个晚上。

7 月下旬，中考有了结果。我们班这次中考成为永茂中学历史上最惨的一次——均分名列全县几十所中学的尾巴。只有 3 位重读生考得稍好一些，钱坤过了中专录取分数线，杨英过了中师录取分数线。说来也巧，我和芳月以同样的分数并列班上第四名，如果各自加上奖励分，则要超过县一中分数线六七分。可是，一中录取通知书一直没有飞上谢王村，连县二中的录取通知书也一直不见飞来。我和芳月度日如年，望眼欲穿，好不容易盼到 8 月底。这天黄昏，我正在灶门口架火帮母亲做饭，一个刚从永茂镇回来的乡亲交给我一张纸。我看完，就呆在那儿——是农中发来的录取通知书。我呆坐四个钟头。大人叫我吃晚饭，我竟没听见。小哥仁山摇醒我，含泪说：“山山，农中还没出过大学生，你就去努把力，考取个大学，也让别人看看你的真本事!”

我这才流泪，晚饭也不吃，就去房里睡下。就在我发呆前几分钟，芳月也从同一个人手中接过一纸同样的录取通知书。她大哭一场。王叔含泪来劝：“月月，别哭了，上农中后，你大大努把力，即使考不上大学，只要考上中专，也行啊……”

岳婶也来劝：“月月，山山考上的也是农中，以后你还有他做伴……”

芳月听到这里，才止住哭声，心中竟莫明其妙地充满希望。

太阳悲壮地落下山。明天早晨，它又会灿烂辉煌地升起。

秋天将至，但天气依然炎热。可是，在我和芳月心里，却一直处于严冬，冰凉冰凉。不过，英国著名诗人雪莱说过：

冬天来了，
春天还会远吗?

下
篇

心灵的漩流

第一回　依稀醒来存旧梦　炎凉世道有新朋

昨晚是雨夜，今早却是晴天。然而，我和芳月心上，涂满阴霾。带着中考失意的痛苦，肩负亲人们的殷切期望，怀着悲壮心情，我和芳月跟在小哥仁山后面，踏着润湿的山路，翻山越岭，去长乐县农业高中，继续求学。

以往，我和芳月看不起长乐县农中——这所全县最差劲的高中，尽管多次从她外围路过，都懒得进去看看。今天，我们终于走进农中。校园很简陋，甚至可以说是破破烂烂，因为还不如永茂中学。5 栋瓦房站立在同一平面，围成一个长方形操场。操场上支撑一对破旧的木质篮球架。这是学校唯一的体育设施。厕所地基较矮，设在女生宿舍后面，房顶和操场平齐。

有一条黄绿色彩带斜斜穿过方形操场，正好成为一条对角线。画这条对角线的几何人才是谁？是操场西南角一户高高在上的农户的生猪。这户人家姓吴。吴家地基和学校教室屋顶平齐。他家猪栏怪怪的，竟设在堂屋中一个“陷阱”。吴家木房没有阶沿，正面板壁也没装上，一旦下雨，“井”中就装满雨水，雨水将猪粪稀释成黄绿色的过饱和溶液，从“井”底自然孔道排出，正巧流到学校操场西南角，随着地势延伸，流到操场东北角。“对角线”散发的“香味”弥漫整个校园。

好在校园不远处，有清澈的五洲河，有细瘦的长美溪。长美溪注入五洲河；沿着其出口上溯，“溪滩”上除石、沙外，多有水草；春天一到，水草尖就开满各色各样的鲜花，美丽至极。因这条小溪与农中比邻而居，又有一个极富诗意的名字，因此农中又叫“长美溪中学”。长美溪中学名为农业高中，实为一所地地道道的普通高中，一直不设农业专业课，因为没有专业老师。进一步说，它是一所地道的理科高中，因为它根本没有条件设置文科班。

在全县绝大多数人心目中，这所高中不过是一个能发高中毕业文凭的单位而已。如果谁在这儿考上大学，就是创造奇迹。然而，我和芳月决心重整旗鼓，东山再起，像太阳融化坚冰一样，坚定不移地创造这个奇迹。然而，其艰辛，其磨难，其险困，都是当时的我俩没有料到的。我和芳月从小溪流入小河，本想继续流向大江大海。哪知，在这里，我俩成为一个回流的漩涡。我们是否可以通过三年冲击，冲出去呢？在这里，我、芳月的思想将从模糊走向明朗。我们将追逐理想，探讨人生，也许会初尝爱情滋味。在这里，我们将度过人生花季。在这人生中最美妙的时光，我们是否会开出最美妙的青春花朵呢？

小哥、我和芳月来到北边一排房子前。其中一间房门框上正中有一块新木牌，黄底黑字——“新生报到处”。三人进去。窗前安置一张书桌，上面堆满文具。桌前坐一个瘦个子中年人，瘦脸、鹰鼻、三角眼，农民打扮，穿着已泛白的天蓝色中山服，对我们微笑。他身后有开水瓶、满墙信袋和报架。报架前又有一个中年男人看报纸，不理睬我们三人；约 40 岁，脸膛方正，呈“国”字，红光满面，一部络腮胡子很雄势。瘦个中年人自我介绍：“我姓章，是本校教导主任。”然后问我：“你叫什么名字？”

“谢琼山。”

看报的中年人抬起头，也问我：“你是谢琼山？”

“是。”

大胡子站起身，笑着说：“欢迎你！”又对芳月说：“那你是王芳月？”

芳月点点头，大眼里满是惊奇，突然诡诡地一笑，说：“那您一定是马校长。”

“我们没见过面，你为么子晓得我？”大胡子也惊奇。

我也一惊。在暑假，我就听说去年农中新来一位校长，姓马，在学校施行改革，一扫农中昔日的沉闷之气；最显著的一条是实行奖学金制度，以激发同学们的进取之心；果然，仅一年，此举就受到“上面”和家长们普遍欢迎，得到广泛赞誉。我和芳月中考失利后，唯一的安慰就是听说马校长治学有方，才更坚定东山再起的雄心壮志。这时，芳月答：“听人讲，农中新来一位大胡子校长。因此我一见您，就认出来。”

“你果然聪明过人！今年中考后，县二中不招收县城以西的初中毕业生，说生活难以照顾，而县一中正在考虑是否给你们两个加分录取，我去硬把你们要来了。”马校长哈哈大笑。

我心中凉了半截，沮丧地想：“怪不得不能上一中！”

马校长看在眼里，说：“按成绩，你们在农中是鸡头，在一中是凤尾。‘宁做鸡头，不为凤尾’，你们不反对我的做法吧？”

“本来我们只考那么一点分，人家一中自然犹豫，就怪不得您去要我们。”芳月乖觉。

“我到永茂中学了解过，你们在班上一直拔尖，可惜整个班都考差，你们才沦落到这个全县最差劲的高中。这对你们来说，可能是坏事，但对农中来说，却是好事。我希望你们在这里安心学习，争取考上大学，为我们农中争口气！”

我心中一振，但还是苦笑笑。马校长看在眼里，又说：“只要我在这里当一天校长，就保证为你们创造一天好环境！”

我不知说什么好。小哥搭讪：“校长，说实话，山山和月月成绩一直很好，只不过上到初三，班上出了不少大事，才考成这样。您对学生这么好，不愁他们不努力。只要他们努力，只要您们老师全力支持，我们家长绝不拖他们后腿，他们就有希望考上大学！”

马校长十分高兴，从章主任手中接过一系列文具，亲手为我和芳月办理入学手续，又亲自带领三个安排好住宿、伙食等，最后和我、芳月一道，送小哥走上回家的路，才各自分手。

我和芳月心上感动，却也五味俱全。

校园西边，有一栋一楼一底的“高楼”，楼上第一间是储藏室，楼下第一间是高一班男生宿舍，其余则是教师宿舍和杂物间。高一男生宿舍的开间是女生宿舍的两倍还多，里面紧紧密密地摆放两排双层床，床之间有小得不能再小的走廊。我数数，有 8 架木床，每架可安置 4 人，共可容纳 32 人。每个床位木帮上都贴着白纸黑字的名字。靠西边窗子的上铺床帮贴着“谢琼山、李小华”。我心说：“原来李小华也考取这儿，而且和我同铺。看样子，他还没来报到。”

已到两位新同学。一个个子瘦长瘦长，脸上长满红疔，在靠东边的窗台上铺，正满面愁容地和一个中年男人说话。我想："中年人肯定是他爹。"

另一个同学坐在中间一排下铺，白净脸双眼皮，娃娃气十足，穿白的确良衬衣和蓝涤卡裤子。他身边也有一个中年人，也是圆脸，和男孩很像，只不过老去一二十岁而已，穿着很整齐。我心上认为："这一定也是父子俩。"

娃娃脸父子俩都向我微笑。我回报一笑，眼一瞥，就看见床帮上贴着"田大鹏、王木青"。我心中奇怪："听说王木青的分数比最低录取分数线还低一二十分，凭么子也来了？"

那个娃娃脸的男生说话柔和，问我姓什么，我说"姓谢"。他说："你一定是谢琼山。"

"那你一定是田大鹏。"我笑笑。

"你么晓得？"他吃惊。

"这上面不是写的有吗？"我指指床帮。

"那你为么子不认为我是王木青呢？"

"王木青是我初中同班同学。"

"他人么样？"

"我正奇怪呢，平时他吊儿郎当，中考成绩很差，凭么子也考到这儿来？"

田大鹏的父亲说："一定是拉关系来的。"

"么子叫'拉关系'？"

"就是说，他本来没考取，但他爸爸或他妈有一点地位或是同这所学校有一定关系，就凭这'开后门'来读书。"

"是了，他爸爸是区文教组副组长。"我恍然大悟。

"这就对上号了。"

谈论一会儿，我和田大鹏一起，把田父送出学校。临分手，田父对我说："你是本地人，以后多关照我们大鹏啊！"

我和大鹏手拉手，回到宿舍，就见门边下铺又来一位高个子新生。他平头，脑袋几乎没有棱角，脸色乌黄，嘴唇灰黑；衣裤出奇的短，衬衣下摆勉强盖住肚脐眼儿，袖口在肘边，裤脚险些囚上膝盖，且都是粗白布，白不白，灰不灰，黑不黑。床帮上写着“王亮、赵列仁”。我看他低眉顺眼，就扯扯大鹏衣角，一起坐下，笑问：“你是赵列仁，还是王亮？”

他抬起头，看我和大鹏很和善，就低声回答：“赵列仁。”

不一会儿，我们仨混熟，都说起中考前后及各自家乡的新鲜事、趣闻等。赵列仁说：“我家境不好，来就是为考大学。你们也一样吧？”

我和大鹏都点头。突然，一个不太友好的声音在门边响起：“说梦话哩！”门边站一人，个头约1米5，头发寸长，拼命竖起，增加些许海拔；马脸细长，眼睛小如黄豆，一只单眼皮，一只双眼皮，下巴尖细尖细，嘴唇极薄极薄，薄到几乎没有；脸色苍白，仅有几丝若有若无的黄。仔细看他，约16岁；粗看，却像30多岁；身材特瘦，穿的衣裤却特肥，上是宽松丝织衬衣，下是喇叭裤。一看，就是个公子哥儿。原来，他就是王亮。他又鄙弃地说：“考到这鬼地方，还梦想考大学？能考学的都在一中和二中，哪里排得上农中？”

我和大鹏不高兴了，转移到大鹏铺上说话。赵列仁奴仆一样地帮王亮铺被。王亮狠狠瞪赵列仁一眼，凶凶地说：“你只带一床被子，还想盖我两床？”他把自己的一床被子对折，铺到床里面，“以后，我睡里面，你睡外面。我垫你半床被子，你盖我半床。”

赵列仁点头，眼中满含屈辱的泪水。

一会儿，田大鹏邻铺来一位新生，脸皮很白很白，皮肤很细很细，中间带些红光；额角较宽较高，头发较稀少，贴住头皮，但乌黑发亮。他的头很有特点，呈一倒葫芦形，上大下小，还有胖胖的夹下巴和一对厚得吓人的红嘴唇，粗看起来很干净，细看却得到相反的印象，因为他鼻眼下竟有一小摊绿色浓液。总之，他白、胖、矮、脏。我习惯性地看他床帮上写的字条——“王仁、吉应学”。我心中一炸。我原以为吉应学分数太低，不会再有资格读书，哪知他也到农中来了；他的臭嘴对我可是一大威胁。我心里别扭起来，表情肯定变得不自然，就拉上大鹏，去河边，谈说一会儿，心里平静多了，又回宿舍，刚到门边，就听一个熟悉的声音嚷道：“我为么子要和这个流氓睡一床？”吉应学的声音。

我心中又一炸，就听一人答言："你哪么晓得王仁是流氓?"王木青的声音。

"我和他在小学是同班同学——我哪么能和这个流氓睡一床呢?"

"算了吧，这都是老师编好的，你敢不干?"

我脑子稍微清醒一些，就听大鹏问："你么子了?"

"头有些昏。我们还是到河边走走吧。"

五洲河离农中很近。正当花季的少男少女们常常来到河边，看永恒流过的河水，看身边的沙滩、绿草丛，看两岸的青山、房屋、良田、公路、车辆，立刻有一种幸福祥和的感觉浸上心头。河水一清到底。水中的白石、紫石、红石、黄石、黑石都历历在目。里面的小鱼很快活，一上一下，一左一右，一前一后，姿态优美，悠哉游哉。

春天一到，河滩上的小草绿了，花儿开了，五光十色。小河变得青春明媚。圈圈涟漪，波光闪闪，如清纯少女的眼。炎夏，岸边水草一派繁荣，郁郁葱葱，把小河打扮得更加明艳；水潭则成为大孩子们、小孩子们的乐园；大姑娘们有一个固定水潭，小伙们另有一个固定水潭，小孩子们则在两处打游击；潭中"狗爬"的，扬手的，踩软水的，蹬仰窝子的，花样百出；或"霍"地一下从水中泥鳅般蹿出，你追我赶，欢笑声一片，团团白色水花开放在水面；有时经过阳光巧妙折射，五彩缤纷，比少女多姿多彩的裙幅还优美自然；把汗水凝成的污垢冲洗干净，把心里火气融化在凉爽的河水；在沙滩上躺一会儿，回时，面白唇红，俨然光洁照人的神仙。

河滩上，石头林林总总，散乱地排在一起，都非常洁净，因为每次洪水一来，就冲刷它们一次；晴天，同学们常常到河边洗衣服，一次就清洗干净，很方便；晾在石上，一天半天就可晒干；阳光下，这里一件，那里一块，花花绿绿，实为一大景观，怡人眼目。随着石头上的衣服不再出现，树叶渐黄，又落下，深秋便到，河水带来阵阵爽人之气。接着是肃杀寒冬；常常是白雪占满田地、山野；林中一片玉树琼枝；好像一切都固定、静止；小河却依然奔流不息，逍逍遥遥奔向远方。每年秋初，少男少女们来自四面八方，在这里云集，就像一条条小溪汇集到河里；在这里，我们浪漫至极，心里装蓝天，装白云，装大地，装春夏秋冬……

我和大鹏来到河边。芳月正和几个女生坐在净石上谈天。原来是王芙、玉洁和高盼男。王芙看到我，眼中一亮，喜悦地说："我们又到一起了！"

芳月和高盼男哈哈大笑。王芙和玉洁不好意思起来，偷眼看她们两个，却看见我和大鹏身后多出一个人来。他正对她们做鬼脸，摆手示意她们不出声，然后双手轻轻蒙住我的眼。我知道，按当地不成文的规矩，要猜到后面的人是谁，后面的人才会松手。我猜好几个，都没猜到。后面的人才学女音说："是啊，我们又到一起了！"

我惊呼："李小华！"

李小华哈哈一笑。老同学们都很快活。似乎经过一个暑假，男女生之间的鸿沟消失，而且同窗情谊加深。我告别女生们，和大鹏一起帮李小华分担一些行李，一同走向学校。路上，我问李小华："凭么子高盼男、吉应学也考取了？"

"老班长，亏你当了几年官，连这也不知道！高盼男的爸爸是巨村中学教导主任，吉应学的哥哥是老师，就像王木青一样，他们都是凭这些关系上高中的！"

"高盼男不是说过'考取农中的话，一定不上'吗？"

"如果她考取，就不会来；现在没考取，自然就可以来了！"李小华哈哈大笑，调侃意味十足。

我们仨说说笑笑，陪李小华去教导处报过名，一起来到男生宿舍。刚到门前，我的脸色肯定又变了，因为我猛然想起吉应学曾给我带来、还可能给我带来的心灵磨难。就在这时，吉应学和王木青跟来。吉应学从后面蒙住我双眼，大声打几个哈哈，才说："我们已看见你们的名字，正到处找你们呢！"

见他这么友好，我心里重担才算落地，亲热地和他们叙话。李小华心里冷笑："以往你们没少打击我们，现在总算放下臭架子了！"

王仁从外面进来，看见吉应学，正要打招呼，就见吉应学皮笑肉不笑，不大爱理睬他，不禁脸一红，赶紧低头，不声不响地走过，又见王木青也似笑非笑地用眼剜他，脸更红，赶紧重又转身逃走。吉应学建议："吃了晚饭，我们去游泳吧。"

赵列仁正在门边复习初三《语文》，这时闻声抬头对我和大鹏微笑，点头，就见王木青对他写满“鄙视”的神色，赶紧重又低头看书。

一个暑假过去，又能走到一起，无论怎么说，总是一件令人高兴的事，似乎各人之间都尽释前嫌。我们正高声谈笑，就听见一人哭泣。原来，那个瘦高个儿的父亲要回家，儿子就哭起来。看着那么大一个男生竟哭兮兮，我们都觉好笑。瘦高个儿不管这些，只顾哭，还拉住他父亲的袖子不放。他父亲解开他的手，安慰几句，硬是脱身走了。瘦高个儿扑到床上号啕大哭。他叫高武。听到哭声，赵列仁看书看不下去，正不知如何是好——和我、大鹏一起玩吧，又不爱看王木青那蔑视的目光——就听吉应学说：“去看看我们的教室吧。”

一伙人浩浩荡荡跟上吉应学，来到南边一排房子前，看见一溜三间大教室，都是土墙，外面刷有白石灰，和永茂中学的教室没什么两样，都觉得没有什么看头，就一窝蜂回宿舍。赵列仁带着书，满面喜色，迎面而来，走到中间那间教室。门上方贴着“高一班”字样。他坐到最后一排的门边角落，认真看书。

我、大鹏、吉应学、王木青一行人回到宿舍。一个才到的高个子男生粗粗大大，黑脸，光头，满腮胡须，戴一副深度近视眼镜。他穿着很“上洋”，都是涤纶衣裤，一副公子哥儿派头。原来是县人武部某副部长的儿子，名叫苏学武，已在农中读过一年高一，由于受到记过处分，自觉无脸在原班待下去，就主动降一级，重读高一。不一会儿，苏学武就对我们大谈特谈这个新学校。谈完，兴尽，正无话题时，王木青神秘兮兮地说：“现在我带你们去看一处西洋景吧！”

“么子西洋景？”苏学武一把抓住王木青的衣领。

“今天报到，就有人到教室刻苦学习，你信不信？”王木青附他耳边，讨好。

“走，看看去！”

已到的男生——简贵、褚胜、伍云、狄文、华森、华三吉等，都一窝蜂一拥而去。一伙人来到教室前。王木青挥挥手，示意大伙儿在门边站住，指指教室里的赵列仁，说：“喏，就是他！”

王亮道：“那个穷鬼名叫赵列仁。”

我、李小华、田大鹏也跟来，不禁在心里为赵列仁捏一把汗。简贵蹑手蹑脚，来到门首，像一只猴子。这人脸呈倒三角形，且长，是典型的马脸。其右手有严重缺陷，被烧成一团，像个肉锤子；单独观之，已认不出是手。后来，我们知道，他用这手写字——笔被握在一个很不明显的刚好可容纳一支笔杆的唯一丫把里，支架是拇指桩和掌部。他却会打一手好篮球，往往左冲右突，巧妙地奔到篮下，左手带球往上一甩。篮球轻擦篮板，十个有九个进网。这时，他把这一手聪明活计全用在下面的行动上——左手捡起一颗拇指头大的石子，以投篮的准头，砸到赵列仁头上，然后轻手轻脚退回，吃吃怪笑。褚胜见了，手也痒起来，学简贵的样子，走上去，活像一只猫，扭手扭脚，扭出一副十足的女人样。他中等瘦个，脸形周正，只是一双厚嘴唇乌黑乌黑，翻翻卷卷。他脚上穿的竟是女式半高跟花布鞋。这时，他见赵列仁仍沉浸在书本之中，也捏颗小石子，狠命投去，一下不中，又投一颗……

赵列仁看书看得入迷，突然脑袋上有一处脆疼脆疼，才渐从书中醒来，头上又有一点开始疼痛，同时瞥见一个小东西掉到地下，低头。一粒石子。门边，一群人哄然怪笑。窗前，伍云和狄文正吃吃怪笑。本来，他俩也像赵列仁一样，是穷困人家的孩子。伍云瘦中等个儿，脸色苍白如纸；一看就知他贫血；小脑袋尖尖，上面盖一层细而疏的黄卷毛；嘴皮厚而翻，乌红。狄文瘦矮个儿，约1米49，一只眼睛总是斜视，白多黑少，似乎总在仇视别人。他俩穿的旧衣服吊到半天上，如赵列仁的衣裤一样短；新缝的衣服则像长衫，以便多穿几年。他俩竟然也瞧不上赵列仁。门边最前面站着王木青，自以为立下奇功，正得意忘形地笑。赵列仁明白过来，突然把书本一摔，狠狠瞪他们一眼。简贵凑上去，嬉皮笑脸地说：“赵列仁同学，你真认真啊！真是我们学习的好榜样啊！”

赵列仁捡起书本。屈辱的泪水大颗大颗从他脸颊上滚落。简贵又满带调侃意味地说：“噫，为我的表扬感动得掉泪啦？哦，不是，是不是爸爸走了，伤心啊？都这么大的人了，还赶大人的路啊？”

大伙“哄”的一下，又笑。赵列仁想到自己家贫，是自己背着行李一路问来，不禁更加伤心，捂着脸，分开人群，跑回宿舍。我气得不行，说：“你们也太不像话了！他认真学习，碍你们么事？你们都这么损弄他！我们从全县各个角落走到一起来，容易吗？”

“你是哪个？真是狗咬耗子——多管闲事！”简贵立即凑上嘴脸，嬉笑。

王木青说：“他是我们的老班长——谢琼山！”

简贵道：“那是你们的谢大班长，不是我们的，凭么子张口就训人？”

突然，一个洪亮的声音在人群外响起：“你是哪个？你张狂什么？告诉你，谢琼山将是你们班长，而且这时我就宣布，谢琼山还是你们室长！”

大胡子。有同学认得，忙小声对旁人说：“啊，是马校长！”

简贵立即住口，低下头，一副十分温顺的样子，眼珠一转，就来到我面前，貌似诚恳，道：“班长，我错了，不该这样对待赵列仁。”

马校长这才转怒为喜，转身离去。苏学武、王亮看着简贵，鼻子里直冒冷气——这个没骨气的东西，刚才在赵列仁面前像只猛虎，转眼在马校长面前就像只讨人喜欢的小猫！王木青、褚胜、伍云、狄文看苏学武鼻子里直冒冷气，也对简贵冷笑。简贵看马校长走远，又开始硬气，在后面直“呸”，也不知他“呸”谁。

晚上还好。同学们新来乍到，大都谈笑和气，彬彬有礼，温文尔雅。只有王亮像只猴子，瞧瞧这个，瞧瞧那个，一副居高临下、看人不起的样子，仅仅对苏学武和一个叫曾勇的表示友好。虽然王木青常常羡慕地看他，他也瞧不上。大伙中，最文雅、最有礼貌的当属褚胜，说话轻言细语，一说一脸笑，亲切感人，很有吸引力。其次是狄文、伍云。我看他们如此，认为白天他们不过是和赵列仁开开玩笑而已，也就放下对他们的厌恶，反与他们亲热地交谈。他们仨是一个区里来的老乡，只不过褚胜在一个中学毕业，伍云和狄文在另一个中学毕业；而且，伍云和狄文的家在同一个小队，两人从启蒙时就同班，一直是好朋友，总是形影不离，常常手挽手进进出出，就像穿着同一条裤子。

第二回　看人归去洒热泪　东山再起振雄风

第二天上午8点，马校长分别到高一班男、女生宿舍，将同学们召集到教室，说上一通开场白，无非是些“我们来自五湖四海，由于一个共同的目标，走到一起来了。务必要精诚团结，好好学习”之类，然后说：“你们的班主任还要几天才能到任。他是我专门从县一中请来的老师，姓方，教语文，富有教学经验，希望你们以后听他的话，努力学习，争取考出几个大学生，实现我校考大学零的突破！”说着，深深望几眼芳月、我和高武，目光中充满鼓励。

我们仨身心都为之一振，又听见马校长说：“在方老师来之前，由我代你们班班主任。谢琼山同学任班长；他是本地人，原来在永茂中学读初中，成绩一直不错，而且一直当学生干部，很有经验，望同学们以后多支持他的工作。再，高武同学任副班长。王芳月同学任学习委员……”

马校长指派完班干部，又编位。为避免高中男女之间谈恋爱，老师一般都安排同性同学同桌。我和王亮同桌，坐第三排。王亮本瞧不起农村孩子，却乐意和我同桌，一是听了校长介绍之故，二是他看我和其他许多农村学生不太相同，有一股子正气，因此不敢小瞧我。

吃过午饭，王亮到宿舍找我，说：“班长，我发现宿舍内还有一张空铺，而我正好带着两床被子，请你去跟校长说说，我想一个人睡。”

“你走了，赵列仁盖么子呢？”

“他自然还带一床来。”

“他家贫困，不见得有两床被子给他。”

“这我管不着！你看，今日儿早上他起得比我迟，连被子也不折。”王亮边说边整理被子。赵列仁所睡之处突现一大块湿巴，臭哄哄的。他大叫，“呀，这小子有尿床的毛病，我更不能跟他睡！你看，我的这床被子也闷湿一大块，还有臭味——难怪他不折被子。”他直皱鼻子，怪恶心的样子，三下两下就把自己的两床被子搬上那张空床。这张床位上的两个人一直没来报到，可能自动退学了。王亮边理边说：“班长，这下你一定得去帮我说说了！”

我想想，又看这里没有第三人，就说：“你不把这事说出去，我就帮忙。”

“好！”王亮笑了，很爽快。

我将赵列仁的被子卷起，盖住那块“地图”，然后到马校长那儿去，一会儿回来，对焦急的王亮说：“成了！”

“谢谢，谢谢谢大班长！”

我没听完，早跑出去，在教室找到赵列仁，把他拉到僻静处，将刚才的事儿跟他说了。赵列仁很感激，低头带泪，说：“班长，谢谢你！我从小就有这毛病，可爹妈一直没钱给我治……”

“不要伤心了，好不好？以后你么子个睡法？”

“反正家里穷惯了，无所谓。我家四口人，就四床被子，爹、妈、妹妹和我一人一床。爹妈的可以合用，我和妹妹长大了只能各自卷一床睡……”

我有些伤心，打断他的话：“好吧，你学习吧，我不打扰你了。”我没想到，都这年头了，世上还有这么穷的人家……

同学们大都遵照父母嘱咐，随身备有清凉油，用于平时治疗小病。一天，吉应学做完作业，正无聊，突然眼珠一转，想起小时干过的营生，就掏出口袋里的清凉油，用手指挖出一团，轻手轻脚来到褚胜背后，迅速往他眼里一抹。褚胜眼里涩疼涩疼，却快活，立刻张扬地大叫，边擦左眼，边睁开右眼，拿起放在教室角落的扫帚，追打吉应学。男生们看见，童心大起，纷纷仿效，几个没带清凉油的男生也特意买来几盒取乐。不几天，这个坏风气就在班上疯传。

这天上午课间，褚胜趁我在思考一道数学题，冷不丁糊我一眼清凉油，然后笑着跑了，我没追上。中午，在楼上储藏室，大家吃午饭。褚胜想起上午的事，怕我还手，就对我说：“以后我们都不糊了，好不好？”

“糊么子？”

“清凉油啊!”

“不弄就不弄了!你先糊我的那次,也不还你了。”我本来就不想玩这无聊游戏,宽宏大量地点点头。

晚饭后,我正在教室放心大胆地学习,冷不防一团清凉油又糊上双眼。我眼里涩极,疼极,同时听见一阵狂妄大笑。又是褚胜!我气极,不免怒从心头起,大声呵斥:“你是人吗?说不弄了,怎么又弄,怎么这样不要脸!”

同学们哄笑。褚胜觉得很丢面子,铁青着脸,灰溜溜地走了,从此恨上我。

直到方老师来校报到,并正式走马上任高一班班主任后,班上男生的这股互糊清凉油的不良风气才被刹住。方老师全家都从城关搬来,住在高一班男生宿舍隔壁。他黑瘦黑瘦,身材窄条条,脸面也如身材一般狭长狭长;两只小眼亮闪闪,显出一种精明的光泽;上嘴唇特厚,却又显出些许忠厚。

简贵打来中饭,不上储藏室,就在宿舍吃。在农中,离家远的同学不可能每星期都回去背午餐,导致同学们一日三餐都吃苞谷饭与合渣。简贵坐到赵列仁床沿。本来他也睡下铺,可以坐自己的床,但怕弄脏自己的被子,看别人大都爱坐赵列仁的床,又听有人说些“本来是两人睡的地方,他一人占着,坐坐也无妨”,认为有理,就随大流来坐这床。这时,他吃下大半碗饭,突然嫌床板硬得硌屁股,就打开身后卷着的被子,预备垫在身下,以坐得舒服些。当他打开被子,不经意间看到上面有一块区别于被单底色的图案。他家是半边户,老爸是永乐镇干部,在家自有好吃好穿;本来就不想吃剩下的饭菜,当即故意把饭菜扣到地上,哥伦布发现新大陆似的大叫:“快来看!快来看啊!这里有一幅‘地图’!”边叫边大声怪笑。

同学们情知发生稀奇事,当即围拢,指指点点。这个说:“难怪王亮不跟他睡。”

那个说:“原来他是个‘撒尿包’!”

赵列仁正好进来,当即脸色惨白,愤怒地一把推开简贵,重新把被子卷好,捂着脸跑出去,整个下午上课都不专心,老走神。晚饭时,赵列仁快步回宿舍,本以为自己足够早,哪知还是在门口碰见褚胜从里面出来。褚胜对他怪笑一下。他感到不祥，赶紧进去。果然，被子又被人打开；那个图案像褚胜的眼睛，望着他怪笑。他气极，骂道："真是畜生！"

褚胜并没走远，正躲在门边，预备偷看笑话，就听赵列仁骂他"畜生"——这是他痛处，因为他爹没给他取好名，刚好是"畜生"的谐音，脸上"腾"的一下通红，当即跳进门，双手叉腰，凶巴巴地问："你骂哪个？"

赵列仁不理他，苦着脸卷被子。褚胜争到赢头，依然怪笑着离开。刚下晚自习，赵列仁就赶回宿舍，哪知宿舍灯已亮。他在门边碰见王木青。王木青拿着盆，去打洗脚水，对他怪怪一笑。赵列仁心里一紧，赶紧进去。果然，被子又被打开，那图案像王木青的眼睛，望着他怪笑。夜里，赵列仁失眠了，出去两次，再没尿床，但流下不少眼泪，将枕头打湿碗口大一块。

次日早自习，我正聚精会神地朗读课文，感觉手臂被王亮碰了碰，醒过神，顺着他的手指望向窗外。赵列仁正在窗外向我招手，满面愁容，苦笑笑。我忙出去，问："你么子啦？课都不上？"

赵列仁不答，将我引到宿舍，"扑通"一声跪在地上，眼泪牵线一样落下地。我慌了，赶紧把他扶起，又问："你到底么子啦？"

赵列仁还是不作声，指指自己的床。赵列仁的被子已捆好，碗、盆等小用具都已装进背篓。我已大略明白，急问："你要走？"

赵列仁点点头。

"你不想考学了？你不想争这口气了？"

赵列仁这才流着泪，说："班长，我家里穷。我来到这里，只有你把我当人看，我实在待不下去！你比我成绩好得多，一定要坚持下去，一定要争这口气，考上大学，让这帮畜生看看！"说着，背上行李，夺门而去。

"小赵，我常听琼山说你学习最认真，为么子要走呢？"方老师闻声过来，拦住他。

赵列仁边流泪，边结结巴巴地说："方、方老师，我、我实在、待不下去了！我回、回去了，请、请你们……"再也说不下去，坚决走了。

上过几天课，方老师开始给同学们布置作文，命题《晨》，限定明天语文课后上交。一会儿，方老师过来问我：“别人都写了一大篇，你为什么还不动笔？”

“我压根儿没仔细观察过早晨，写不好。”

“你打算怎么办？”

“明天早点起床，观察后再写，保证在您规定的时间内完成！”

翌日凌晨，我摸索着去上过一趟厕所，回到宿舍，正碰上王亮醒来，就轻声问：“几点了？”

王亮摸索着掏出枕头下的电筒，眯着眼看看手表，轻声答：“五点过十分。”

我干脆不睡了，重又出去。

上午第一节课就是语文。同学们大都飞快地誊写作文。我肚子里已有完整腹稿，就信笔在作文本上写出来，刚写一半，方老师就走过来，看看，皱皱眉头。

又过去一天，又是语文课，作文本发下来，仅曾勇的未到手。他心中暗喜。方老师表扬我，说我写作文前不盲目动笔，而是观察后再写，写得很不错，但要“先打草稿，再誊写”。我心上不以为然：“既然写得很好，就不需改动，还誊写一遍干么子？真古板！”

方老师特别推崇曾勇的作文，并当堂朗读。其中有这样几句：

啊，那几个同学已经在竹林里晨读！多么认真啊！是我们学习的好榜样！

我想想，预备等方老师读完后站起来提个问题，但等方老师念诵完毕，我又不想提了。吉应学觉得来自永茂中学的老同学的作文没能让方老师当范文来朗读，有些丢他哥吉老师的面子，刚下课就来查看我的作文：

昨天，我听老师说：“大自然变化无穷。即使一个短短的早晨，也是这样。”我不相信，早晨才个把钟头，能有多大变化？

我想反驳老师，但因自己还没留心观察过早晨，便决定明天早点起来看看。

今日早上，我提前半个钟头起床。刚到操场边，耳轮上就凉了一下。我仰头，脸上同样也凉了几下。“哦，在下麻麻雨。”我一边自言自语，一边走到操场上。

一些房屋和柳树构成我们的学校。几栋房子像比较平整规则的巨石，躲在操场上。房檐下的路灯仿佛是点缀在巨石旁的闪光宝石。柳树们有的像长长的扫帚，有的像伞，有的像美人的背影……

天呈黑灰色，像一床巨大的棉被盖齐山腰。山似乎被它挤去一半。

突然，鸡叫起来，像听厌昆虫鸣声和五洲河哗哗的流水声，而呼出的断喝。但昆虫和五洲河毫不理会，仍唱着歌。公鸡嚷过四五声，无济于事，就不再叫嚷。

大约十分钟后，操场显出轮廓，柳树也渐渐清晰。左边两山之间有一大团白雾，像一大堆棉花，一直连到天上。又有一层薄雾，紧挨山峦，它的一端像剪刀在白布上剪出的那样齐整。

又过去一会儿，天空渐渐由黑灰变成灰白。操场上的一切物事都开始发亮。房屋慢慢显出完整的轮廓。山上的树越来越绿得可爱。茶园、农屋和一些农作物都被我尽收眼底。山上掉下来的几团白雾重新飘上去。路灯再也没有原先那么亮——也许要睡了吧。

五洲河不停地前进。它们夜以继日，前赴后继，不停地歌颂祖国的大好河山。

微风吹过，柳树们从梦中醒来，扭动着头，好像在说：“唉，人们怎么还在睡啊？哦，还没打起床铃呢！”

我正想着，起床铃就响了。

“啊，大自然真神！一方小小的天地，一个短短的早晨，就有这么多的奇妙变化。那，祖国的大好河山，一年四季该有多么大的变化啊！那，该有多么美妙啊！看来老师说得对。”我暗暗自豪、感叹。

吉应学看完，不禁大喜，大声说：“看，我们学校来的人写的作文！方教师画了这么多红圈圈，并不比别人差！”

同学们一下围拢来。玉洁一把抢过我的作文，大声朗读。芳月、王芙、高盼男直鼓掌。简贵却来说风凉话：“他的作文好，为么子方老师不念，而要念曾勇的?”

王芙说：“方老师不是说他没打草稿，这不好吗？其实，不打草稿就写得这么好，才真正不错!”

“反正，没念就是不行!”

“我承认我的作文不行，但至少我写得是真实的，不像有人写得那么虚假!”我沉不住气了。

“哪个的作文虚假?”

“刚才方老师当范文念的那篇!”

一个同学就来问：“那篇作文怎么虚假了?”这人个子高，身材窄条条，偏偏穿一条肥大军裤，脸蛋黑红；上嘴唇极薄，下嘴唇却极厚，而且呈乌黑色，翻卷。

相处时间不长，我还不知这位就是曾勇。他父母都在县直机关工作。这时，他心中不服，眼里冒红光，来问“行事”。我胸有成竹，微微一笑，说：“刚才，方老师念的那篇作文中，说有人在竹林中看书，起码有两处不符合事实——现在已是10月份，早上6点，‘天色未明’，在竹林里根本看不清书上的字，而文中说有的同学在晨读，不是假的吗？这是其一。其二是早上，我们学校根本没人在竹林里读书。只要这两点，就足以说明这篇作文是捏造的。这不是虚假，是什么?”

曾勇哑口无言，眼光更红，羞愧难当。同学们哄堂大笑。简贵脑筋转得快，立刻恭维我：“到底是班长，有水平，一听就听出毛病!”

方老师正在门外，听到我的分析，不觉默默点头。“文化大革命”时代，十五六岁的方老师是永茂镇有名的闯将，是某红卫兵组织的副司令，曾领导、组织过几次轰轰烈烈的“革命运动”。一次，他和司令一起玩枪，不小心走火，险些将司令打死，吓昏好几天。好在司令命大——枪子离心脏仅差1厘米。方副司令终于没事，还被保送到某著名大学学习，毕业后分配在县一中执教，先教历史，再教政治，均不理想，受到排挤，就主动要求调回设在家乡的县农中，预备培养出几名大学生，改变该校年年考大学剃光头的历史，也让一中那些对头看看！现在，他决心要培养的第一人选就是我。

我也争气，期中考试时，语文第一、政治第一、数学第一、化学第一、物理第三、英语第七，总分第一。方老师专门将我叫去，鼓励我期末考试一定也要拿第一，既得到名次奖金，又得到各科成绩平衡奖。因为学校规定，给期末考试前5名分别奖励10元、9元、8元、7元、6元人民币；各科成绩均及格者将荣获15元人民币的“高额”奖金。这就是马校长上任以来，施行的改革新举措之一，也是最重要的一条。

我充满信心地说：“好吧。”

王亮不大爱学习，常在课堂上练习书法，但绝不打扰我。有时，他练累，抬头，看我正想轻松轻松，才和我搭话。他看我的字写得漂亮，就常把自己的书法作品拿给我看。我看他越写越好，常常由衷赞扬几句。他很得意，认我是个知音。

我俩都有争论的爱好。王亮是双职工子女，从小娇生惯养，却长得对不起观众，就想方设法证明自己的理论高明，以达心理平衡，于是就有了“按现在改革开放的政策，将来农民都得讨米”的核心论点。我是农民的儿子，觉得王亮把农民和乞丐相提并论，简直是侮辱，就以反方身份，以和党报上相似的堂而皇之的论点，常常驳得王亮张口结舌。然而，几分钟后，王亮却以“不管你信不信，反正会那样”而荣获胜利。几天后，王亮又会重新和我争论一次，以巩固胜利。

有一天，我突然觉得这样争论下去，实在无益。可是，就在当天，我俩又在宿舍争论，正没个了断，我一眼瞥见方老师从门前经过，心里一动，故意放大音量。王亮指指门外，示意我“小声点”。他是共产党干部的儿子，其论点却“反党反人民”，在方老师心中无异于异端邪说，因此他不敢把自己的“反动观点”公之于老师，只想做“地下争论”。我心中暗笑，不理睬他的小动作，故意继续放开音量争论。他首次不再争取胜利，立刻停止辩论，眼中冒着怒火，一走了之。从此，他看我就不顺眼，不再和我争论，甚至懒得和我讲话。

这天班上开共青团会议，男女团员集中在男生宿舍。班上只有两人不是团员，且都是男生，其中之一就是王亮最要好的朋友——曾勇。我心中纳闷：“王亮这又酸又苦的家伙，竟也是团员——竟是党的先锋队、后备军，真是老天不长眼!”

这次开团会，就是讨论曾勇入团的问题。该生前不久要求进步，向团组织递交了入团申请书。但据女生们透露，该生“一贯好色，流氓成性”，喜和她们开些不正当玩笑，那笑容没头没脑。这个会议由团支书高武主持。王亮半真半假地威胁说：“不同意，就揍人!”

男生们大都考虑到将和曾勇一起生活两三年，低头不见抬头见，就举手同意。我考虑到曾勇的表现确实不怎样，就毫不迟疑地不举手，加之女生们没有一个举手，而男、女团员刚好相等，因此曾勇获得的“赞成”票未过半数，他要求进步的事告吹。王亮狠狠瞪我几眼——这也太不给他面子。以后，王亮见到我，总把头一歪，露出一副“不屑理你”的尊颜。自然，曾勇很快就知道了这个他本不该知道的内幕，以后见到我，嘴里讥刺味十足，还阴阴地笑。

王亮常说城里生活如何丰富多彩，自己如何有模有样地过舒心日子。王木青很羡慕，时常对他媚笑。男生中，就王亮一人搞特殊化——在教师食堂搭伙。吃饭时，他总站上一个适当位置，面对高一班女生宿舍，黄豆眼一闪一闪地瞄着女生们。如果有女生看他，他就举起一块同学们平时很难享受到的猪肉，把带钩的目光从女生堆中收回，装模作样地对肉块仔细研究一番后，冉冉塞进口里，有滋有味地咀嚼……

这段时间，王亮拼命追求瘦女。瘦女身材修长，容貌清丽，其父母均在县医院工作，供给她足够亮丽的衣饰，加之她打扮得法，在一群土里土气的农村女生中有一种鹤立鸡群之感。刚到农中时，她认真学习，后终因学习成绩总在中下等徘徊而灰心丧气，不再对学习上心，就把精力转移到其他方面。但她从不和我、苏学武、华森等这些中高个儿男生有特殊交往，理由是我们这几个已经“长大”，和我们交往的话，就有恋爱之嫌。因此，她仅和李小华这样年纪不小但个子又瘦又矮的“小孩子”称姐道弟。

王亮心怀锲而不舍的精神，想尽千方万法讨瘦女欢心，无奈瘦女意志坚强，根本不理他。他这才明白瘦女常常回头看我们这一位，看的并非他，而是我。他心中气恼，就公事公办，向我这个班长写字条，坚决要求调位！我心里好笑，也不作声，临近期末，才去方老师那儿汇报。方老师笑笑，说："是你想调位吧？你们那次争论我都听见了。"

"您误会了。虽然我和他经常争论得不可开交，但他很会把握分寸，从不干扰我学习。"我也笑笑。

"哦？那你还不愿他调位啰？"方老师比较吃惊。

突然，门口有人喊："报告！"原来是王亮。他本悄悄跟在我后面，专来听壁根，想听我怎样告他状，哪知我说的是他"好"，于是很感动，就进来，很认真地看我一眼，目光中再没有敌意，但他话已说出口，就如泼出去的水，再难以收回，因此依然要求调位。

方老师说："下学期给你调位。"

寒假将至，进入期末考试阶段，不爱学习的依然不努力，成绩好的倒是抓得较紧。显得与众不同的是简贵。他的期中总成绩排在前 5 名之列，期末考试前自会认真复习。每当他躲在某个角落，把学过的内容弄懂弄通之后，就来邀某某去玩。"某某"往往是学习成绩比较好的，如果不去，简贵可就有话说了，比如"你真认真啊，不考一百分可对不起人"，又比如"你是学习尖子，当然得努力啊"，还比如"你成绩好，当然想得第一名啦"！这些话的言外之意都是一个——"你想得奖金"。"某某"往往不愿承担这个"罪名"，只好违心地牺牲一些宝贵时间，强装笑脸，跟他去玩。在"某某"中，唯有我不吃他这一套。

期末考结束。晚上，伍云、狄文来约我去汪老师那儿看数学分数。汪老师又矮又胖，像一株千年矮，他的农村老婆足足比他高一头。他本是平原人，知识青年上山下乡那阵，来到大山，与当地一个村姑结婚生女，从此在本地扎根，语言、行为竟渐渐被当地同化。他教学严格，每次测验所出试题，都和高考类似。他极讲原则，从不害怕得罪人。演牌时，他总是边讲边写，一写就是整整一黑板，往往刚写完，下课铃声就响起，时间拿捏得非常准确。这时，汪老师看见我们仨进来，就先声夺人："你们是来看分数的吧?”

“是。”

“不用看了。班上就三人及格。谢琼山 80 分，王芳月 72 分，简贵 62 分。”

“这回你必定又是第一名!”我们仨不好再问，转身回去，半途那两位对我直伸大拇指。

第三回　刺骨大雪扑面来　纷纷扬扬地上白

我笑笑，不出声。那两位想到自己不及格，不作声了。简贵迎面过来，问：“你们是不是去看分数了？”

“是。”我不温不冷。从语气上听，似乎自己考水了。

“我肯定不及格！”简贵看我们都没精打采，心中一阵欣喜，嘿嘿直乐。

“班上就三人及格，你62分。”我懒洋洋。

“嘿，好悬啦！你呢？”简贵大喜，只差跳起来。

伍云、狄文正要强打精神恭维我几句，我就给他俩使眼色，说：“唉，倒霉透了，才59分。汪老师这人真古怪，一分都不饶，落得我不及格！”

简贵喜得嘴都合不拢，但他说：“真的？太可惜了！你怎么能不及格呢？”说着，转身和我们仨一路回去，突然没头没脑地问：“你们晓得吗？”

“晓得么子？”

“这次英语考试有很多人抄书！”简贵愤愤然。

班上就数简贵英语成绩好，总怕别人抢去他的这个唯一第一名。我知道这一点，就说：“不可能吧。”

“怎么不可能？某某、某某、某某都抄。特别是高武，也抄。你是班长，应该去方老师那儿反映。”

“要去，你自己去。你是英语课代表嘛！我总觉得这次英语考试很难，当时哪里顾得上看别人？既然不知道，去反映么子呢？”

晚上，一个黑影摸到方老师宿舍。是简贵，告密后出来，正碰上高武，先吃一惊，随即镇静，附在高武耳边，神秘地说：“今日儿上午考英语，有很多人抄袭。谢琼山把你告了，我不去证实行吗？”

“咳，都怪我糊涂，抄么子？！”高武后悔得肠子青。

第二天，英语卷子解出来，简贵70分，芳月68分，其他人都不及格。这样，班上只有芳月和简贵荣获各科成绩平衡奖。简贵喜形于色，兴奋异常，夜里险些失眠。

次日，班上召开期末总结会。方老师宣布总分。我第一，芳月第二，高武第三，简贵第四，伍云第五，狄文第六，李小华第七，王芙第八。前五名中，除高武外，其他4人均获名次奖。高武心中更加后悔："明知自己不能及格，还抄么子？真是鬼迷心窍！也怪谢琼山那个狗东西，告么子狗屁的密！"

没有公布单科成绩。简贵默算多遍："如果谢琼山数学只有59分的话，那谢琼山无论如何不是第一！"他认为方老师因偏爱我而造假，非常气愤，散会后就风言风语，矛头直指我。我这才出示黄牌——数学实为80分。顿时，他哑口无言。我的这一"阴谋"，只有伍云、狄文知道。从此，他俩认为我这人很"阴险"，暗暗防备我。简贵则眼珠一转，从22元奖金中抽出3元，买回一些糖果，分给男生们享用。奖金是从助学金中提取，没有得到奖金的同学心理极不平衡，吃到简贵的"喜糖"，顿时好受得多。简贵一高兴，就吹："哈哈，这是点小意思！下次我考个第一，还多挣几块奖金，还多买些糖敬给哥们儿。嘻嘻！"

隔壁，方老师听着很不顺耳，过来，对他说："你以为很光荣，是不是？你也不想想，你的数学、语文、政治都只有60几分，差一点就不及格，比人家谢琼山差远了，还有脸吹！"

简贵生平第一次红脸，很尴尬。别人想笑，却又不敢笑，直到方老师出去，才一齐哄笑。简贵更加尴尬，但他脑筋转得快，小声说："弟兄们！我简贵是不如有的人，可奖金比人家多12元。这是为么子啊？有的人得到第一，为啥连糖都不买一颗给弟兄们尝尝，啊？"

他的"弟兄们"都向我投来敌视目光。

放寒假了，我和芳月回谢王村。路上，我很高兴地说："四哥早就说，如果我考第一，他就买一块手表奖励我！"

这是早就说好的。

"山山哥哥，你别得意太早。东西到手，才能算数！"芳月故意逗我。

"外人可能骗我，难道四哥也骗我不成？"

“那说不准!”

我俩回到长进小集镇，在小街上的迷你小商店内找到四哥玉山。就在前不久的12月，长乐县经国务院批准，成立土家族自治县，永茂改区为乡，长进改大队为村，长丰改小队为村民小组。这几年，党中央号召全国人民以经济建设为中心，长进发展很快，已盖起几栋小洋房。四哥脑子活络，产茶季节在茶厂打工挣外快；冬季农事少，则在这里租一间房子，开一个小杂货铺，生意比较兴隆。他手里有了票子，穿的衣服越来越笔挺，大都是光滑的涤纶，烫得棱棱正正。三个见过，四哥就问成绩。我一一汇报，并拿出那张奖金——人民币“大团结”做证。四哥很高兴，但没提起手表的事。芳月在一旁暗笑。我心中顿时凉了半截，转身就走，一路上都闷闷不乐。

我回到家。父亲问过我成绩，小哥仁山就说：“看来，四哥得给你买手表了。”

我心里又生出一线希望。一块手表意味着准确的时间，对作息极有规律的学生来说，多么重要啊。

农历年底，四哥背着年货回到家，却没有带回新手表。我一脸失望。

热闹的大年三十这天，我也没露出几回笑脸。

正月十五开学，临离家，四哥仍然没有提起买手表的事。最后一线希望落空，我收拾行李时，总阴着那张脸。父亲心中明白，把四哥找去，问：“你还记得原先给山山许的愿吗?”

“记得。只是这向手头紧，就一直没买。”四哥脸上一红。

“你怎么说话不算数?!”

四哥想想，找到小哥，道：“五弟，你把去年我给你买的那块夜光表给山山，以后我给你重买一块。”

小哥笑笑，摘下表递给我。后来，四哥一直没有实现诺言，小哥也不介意。

当时，我心中一喜，鼻子一酸，泪水一下涌到眼眶边，小心翼翼接过表。表壳呈淡黄色，面子四周有一圈淡绿色小圆点。不管三七二十一，我将表戴上手腕，破颜开笑，收拾好行李，约上芳月，喜滋滋地上学报名去；途中，走上不到半里，就要抬起手腕看看时间。芳月心里又羡慕又好笑。

晚上，我钻进被窝，时不时摸摸手表，很兴奋，很满足。

许多天后，我才对这个宝贝看得淡然。

这几天，王亮坚决要求调位。方老师想想，将他调到高盼男位上，而将高盼男的“原同桌”胖女调到我位上。原来，高盼男和胖女总爱在课堂上嘀嘀咕咕，闹得周边同学都不安宁。如果让她俩分别和男生同桌，说不定就没这些事儿了。王亮就近看到高盼男那张胖脸上麻麻点点，心里很不高兴，但高盼男对他递来一个媚笑，他立刻对她微微一笑。就这样，二人在目光中得到各自满意的表示。

胖女十分高兴。她的脸呈倒金字塔形，胀鼓鼓；眼睛细小，惊惶惶；嘴唇乌厚，翻卷卷；下巴肥实，夹巴巴。她整个身材横粗横粗，就像她那暴突的两块大门牙；很多部位都想使劲突出，使并不宽大的衣服紧绷绷；特别是臀部，更是肥丢丢。男生们背地里都称她“胖女”。佛说“同船过渡，五百年难修”。那同桌学习呢？该是几百年几千年难修，甚至几万年吧。美丑天生，何必区分？我不怎么在乎她的丑，一味认真听讲。

翌日午饭后，男生们大都在宿舍里闲谈。某男生对我神秘地笑，说：“谢琼山，你晓不晓得——上课时，‘有些人’从没看过老师和黑板——好像你就是黑板。”看我不知所云，又说：“再上课时，你不要光听课，也关心关心旁边。”

区区一句话，提醒梦中人。下午上数学，我不再认真听讲，用眼角余光斜扫。果然，胖女没看黑板，正痴痴看我的脸，眼神突突的。似乎我脸上写满具有万分诱惑力的文字。我觉得羞愤难当，似乎受到侮辱——好你个胖女，竟、竟这么看我！顿时，我觉得她丑得无比。

从此，每当上课，我就觉得身旁的胖女仿佛是一颗定时炸弹，总想离她远点，几乎只有半边屁股搁上板凳，从不向那边看看，但我眼角的余光总时时提醒自己——她正呆呆看我，于是我连眼角也不愿看她了。因她坐我左边，我就把左手竖起，呈掌状，指尖向上，组成一堵坚实的“墙”，挡住她射来的视线。越是这样，左手越吃力，心理负担越是沉重，本来轻松的身子也变得不轻松，头脑里更有千头万绪，挥之不去，不招之也来，真苦也！

从此，我数学成绩一落千丈。胖女看我瞧不起她，很伤心，常常泪眼迷离，但她很争气，天天早起跑步，希望借此“削”去身上、脸上多余的肥肉。

看看一个月过去。这天课外活动，方老师来约我出去谈心。师生俩在公路上并肩散步。方老师先激励我一番，然后询问班上调皮鬼们的所作所为。我一概推说同班未久，加之精力都用在学习上，不清楚。最后，方老师问：“作为班长，你对我们班有些什么看法?”

我心里一动，脱口而出：“百分之四十的女生都不好!”

“这是什么说法?”方老师对女生们印象很好，猛然听到这话，很吃惊。

我想起胖女的丑态，但说不出口，就一笑了之。方老师很严肃地说：“琼山，你看问题不能太偏激!”

我心里冷笑，暗暗道：“您说我偏激? 其实，我认为班上百分之八十的女生都不是好东西！班上共 20 个女生，除芳月、王芙、玉洁、高盼男这四个老同学依然懂我一些，其她 16 个都不大理解我。算算，她们刚好是百分之八十的‘外人’，则都不是好东西。”

出现僵局，方老师说：“你先回去，我还想转一会儿。”

方老师心事重重地眼看我返回校园。我刚进宿舍，简贵就从后门出现，“啪”地立正，敬一个不规范的军礼，嬉皮笑脸，阴阳怪气，打着哈哈，道：“您回来了? 刚才和我们的方司令商量国家大事了?”又一挥手，大声号召，“谢大班长这期已不是室长，却不嫌弃我们这个窝，还为我们班的大事操劳，为感谢他，让我们欢迎他胜利归来!”

我正吃惊间，就听到一阵“叮叮当当”乱响。里面几个男生疯狂地敲打碗盆。尤其是褚胜，面对其他人，斜眼看我，厚厚的嘴唇绷开，露出几颗黑牙，脏眼睛连眨直眨，似乎快活得要命。其他男生阵阵哄笑。霎时，我什么都明白了——简贵在发动欢迎闹剧来侮辱我！我狠狠瞪他们几眼。他们当即结束恶作剧，疯笑着冲出去排队抢晚饭。我很生气，心烦意乱，头脑昏昏，没有去打晚饭，想：“在这样丑恶的环境里，我该怎么办呢，怎么办呢?”

田大鹏从外面归来，得知这一切，劝慰我一会儿，我暗淡的心里才现出一线光明。哪知刚到晚上，这线光亮就熄灭——下午，田大鹏的父亲来到学校。我和大鹏尽力招待。刚下晚自习，我就回到宿舍。田大鹏正和他父亲商量什么，见我进来，说："我们正说你呢。我们出去走走吧。"

两个走上公路，边散步边谈。大鹏忧愁地说："我母亲病了。"

"么子病?"

"我也不晓得，只听爸爸说她病得很厉害，需要我回去照顾一阵子。"

"为么子要你回去?"

"我家有爹、妈、哥哥、我、弟弟五个。爹在中学做事（妈在农村），一时脱不开身。哥哥正在上高三，就要毕业，更是走不开。弟弟还小。我不回去，谁照顾妈?"

"那你么时候回来?"

"不转来了，说不定这辈子不会读书了!"

我很伤心，听大鹏又说："刚才，我和爸爸已把退学手续办好。明天一早就回。"

我更伤心。两个人默默无言地走，走……

晚上 11 点，两个人才回到宿舍。我思来想去，总睡不着，直到鸡叫两遍，才沉沉睡去。起床铃响，我醒来，赶紧立起身子，看下面田大鹏床上，空空如也。我又一阵伤心。

午饭后，我抱着侥幸心理，跑上街，寻遍各个角落，哪里有田氏父子的踪影?

晚饭后，我在宿舍里洗脚，突然要上厕所，顾不得倒水，就跑出去，方便完毕，回到宿舍，在一片热气腾腾的雾气之中，隐约看见一个白盆，里面有半盆残水。我当即端出去倒了，再进来，就看见褚胜立在面前。他双手叉腰，一脸作恶的阴笑，吼道："谁叫你帮忙？不要脸的东西，我请你了吗?"

我仔细看看地下，果然自己的白盆和残水纹丝未动，情知把褚胜的洗脚水当作自己的倒了，就说："不过倒一盆废水，反正要倒掉!"

"我还要洗衣服!"

"那我去给你端一盆好的来。"我说着，就要转身出去。

褚胜吼道："我要原来的!"接着，他骂出一串串奇臭难闻的话，像拉屎一般。

我本来心情不好，这时明知他找碴，不能再容忍，也回骂一句难听的。他从地上抄起一根竹棍，骂道："你把老子的水倒了，还骂老子。我揍你这个狗×的！"我以牙还牙："我没看清，是端的，又不是偷的！"这"偷"字叫得特别重。我曾听人说他做过不少小人之事。

这一下戳中其痛处。他举起竹棍。"好汉不吃眼前亏"，我转身就往外跑，预备挨几棍后，跑出去再想办法。同学们相处已久，褚胜无恶不作，已和班上绝大多数男生吵架，甚至已和几人动过手。据说，只要他看见 3 岁大的小孩不如他意，就会反剪孩子的双手驾土飞机。这时，苏学武、李小华等看我将吃亏，当即拦住褚胜，明里劝架，暗里放我出去。我刚出门口，就找到一根木棍，又进门。褚胜再不敢下手，复又破口大骂："他妈的，不怕就不跑啊！"

我将棍拄地，头朝天昂着。李小华故意问："谢琼山，你拿棍干什么？嘻嘻！"

我故意答："打疯狗啊！中午我上街，看见一条疯狗，要是有棍，打他个半死！"

这段时间，本地疯狗盛行，几成瘟疫。褚胜作势捋袖子，吼道："你明明冲老子来。不信邪，老子打你几下试试！"

"哼，我说的是疯狗。你是疯狗，就来咬几下试试！"我毫不相让，针尖对麦芒，且有意摸摸棍子。

褚胜锐气大减，红着眼睛，无可奈何地看看我手中的木棍，像泄气的皮球，不再说话，蔫到床上去。我似乎得到胜利，但心中并不轻松：刚才，如果没有苏学武他们帮忙，背上可能要挨几下重重的"狗咬"。我感激地看看躺在床上看杂志的苏学武。杂志是《精武》。我心中一动，就向苏学武借。苏学武问："你是不是想练武？"我点头。苏学武口里打预防针："练武可是件吃苦的差事！"

"我不怕苦。为了打尽天下疯狗，我流点汗，学点武艺正好！"

"好！如果你想学，我可以教你。首先不要学招式，因为你体质弱，可以先练气功，打好底子，再学武术。"苏学武像个教练。

"么子练法？"

苏学武从枕头下掏出一本《气功》杂志，翻到某页，指着说："你先练这个功夫。它简单易学。我已学会。你先按上面的图式和说明比画一阵，有不明白的尽管问我。"

我接过，急切翻看。标题是《八大金刚气功》，画一个胖和尚，演绎十式功法，一招一式历历在目，我立即找安静去处练习。这段时间，苏学武正担心自己练武会引起方老师反感，没想到我这个方老师面前的红人也来下水，真是意外之喜。

4 月底，春暖花开，白昼渐长。县农中规定同学们必须睡午觉。这段时间，我已将《八大金刚气功》练到第八式。这天午睡时，我又拿出《气功》，默记第九式，渐渐入迷，突然被人一把将书抢走。方老师对我瞪着那双闪着寒光的小眼，愠怒地轻声说："怪不得这向时你学习不专心，原来一门心思在钻研这个！"

顿时，我心里很烦，很讨厌方老师那张小脸，觉得方老师的厚嘴唇丑极，但无可奈何，只得轻声认错："我不再看了！"

"好！这本书没收，免得你又看！"

午觉后，我急急把这事告诉苏学武。苏学武看我急得面红筋紫，就笑笑，说："这不怪你，是方司令不给你面子。这本书我已看完，也没么子可惜的，收去就算了。你说你还没练完，不要紧，我可以教你。"

这时，王亮凑上来，一脸尴尬，笑问苏学武："星期六我借你的伞呢？"

"我忘在姑妈家了，不好意思要回来，当时忘了跟你说。"苏学武说着，就见王亮的脸色阴沉起来，"我是买一把新伞给你呢，还是给你钱？"

"算了吧。别、别买了，也别、别赔了！"王亮期期艾艾。

苏学武笑笑，从口袋里掏出几张人民币，递给王亮。王亮笑了，接过钱，又想起什么，脸色重又阴沉，一把将钱甩给苏学武，说："算了吧，我说不要就不要的！"阴着像要下雨的脸出去。

苏学武看他走远，狠狠说："哼，小气鬼！老子去买一把新伞赔你就是！还常常吹嘘自己有钱，有钱就不要做出这副穷酸样！"

我看苏学武很烦，就挑开话题："他说他爸爸是大功臣，曾在永茂工作过，乡里有他爸爸的老部下呢。”

苏学武白眼一翻，道：“屁！别听他吹。我爸妈在永茂工作的时候，他老子还不晓得在哪个旮旯里！现在，我还有不少亲戚在这里，自然晓得他老子的底细。他老子是一个有作风问题的老东西，在城关，好多人都瞧不上；现在正闹着要离开长乐县，回老家去！”

“他老家在哪儿？”

“没记住，反正在山外。”

课外活动，苏学武上趟街，花钱买把新伞，回来还给王亮。

“看你，客气干吗？我们哥俩用得着这样吗？”王亮笑了，嘴里这样说，手却迫不及待地接过新伞，“嘿，哥们儿，今日儿晚街上有好电影——《少林寺》，听说很带劲，学校让我们去看。你去不去？”

苏学武懒洋洋地说：“当然去。”

“那你要不要我去街上为你借椅子？”王亮依然热情十足。

苏学武慢吞吞地说：“免了吧，不麻烦你了！”

王亮好没趣味。

晚饭后，同学们三三两两上街。王亮独自一人，一直跟在一伙女生后面。女生中有瘦女、高盼男等。刚到街上，王亮就快步上前，潇洒地和她们打招呼：“嘿，姐们儿，等等，我有话说！”说着，就死盯瘦女的脸，目光含情，话儿动情，“我到乡政府去要几把椅子，给你一把，好不好？”

瘦女满面通红，冷淡地回答：“不用了。我自己能借到。”说完，不再理睬他，带上另外几个女生，飘然而去。

高盼男故意大声对她说：“他对你有意思呢！”

瘦女也故意说：“自作多情！”

高盼男仍大声说：“要是我啊，只要男生一邀，就跟他去！”

“夜里，你也去吗？”瘦女取笑。

“当然去！男生又不是老虎！”高盼男说着，转过头，多情地看王亮。

王亮的黄豆眼转动几下，心里活动开了。

这时，我还在学校，寻到一块砖，拿进宿舍，看看没别人，就开始手劈砖块。我把砖头当作褚胜，边劈边顺口说：“打死你这狗东西！打死你这疯狗！打死你这畜生！”劈一会儿，我竟说出一句押韵的口号，“要练武，不怕苦！”边叫号边劈，一会儿手丫就震出血泡。

我决定今天到此为止，刚把砖头藏到枕头下，洗过手，李小华就进来约我去看电影。我俩走出校园，来到紧邻学校的一片菜园边。空气臭哄哄。方老师在菜地里淋粪。毕老师——高二班班主任，一个矮胖子，头顶已谢去一块，从不对学生笑笑，仿佛笑一笑就会降低他高贵的身份——大步流星，奔向方教师，怒气冲冲。方老师抬头，笑问：“毕主任，您有么子事吗？”

“你把粪都淋光了？”毕老师火气不小。

“池子里只有两担，我一下就挑完，还不够淋呢！”方老师表情不自然起来，勉强笑笑。

“两担，也是四桶啊！每位老师的园子都要淋吧？就不能一人分一桶啊？啊！凭什么独吞？”毕老师不依不饶。

方老师语气中也有了火星：“你们几位的园子前几天不是才淋吗？我是首次淋嘛，就不行吗？啊！”

“这我不管！以前我们淋的时候，你哼都没哼一声，也不来要，也不来打个商量，是你自己愿意不挑的，怪哪个？而这次，昨日儿我还跟你打过招呼！是不是啊？”毕老师说完，怒气冲冲地走了。

方老师朝毕主任的背影“哼”一声，又横几眼，才继续淋粪。我正要张嘴和方老师打招呼，识趣的李小华就将我的手一拉。我会意，装作没看见方老师，匆匆上街。天已黑下来。迎面两个人手拉手过来——一男一女，男的是王亮，女的是高盼男。高盼男迅速挣脱王亮的手，假装没看见我和李小华两个老同学。看他俩走远，我问李小华：“刚才那个女的好像姓高，男的好像姓王。姓王的还好说，姓高的为么子不认识我们？”

“这你还看不出来？他俩在压马路！”李小华古怪地笑。

“么子叫‘压马路’？”

“就是恋爱呀！”

恋爱？我吃一惊，情不自禁回头向后看。果然，暮色苍茫中，那一对黑影拥抱在一起！我羞愧难当，做贼似的，赶紧回头。

第四回　乌云惨淡人心寒　欲破层云飞天外

期中考试结束，芳月第一名；高武第二；我第三，数学竟不及格。方老师做小结讲话，脸色很不好，发脾气：“成绩普遍下降！有的同学的强项变成弱项，甚至不及格，真让人失望！”说着，狠狠瞪我几眼。

我和同学们也明白受批评者就是我。芳月、王芙、玉洁心里为我担忧。褚胜、简贵们自然快活，有的干脆肆无忌惮地投来讥笑的目光。我低下头，恨不能练成绝顶武功，教训教训他们。

不久，我不敢在宿舍里劈砖了，因为隔墙有耳，一不小心就会被方老师听去，那还得了！我把砖头搬到教室，趁别人都不在时，劈几下，劈完就藏进课桌。这事只有胖女知道。没几天，胖女被调离。我得以拆除“手墙”，但耽于练功，成绩直线下降。

这时节，已是采茶旺季；再不采，过几天，鲜叶就会老在树上。离农中3华里的一片山坡上，有当地政府分给学校的一块茶园。现在，农村已不是大集体时代，农活都包干到户，采茶单家独户，采的茶都归自家得，不再像大集体时大伙在一处，相互看着；农中茶园离校远，如果不及时开采，就会被茶园附近已采摘完自家茶园的农民偷光。因此，学校决定，一旦天晴，高一班即到山坡上采茶。

这天，风和日丽。高一班师生三个一群，五个一伙，沿公路前进。这年，由永茂乡党委主持，正将公路从永茂镇修向长进，已修三分之一。同学们必先走一截公路，过一座石拱桥，再上山坡。我、李小华等十几个男生有的背背篓，有的提篮，有的戴太阳帽，有的戴太阳镜，说说讲讲，热热火火。接近小桥时，迎面一个人骑自行车过来，和走在前面的我目光一碰，惊愕一下，随即装作没看见，匆匆而去。我呆在那儿。简贵故意大声惊叹：“啊，谢镇长！”

华森听见，眼珠一转，装着惊奇的样子，故意问我：“嘿，谢大班长，刚才骑车过去的那人好像是你大哥吧……”他故意将话打住，看我脸色。

我听出他的话外之音：“你哥哥都不理你，你还算人吗?”

大哥河山当上永茂镇镇长后，眼高了，本以为我一定会考取中专或一中，为他脸上增光添彩，哪知我不争气，只考取农中，因此，他觉得当着众人理睬我这位小弟，丢人！简贵、褚胜、华森肯定知道这一点，这时故意如此，并在心上冷笑。我一时心如刀绞，脸上火烧，肯定通红了。

爬上山坡茶园，我和李小华在一处。不远处，方老师身边围绕一群女生，其中就有胖女。芳月、王芙、玉洁又在一处，离方老师五六步远近，极认真地听那堆人谈话，有时望望我，满脸担忧。开始，方老师笑，渐渐脸露愠色，连续向胖女询问。胖女很激动，一边说，一边点头，一边手舞足蹈，手向上一举，在空中变成掌状，狠狠向下剁去——很像我劈砖的动作……

我立刻联想到他们所谈内容，不禁愁眉不展，头顶艳阳，心中却怀白雪；周身炎热，心中却极冰冷。李小华关切地问：“你怎么啦?”

我软弱无力地答：“不舒服。”

“还是先前你大哥的事？何必想那么多呢？人生本来多坎坷，世态本来就炎凉……”

我懒得听他安慰，淡淡打断他的话：“不是这个……先、先大哥上班匆忙，又骑车，自然不方便理我，我不、不怪他，只是、只是……”说着，我眼前已变模糊，又恐惹人笑话，就闭口，再向方老师那边努努嘴。

李小华顺我的嘴看去，看一会儿，不明所以，就叹口气。他是真心关心我，想想，说：“谢琼山，如果你心里苦闷，我告诉你一个减轻痛苦的办法。”

“么子办法?”

“写日记，把事情写完，心里就好受了，我已坚持几个月，很奏效。”

以下是我的几则日记：

1985. 6. 13 晴

课外活动，班头（即班主任）给我们上“思想课”，说一大篇，大意是：

1. 有的同学练功，为什么搬石头时，搬的还不如人家的大？

2. 一起练功，就是搞小集团，就是为躲避艰苦的学习。

3. 少林功夫是假的；李连杰这样的人，中国只有一个。

4. 电影中的孙悟空是假的；有人为挣钱，才制造这些片子；如果真有孙悟空，我们都不必做事，都让孙悟空来做好了！

方老师说这些话的来由我知道。那还是上月的一天，全班到茶园采茶，方老师身边一直围那么几个女生，和他边采边谈。听她们谈论一会儿，方老师开了金口："这些时，班上出现了什么怪现象？"

"我们教室里，"胖女首先接过话茬，"有几个男生常常端端正正坐在位上，双眼轻闭。还真好玩呢！嘻嘻！真像菩萨老爷，嘻嘻！"又神秘地说，"听说那是练功，就是武术中的气功！"

方老师沉吟一下，说："嗯，我也曾见过。一天晚自习熄灯后，我到男生宿舍查寝，见华森端坐床上，一动也不动，脚落地上，手搭膝盖，双目紧闭。这是我用手电猛然照见的。他发现我，忙把手按到腹上。我问：'怎么了？'他说：'肚子疼！'我离开，又悄悄回去。他还没睡，只不过一见我影子，就迅速躺下，大概防备了。"又沉吟一下，"嗯，还有么子？"

胖女见方老师颇有兴趣，像喝了蜜汁一般，回应曰："有有有！谢琼山……"

"哦，难怪他成绩下降这么快！我经常看见他往公路上跑，"方老师脸上露出严肃神色，"看来，要阻止他们练什么气功了！"

果然，这一向来，方老师常带着孩子，在公路上巡视。昨天，他又发现新情况——有人竟不怕他，公然舞枪弄棍！

于是，今天他就在班上说一大篇似乎在哄小孩的话。一个曾生活过近40年的人，又参加过"文化大革命"期间的打打杀杀，难道会认为，仅一夜之间，就会成为武林高手吗？再说，难道曾名噪一时的霍元甲、王子平等大侠痛打洋鬼子，为中国人争光，也是假的？如果武术是假的，那公安人员为什么还要练武维持社会安宁？

也许，他明知以上几点，说那些话不过是吓唬我们。但这能吓谁呢？

1985.6.17 阴晴不定

一早就热不可当，可能要下雨。

今天归我值日，包括班务值日和清洁值日，既要打扫教室地面，又要在课间擦黑板。

早上，我忘了擦黑板，一直到上午第一节课铃声响起，经别人提醒，我才跑到前边，匆忙擦擦。

方老师走进来，批评开了："归谁值日？黑板这么不干净！像鸡爪扒的几下……"

我昏糟糟站起，烧着脸，听他的长篇批评，感到周围无数的冷眼。呜呼，惭愧！

这几天来，周围气氛很压抑，我心里总是乱糟糟的，做什么事都没有细想，就毛手毛脚地去干。

中午，储藏室室长安排我去打扫储藏室。我睡一会儿午觉，再也睡不着，就爬起来，拿一把竹扫帚，上到二楼，扫将起来。这里一片狼藉，脏东西堆得比较厚，满是蚊虫；一扫，尘土飞扬，臭气熏人。一会儿，方老师上来，满面怒容。原来，地板是木质的，扫地的声音把下面的人吵醒了（这是后来我听同学们发脾气才知道的）。方老师狠狠批评几句，然后命令我去睡。

呜呼，惭愧！

1985.6.18 晴

上午第四节课是生物，不知怎的，我变得十分疲惫，复习几分钟，就再也坚持不住，伏在桌上大睡。这段时间，我常在课堂上去见周公。见过之后，也后悔，心中自问："为什么把这大好时光丢在河里，让它白白流走呢？"

然而，总难见振作起来。

中午，我去方老师那儿辞职——不当班干部了。方老师很严厉，对我说："你和老师作对，对你是没有好处的！"

方老师对我的印象越来越坏。

1985.6.21 阴

班上常常议论纷纷。一到课间，就像有人在鸦雀窝里捣一棍，沸沸扬扬，虽鸡狗不得宁焉。大都议的是“由于某些人拍马屁，才使我们如此冤枉”。特可恨的是，有的同学在方老师面前说尽同学们的坏话，在同学们面前却大骂方老师，大骂“告密者”，大骂“马屁手”。他们为了自己的某点利益，竟可耻地出卖自己的灵魂！同样让人齿冷的是——有些同学因讨不到老师欢心，就经常奉承有点武力的同学，好让这些“大力士”帮他打击对手。

可耻啊！他们的灵魂沾满污秽——都是跟他们父母的反面学来的，或从社会的阴暗面学来的——他们的行为是人类的敌人，是人类的叛徒，是人类的蛀虫，是阻止人们相互友爱的毒药，是阻止人类前进的绊脚石！

遥望幸福之日到来之际，好人要付出汗的代价，害人者也将付出血的代价！

1985.6.25 晴

对于落魄的人，狗会咬得更凶。如果你身着华装，一般它们不会咬你，甚至向你摇尾讨好。如果你衣衫褴褛，便有可能受到“汪汪”的威胁。这时，你千万不要慌。如果你一见它就跑，它会更凶恶地赶着咬你。如果你镇定自若地防备它，它就会知难而退。

课外活动，我们十几个男生到潭里游泳。我上岸后，去穿衣服，湿眼迷离间，手还没触到一件“宝衣”，就像被蛇咬一般缩回去——不是我那件“臭”衬衣，向四周仔细瞅瞅，终于发现自己那件，便走过去，途中碰到褚胜。“它”恶狠狠地红着眼盯我。

我刚捡起自己的衣服，就听见从“它”那儿传来刺耳的叫骂声：“他妈的，是哪个狗×的把我衣服打湿了！”

正是那个畜生在骂。肯定是骂我。可能刚才我弯腰伸手时，头上、手上的水珠滴了几滴在那张“狗皮”上面。

我不理“它”。因为我知道，一旦理“它”，“它”就会比畜生还不如地闹骂。我坐到一块干净的岩石上，双手合十，默默祷告：“佛啊，愿这个不是人的东西把骂我的话都敬奉给‘它’自己享用……”我又想象自己周身有一堵无形的“千手墙”，把“它”的话反弹回去，并且将那些污秽语言安到“它”自己身上，诅咒它自己。

“它”眼睁睁看着，明知我的用意，却也无可奈何。

1985.6.28 晴

早上，凉风习习。上午第二节课，我向窗外瞟一眼，只见一团不大的乌云，从山边向上空飘去，不觉心里一寒。

这是一堂非常“庄严”的课——语文课，班主任的课。方老师正在前面讲解文言文《梅花岭记》。虽然比别的科任教师上课安静，但认真听者寥寥无几，大多睡意蒙眬。坐在后面几排的几个男生干脆将一叠书、本子堆在课桌前沿，像小山一样挡住视线，埋头大睡。我甚感无聊，眼看课文开头的“酉”字，心里读念两下，嘴巴也下意识地张合两下，但一点声音也没有。不过，我感到一双如狼的眼睛紧盯我，同时听见一个严厉的声音传来：“谢琼山，你说什么？”

我一惊。我说了什么呢？我无所适从。

“站起来！你说什么？啊?!”方老师比先前又严厉三分。

我站起来，脸上发烧，嗫嗫说：“没说么子。”

“那、那你嘴张么子？”

我对抗地横他一眼，张张嘴，双闭上，什么也不说，咬紧牙关，给他做个无声解释，反正跟他说不清。

“你牙疼吗？”他满口讽刺。

这下激怒我。我大声说：“没有！”

同学们想笑又不敢笑，有好几个捂着嘴，真好像牙疼了。方老师很恼怒——没想到一贯听话的我竟敢顶嘴，脸色变得黑红黑红，怒斥：“你不听，就出去！”

我走出去，咬咬嘴唇，没再看他一眼，尽量显出一副“君子不齿”的神气。

王木青见别人练武，自己也练练，只是没有恒心，玩的都是花架子。他玩得最绝的一招是“金鸡独立”。但别人左看右看都不像——一腿斜立，一腿提起，屁股却高高翘起，头向前探——被男生誉为“狗屙尿”。一天上午，他连做几个“狗屙尿”，被方老师看见。方老师突然明白，以往他对此所做的一切训斥未起丝毫作用，反而愈演愈烈，只不过由半公开转为地下。

当天晚上查寝，方老师搞了个突然袭击。平时，熄灯10分钟后，他才去查寝，如果半个钟头后还不去，就不会去了。这晚他却一直挨到10点才去。果然，门边那张床位上，有一个黑影端坐。方老师用手电一照——华森。华森已独自搬到这个床位，以便练功；这时，他没发觉光照在脸上，确实已入定。方老师照一会儿，始终老着脸，不说话。光照中，华森颇显滑稽地坐在那儿，逗得醒来的男生直想笑。好一会儿，方老师见他没动静，心下烦了，就推他几把。华森渐渐醒过来，睁开眼，当即生气地骂一句：“他妈的，谁惹老子！”

几个胆大的男生忍不住笑出声。当华森终于明白面前的黑影是谁，吓一大跳，胸中那颗心打起鼓，“怦怦”直响，睁一双惊恐的眼。方老师怒视他半分钟，才命令：“还不睡下?!”

华森赶紧脱衣躺下。方老师出门，一切又归于寂静。苏学武轻声说：“华森，你入定，又不影响别人睡觉，凭么子他要搞你的事？你不用管他，尽管练你的。只要不搞出声，谁也管不着！看，我和你一起练！”他也开始像和尚一样打坐。

华森受到鼓励，又坐起，重新穿上衬衣，盘腿坐下，双手放稳，开始入定。门又被轻轻推开，又是一束电光射到他脸上。他睁开眼，凭感觉知道又是方老师。方老师一直守在门边，守株待兔，果然被他守着；他更加严厉地说：“你还充能！不听我的话，只听你师父的！”看华森慌慌张张脱衣躺下，也就饶过，径直来到苏学武床前，几把推醒已入定的苏学武，致一顿训词，最后说：“明天我们理论这事——快期末考试了，免得影响他人！”说完，才彻底走掉。

苏学武满以为留级后日子会好过些，哪知又遇到方老师对他深恶痛绝。这时，他挨了狠批，只得忍气吞声，决心以后藏头缩尾做人。

然而，这些事远未了结。一天晚自习，方老师到教室去，走到门边，看见去厕所的路上有一个黑影，很像吉应学。黑影边走边伸胳膊边展腿，打出几式太极拳。方老师进入教室。果然，吉应学位上空着。一会儿，吉应学从外面进来，刚到门边，就被方老师叫住，明知故问："干什么去了？"

"上厕所。"吉应学一副低头认罪的样子。

"为什么上厕所？"

这个问题答案很明显，但不好回答，因为方老师语气中明显不是要理所当然的答案。吉应学好半天回答不上。方老师又问："你聋了？我问你为什么上厕所？"

吉应学脸通红，突然脖子一梗，鼓足勇气，理所当然的答案脱口而出："撒尿呗！"

同学们本不敢笑，但这时再也撑不住，大声哄笑起来。方老师本以为吉应学不敢冒天下之大不韪回答这个问题，因此故意问两次，以增添自己的威严感，然后说几句"连这都不知道，还打什么拳"等，哪知他竟敢回答。方老师当即愣一下，哭笑不得，十分尴尬，强自稳定情绪，大声呵斥他："回自己位上站着！"

翌日，方老师截获吉应学一封家书，在班上当众宣读，指出其中几处文法错误，并着重指出吉应学称其父为"爹爹"不对，因为"爹"是父亲，加个"爹"则是"爷"了，明明是写给父亲的，却写给爷爷："简直荒唐！如此水平，还不好好学习，还不遵守纪律，还练什么太极拳！"终于出一口闷气。

吉应学脸红脖子粗，但知道和方老师没有说头，气得眼泪直流。后在教师食堂，方老师又笑谈这件事。教导主任兼高三班班主任章老师更正："称父为'爹'也可，称'爹爹'也可，就好比称'爸'为'爸爸'。况且，称'爹爹'要比称'爹'亲热。"

方老师脸红了，闭口不再谈，不久就因家务繁重而忘记这件事。这事却在吉应学心中留下难以愈合的伤口。就这样，吉应学、华森、苏学武、王木青等人常被方老师训斥、罚站、写检讨。每当众出丑一次，他们就更加恨他一次。他们在他面前还算温顺，像可怜的小老鼠见到猫，在他背后可就沉不住气，时时破口大骂。有人甚至说：“将来找个人，‘摸’他一顿!”

有意无意间，方老师知道了“下面”的反应，但他终究坚强，没有放弃那一套做法，反而加大力度，时时把我这个学生“首长”叫去了解情况。我告诉他一些大部分自己也看不惯的事情，但也转弯抹角地隐瞒大部分自己认为不足挂齿的区区小事，千方百计为同学们开脱——虽然这很可能成为方老师训我的理由，但我不想违背自己的良心。然而，同学们不知内情，从不一分为二地看问题。我不但没有得到好报，反而赢得“马屁手”的光荣称号。一些真正的告密者便会浑水摸鱼，趁火打劫：“哼，本是方老师的走狗，现在却是‘丧家的资本家的走狗’!”

我无法和他们说清，因为他们从不点名，我一辩，他们就越发搅得我说不清道不明，如果当面和他们吵，只会得到“更上一层楼”的打击、挖苦：“我说你啦？道你的姓啦？指你的名啦？何必不打自招呢?!”

这些人很有实战经验。如果我碰上他们“指名道姓”，和他们一吵，便会听见一串串奇臭无比的话，看到的面孔比泼妇还凶10倍。我似乎永远是输家，只能在打击堆中苟延残喘。常常有好心同学问我：“你么子啦？满面愁容的?”

我渐渐恨透身边一些同学，也恨方老师。我认为，是方老师造成这种局面。我真恨不能天天揍这些人一顿，因此加紧练功。自从我练“八大金刚气功”，早起晚睡，每次约10分钟，一月后，渐渐有了气感，一呼气，肚中就“隆隆”作响。这无疑会耽误学习。方老师恨铁不成钢，频频干涉我练功，终因无效，也将那种粗暴“运动”频频加诸我身。我则越发不爱和方老师接触，越来越讨厌他……

总之，我就像一个不会做事的媳妇，婆婆不喜，公公不爱，苦恼万分。我这个老班长深知当学生干部的艰难，尤其是自己这种不喜欢说假话、不想“虚伪”的人。我向方老师连续上交两份辞职书，终于得到恩准，但仅降职以求——由班长贬为学习委员，并把语文科代表拱手让给高武，仅兼任化学科代表。

第五回　老师无智空有心　学生孤苦难做人

长乐土家族自治县爆出一大新闻：本县境内，发现一处大溶洞，坐落在离县城约 10 公里远近的一个山坳里，经过人工装饰，取名“永生洞”。方老师灵机一动，决定雇用由他弟弟驾驶的卡车，于 7 月 10 日这天，全班同学坐车去永生洞游玩。男生们向来不拥护方老师，唯独这次欢呼雀跃，内心深处拥护一回。方老师很得意。

7 月 10 日早上，天气阴沉，乌云压顶，看看要下雨，但同学们很兴奋，早早挤上露天卡车，有几人带包，有几人带伞，都扶着拇指粗的拦绳，摇摇晃晃，向县城进发。有一半人未坐过车，也没见过县城，都很兴奋，谦虚地向熟悉城关的人打听一切想知道的情况。公子哥儿们装出一副爱理不理的样子，懒洋洋地说“你去看了就知道了”，撩拨得那些未知者更加兴奋。可兴奋不久，就有人呕吐，脸白眼红，泪水直流，佝偻着背，挤到边上，让好心人扶着，好好吐一会儿。有些没挤到边上的，就吐进车厢，闹得人人掩鼻，吃不下零食，说不出笑话。偏偏天公又不作美，一会儿就下起小雨。有伞的同学赶紧撑伞，到底遮不全，有的同学肩头、背上、脚上、裤上一会儿就湿一片。好在同学们大都从小苦惯；这一年来，公子小姐们受到不少苦处，得到锻炼，所以也不在意。在意的只是呕吐的同学。

好在是敞车，空气还算新鲜。虽然我脸色苍白，眼中含泪，心里烦躁，但已有坐车经验，没有呕吐迹象，不过头昏脑涨而已，勉强还能支持。尤其是我看见芳月、王芙、玉洁那 3 双 6 只美丽的大眼睛都担忧地盯着我，心里就更好受些。上高中后，我和芳月、王芙似乎疏远许多。人大了，就和小时不同。连芳月这个小时和我最亲密的伙伴，往往有什么心意，也仅用眼神表达；她知道这学期来，我境况艰难，却只能在心里为我干着急。这时，她想：“如果他坚持不住，我一定不顾别人可怕的目光，去扶住他瘦弱的肩膀！”

李小华是第一次进城，第一次坐车，身子又羸弱，此时已吐得一塌糊涂。好在有几位好心的男生扶住他，有的还为他打伞，让他在边上搜肠刮肚地吐……

两个钟头后，一车人来到城关。数不清的高大洋房，数不清的百货商店。但卡车一晃而过，又驶入郊区，不一会儿就来到一条小河边。雨已停住。同学们三三两两，下河洗把脸，走过一座新石拱桥，斜向上跨越四五十步倾斜70多度的石级，来到一个大洞口前。洞口上方挂一块新匾额，上书三个遒劲大字——永生洞。

我和李小华相扶来到河边，坐在石上。河风送爽，消去昏车后的不少疲劳。坐一会儿，我和李小华互看一眼，也不说话，携手拾级而上，刚到洞口，就发现芳月、王芙和玉洁三个已沿洞口上方的小路下来。她们见我俩脸上现出红润，都松口气。我笑问她们："你们为么子这么早就下来?"

王芙脸上一红，低头不答。玉洁笑而不答。芳月答："没么子看头，宁愿早点出来。"

李小华问："里面到底怎样？可否描述描述，以让我们'先听为快'?"

"里面才好玩吧。俗话说'耳听为虚，眼见为实'，进去了，自然就知道了，强似听我们的。再说，我们来去匆匆，根本就没看出么子名堂!"玉洁笑笑。

"那，何不又进去，观赏观赏?"我和李小华相处日久，这时不免带上李小华特有的书面化语气。

王芙说："听你的。请你们两个带路。"

五个相跟进去。洞口不小，约有5米高、6米宽。地上是尘土，有虫蚁爬动。到得阳光照不见处，向右有一小洞，有三四米方圆。里面是人为的霓虹灯光，红、绿、黄不等。走下石级，又是一个大空间，约有两间瓦屋那么大，里面有石柱、石盆、石碗，都是岩浆化成，在人工光线下，各具特色。里面有一条手臂粗的暗流，不知流向哪里。抱左手向上，有一个类似楼道的走廊，但仅够两人并排行走，在其尽头，有岩浆化成的四圣——唐僧、孙悟空、猪八戒和沙和尚，在彩灯映照下，有六分神似。五个惊叹一回，又向上走，走过仅容两三人同时穿过的"地道"，弯弯曲曲，约有1华里远近。

走过这通道，又来到一个大空间，周围都装了彩灯，可以照明，但许多灯坏了，以致好些岩浆滴成的奇观不能让人饱览。

毕竟我、李小华还不甚舒服，头脑依然昏昏，因此五个走马观花，一会儿就越过所有仔细观赏的人，走出洞口。出口高高在上，离进口约有半里远近，在悬崖峭壁上，周围是岩石和一些顽强生长的树。如果是以往，人们必须往回走，才能出洞，但现在，这里已由人工在陡壁上凿出一条石级，装上木围栏、石围栏，已无不安全之忧，也就少了一份探险之乐。只是向下望望，怪吓人；我、李小华的昏头更昏，赶紧扶着围栏下去。五个到得河边，讲经说法，赏玩河水。

两个钟头后，同学们陆续出洞，兴奋地谈笑，吃干粮，集合，清点人数，上车，一路颠簸，又是一副晕车惨景，游洞后的兴致顿时消去一半。如此折腾一两个小时之后，一车人终于回到农中。方老师从驾驶室钻出，对同学们说："你们要就今天的旅游写一篇作文。再是背诵文言文的事儿，你们这几天都来我这儿背完。如果你们不背，到时莫后悔。啊！"

同学们游洞剩下的兴致一扫而光。

王亮一反以往的姿态，开始认真学习。这天中午，他吃过午饭，不睡午觉，又要偷偷溜出去，刚到门边，就听苏学武似笑非笑地问他："又去派对啊？"

王亮狠狠瞪苏学武一眼，义无反顾地出去，走进教室。高盼男正在座位上假装看书。王亮亲一口她红喷喷的脸蛋，问候几句，就翻开书，一会儿就沉浸在知识海洋中。高盼男一门心思都在他身上，看他，想他，心里痒酥酥的……

夜里，王亮等方老师来查过寝，看同学们都睡熟，就打开手电，半遮半掩地在被子里复习，十分吃力也不在乎，渐渐就不大知觉。一会儿，方老师悄悄来到门边，看见王亮床位上有手电的光亮，知道他又在努力学习，心中高兴，边回去边想："真是难得！谢琼山要是有他一半努力就好了！"

苏学武醒来，借那微弱的光亮爬起，知道王亮又在开夜车，不禁心中冷笑。他爬上窗台。天热了，玻璃窗敞开，常有凉风吹进。苏学武就着窗棂，想撒尿，猛然想起什么，还是不情愿地下地，出去，方便完毕，身体变得轻松，回来轻声说："王亮，你这小子不赖啊，都这时候了，还在努力学习啊，也不怕费电？"见王亮不理他，又说："你想得第一名不成？"

王亮这才从被窝中探出头，狠狠剜苏学武一眼，起去到厕所方便方便，回来躺下，猛然想起什么，赶紧重又起去，来到校园后面公路边竹林里，就看见一个熟悉身影。高盼男！他们一碰面，就干柴烈火般拥抱到一起。高盼男掐他，嗔声说："我看见你出来，又回去，还以为你不来了呢，心里怪不好受，正想走走就回去，没想到你还是来了！"

"既然你说了，我敢不来吗？"

两人半拥半拖，来到溪边沙地上……

翌日早饭后，我想起要求背诵的文言文有10篇，而自己仅去方老师那儿背诵3篇，后又能背诵6篇了，何不去背过？我拿出《语文》，正要去方老师那儿，就听简贵说："快去背，背了多得分数，好多得奖金！"

"那几块钱又不是心头肉！"

"那我看你敢不去？"

不去就不去！这几天，我没去的原因，就在于讨厌方老师，直到这时不得已了，才预备去，哪知受到简贵如此激将，就赌气不去了。上午考语文，试卷上第一题就是"背诵一课，给2分"。我这才明白简贵的良苦用心。作文题则是《游永生洞记》，我、李小华、王芙、玉洁、芳月当时未怎么留心，如何作文——都写得不怎么可观。

翌日早晨，天色阴沉，乌云压顶。上午将考化学。我有个习惯，即考试前一个钟头内，绝不会复习，因为体质弱，一旦复习紧张，考试时就没精力了。因此，早饭后，我独自到公路上散步，一会儿回来，刚到竹林边，就见曾勇和高二班某男生鬼鬼祟祟地嘀嘀咕咕。他俩见到我，赶紧分开，神色慌张。我有些疑心，回到宿舍，对男生们描绘一番。华森当即断定，高二班那个男生一贯和教高一化学的向老师关系亲密，肯定他已见到化学试卷，刚才正向其好友曾勇泄密。男生们大都很气愤，有嫉妒的，也有不平的，经商量，一致决定，考试时，夹纸条告发！

上午考化学，中午班上就有人议论"泄题了"。曾勇神色有些慌，看我的眼光有些凶。我考入农中之时，正是向老师毕业分入农中教高一化学之时。向老师才18岁，还是个大孩子，瘦脸瘦身子，黝黑黝黑，结实，英俊，性格沉静，但在篮球场上生龙活虎，常常教训来校玩球的当地二流子。渐渐，那些臭小子再也不敢来校打球，他们见到向老师就如老鼠见到猫，溜之大吉。据说，其中诀窍在于他有一身武功，打球时横冲直撞，令那些臭小子消受不了。我是化学科代表，一来二往，和向老师建立起深厚的师生情谊。

这一个多月，当地人学骑自行车成风，常有二流子在公路边窄窄的茅草路上骑单车，以显示高明。向老师血气方刚，常常和他们暗中较量。不久前他骑车上街，双手都不握把，正得意，一辆卡车横驶过来，将他擦到墙角。他被擦伤膀子，这几天一直用白绷带吊着，仅用一只手工作、生活。这时，向老师解到简贵的试卷，猛然发现里面夹有一张字条，上面歪歪斜斜地写道：

报告！据人反映，您出的这些试卷，已被曾勇预先晓得，请您惩罚他！

他急忙翻遍所有试卷，发现伍云、狄文、华森等人的试卷中，均夹有内容相似的字条。他赶紧去找我，问明情况，说："仅一会子，又没丢卷子，谅曾勇也考不到高分！"

下午，分数全出来。曾勇仅得35分，他的成绩也太"水"了。晚饭后，曾勇借口"分数少，哪有事先晓得题目的道理"，来质问我。我理直气壮地回答："你知道是我告的?！当时我压根儿就不知道你们在说什么，只不过回到宿舍告诉了几个人而已！不信的话，你可以到向老师那儿访访，看是不是我！"

曾勇终究没有勇气去向老师那儿"访访"，不再言语。一些同学则暗暗认为我这人"好阴险"！冤枉也哉！

期末考试得出总分，伍云第一，狄文第二，高武第三，芳月第四，简贵第五，王芙第六，我第七。我英语只有20分，就想："暑假补习英语，从头补起！"马校长特意来参加高一班期末总结会，首先讲话，像以往做报告一样，眼望天花板，谁也不看，但说的意思极明白："高武是棵好苗子，学校要好好培养他！”

想起来农中上学第一天的情形，我和芳月有种被遗弃的感觉。

方老师第二个讲话，大动肝火：“谢琼山同学作为学习委员，不但不认真做好班干部工作，反而带头练气功，操什么鬼拳，使什么阴阳棍，学习成绩一落千丈，应当背诵的课文只背了十分之三，作文写得一塌糊涂，又短又臭；数学、英语成绩也十分不理想……同学们，这学期以来，班上出现很多不同寻常的事件，望你们假期在家仔细反思，要把自己的思想写成暑期日记，开学后交来我检查。这既可以让思想变得纯洁，又可以提高作文水平。特别是你！”他将手毫不客气地指着我，“应该十分认真去做才行！”接着，他大赞高武“是你们学习的好榜样，他成绩一直很好，不像有的同学”。最后，他特意将上学期末发的连同这次的名次奖奖金，一齐发给高武，只是没有当众说明，只有他、高武和马校长三人知道。

不知为什么，马校长和方老师一直对伍云和狄文看不顺眼，无论他俩是第五、第六，还是第一、第二，虽然发给他俩奖金，但因生我的气，连笑脸也不给他俩看；再者，他俩的总分仅比高武高出 1 分、0.5 分。芳月仅比高武少 1 分，但她是女流，马校长和方老师也不对她抱希望。芳月却在心里暗暗说：“我偏要超过这几个！除山山哥哥外，其他人都不放在我眼里。如果这次不是因为他和我作文不及格，第一名哪有你们的份？”

伍云、狄文、简贵十分无趣。简贵知道，如果我去背诵那 6 篇课文的话，第五名绝不会是他；他比芳月少 15 分之多，因此在失意之余，又在心中对我幸灾乐祸。这次他仅得 6 元奖金，但仍吹嘘不已，很“大方”地拿出 1 元，买来 90 颗水果糖，分给十几个男生，以安慰他们的不平之心。方老师见瘦女很温柔地看高武，就顺手送人情，让高武和她同桌。瘦女眉开眼笑。高武兴奋异常，决心更加努力。

我心里不好受，待总结会开完，就急急收拾行李，逃也似的跑出校园。芳月气喘吁吁赶上来，又是安慰，又是鼓励。

下面是我的几则暑假日记：

1985.7.16 晴

昨天回到家，已是晚上。爹一边洗脚，一边问我："这学期么样啊?"

我垂头丧气："这学期差多了!"

"第几名?"

"第七。"我的声音小得像蚊子叫，头低下，脸上39℃。

"么子搞的?"爹有点责备，也有点疑惑。

妈没读过书，也毫不留情地说："这期你可能在光玩吧?!"

我"如实"汇报，说些开头没努力，最后却差不多在拼命的话。当我说到背书情形时，他们一致把矛头指向我："学习，能怕别人说吗?"

他们轮番教训我，内容大致如下："你已不小了，已十五六岁，应该知事了。前一段时间没使力，就不对，应该始终保持上进才是！你要知道，学费不是从天上掉下来，而是我们苦挣的。我们送你上学读书，就是为你能考上大学。如果你使了劲，成绩不好，我们不怪你，但你不使力，成绩不理想，我们不怪你怪谁呢?"

呜呼！我很惭愧。

1985.7.22 雨转阴，阴转晴

早上，我还在拜见周公，就被小哥叫醒，说是要去采茶。我刚爬起来，天就下雨了。我又去卧室躺下，就听母亲的声音传进来："你不要再睡，要学习一会儿。上午和下午要做事的!"

还不能看清书上的字。我又倒头躺下，刚醒，就听见爹很恼火地说："他又睡，真是不想学习了!"

我急忙穿衣服。响声传到外面。爹在堂屋里大声教训我："昨天你妈叫你在中午休息时学习，你说么子'中午记不住东西'。早上有时间，你又睡，难道早上也记不住吗?"

我心里不是滋味。虽然昨日我劳累一天，但爹妈小哥他们比我还累！惭愧呀，惭愧!

我开始记单词，但爹还在大声教训我："就说背书。别人挖苦你，你就不背了。其实你是想玩，想舒服，才借事一歪，才没背!"

我想分辩，但没有。爹又语重心长地说："你已不小，也该懂事了！无论么事都要有主见。别人说的是对的就听；不对，就不听……"

我的双眼湿润、模糊起来。

1985.8.8 晴

太阳下山不久，已是黄昏。我在堂屋里学习。光线很暗，成为夜蚊子的天堂；"嗡嗡嗡"，敲锣打鼓般。我穿凉鞋的脚被叮咬几处，一会儿就奇痒。褚胜们就像这蚊子，真可恶！

我逃到屋外。太阳早被山峰吞没。蓝天上点缀金黄色和银白色的云朵，不时变化，有的像游龙，有的像凤凰，有的像喇叭花。北面的天空最好看，云朵像一座座险峰屹立。

清凉的风不停地吹，沁人心脾。树木在风中不停地摆动，像绿衣仙子在跳舞，优美和谐。有的树"鹤立鸡群"，一阵阵晃动，像荡漾的美丽波纹。

有的燕子归巢，和孩子们欢聚一堂，传出阵阵叫声。有的燕子还没有归巢，在低空飞翔，追逐光阴；它们的孩子不时将头伸出窝外，叫几声"爸爸""妈妈"。

人们已看不清树上的茶叶，只好恋恋不舍地回家。一会儿，各家各户的房顶冒起炊烟。

过完暑假，同学们回到学校，升上高二，发现学校处于"无政府状态"：没了马校长踪影；方老师没来收看暑假日记，甚至不来打照面；向老师也不来上课；物理科任教师不知去向；王亮一直没有归校，连一件行李也没留下，惹得高盼男睡不好觉，吃不下饭。

同学们没头没脑过了几天，才有眉目：马校长本不愿来农中当校长，只是当时实在无人愿来，县教委无法，就和他签订两年合同，让他在农中混过两年就回去；今年合同期满，他去县教委生赖死缠，好歹回去，依然当他的初中学校校长。曾与方老师争大粪淋菜的毕老师荣升为农中校长，章老师被免去教导主任一职，教我们数学的汪老师荣升为教导主任。方老师被新上任的毕校长请去，听到几句冷冰冰的话：“从这学期起，你不用上课了。我们学校庙小，安不下你这尊县一中来的大菩萨。安心等候调动吧！”

于是，方老师可怜巴巴地“安心”等候调动。向老师申请调回家乡城关，在县教师进修学校担任机关事务长；物理老师调入县教委办公室任办事员；原高二班化学科任教师洪老师接任现高二班化学科任教师；刚从地区师专毕业并分来的何老师担任高二班物理科任教师。高二班新班主任将是原高三班班主任章老师。我觉得，农中被马校长遗弃。

两个星期后，高二班班主任章老师正式走马上任。许多人都说章老师是个“拐人”——“老奸巨滑”的方言——理由有二：一是他矮，“矮子矮，一肚拐”；二是他的三角眼、鹰钩鼻是“拐子”的两大脸形特征。他是“半边户”——他妻子在离校六七里远的半山腰老家务农。他身边总跟两个儿子，大儿正读小学四年级，小儿刚启蒙，父子 3 个挤住在学校分配的两个火柴盒样的单间，生活很朴素。章老师的姐夫曾是南征北战时进山的老革命，后不幸病故，留下两个女儿，基本上由章老师带大，一个已于去年考取地区财校，另一个正读初中。由于章妻、章姐都是久病之人，家庭负担沉重，因此两家过得很艰难。章老师只有一套像样的天蓝色涤卡外衣裤，已洗过好几水，往往夜里洗过，晾到通风处，第二天一早又穿上。他也常穿补丁整齐的衣服，但很干净。他曾透露教育子女的方法：“不把子女当作自己的财产，在养育关系上是父子，在教育上是朋友。”

“新官上任三把火。”章老师却不烧这三把猛火，只烧点文火——走上讲台，打一支预防针：“同学们！我们约法三章：一、不准任何人独自到我那儿告状。我最看不惯的就是那种有什么事当面不说，背后往班主任那儿跑的人！我提倡‘大事清楚，小事糊涂’的做人原则，只要大方向不错就行！二、可以下大力气发展自己健康的兴趣和爱好，但绝不能打扰他人的学习和生活。这个学校本来就不是升学的地方。你们课余时间发展自己的特长，我支持！三、以后我不仅是你们班主任，也是你们的语文科任教师。‘丑话说在前头’，我的课讲得不好，你们可以不听，但绝不能影响他人听讲。好了，以后如发现新问题，我们再补上三章，甚至四章、五章，好不好？”

同学们大都喜形于色，为新班主任鼓掌……

章老师笑笑，作结束语："同学们！你们的高中生活只有两年了，让我们共同学习，一起劳动，相互帮助，成为一个团结的集体，以最优美的姿态，展示我们的青春风采，珍惜我们的大好年华！"

又是一阵持久的狂涛般的掌声。

课后，同学们走出教室，看到方老师在他宿舍门前的水龙头下洗衣服，有几个幸灾乐祸，指指点点。简贵怪笑几声，现出气愤样，说："他妈的！上学期期末，方司令在我的学期评语上写么子'操掌，弄棍，练气功'，回去后被老头子狠狠削一顿。你们说说——老子么时候练过？"

华森说："我调查过，每个男生的上学期评语中都有这么一句。方司令也太一刀切了！看人上公路玩，他就认为是练功；看人下河，他就认为是练武。真他妈混账！"

"哈哈，他现在当不成司令喽！"

"班上的马屁手无用武之地了！"

"不见得，你看！那不又上去了！"

第六回　刚刚脱得无名苦　转眼又陷污泥坑

他俩说的，又是我。我找上章老师，苦着脸说：“上学期我就向方老师提出申请，说不当任何干部了，他答应这学期考虑。现在班主任是您，也请您考虑考虑。今日儿或明日儿我就把书面申请交上来。”

“我们还不熟悉，不了解，等过一段时间再说吧。”章老师不动声色。

我没想到章老师会这么说，因为以前方老师从不如此。以往我到方老师那里提出这事，方老师要么问原因，要么呵斥我。这时，我不知所措，回到教室坐下，就听简贵说：“看，章老师果然不喜欢马屁手，看见这位大班干部，笑都不笑！”

我认定章老师是个大滑头，比方老师还对自己不利，及至听到这话，又委屈，又伤心，又愤怒，心想：“刚才我就是为堵住你们这群狗东西的臭嘴，才当面去跟章老师提出这事，哪知你们还有这些屁话！”

我正变着脸，李小华就进来，对我说：“喂，你知道吗——向老师即将离开！”

我急问：“你听哪个说的？”

“昨日，我见到他。他手臂已好。问起他调动之事，他说今天中午乘班车走。他对你那么友好；你也说过舍不得他走，为何不去送送他？”

“上学期向老师手膀子摔伤，怪可怜，但那时我心里苦闷，比他还可怜，以致没有专门去看看他，没想到现在他却要走了！我该怎么办？说不定他会对我有看法！”我苦着脸。

“既然如此，你就更应该去送送他，并把这事挑明，免得他一直对你有成见，让你心里担一辈子不痛快！”

“中午你跟我做伴去，好不好？”

“当然，我也得去送送他。”

中午，下课铃声一响，老师刚出教室，我就拉上李小华，飞步跑到街上；在街头街尾寻找一个多钟头，竟没见到向老师踪影；正焦急，就见胖女来了。她红着眼，流着泪，由芳月、王芙、玉洁和高盼男4个女生相拥而来。我脸一红，正要转身开溜，就被芳月叫住："琼山哥哥，她就要转学，你也不送送她？"

王芙问："你们两个在这儿干么子？你们还没吃中饭吧？"

我答："我们听说向老师搭中午的班车回城关，专门来送他，找了这大一会儿，还没见他人影！"

高盼男指指胖女，说："早上，我和她最后一起晨跑，看见向老师搭班车走了。"

李小华和胖女告过别，过来问："真的？"

"骗你是小狗！"高盼男急了。

我被王芙拉住衣角扯几下，会过意，走到胖女面前，道："祝贺你转到好高中读书！希望到时听到你的好消息！"

泪珠扑簌簌滚下胖女脸颊。我这才发现，通过一学期晨跑，她确实苗条多了。她哽咽着说："老班长，以前如果有、有、有我对不起、起你的地方，就请你原谅！你是一个学习好、好，而且正直、直的好人，希望你能为农中争光，为我们班争光——考上大学！"

我禁不住热泪盈眶。其他几位也泪满双眼。芳月说："琼山哥哥，你还是和李小华先回学校去'找'饭吃吧。"

玉洁也说："你们肯定饿了，都这时候了。"

"那就拜托你们在这多陪伴老同学一会儿。"李小华哈哈一笑，拉上我回校，路上问我，"你知道王亮为什么一直没来上课吗？"

"不晓得。"

"我猜测他也转学了！这些有关系的，哪个愿意在农中待下去？愿待的也只想拿到文凭，就回去请他老子找一份工作。只有我们这些泥腿子的后代才会老老实实在农中考大学！"

我点点头，却也不爱多听，就转移话题："向老师早走了，我都没跟他告别，该么办？"

"写信呗！"

一句话，火光一样，照亮我昏暗的心头。

这些天晚上，高二班男生宿舍失去往日宁静。方老师已没有资格来查寝，而章老师充分相信同学们的自觉性，从不来查寝。男生们常在归寝后讲些散话，绝大部分内容都是男女之事，其中下流话最多。伍云甚至宣称："有时候把所学的知识和那个事一联系，就非常容易记住。比如学生物的时候，精子和卵子抱到一起，就像男的和女的抱到一起，精子钻入卵子体内，就像……"

狄文、简贵、华森们立刻添油加醋，说得极为下流。尤其是那个褚胜，说得更是不堪入耳。有几个同学不愿说这些无聊的话，但迫于大部分人都说的大环境，为和"群众"打成一片，相继下水，并推波助澜，以致下流话愈说愈流，愈演愈烈。华森长得高高大大，皮肤白如雪花，而且嘴上没有一丝胡须，嘴皮也极薄极红。男生们都知道他的雀雀——生殖器细如烟筋，小如石子。许多同学背后称之为"华太监"。他常和苏学武抱到一起，充当女流……

唯有李小华和我两个坚持不说下流话。每次归寝，两个都说些别的故事，或者早早睡着。我尤其看伍云不上眼，心想："要学习好，就非得和这些低极下流的东西连在一起吗？"不免常对那些"下流胚"流露鄙视神色。华森很缺德，有时当面就对我说："谢琼山还是好啊——不吃肥肉，又不好色，将来当和尚很合适！"

我明白，和尚都不准结婚，这个鬼东西在诅咒我绝后！我心里有气，但看华森嬉皮笑脸，却又无处发泄，只好用阿 Q 的精神胜利法安慰自己——想到华森那太监样，在心里回敬："你才真无后呢！"又想："无后的太监，虽多是心地歹毒之人，但毕竟无后，心里肯定怪不好受，因此总希望天下人都如他一样绝后！"这么一想，反而有些可怜这个华太监。

这天晚饭后，苏学武正和我讨论八大金刚气功，吉应学推门进来，见我头发仅蓄半寸长，又听我和苏学武讨论和尚练的气功，联想起几天前所学课文《论雷峰塔的倒掉》中的"蟹和尚"，心血上涌，就喊："呀，这儿也有个'谢'和尚！"

简贵听见，他想起华森的话意，又想起鲁迅先生说的法海这个“蟹和尚”“活该”，顺势嬉皮笑脸，凑上，指指我平头，弘扬说：“嘿，真是个‘谢和尚’！”

从此，班上一些有心和我过不去的，以及嫉妒我名字取得好的，就顺势叫开“谢和尚”，含有侮辱我的意思。我很恼火，但无法堵住这伙人的嘴。我明知这伙人是怎样把赵列仁赶走的，但我下定决心：“绝不向这伙臭流氓低头！”

中午，我和吉应学一前一后，路过方老师门前。方老师正在二楼围栏上晾衣服。方老师被毕校长取消教职后，一直在家待业，虽然可以专门忙家务，但作为一家之主，不免被老婆说东道西，心里一直不好受；加之同学们对他不亲热，就更加可怜兮兮。这时，他想着心思，一不留神，一件湿衣服“啪”的一声掉下，落在我身后、吉应学身前。方老师急了，喊：“吉应学，帮我捡上来吧！”

我闻声回头。吉应学脖子一梗，做出一副万分嫌恶的样子，向衣服上狠吐一口唾沫，“呸”，然后自顾自走过，又狠狠在湿衣服上踏一脚，留下一个黄色脚印。方老师心中疼痛，但不想自己下来捡。这是个尊严问题，能挽回一点是一点。于是，他又变着声调喊：“琼山，请你帮我拿上来！”

我弯腰捡起那件脏衣服，去方老师门前水龙头下，仔细冲洗干净，然后去帮方老师晾上。方老师眼中蓄满泪水，满含歉意地说：“琼山，你还恨我吗？当时我也是为你好哇！哦，等会你去我那里，把《气功》拿回去！”

我也禁不住热泪盈眶，一时说不出话，点点头，默默下楼；刚到楼下，就见到简贵、华森们讥笑的眼神和吉应学的横眼。我心里十分苦闷，又想起向老师，就写一封信。

晚饭后，我到街上邮局寄过信回来，刚到宿舍门口，就听吉应学说：“他是个流氓！”

我心中一惊，立刻止步，附耳倾听。华森问：“你真不和他睡了？”

吉应学道：“王亮走了，我想搬到上铺去睡。”

简贵问：“你为么子总说王仁是个流氓？”

我这才知道吉应学说的又是王仁，松口气，好奇心上来，又附耳倾听。吉应学说：“他、高盼男和我是小学同学，住五年级时，我们都寄学。某个星期六，就他和高盼男没回家。那时男生宿舍和女生宿舍紧挨，晚上他们两个竟睡到一起，正行为不轨时，就被老师当场抓住，从此名声一直不好。”

“没想到这小子早就享受了！”华森淫笑。

“以后，你们问问这个流氓，看搞×是么子滋味？嘻嘻！”简贵浪笑。

我心里一阵愤怒，悄没声走开。

高盼男接到胖女来信。信中说，她和王亮，还有田大鹏，均在二中重读高一，都很好，希望昔日朋友不要挂念在怀，等等。原来，田大鹏说他母亲患病，实为他父亲要的一个计谋，以便田大鹏回去参加第二次中考；大鹏终于考取二中。王亮和胖女则是靠关系网“网进去”的。

高盼男渴盼王亮来信诉说衷情，哪知左盼不来，右盼不来，只得写上一封洋洋万言的信，字里行间满怀思念，急急寄去。

王亮来信，不过不是写给高盼男，而是写给他好朋友曾勇。信中，他大吹特吹自己上学期如何努力学习，以致完全能对付二中的课程进度，真正感谢几节电池的汗马功劳；又大吹特吹自己不仅学习上来，而且痛快地玩一回女人，并得意扬扬地详尽描述他和高盼男之间的种种。曾勇看了，心里直痒痒，暗暗打定主意。晚自习，他写一张纸条，趁别人不注意，丢到高盼男桌上。高盼男心跳加速，悄悄拾起，假装上厕所，却回女生宿舍，打开自备手电筒，只见纸条上写道：

王亮已写信给我，要知详情，请在今日月夜11点左右，到长美溪“老地方”去。

她禁不住流下屈辱的泪水。这个没良心的，自己一直巴望他写信来，他却一个字都舍不得写，反而写给还隔好几层的曾勇……

晚上9点45分，高盼男见同宿舍的女生都已睡熟，就悄悄起来，摸索着出去，借着月光和手电光，来到曾和王亮谈情说爱的地方，心里哀伤，禁不住连打几个寒噤，但不觉害怕，坐在那儿一味出神，禁不住心猿意马，正想象王亮抱住她，就觉出真有人抱住她亲嘴。她抬头，依稀认得是曾勇的轮廓，立刻止住那双动作的手和那宽厚的嘴唇，惊问：“你做么子？”

曾勇顺口说：“你别假正经了！你和王亮的勾当，他都写信告诉我了！”

高盼男惊问：“他在信中说么子？”边问边顺手打了曾勇两记清脆的耳光。

“他说他很想你，但你俩离这么远，以后他考上大学，而你还待在这鬼地方，因此你俩不可能结合，就硬下心没给你回信。他还要我好好照顾你，因为我和他是好朋友，而且我的家庭条件和他差不多，正好补这个缺……”曾勇横下一条心，反而紧紧抱住她。

高盼男哀声说：“你毕业了，还不是扔下我不管！”

曾勇急急表白：“哪能呢？你想，王亮是外地人，迟早会回老家，又将是大学生，不回老家也不会回长乐县，而我家一直在城关，毕业后，我在城关找到一份工作，同时要老头子、老妈把你弄到城关做事。我们还长远着呢！”

她不再言语，任他摆弄……

零点半，高盼男和曾勇从长美溪沙滩悄悄地回到学校，恋恋不舍地分手。曾勇刚走近宿舍，就看见前面不远处有一束手电光。他吓得一哆嗦，同时听见洪老师高声问：“哪个在楼上？”声音划破寂静的夜空。

那束光柱从楼下向楼上射去。一个人轻声回答：“是我！”

是我。那天，我从方老师那儿取回《气功》，还给苏学武。苏学武问：“现在你感觉么样？”

“现在只要深吸一口气，气流就‘咕噜咕噜’向丹田涌去，并且发热。”

“你又进步了，但要坚持，才会有大收获，然后才能学武术。”苏学武很高兴。

我却说：“我已有几天不练了。”

“你说么子？”苏学武不相信自己的耳朵。

我又一字一顿地说一遍。这回苏学武听清，惊问：“为么子？”

“那是‘和尚’练的，因此我不练了！”

“人家都叫你‘谢和尚’。不正好吗？”

我涨红脸，狠狠说：“就是因为有那么一层人别有用心，我才不练了！”

这时，苏学武站在宿舍门边一根水泥柱旁。我曾用两手臂合抱柱身，两个中指头还离开三四寸。苏学武运运气，抡起黑黑的手臂，横撞粗柱一下。地皮一阵震动。柱身颤动，上面的瓦片掉下两块，“啪啪”两声，在门口摔得粉碎。他捡起一片瓦，狠狠砸向操场，说：“你半途而废，岂不可惜？”“我不练‘八大金刚气功’了，但想练一种新的，只要不是和尚、道士练的就行！”

“那你练么子？”苏学武转“叹”为喜。

“我正要和你商量，借几本《气功》杂志，从中选出一门合意的，从头练。”

后来，我选中“慧功”。这是一种健脑益智的功法。这种功法和八大金刚气功不同，八大金刚气功主练外，慧功则主练内，要求练功者每天早晚各练一次，一次约为45分钟，几乎全是意念，动作成分很少，最重要的前提条件是入定。老早或老迟，站在校园外林边暗影里，独自一人，听到山上风吹草动，或猫头鹰凄惨的叫声，哪里能入定？今晚归寝后，我不上公路，而上二楼练功，以便入定，哪知刚上去，就被洪老师搅黄。

洪老师上楼，看清我练功的身架，鄙弃地说声“是你”，转身下楼。自向老师走后，我就再也不喜爱化学课，原因在于洪老师的教法我消受不了。洪老师的一手字特传统，很正规。演牌时，他总一丝不苟。字好看，但不中用，因为速度太慢。教高二物理的何老师也如洪老师一样，教书、做人都是一笔一画，极古板。这二位老师上课，大部分时间都在演牌，总在精雕细刻，像在进行正楷书法创作。加之他俩是外地人，不会说普通话，同学们听课，总觉耳朵别扭，无法及时领会，因此我从不爱听他俩上课。班上仅伍云和狄文咬牙坚持着。

这时，我被洪老师这么一鼓捣，再没心思练功，烦躁地回宿舍躺下，但翻来覆去睡不着，迷糊有两三个钟头，翌日凌晨起床，又去公路边练功。开始，我害怕鸟叫风吟，总不能入定，等一会儿，好不容易要入定时，一辆卡车直开过来，亮刷刷的车灯直射我。司机看见前面一团黑影，不禁大急，赶紧刹车。汽车“嘟”的一声尖叫，在我身旁一米处刹住。我惊醒，呆在原地。司机跳下车，破口大骂：“找死啊！滚边上去!”

我跳上路边草丛。司机气呼呼地上车，重新启动，一溜烟开走。我又练功，却再也不能入定，看看天色已明，只得悻悻回校。

期中考试结束，在化学小结课上，洪老师讲解完试卷，说：“看来，有的人化学成绩并不如传说那么好，竟然不及格，看来言过其实。”

自然，这个“有的人”就是我。

在数学小结课上，汪老师也动怒。自从汪老师当上教导主任，动辄对同学们大发脾气。这次，他又恼火地说：“有的同学怎么搞的？成绩直线下降。原来成绩那么好，现在总是不及格!”

自然，这个“有的同学”又是我。

本来，我看见洪老师就恼，看见汪老师就烦，听见这些话，心中更不是滋味，不仅不思悔改，反而一气之下，写一封辞职书，其中说：自己学习成绩不好，无脸再担任化学科代表；身体素质不好，体育课不能带头，因此，德、智、体三方面唯德能保证，自然无脸再当任何班干部；还说愿意调到最后一排去坐，以让努力学习的同学能上前排认真听讲，反正自己眼力一向很好，不碍事。

我将这份辞职书夹进作文本，送到章老师那儿。

晚饭后，章老师来到教室，叫我去谈谈。我说：“我不去您那儿，就在这儿谈。”

章老师惊问：“为什么?”

“您不是说过——不喜欢同学们去您那儿吗?”我大声说，故意看看简贵、华森们。

章老师一愣，愣过，说：“这不同，这不是你暗地里去我那儿，而是我来叫你。”

我想想“也是”，就去了。师生俩坐下。章老师说：“你的辞职申请书我看了，也想过。你还是第七名嘛，依然名列前茅，学习委员还得当！如果哪回你的成绩真不行了，你再来找我，我一定考虑这事，好不好?”

我想想，说：“好吧。”然后告辞。

晚上，归寝铃响过，章老师总觉心中疑惑。通过半学期观察，他深知我是个极有根底之人，做事绝对有自己的理由。这时，他心中一动，悄悄来到男生宿舍外，竟然听到大量不堪入耳的脏话，不禁大吃一惊，思考一会儿，本想进去找我，也不找了，转身回去。

翌日上午，第一节课就是语文。章老师走进教室，脸色非常严肃，说：“在上课之前，我们来上另外一种课——思想课。”

自从章老师担任高二班班主任以来，同学们一直没有听过“思想课”，因此认为章老师不喜欢训人，没想到今天章老师也开始上这种课，立刻紧张起来。常常发生的事，人们常常忘记，而不常做的事，人们容易记住。章老师抓住这种心理，大刀阔斧地“砍”起来：“这半学期以来，总的来说，班上情况是好的，但有个别地方不如人意。昨晚，我首次在男生宿舍外听一会儿壁根，听到的竟都是些绝不‘上流’的话！同学们！在你们这种年龄，对很多事情好奇，可以理解，但将这种好奇演变成下流行为，就不上流了！”最后，他将班干部做出相应调整，“鉴于以上情况，从今天起，由华森同学任班长。男生宿舍风纪败坏，室长职务由班长华森同学兼任。经谢琼山同学申请，准他到最后一排就座，和王木青同桌。”

我觉得章老师这样安排很世故，有明显的明哲保身之嫌，而把华森这种滑头滑脑的人物提拔为班长兼室长，就更让我生气，但不好说什么，因为这都是自找。我心中更加苦闷，好在中午就得到缓解。午饭后，操场上，李小华从学校传达室出来，递给我一封信，高兴地说：“这是你盼望已久的！”

我接过，一看信封上是我熟悉的字体，心中就一喜。自从上次我给向老师写信之后，苦盼半个月，一直不见回音，认为向老师不会原谅我了。苦恼几天后，现在正值多事之秋，我已忘记这事，哪知就有这个意外之喜。我忙抽出信，急急看起来——

琼山：

你好！信已收到。谢谢你还记得一个普通的老师。在这里，首先道破你信中说的我对你的所谓成见，完全是没有的。请你抛开这种不必要的想法吧！

琼山，我们接触不久，我就发现你有才气，有心培养你，只因刚任教及其他原因，未能如愿以偿。

致力于学习，根本所在全靠自己发奋努力。老师固然是一个重要因素，但毕竟只是外部因素。琼山，你应该善于控制自己，从愁烦的思绪中解脱出来，不应处于自我悲伤之中。这样会害自己的。你应当振作精神，致力于学海，奋力拼搏，方可到达胜利的彼岸，否则将前功尽弃，一事无成。

你在信中问及我的情况，就在此谈一些吧。现在我离家较近，生活愉快，工作也不是非常忙，就是经常出差（你的信，我去武汉回来才看见），够累的。说实话，接到你的信，我很高兴，因为今天正是我二十岁生日，感到十分快慰。

作为一个普通教师，对学生的爱护、指导，是他本身的义务和工作，不足把我这样的老师久置于怀吧！

祝你学习成绩不断提高，再见！

我心上潮水般涌起感动，来到教室，在信后注道：

农历十月初三是向老师生日。

圣洁飞侠

十一月十七日

圣洁飞侠，是近期我为自己取的别号。我走向储藏室，要把这封信珍重地锁在木箱子里，可刚到门边，好心情就变坏，因为我听见里面华森说："王仁，我问你件事。"

王仁赶紧凑上去，讨好地说："班长，有么子事，你尽管问！"

"干那事是么子滋味？"华森的语气很神秘，"么样个搞法？"

"么子事？"王仁不明白。

"就是男人和女人干的那事啊！"华森怪笑。

王仁的脸涨得通红，期期艾艾地说："我又没干过，晓得么子？"

“这里就我们两个，你尽管说。我一定不说出去!”

“我没干过，不知道!”

“你就别谦虚了！我听人说你在五年级时就享受过了……”

王仁气得头一甩，跑出门，险些和我撞个满怀。我心想：“这是个么子世道啊，如此肮脏!”

第七回　走入人生最低谷　绝不屈身做奴仆

语文课上，我不听讲，自顾补习英语。外语科任教师姓古，是位青年女性，教学能力极差。于她而言，丈夫和孩子永远是第一位，教书则是迫不得已，只是谋生糊口的手段而已。因此，我补习外语全靠自己。虽然我对语文课不大上心，但我有一大优势——在初中，我的语文基础知识相当牢靠，自从走进农中，我渐渐形成习惯，即每天早自习，总安排半个钟头朗读刚刚学过的课文，尽量读得有声有色，因非常投入而读出一种语感。考试时，只要我情绪波动不大，凭直觉就能回答标准试题，而且又快又准。章老师早就听人说我语文成绩好，尤其是作文写得出色，但看我上课并不听讲，心里到底有些不舒服，就想找个机会杀杀我的傲气。这学期开头耽误两周，章老师一直没来得及布置作文，就趁势在期中考试中不考作文，希望我考得不太好，哪知我仍然以高分雄居第一名，心中不免惊奇，认为我语文有奇才。

这时，章老师开始布置作文，先命出多个题目，让同学们选做，还专门声明："愿意多写几篇的——可以自己命题，也可以向我要题目——尽管写来，我保证为你们修改！"

这正中我下怀。我心中有许多话要说，但没机会说，正好写进作文。但我想想，却不多写，因为我还不信任章老师这个"拐人"。这次作文后，章老师更坚定自己的想法，开始喜欢我。那些和我作对的同学看章老师也相信我，就见风使舵，表面对我变得好些。我心情舒畅一些，但不久就发现那几个仍在暗里孤立我，常常用软刀子割我的心。做操时，站在我身旁的王木青故意不和我同排，并在我身后指指点点，做鬼样，无声怪笑……

王木青那张嘴总是一刻也闲不住。上课，一旦有机会，他就掏出瓜子、花生吃，既有背着老师犯错误之乐，又有炫耀之乐。每个星期六，他都回家，星期天背一背篓吃喝子来校，但往往到星期一、星期三，这些吃喝就被他消灭得精光。现在，我又"有幸"和王木青同桌。我吃的零食也够多，有瓜子、花生，还有核桃、板栗等，只是上课时不吃。而平时，王木青多吃瓜子，仅在收获花生时，才有花生吃吃；至于板栗，他家根本没有；核桃也稀罕。

一天，上政治课。政治科任教师是一位老校长，只不过在“校长”前有个“副”字。他极富责任感，对任何同学都很和善，没有偏爱之心，加之我对《辩证唯物主义》中的“发展”“完善”“相对静止”等精当、准确的词汇有着天然的喜爱之情，因此，我很喜爱老校长的政治课。这时，王木青欺负副校长老了，就在后面嗑瓜子，“吱吱”直响，实在有些干扰我听课。我就在一张纸条上写道：

啊，你的瓜子真香！如果你吃的是香喷喷的炒花生、炒板栗、腊大肠，那我的唾沫就会飞流直下三千尺，疑是银河落九丈！

我故意把纸条放在课桌中间。王木青看过，横我几眼，但不敢说话，仍以嗑瓜子表示抗议。我心中来气，就从口袋里掏出炒板栗，津津有味地吃。王木青羡慕极了，直流口水。

课后，王木青狠心买来一袋白糖，放进课桌，专在上课时，老师正背对着同学们演牌时，他就用勺子掏出满满一勺，鸭子似的伸长脖子，青蛙似的鼓溜着眼睛，一旦见女生看他，就以极夸张的动作，将一勺糖喂在口中，然后看一眼讲台上老师的背影，又夸张地摇头晃脑，嚼糖末，似笑非笑，可爱至极。如果女生笑了，他不管那是冷笑，一律快活，心中比口中还甜。

王木青那张嘴不仅好吃，还喜欢说流言。他告诉那些公子哥儿：“谢琼山说过，他考上大学后，读化学系呢。”

没几天，全班人就尽知我这一曾经的宏愿，其中一些人又为找到一条挖苦、讽刺、打击我的原始资料而兴奋不已。反正，毕业后天各一方，现在说流言不必负责任，不说白不说，不损你白不损，你考不上大学，正合吾意也；即使考上，我也走了，你奈我何？

王木青不仅管不住前面的口，还管不住后面的“口”。在课堂上放屁，也是他一大本事。有时上课，老师正在前面讲得热闹，他感到后面发热，心中一喜，故意挪开凳子，微微侧起身形，很斯文地放出气体，但必带出“嘟”的轻微一声，使同学们有所知觉。然后他稳坐，故意用眼斜看我，让同学们都认为是我所为，因为我一贯对放屁一事不以为耻，常在男生中说“这是自然现象，有么子可羞耻的”，但绝不会在课堂上如此夸张行事。

华森和华三吉沾亲带故。论起来，华三吉是华森晚辈。他们家在同一个村民小组，离农中约130华里，先坐车到县城，再向上爬一二十里山路，才到家。农中放寒假这天天气晴朗。在寒冷的冬日，阳光分外宝贵。华森和华三吉上午搭班车，中午来到县城，各买一碗5角钱的汤面充饥，然后爬山；爬到半路，累了，一屁股坐在路边的枯草丛中。华森建议：“我们在这躺一会儿吧？”

华三吉向来听这个“叔叔”的。他俩躺一会儿，就昏昏欲睡。华森努力睁开眼，摇醒华三吉，说：“你守一会儿行李，我睡一会儿；我醒了，你就睡，么样？”心里却说：“我醒了，我们就得回去了，哈哈！”

华三吉顺从地点点头。他眼看蓝天、白云、冬树，身上暖洋洋，心中也暖洋洋，不禁浮想连连，不一会儿倦意袭来，沉沉睡去，梦见浮在白云上，像《西游记》中的神仙一般，东游西逛，飘南飞北，十分快意。猛然，一个妖怪从天而降，把他从云朵上推下。他吓得惨叫一声，惊醒过来，才知虚惊一场。华森正使劲推他。他明白是一场梦后，有种死里逃生的喜悦，却猛然看见华森脸色阴沉，又吓一大跳，问：“出了么子事吗？”

华森瞪他，眼珠像要凸出眼眶似的，似乎恨不得吃掉他，半天才说：“你睡得真香啊！”

华三吉想起照看行李的任务，不好意思地笑。

“你还有心思笑?!”华森很气愤，“我们的包哪儿去了？”

华三吉瞧瞧。地上空空如也。华森说：“我包里还有八九十块钱呢！”

“前几天，我向你借钱，你不是说只有几块车票钱了吗？”华三吉感到奇怪。

华森白皙的脸涨得通红，眼珠一转，说：“这是昨日儿家里才寄到我手上的，没来得及告诉你。今日儿早上，我不是已借给你车票钱了吗？”顿顿，又恶狠狠地说：“让你守着，你却不听我的话，睡得像死猪，你说么办？”

华三吉“呜呜”哭起来。他家里很穷，跟华森家的境况根本不能比，哪有钱赔偿呢？华森叹口气，说：“丢都丢了，就算了。你一时也拿不出这么多钱来赔我，幸好家里昨日儿才寄到我手里，以为我急用呢——我就说还账了。这样吧，你也不用还我钱，以后多听我的话就行！不用哭了，我最不爱听男子汉哭兮兮的！”

华三吉十分感动，跪在华森面前，诚恳地说：“叔叔，您对我这么好，以后我给您做牛做马都行！有么事，您尽管吩咐侄儿去做！”

华森怜惜地说：“三吉，我们是亲戚，你这样就见外了。快起来！”边说边硬是扶起华三吉，一路回家。

两人的包都用过好几年。特别是华三吉的，简直可以当破烂甩掉。两个先到华森家，见到华森父母、兄弟，打过招呼，坐下喝茶。华三吉是个老实人，不好意思说谎，当即要向“爷爷”“奶奶”“叔叔”们说明丢钱的事，被华森轻轻扯扯衣角，他立刻心领神会，闭口不言了。华森淡淡说一句“包丢了”，果然大人不怪罪，都说：“不要紧，那个烂包，丢就丢了！只要人没丢，就好！”

华三吉更加感激华森，一路回家，一路流泪。华森见华三吉走远，又要下山。他妈问：“又干么子去？”

“取包。”

“刚才不是说丢了吗？”

“还去原路找找，兴许能找回里面的饭菜票——小偷拿了这些也没用。”

不一会儿，华森回到他俩睡觉的地方，径自爬上草丛不远处一棵大树，取出俩破烂挎包，从中摸出3斤饭票、两块钱的菜票和17元人民币，含笑收好，然后把两个破包扔下山崖，一路吹着欢快的口哨，高高兴兴回家。

正月，开学没几天，男生们就发现华三吉常常为华森洗衣、带饭，什么“家务活”都主动去干，就像奴仆侍奉主子一般。他们感到奇怪，向华森打听缘由。华森笑笑，说：“我们是亲戚，他是我晚辈，尽孝道的！”

华三吉听他不说丢钱的事，心中又增一层感动，更加卖力地为华森服务。华森则在心中暗笑，并安心享受。

我发觉方老师悄没声息地走了。寒假里，经过上下打通关节，方老师得到县直某局一个闲职，成为地位优越的国家机关工作人员，把毕校长羡慕得不行。

我永远也忘不了去年放寒假那天回家时的情景。期终考结束，我一下沦落到第 13 名，觉得真没脸面见父母、小哥。果然，我硬着头皮，将成绩如实向他们汇报后，立刻看到痛心疾首的场面——父亲皱眉，狠抽兰花烟；母亲默默无语；小哥仁山眼红了，险些掉泪。顿时，我心如刀绞。在学校那么痛苦；在家里，还是这么痛苦。当然，这两种痛苦有质的不同，前者是别人强加，是恶意；后者是亲人“恨铁不成钢”，是善意。对前者，还可反唇相讥；对后者则无可奈何，因此更加痛心。我度日如年，只求早点开学，重上战场，努力拼搏，一定要把学习成绩赶上去！然而，这谈何容易。

我想起一些往事，又写下一纸洋洋数千言的辞职书，夹在作文本里，交给章老师。我不想再当学习委员，连化学科代表也不想干了。

章老师来将我叫到他办公室，说：“你的意思是不想为班集体吃苦了，是吗?”

“不是！是因为我学习成绩太差，反而当学习委员，惹人笑话。不能服众，以后怎么开展工作?”

“你不认为你能重振旗鼓，一气赶到最前面吗？我认为你行！因此，我希望你仍然担任这个职务。这又不是什么‘官’，学校、班上都不会因此发给你工资，这完全是为班集体服务，别人能说什么呢?”

我心一横，说了心里话：“这个班集体这么坏，我为他们服务，光受打击，有什么意思！他们大多只想拿个毕业证，谁会认真学习，谁会把学习委员当回事?”

“如此说来，你确实不想当班干部了?”

“是！一是我没能力；二是您想，一个人再有能力，他却死也不愿干这份工作，他会把工作干好吗？不会！三是您曾许诺，如果我成绩不行了，来辞职的话，您就会批准！”

章老师想想，说：“既然如此，你可以不当学习委员，但还得当一个小干部。”

“么样的干部叫‘小干部’？”

“语文科代表。”

“语文科代表？我也不当！因为我说的是什么干部也不当了！”

章老师微微一笑，自嘲地说：“你是不是嫌我这个班主任兼语文教师太没水平？你是不是不愿和我多打交道？”

我心里说：“我正不愿和你打交道呢！”口里却说：“那‘恭敬不如从命’。只是以后您别嫌我这个‘小干部’就行了！”

“你先别谦虚，今天我们可是公平交易——我答应你辞职，你答应我当科代表。”章老师又笑笑。

“您可要知道，我的代价可是多得多！”我也笑。

“这可是你自找！”

“我不是说我不当学习委员这个‘大干部’反而当个小小科代表而‘代价多多’，而是说以后我常来交作业本，别人会认为我又有告密的机会！就是说，我会付出被大大冤枉的代价！”

“他们敢！那我和他们接触呢？保不定他们就在拍马屁！以后他们说你，你就这样反驳。”章老师严肃起来。

我总觉这话有破绽，但一时说不清楚，就起身告辞。我为这次轻松的谈话感到由衷高兴，但也告诫自己，绝不能轻信这个鹞眼鹰鼻的“拐人”！说不定这正是他的狡猾之处——让我不知不觉钻进他设的圈套，让那几个害群之马欢喜！

第二天，章老师将班干部班子做出调整。我被“削职为民”，仅仅担任语文科代表；高武担任学习委员；伍云担任化学科代表。瘦女看着身旁的高武，眼神更加妩媚。芳月、王芙、玉洁似乎受到侮辱，关切地看我，却发现我在微笑。芳月心想：“你还笑得出来！我一直为你担心，弄得我的成绩下降不少不说，这下你没了职权，班上的恶人会更加欺负你！”

果然，简贵、褚胜、狄文、华森等满面喜色，心里说：“你终于垮台了！”

我知道，以后的日子会更难过，但我对芳月笑笑，充满自信。她心上没来由地一喜。

在本学期第一次化学测验中，我花费九牛二虎之力，才得53分，却比上次期末考试多出20分。可简贵来泼冷水："嘿，谢琼山，你是不是故意不考及格？看，我这个成绩差的还考70分呢。你这个化学系的高才生，可不要保守啊！嘻嘻！"

我狠狠瞪身边的王木青一眼。王木青正和简贵挤眉弄眼，看我瞪他，赶紧别过头，起身吃吃怪笑，飘然而去。我伏在桌上默默流泪，暗下决心："以后连慧功这劳什子也不练了，免得上课打瞌睡。"

简贵看我一改往日糊涂，开始清醒，心中就莫名其妙地感到不舒服，就来说一番讥讽话，满以为我又会糊涂，去练那非要三年至几十年不能练成的内功，哪知我连气功也不练了，听课也认真得多，瞌睡全无，还常跑到老师那儿请教，又常和几个同学讨论难题。简贵明白，一旦我把精力投入到学习上，将比伍云、狄文更高、更强。简贵是个聪明人，他知道我多愁善感，要把我压住，就得从心理上进行爆破。这不，机会又来了——章老师的小儿子跑到高二班男生宿舍。小家伙很有意思，曾见我玩过几个招式，就赶着叫我"师父"，要我教他练武。这时，他来找我，没找到，就问简贵："我师父去哪了？"

简贵正站门边，面对女生宿舍，看女生进进出出，突然眼珠一转，对小家伙说："等会儿你师父就回来。哎，吃糖！"他递给小家伙两颗水果糖，"你练武，是吗？"

小家伙做几个武术动作，逗得几个男生哈哈大笑。他更来劲，傲然说："那还消说！我师父还说要教我绝招呢。"

简贵道："我的绝招比你师父的还强，你练不练？"

"你先告诉我，我看值不值得练?!"

"你先练一遍气功，我就教你绝招。"

"么样练？"小家伙说着摆开架式，两手向旁一分，有模有样。

"只要你把裤子脱下，把雀雀对准那些长头发撒尿，你的气功就练好了，我再教你绝招。”

我正好进来，看见这一幕，一时十分气愤。小家伙大喊“师父”，向我奔过来。我拉起小家伙，转身就走。简贵故意大声说：“你们别看有些人假正经，表面上很像正人君子，其实心里比任何人都‘流氓’！”

我气不打一处来，转身就问：“你说哪个？”

“我说那个‘正人君子’。”简贵嬉笑。

“哪个是‘正人君子’？”我气得直哆嗦。

“我又没点你的名，你来问么子？”简贵依然嬉笑。

我气得说不出话。简贵时刻想打乱我心境，这时看机会到来，就雪上加霜：“喂，谢琼山，你是不是做贼心虚？我本没有说你心里‘其实下流’！”

我大声道：“难道那些又说下流话，又做下作事的人，比不说不做的人还高尚？”

简贵这辈子第二次脸红，却依然耍赖：“反正那些‘正人君子’个个心里肮脏！”

我正想说“人不是畜生，有克制能力，能克制邪欲的就是‘高尚者’”，简贵就似笑非笑，横我一眼，然后做不屑状，仍然嬉笑着走了。我气得直打嗄。这时，章老师来找到小儿子，一块儿回去吃晚饭。我来到教室，在日记中记下刚才的事，心绪稍稍平静，又出去。在门口篮球架下，教生物的覃老师正和简贵、华森们谈心。我想低头走过，就听覃老师喊：“琼山，你过来，好不好？”覃老师是教我初三数学的曾老师的丈夫，夫妇俩和我二哥阳山是师范同学。我走过去。覃老师盯住我，目光柔和。我知道自己生物成绩不好，不自然地低下头。覃老师语重心长地说：“琼山，你并不笨，可你两次生物测验都只有50几分。看，只差几分就及格了！”他惋惜地叹一口气。

我十分感动，本以为覃老师会训我一顿，哪知就这么一句柔和的话，就像兄长一样，真诚地关心我的学习。我早就听人说过，在历届高考中，农中考生的生物成绩比一中都强，可惜的是，这门课的满分仅占高考总分的六十九分之五。去年冬天开这门课时，我一门心思练气功，心境也很坏，因此没上心，现在我觉得真对不住覃老师！

后来，我将一本薄薄的生物课本翻得稀烂，从第二次测验起，成绩就好起来。

下午第二节课结束，由于预备课外活动开班会，同学们都未离开教室，且打乱原来的座次，零零散散乱坐。我对李小华说："上学期，你的成绩可在我前面好几名啊！"

"你嫉妒了？"李小华调侃。

"我是嫉妒。以前你几时跑到我前面过？告诉你吧，我要重新超过你！不过，你放心，我绝不会对你耍弄卑鄙手段！我告诉你这点，就是希望我们公平竞争！我认为嫉妒别人并不是坏事，关键是看你嫉妒以后怎么办。如果嫉妒别人，就自己努力，赶上别人，超过别人，这是一种好的嫉妒；如果嫉妒别人，就拼命打击别人，拉人下水，好让自己爬上去，这是一种不道德的嫉妒，是可耻的嫉妒！"

这时，简贵正坐我身边，明白我这话是故意说给他听，正要发作，上课铃响。章老师进来，道："同学们，你们是不是觉得生活太枯燥了？我说是！但我们是人，是灵长动物，我们可以改变这种状况。我有几点想法，一是班上组织三个篮球队，男生两个，由苏学武任队长；女生一个，由玉洁任队长；二是我们定时组织一些晚会，以活跃气氛，展示才华，增进理解，加强团结……"最后一排，有人放一个屁，前面的同学没听到，章老师自然也没听到，后两排的同学倒是听得清清楚楚，都回头或侧头看。王木青想笑，却拼命忍住，欲盖弥彰。旁人一看，就知道他在搞鬼。但简贵故意小声对我说："是你放的吧，真臭！"

我小声说："不是我！"

简贵故意小声骂："他妈的！平时你不是说这是生理现象，不丑吗？还不承认！"

"不是我，就不是我。你还骂人！"我生气了。

"日你爹，就骂你！"简贵看我生气，正中下怀，干脆不讲理。

"你还骂一句试试！"我更烦，很凶。

简贵听我声音不大，明显是害怕章老师听见，就更猖狂，故意骂一句更丑的话。我勃然大怒，扑上去，一手按住他的头，一手狠狠揍几下。简贵想发作，但看章老师在前面，就没还手。章老师过来喝住："你们，怎么回事?"

我站起，怒气冲冲，一五一十，说明前后经过。同学们一阵哄笑。简贵和王木青脸色通红。章老师当即批评简贵不道德，然后对我说："你上课打人，也不对，希望下不为例!"说着，回到讲台，气得颤抖的手将一截粉笔碰到地上，竟未发觉。

我坐下，心中不服气："简贵太不像人，我忍无可忍，才揍他。就是因为你章老师一直对他们纵容，才发展到今天这步田地。我打他是因为他该打，你章老师为啥还批评我?"

我没吃晚饭。李小华来劝，我也不吃。他开起玩笑："是不是嫌学校的饭不好?"

我苦笑。

第八回　痴狂人写痴狂苦　高墙终成脚下土

一会儿，我到章老师那儿评理。章老师正和两个儿子吃饭。饭菜和同学们一样，也是合渣与苞谷饭。章老师看我苦着脸进来，就笑笑，让我坐下，又递过来一杯茶，问："你是为课外活动的事不服气吧？"

我鼻子一酸，眼泪滚出眼眶，哽咽着说："他太过分，我才打他！"

"当着班上那么多人的面，你公然打人，而我正在前面。这像话吗？"章老师不笑了。

"平时，我还不打他呢！"

"为什么？"

"因为我不见得能打赢他。"

"今天他没还手啊。我来制止你们，你还在打啊！"章老师奇怪了。

我本想说"我故意在您上课时打他，他就不会还手"，但想到"章老师这么奸滑，我何必告诉他真实想法呢"，就重复一句："我实在忍无可忍——平时他太不是人了！"

"他侮辱你，是他不对，我当众批评过他，而你打他，他没还手，我也批评你，这不两清吗？有什么好委屈的！"章老师更火。

我心中更气，霍地站起来，跑回宿舍，闷好半天，心想："你章老师也太包庇这些害人之物了！难道你怕他们吗？"

李小华进来，问："刚才你去章老师那儿了？"见我点头，他气愤起来，"这个章老师也太不看重好人！今天他起码应该让简贵写检讨才是！"

这几天，每当晚自习，我就在草稿纸上涂涂写写——

近来，我喜胡思乱想，脑海里一个又一个影子来来往往，如在梦中一般，心下大骇，难道我得了精神病？人道"笑能治百病"，果然不假。我大笑几声，头脑立刻清醒。想起鲁迅先生的《狂人日记》，我也想写几句。我这个臭小子的笔力自然不能与现代圣人鲁迅先生相比，但仿效仿效没有罪。于是，疯疯癫癫地题为《狂人续记》。

听说新来的师者有一项特殊本领——说一句话，就能将别人变成猪狗等畜生。我很佩服，在别人指导下，来到师者住处。虽然外面很亮很亮，屋里却暗得出奇，我怎么也看不清师者的面目。他十分快速地打转转。我一边和他谈论人间道德，一边观察屋内摆设，只见桌上摆一本《人和真理的关系》，封面朱红，烫金字十分醒目，但上面积满灰尘。在一个小台台上，有一个精致的匣子。诸位，我可是武艺高强，已炼成火眼金睛，眼光一扫，就知道匣子里有一本书。书约两寸厚，名叫《明哲保身之绝艺》，已缺角少页，破破烂烂，可见翻动之勤。

师者始终打转转，其话却清晰可闻。其面目连我这火眼金睛也看不清楚。我对他更加佩服。但我不好意思要求他让我看看其真面目。

这时，进来一个满面笑容的人，面貌比较丑，但衣着很讲究，乍一看，是个堂堂正正的人。他把师者的孩子抱走。我心里一动，不觉跟去，一直跟到公路上，隐在路旁的草丛里，看他搞些什么鬼名堂。

衣冠楚楚者将孩子放到地上，立刻召来一大群面目不清的人，开始和孩子逗闹。“嘿嘿，你把裤子脱了，到女生寝室去走一趟，我给你一把玩具手枪。”衣冠楚楚者露出白历历的牙齿……

这时，我已看清那些人的面目。有两个竟是鬼，包括那个衣冠楚楚者！另外一些人一点也不知觉，一副麻木像。我大怒，将丹田之气向上一提，运用轻功，飞到孩子面前，一把将他抱起，大声怒斥他们：“你们这群人鬼不分的东西，竟来毒害好端端的孩子！”说着，挥拳打过去。

他们不等拳头落身，就逃得无影无踪。那两个鬼也在瞬间变成人的模样，逃了；逃时，还回头恨恨看我几眼。我对孩子说：“以后，无论那群鬼东西给你什么，你都不要。他们的糖、玩具都不干净，有毒；懂吗？”

孩子点点头。

师者来了，还是转个不停。我依然看不清其面目。他前面还有一个人，就是那个衣冠楚楚的家伙。哦，他是鬼！我和这鬼东西只差三尺远了。他抬起头，骂我三句。我大怒，上去将他按住，狠狠揍几拳。师者来到我面前，严厉地说："在路上打架，是讲道德吗？昨天，你还和我谈论什么仁义道德，真丑！"

那家伙正欲借势发作，见到师者，鬼眼一转，就对师者说："师啊，他揍我几拳真像搔痒呢！哼，比蚂蚁还不如！您看，我如此宽宏大量，您看是不是让他变成虫子？嘿嘿，虫子！"

师者点点头，念几声咒语，挥挥手。我变成一只蚂蚁。师者飘然而去。那个鬼狞笑着，向我踩来。突然，我重新变成人，一把抓住他的鬼脚，将他提起来，使劲向外一掼。这家伙被摔出去好远，立刻变成恶鬼，青面獠牙，向我扑来……

我大声说："你敢！我是人，你是鬼！邪不压正。小心点！"说着，我发动体内真气，把一股人的正气变成一把正义之剑，砍向他。鬼的邪气立刻收敛，见不能伤我分毫，很快变成一只野狗，仓皇逃走。

天黑了。我怕师者误会，将我变成一只狗，便去和他说个清楚。师者和我说着话，始终飞快地旋转。看来，他的法力确实不浅！

一会儿，我走出师者住处，碰到一人。他对我大吼："你又去请那家伙把我变成畜生吗？"

我道："你不值得我这样做。"

"哼，你还骗我！"他发怒了。他那本梳得光溜溜的头发变成披到肩上的长发，眼睛闪着绿光，在夜里像磷火。他是鬼！他的魔爪伸向我。

我急忙用平生所学功夫，和它斗法。我和它已斗几次，只因修炼未到家，始终觉得它不是人，但总不知它到底是什么东西，现在才知它是一个鬼。我一点儿也不怕它，因为我知道它远没有昨日那鬼那么狡猾。我和它斗几回合后，终于觉得"男不和女斗，人也不应和鬼多斗"，于是抽身便走。它作势赶来。我施展绝顶轻功，凌空飞走，心道："迟早我会收拾你们这些不是人的东西！那时，我只需一掌，就击毙你，免得和你这鬼打斗多时，有失人格。”

真倒霉，天天都碰到鬼！那鬼又来，继续追问：“昨天你到师者那儿去，是想他把我变成一只狗吗？”

它后面一些人笑起来，挤眉弄眼，又在讥笑我打小报告。唉，为什么他们总要往坏处想呢？难道和老师像仇人，互相疑心重重就好吗？我大声道：“你别以为人心像你的鬼心。别以鬼之心，度人之腹！”

它脸红了（竟然还会脸红），转而发青，险些现出真面目。他见周围人多，立刻现出大度的模样，对周围的人道：“看这狗一般的正人君子！有事就往老师那儿跑！”

师者来了，凶狠地命令：“把这个家伙给我喊来！”说着，手指一张大纸片。这张纸片上写有我的大名“谢琼山”三字，个个斗大。这次，他没有飞旋身子，但我仍看不清其面目。

我说：“不用找，我在这里。”

师者看见我，眼一眨，又飞旋起来。只一旋，就旋到我身边。原来，他有一身惊人的武艺！他手一扬，就握住一把刀，狠狠劈向我。我正要躲闪，身体已被两个鬼一左一右夹住，来不及想出脱身办法，我的魂魄已出窍，站在空中，只见我的尸身从中分为两半，但没有倒下，而且流出白血来。我想：“《水浒全传》中李逵暗杀罗真人时，罗真人流的也是白血，但真人德行高，居然还阳。我何以也流白血呢？却猜不透，也许由于我纯洁、坚贞吧。然而，我的道行不及罗真人万分之一，恐怕不能还阳了。”我暗暗祈祷：“真主啊，我来生一定狠狠惩罚人间之鬼，好让与我身世相似的人愉快地生活、学习。”突然，我的魂魄跳进尸身，身子立刻有了活气。

师者正举起那张写有我名字的纸片，挥刀乱劈，先分成三张小纸片，一片一个字，接着被劈成“讠”“身”“寸”“王”“京”“山”，最后变成无数碎片，连横、竖、钩等笔画都分不清了。他说：“这就叫身败名裂。哈哈！”

“哇哇哇！”那两个鬼怪叫起来，高兴异常。其他几个也“呜呜”不已。

也有个别人沉思不语。

两个恶鬼，依然一个衣冠堂皇，一个头发油光，很像人样。我暗想：“无论你们打扮成什么样，在我眼里，总抹不去你们丑恶的嘴脸。我明白，你们有一颗肮脏的心。天道总会惩罚你们！”如此一想，就看见那些碎纸片迅速飞起，合并成一张大纸片，上面大书“谢琼山”三字，在那些人鬼惊愕的目光中，闪闪飞向天空，道道瑞气环绕。

油头鬼毕竟不够聪明，它曾被师者变成畜生，但今天它异常活跃，以为我死了，走路总是蹦蹦跳跳，昂着头，一副高枕无忧的鬼样。大概它正在想那些肮脏事吧。它猛然和我撞个满怀，看清是我后，大惊，立刻现出鬼样，道：“你是人，还是鬼？啊！呜！哇！”

我道：“我大有人性，永远不会变成鬼，故还阳也！”

它明白了，使用惯用伎俩，伸出毒舌骂我。我用掌护身，暗暗祷告我佛如来：“禀告我佛：弟子我有很多别的事，以后不见得能在这鬼骂我时理会得，故望您赐我周身之掌，护我全身，在那鬼骂我时，反弹回去，让它自己受用无穷！阿弥陀佛，阿弥陀佛！”想完，把这话间接说与那鬼，然后飘然而去。

鬼大怒，但奈何我不得，只好发一通鬼脾气。不幸，它骂我的毒话，竟切断它自己的毒舌。

师者法力无边。在很多人眼里，我还是一只狗。但我要让别人知我非狗而人。时间将证明我所做的一切！

一个星期的时光，昏昏沉沉。也许我的精神病到此为止。愿我今后神志清醒，愿别人也把眼睛擦亮些！

圣洁飞侠

1986年4月11日

向学校请示后，章老师带领同学们，预备将校园大大改观——把那条臭水四溢的对角线抹掉；在校园四周，把死水沟挖成低而深的边沟，让混合液流到河里；换掉木质篮球架，竖起一对铁球架。学校还要请民工，用水泥、沙石砌3张露天乒乓球台。死水沟奇臭，一触动，就有蚊虫乱飞。劳动中，我和苏学武十分卖力，挖，掏，端，送，抢着重活干。章老师看在眼里，想："谢琼山出身农家，不怕脏，不怕累，不奇怪；而苏学武是双职工子女，还这么不怕累，不怕脏，就难得。"

三个多小时后，劳动结束。我和苏学武身上的夹衣都湿透，满是泥泞。我们洗过澡，换上一身干净衣服，同去河边洗衣服；洗着洗着，苏学武要回去上厕所，我立刻也有了要上厕所的感觉。我俩把盆、衣服、肥皂等放在河边，一起回校，走进厕所；刚蹲下来，我口袋里几张饭票掉出，浸泡在脚边的尿水里；我不理它们；苏学武一眼看见，知道我刚换衣服，一时没装好这些小纸片片，以为我不知觉，就努努嘴，示意我捡起；我脸上发烧，肯定通红了，假装没看见。

一会儿，我先到河边。苏学武跟来，将几张脏纸片仔细冲洗干净，晾在石上，晾干后递给我。我又惭愧，又感动，一边洗衣服，一边在肚中将这事写成作文。

章老师在我的作文本上知道了这件"先进事迹"，为表彰苏学武不怕吃苦、勤俭节约以及我勇于自我解剖的精神，建议在教室后面的墙上，开设一块作文园地，专门张贴同学们的优秀作文。我的这篇作文成为发表在墙上的首篇。简贵看过，说："果然又讨上好儿。"

苏学武由衷感激，他知道如此重复几次，他头上的处分帽子就有可能摘掉。我受到鼓舞，常常将一些心里话写成作文，附在章老师的命题作文后面。章老师总给我仔细修改。这天晚自习，章老师来到教室，将我叫去，说："我们谈谈作文。我发现班上除玉洁和你外，别人都只写我命题的作文。"

"李小华写过一篇，您批过'已阅'，不过没改一个字。"

"李小华这人不地道，本地人，却刁一口怪腔，洋不洋，土不土，简直是瞎闹！我不喜欢他那吊儿郎当的模样！"章老师不高兴了。

我这才想起，自高中以来，李小华就一直学书本上的口气说话，文绉绉的，声母韵母一律用普通话，声调却用本地的，让听者耳朵怪别扭，心里确实不舒服，不过，一旦和他相处久了，习惯后，也就不怎么在意。怪不得章老师如此讨厌他！我心中发毛。章老师明白我心意，立刻笑笑，说："我发现你写作文有一个很大的特点，就是文笔相当细腻，有时把议论文都写成记叙文。"看我有些不自在，他又和蔼地笑笑，"你别担心。这不是缺点，反而是一种长处。"

我很吃惊，心思立刻被章老师的话抓去。章老师又说："作文只是写作的初级阶段，而文学创作才是写作的高级阶段。我发现你很有文学创作潜力。"

"什么是'文学'?"

"你看过小说没有?"

"语文书上多得是，怎么没看过？我小时就看过单本的《飞雪迎春》《沸腾的群山》，初二时还看过上中下三集的《水浒全传》。"

"就是这些。你认为写得好不好?"

"当然好!"

"这些就是文学作品的一种。比如鲁迅，就是伟大的杰出的文学家。"

"他的《狂人日记》写得太好了!"

"这是中国第一篇白话小说。他还有更好的《阿Q正传》……"

我听得入迷，觉得自己和章老师之间的那堵无形的高墙正在坍塌……

章老师说："在农中，考学希望不大，不如发展自己的特长。天下三百六十行，行行出状元，不要在一棵树上吊死，考不上大学，也有出路！因此，根据你自身情况，我希望你在文学创作方面有所发展，到时总有好结果!"

"么样发展呢?"

"你还小，见的世面还不多，暂时不宜写小说——这需要丰富的生活积累。因此，你可以学着写一些新诗，以锻炼自己的写作能力，等到生活积累够了，再写《水浒全传》《狂人日记》这样的小说。"

"我在日记本上写过几首诗，都是按古诗的大致格调写的。"

“干那个没出息。你应该写新诗。写古诗已过时，学习可以，不必专门去写。”

“么样的诗叫‘新诗’?”

“比如闻一多的《静鸟》、柯岩的《周总理，你在哪里》等，都是……”

一会儿，我怀着感恩的心情，告辞而去。章老师看着我的背影，笑了……

上语文课，我开始认真听讲，才发现章老师的课讲得很生动。比如讲到“哭”和“笑”这两个字，他问同学们：“看到这两个字，你们有什么感觉?”

我站起来，不抱信心地答：“‘笑’字像人笑眯眯的样子，‘哭’字像人掉眼睛水的样子。”

章老师大声说：“对！正是这种感觉！我们的祖先不简单，造出来的字都有绘画（美术）的成分，给人直观想象的空间……”

我从没听人这么启发自己，现在听到，很后悔以前没认真听章老师讲课。为把以往的损失补回来，没几天我就要求调到第一排就座，与陈登科同桌。陈登科的父亲为他取名“登科”，寄托望子成龙的心愿。但陈登科的学习成绩却不突出，从不引人注目。他曾在练武、练功之列，特别憎恨方老师，因此，也特别佩服章老师。他订有一些新潮杂志；上面常发新诗、散文。上自习，他常搬动那张巧妙的嘴皮，和身后、身右的同学闲侃，但从不打扰我。我求之不得，深感万幸。

李小华坐第三排，每次上语文课，都见我坐得端端正正，专心听讲，心中不禁吃惊。这天晚饭后，他约我到公路上散步，问：“喂，你怎么向章‘师者’投降了？在《狂人续记》之中，你可是把他写活了!”

“路遥知马力，日久见人心。”我把章老师对我的启发一五一十告诉李小华。

“果然他偏心！对你这么好，对我却不理不睬。其实，我也爱好文学，而且早就明白文学创作这回事了！”李小华十分气愤。

我心中不是滋味。我们边走边谈，不知不觉回到学校，走近宿舍，忽然闻到楼上飘下一种特别的香味——大蒜叶子香。我们感到奇怪，上楼，推门进去。苏学武、褚胜、王木青、华森、华三吉、简贵、吉应学、陈登科等十几个男生正围坐在一个新煤油炉旁。炉上有一口锅，锅里有许多汤，里面有很多青青的蒜叶。他们正吃喝得起劲，嘻嘻哈哈，猛然看到我、李小华，下意识地看看身边的两三捆蒜叶，大都收敛笑容，换成一种敌意的表情，只有苏学武和陈登科邀我俩一起喝汤。我不喝，拉上李小华就走。李小华问我："你说那些大蒜是从哪儿弄来的?"

"买的呗!"

"不是买的！是偷的!"

"偷的?"

"以后你就明白了。"

不久，高二班男生分别添置10个煤油炉，放在储藏室，除我、李小华等极少数人不开小灶外，一二十个男生各自为营，每天至少自做一顿饭菜。晚上，常有男生摸进附近农户菜园，偷盗白菜、大蒜、洋芋等。华三吉和华森成为一对理所当然的"生活伴侣"，出去活动的任务理所当然全部落在华三吉身上，烹调当然也是华三吉义不容辞的义务，而华森不需冒风险，不需动手，只需动口，只管享受。

他们不知道，为这一点口福，将付出多大代价。

课余，我常向陈登科借杂志看，看过就学作新诗。4月19日，是我17岁生日。我没有声张，但心中高兴——本是平平淡淡的日子，在我心中却不平常。蔚蓝的天空没有一丝云彩，绿茵茵的草木铺满大地。我不禁诗兴大发，吟哦半天，终于吟出一首新诗，名曰《我的生日在春天》：

春姑娘步履轻盈，
唱着祝福的歌声，
手提花篮，
来庆贺我的生辰。
她把桃花撒满大地，

送给生我的母亲；
她把阳光蘸上绿叶，
送给养我的父亲。
她舒展翠袖，
送给我蓝天茵茵；
她香汗如雨，
送给我河水清清。
她玉手轻挽，
送给我朵朵白云；
她吹气如兰，
送给我习习微风。

晚上，我想了又想，终于加上几行：

春姑娘步履轻盈，
撒一路祝福的歌声，
足踏夜色，
来庆祝我的生辰。
星闪闪，眼闪闪，
点燃我的生日灯；
月弯弯，眉弯弯，
勾去我长大的心……

翌日，章老师看过，十分高兴，对我说：“你已上路，继续努力吧！”

我也很兴奋，自然更加努力。我的成绩也渐渐看好。期中考试结束，我的总分升为第六名。芳月仍以微弱差距屈居第三。伍云、狄文终因化学、物理两科成绩高出别人许多，而以总分第一、第二雄居最前列。简贵第四。李小华特别高兴，他是第五，其优势在于英语成绩赶上来——第一次考及格。

第九回　正邪双方摆战场　冷看鸡狗花花肠

“五四”青年节到来，我的新诗《我的生日在春天》被赫然登到学校首期墙报最醒目位置。全校师生都来观看，啧啧称奇。午饭后，我走到教室门前。不远处高三班两个女生对我指指点点，一个对另一个说：“那首诗就是他写的！”

“呀，原来是他，长得好帅！”

我心中得意，却谦虚地假装没听见，正要走过，就见伍云和狄文站在新铁篮球架下，对那两个高三女生指指点点，一副下流模样，立刻明白他们没什么好话。伍云又对我窃笑，然后对狄文说：“这个伙计又抖起雄来了！”

狄文喊：“谢琼山，谢琼山！”

我径直走进教室，没有理会他俩。伍云、狄文气得直打嗝。自高二以来，他俩连续几次获得第一、二名，开始骄傲，但我一直不把他们放在眼里。他俩心中不快，却不敢轻举妄动，因为害怕我的“阴险”；后来看简贵大肆攻击我，不禁愉快，哪知我公然对简贵大打出手，后来又受章老师器重，他们明白我又站起来，就想和我套近乎，哪知我不理会。这还得了！他俩在那儿翻白眼，露出仇恨目光。这一二年来，他俩已形成一种默契。平时，他俩总是团结得像一个人，某人骂狄文，伍云一定上去帮腔；某人打伍云，狄文一定上去助拳。现在，他俩只需对望一眼，就明白对方心中的共同语言。这时，他俩气哼哼地走向宿舍。伍云总走在狄文前面。本来，伍云要比狄文高半个头，但他俩总是一个像官员，一个像陪同；狄文已习惯做伍云尾巴——谁叫伍云第一、自己第二呢？刚来校，伍云是一副随时低头认罪的模样，处处给人赔小心。从第三学期以来，就一改先前模样，总高昂那颗呈苍白脸色的头，要么眼看天空，要么眼看天花板，一副瞧人不上眼的样子。这引起许多同学的公愤，但这些同学看他正得势，总让着他，他就愈发了得，越发高昂着那颗尖头。这时，他昂头走到宿舍门边，“啪”的一下，撞到一个人身上。谁？王仁。王仁被撞倒在地，好在身上脂肪厚，爬起，身子骨还是好好的，但火气撞上来，不禁大声呵斥：“你眼睛长额角上了？让都让不开！”

狄文上来帮腔：“就撞你，怎么啦？”

“把老子撞了，还有理？”王仁更来气。

伍云说：“怎么啦！怎么啦！又没撞伤，又没撞死，值得发这么大火吗？流氓！”

王仁一听“流氓”二字，心里就发慌，大叫：“你才是流氓！是强盗！”

狄文又帮腔：“谁是流氓，我们这里人人都明白！”

简贵、王木青、褚胜、吉应学等正在里面，哄笑。华森说话：“我说伍云、狄文，你们也太不给人面子了！这种事只能自己做，别人能说吗？”

周围的人又“哄”的一下笑起来。伍云说：“班长，我们再不说了，再不说了！”

狄文说：“班长！心里明白就行了，心里明白就行了！”

“既然你们口口声声叫我班长，平时我没个班长样子，请你们原谅！现在我可要真当回好干部，管教管教你们——刚才，明明是你伍云目中无人把王仁给撞了；你狄文还帮他找王仁的不是！这对不对？”华森突然严肃起来。

虽然伍云、狄文瞧不上任何人，但对苏学武这样的大个子以及华森这样的“大官僚”，总是礼让三分，这时明明听出华森是骂他俩“目中无人”，心里气恼，但脸上还是习惯性地堆上笑容，一个说：“是、是！班长教训得是，班长教训得是！”

另一个跟着说：“是、是！班长批评得对，对！”

“你就多担待他们两个一些吧！”华森心中得意，拍拍王仁肩头。

开始，王仁听华森揶揄他，心中又气又恨。他最怕的就是人家张扬他的丑事，正预备逃出去，却听华森教训伍云、狄文，心中又立刻充满感激之情，这时连说：“不疼，不疼了！”说着，羞惭地跑出门，不禁泪满眼眶。

我刚巧进来，见到这一幕，心中一时极不舒服，心想：“王仁当时才十二三岁，懂得什么呢？为什么要吃这么大的苦头？我和科伢根本没做什么，也要受到好几年的心灵折磨，科伢还为之献出了宝贵的生命！”

王仁跑到溪边，头伏在膝盖上，放声痛哭。我跟来，拍拍他的肩，满心同情地说：“这些家伙太没教养……”

王仁心中满是感激。自从走进农中，就没人把他当人看，今天又受到这般侮辱，我竟冒众矢之的，主动关心他，怎不令他感激涕零！后来，我和李小华接触少了，和王仁在一起的时光多起来。我俩常常形影不离，来到公路上、溪边、河边，散步，晒太阳，谈论人生。我常把自己的欢乐和痛苦说给王仁听。王仁则很少说话，是我一个绝好的听众。

不久，我写一篇议论文，大意如此：

一些人总高昂着头，不看面前的芸芸众生，无意中把面前的人伤害，不但不赔礼道歉，还指使他的狗一个劲儿地对受害人狂吠，自己也对受害者进行人身攻击。这些人真是猪狗不如！

第三天早自习，我去章老师那儿把作文本取来，发给大家。伍云连连对我瞪血红的眼睛。我回敬几个白眼。发到狄文，狄文也对我翻白眼。我也毫不客气地蔑视他几眼。有的同学吃吃怪笑。狄文越发气不过，就问我：“你横我干么子？”

“是你先横我！”

狄文跳起，扬起自己的作文本，向我脸上掷来。我不慌不忙地一挡。作文本“啪”的一声掉到地上。狄文手指作业本，凶狠地说：“你给老子捡起来！”

“难道有狗先咬我，我却伸手去让狗咬的道理？”我微笑。

同学们哄笑。狄文更气，手指我鼻尖，说：“你比黄缸还粗，经常瞧不起人！”

“你别搞人身攻击！”

“老子就是要搞人身攻击！”

“对你这种不要脸的东西，就是要蔑视。我瞧不起你，么样？就是瞧不起你！”我突然大发脾气。

“你讨打不成?”狄文捋捋袖子，作势。

“你先找碴，还想动手，是不是?”我把一叠本子往桌上一放，也作势。

伍云想上来帮腔，但想起我痛打简贵的情景，不禁犹豫不决。狄文不免心冷。正在这时，章老师远远走来。有人小声说：“呀，章老师来了！”

狄文不再言语，软软坐下，自己捡起本子，不再动作。我看他没硬气了，也不纠缠，继续发本子。章老师进来，细看伍云和狄文的模样，心中好笑，然后对我说：“今天没有语文课，但我有事找你，请你晚自习来一下。”

“未必章老师看出刚才的事了？”我心惊。

晚上，我惴惴不安地来见章老师。章老师让我坐下，给我泡上一杯茶，问：“今天早上，伍云和狄文是不是和你吵嘴了？”

我见章老师面带笑容，也就打消顾虑，点点头，然后把早上的事仔细说一遍。章老师说：“果然不出我所料！你知道这是因为什么吗?”

“大概是他们来您这里偷看了我写的那篇作文吧。”

“对！我找你来，就是想和你谈谈作文。我先讲个故事。解放前，一位瞎老人到处乞讨，往往收不到几个钱。后来，一位诗人遇到老人，却没钱给他，突然灵机一动，说‘老伯，我没钱，但我可以写一句话给您，您带着它，兴许可以多收一些钱’。说完，他写一个纸牌，送给老人。老人带上，再去乞讨，果然有很多人给钱。你猜，诗人写什么话？他写‘春天来了，我却看不到’。你明白吗?”

我感觉到了，但说不明白，似懂非懂地点点头。章老师启发说：“这个故事说明做事含蓄些，易于被人接受。你看，瞎老人直接向别人伸手说‘行行好，给两个钱吧’，却很少有人给，而诗人一句似乎不相干的诗，却说尽瞎老人无奈求助的境况，就打动许多人的心。写文章也是如此，明白吗?”

“明白了。”我肯定地点点头。

“你的作文那么直接地抨击伍云和狄文的丑行，他们看了，心里肯定不好受。如果你含蓄点，也许他们就不会找你麻烦。”章老师微笑。

“我认为不尽如此。如果写到那个程度，他们更来气!”我也笑。

“有这个可能。但他们看了，会有苦说不出，就不会明目张胆地和你

‘战斗’。再说，还可能他们会因此而警醒，不再傲气十足，也未可知。”

伍云高昂那颗苍白脸色的头。有一朵乌云托着他向上飞升，但上到半空，突遇一团冷空气。他脚下的乌云立刻化成雨水，将他从云端摔下。他粉身碎骨，那张没有血色的脸被污血染红……

我轻蔑地一笑，笑醒，才知是梦。看看窗外，仍是漆黑的夜。我又沉沉睡去。

早晨，天上下起小雨。我似乎想起什么，就看见伍云和狄文共举一把黑伞，相拥而过。伍云回头剜我一眼。我猛想起那个梦境，心中一动，走进教室，写出一篇议论文，题为《论乌云化雨》，其中说：

请看那乌云，乌黑着脸，在空中横行，不可一世，自以为了不起，但它一旦遇上低温，就粉身碎骨——成为泪雨，仅剩下哭的份儿。这正如现实中某些人，自己把自己捧得很高，甚至捧上云端，但这多是无根的云，很容易摔下。捧自己越高，就摔得越重。请让我们平等地看待这个世界，否则这个世界将惩罚狂妄者！

章老师看过，面带微笑，在后批道：

比喻得当，短小精悍，说理充分，好！

伍云和狄文心中有鬼，又去偷看。伍云脸色更加苍白。狄文左眼更加斜视。他俩肚中都憋一团气，在章老师面前装出比哭还难看的笑脸，连连说：“写得好！写得好！”唯唯诺诺出去，刚出门，就迫不及待地骂起来，越骂越窝火。

晚上，同学们归寝，又说起下流话。伍云和狄文一反常态，破例没有加入制造语言垃圾的行列。过一会儿，伍云到底忍不住，骂道：“他妈的！搞不赢别人，就在作文上打击别人！”

狄文立刻接上口：“平时说么子‘嫉妒有两种，一种是和别人正当竞争，一种是打击别人，前一种是好，后一种可耻'，真他妈放狗屁!"

我本不想作声，这时听狄文明明在骂我，火气上来，就大声质问："狄文，你骂哪个?"

"又没点你的名，你搭什么碴！你管我骂哪个?"狄文气势汹汹。

"刚才你引用的话分明是我说的，你不是说我是说哪个?"

狄文无话可说，立刻哑口，闷在那儿。伍云立刻接口："就说你这个狗×的!"

"你骂人?！你这个连狗都不如的牲口!"我大怒。

伍云虽不可一世，但仍对我有所顾忌，不敢再胡骂，但不能就这么认输，于是歇斯底里地大喊："你这是嫉妒、嫉妒、嫉妒!"

这句话触犯众怒。平时，同学们不爱学习，却也看不惯伍云那副骄横模样，心中早就有气。苏学武首先发难，大声质问伍云："你有么子值得别人嫉妒？你有么子资格像狗一样狂吠？嗯?"

几个人随声附和："有么子值得别人嫉妒的？不就是成绩稍微强一篾皮吗？有么子了不起!"

……

伍云见到这般阵势，知道众怒难犯，不再吱声。一会儿，他假装睡熟，假装正在做梦，借机狠踹脚头的狄文，以发泄对狄文刚才不帮腔的怒气。

学校请民工砌成三方露天乒乓球台，规定一个班用一方。

华森吃过饭，踱到乒乓球桌边。伍云正和狄文杀得难解难分，见华森来到，伍云有些不自在，很希望华森不参战，但想到华森是班长，比我谢琼山还阴险 10 倍，就想装出高兴样子，可在脸上怎么摆弄器官，都是苦笑。华森心中明白，但不管什么，问："喂，你们记分没有?"

狄文球技比伍云略高，顺畅地答："没记。"

伍云乌鸡眼了，吞吞吐吐："这、这是洪老师的拍子，我们只打、打几个，就、就去还!"

华森脸一沉，嗓音也较低沉："什么?"

伍云立刻软下来，苍白的脸上堆起红云，结结巴巴："我们三、三个打，还是、是可以的，再不让外人参战就行了！”

“好，现在我记数，谁先输11个就下台。我们轮流上。”华森不管那些“规矩”，只要自己有球打就行，脸上立刻阴转晴，顺水推舟。

一会儿，伍云败北。华森要上台。伍云一边发球，一边涎着脸说：“还打一个。”说着，球已发过对面桌沿，“这个不算，还打一个！”

华森脸上又一沉，一把抓住伍云肩胛骨，一拉，另一只手从伍云手中夺过球拍。伍云极不情愿地下台，心中极不平衡。这时，陈登科过来，欢呼：“有球打！”

华森利索地对正紧张万分的狄文说：“我们不打玩球，上场就开！”说着，就发过去。

陈登科本就怕有打玩球的规矩，以延误他上场，听到华森的话，又欢呼：“不打玩球，太好了！”

伍云心中正不自在，看陈登科过来，知道自己又得延迟上阵，心中更不平衡；看陈登科是平头百姓，学习成绩也不怎样，在班上不怎么露脸，且平时一身娃娃气，就认定能欺住他，于是狠狠说：“球拍是洪老师的，只我们三个打！”

“我偏要打！”陈登科气愤起来。

“没拍子，打么子？”

“你们打得我就打得！球台是学校的！”

“那你自己去借拍子啊！”

陈登科不再出声，气哼哼地盯着华森和狄文对杀。狄文哪是华森对手，连输8个球。伍云立刻跑到狄文这边站定，只等狄文一旦下台，就扑上去。没几下，狄文就以1∶11的悬殊比分败北，成为“小光头”，“光荣”下台，把拍子递给伍云。伍云迅速接过，像接力赛跑换棒一样，同时冷笑着斜眼看陈登科。陈气不打一处来，立即站到球台这边，双手撑住球台，不发一言，满面怒色。华森也不发一言，不帮伍云，也不帮陈登科，静看事态发展。伍云用身子挤陈。陈更上火，侧身抓过伍云手臂。伍云平时惯用左手握拍，当即挥拍向陈的脑袋砍来。陈哪里容他得逞，迅速将其右臂反剪，用膝将其顶翻在地，然后上去按住，举拳就打。

狄文本不知所措，这时听伍云杀猪一样惨叫，立刻扑上去，揪住陈的头发。陈回身一肘，将其顶翻在地，又转头痛打伍云。狄文红了双眼，捡起地上一块石头，就要向陈砸下去。华森意识到事态严重，赶紧过来，抓住那只狠毒的手臂，抢下石头，大吼一声："你一边去，我来解交！"将狄文推一个踉跄，回身抓住陈的手，严厉地说："别打了！"

陈看已打到火候，"腾"的一下，从伍云身上跳起，骂一声："滚你妈的！看你还猖狂！"说着，扬长而去。

狄文扶起哼哼不已的伍云，发现伍云头上有好几处青包。幸好他们身上常备风油精，以便学习昏沉时刺激神经之用，这时点到包上。包上没口子，说明陈下手并不太重，并不想将其打伤致残，仅想教训教训而已。狄文心中一动，不禁有些后悔，庆幸自己被华森拦住。自此，虽然伍云依然见人就高昂那颗头颅，但已收敛许多，而且有时还对人客气几句。不久，狄文过18岁生日，竟破天荒请同学们吃喜糖，但唯独没有请我。

同学们比较重视自己18岁或20岁生日，一般在这天送给男生10颗水果糖、一支烟；家庭条件好的还请三朋四友，上街下馆子，喝酒吃肉，大大庆贺一番。我常常收到这类物事，不抽烟，吃完糖就了事，也不太在意。可过些时，伍云竟来送喜糖给我。我本不想与人为敌，也就高兴地收下。我知道，伍云花几块钱去买糖，是要心疼的（他和狄文均未买烟），知其心诚，也诚心诚意祝他"生日快乐"。伍云虽心疼，但疼得高兴。我想到狄文花白的头，又看看伍云暮气沉沉的脸，想起平时他俩的种种努力，又有些怜惜。

章老师宣布："下星期六，本地同学最好不要回家，因为班上要开'周末晚会'。"

随着紧张排练，随着兴奋等待，这个特别的周末终于到来。下午，几个男生带上班费，去街上采购糖果。简贵争先领队，在背糖回校的路上，丢下一路糖纸，嘴里总是塞得满满，胃里甜得发腻。反正公家的钱不心疼，不吃白不吃。回校后，他又慷公家之慨，分糖给吉应学、王木青、华森、苏学武等，对我、李小华、王仁等则绝不"怜悯"，而且眼神中写满"我有发糖权"的字样。李小华大发牢骚："他妈的！好像是用他的钱买的，不要脸！"

我笑笑，不把这放心上。

晚上7时，天还未黑，同学们已吃过晚饭，收拾整齐，准时来到教室，围坐在一圈课桌后，中间一张讲台，每当主持人上台报完节目退去，表演者就上去占据这个显眼位置，吹、弹、唱。主持人是吉应学和玉洁。吉应学平时喜欢说普通话，今天正好派上用场。玉洁身穿朱红上衣，洁白衬衣，白领子翻在红领子上；下身是时髦的黑色直筒裤；大方端庄，高贵清丽；在橘红色的白炽灯光中，越发显出她那双神光离合的大眼睛和那红润的皮肤，青春气息显露无遗。她不会说普通话，用的是那种五洲河一样清亮的当地话，但抑扬顿挫，和吉应学半生不熟的普通话倒还配合得比较默契。论起来，玉洁是吉应学外甥女。这个舅舅看外甥女这么漂亮，很骄傲，曾几次动员我："你们正好是天生一对。你应该追她。保证她喜欢你!"

我心中撞鹿，但不露声色，仅笑笑。这时，我看玉洁意气风发，心中更是激动，有一种朦胧爱意在心中悄然生长，打算以后一律用普通话朗读课文。我上去唱的三个歌都比较成功。虽然这段时间我专心于把成绩赶上去，看同学们紧张排练，一直无动于衷，但这几年，每当回到谢王村，人户稀少，我都用足丹田之气喊几嗓子，居然一改小时那破锣嗓子，唱出很清亮的歌儿。演唱结束，我看见玉洁拼命为我鼓掌，心中不禁发热，又见芳月、王芙等温柔的目光，心中更是喜悦，但我强迫自己尽量用冷漠的目光回敬她们。

这个晚会很平常，平常得只有歌声和曲调，没有舞蹈，没有相声，没有小品，但同学们大都是首次登台演出，首次让别人如此注视自己美好的一面。因此晚会刚刚结束，他们就期待着下一次晚会早日到来。章老师充分肯定这次晚会的成功："加强了团结，增进了友谊，得到了理解。如果同学们愿意，我们将一而再、再而三地举办这类有益的活动。"

晚会开过不久，期末考试就结束，伍云第一，狄文、芳月、高武、我、李小华、简贵、王芙、华森、王仁分获前第二至十名。前五名之间的总分差距都很微小。简贵仅比李小华少1.5分，气得什么似的。我和芳月都在心里说："下学期一定要跑到最前面!"

伍云和狄文则暗暗说："宁愿多用风油精刺激大脑，也要保持最前列!"

长乐土家族自治县县委、政府下达红头文件：自1986年秋季始，改善全县三所高中学生伙食；同学们无论家在农村，还是城镇户口，均用钱和粮票在学校后勤处购买饭菜票，以便不再吃苞谷饭，而吃由粮食部门专门供应的大米和馒头。农中同时研究出台配套措施：为进一步改善同学们的伙食，每学期收受每人20元人民币，每周加餐一次，每月保证两次肉食，以打牙祭。

农中当年招收的两个新生班都到县城新建的职中去就读；两年后，农中将全部搬入县城，成为名副其实的“职中”。就是说，现在长美溪中学只剩下高二、高三两个班。因此，高二班刚升为高三班，男生宿舍就化整为零，搬到女生宿舍旁的三个单间，兼作储藏室。苏学武、王木青、吉应学、褚胜等八九个男生同住第一间宿舍。李小华、华森、华三吉、伍云、狄文等八九个同住第二间宿舍。我、王仁、简贵、陈登科、沐书甜等八九个同住第三间宿舍。沐书甜是留级生，19岁，曾参加上届高考，以十几分之差名落孙山。

每到饭时，每个宿舍的同学为一组，每组每顿共用一盆合渣，每次加餐则共用一盆粉条，每次“大餐”则共用一盆肥肉。这天课外活动，华森来到第三宿舍，和简贵下象棋。王仁在旁观战。一会儿，华森的将军危在旦夕，却没看出能反败为胜的一着。王仁赶紧提醒。华森大喜，依势走之，当即成为优势棋，不禁扬扬得意，对王仁说：“没想到你还懂得蛮多呢。”

王仁红光满面，喜得又流出一些青鼻涕。简贵愤恨，听华森说王仁“懂得蛮多”，当即悟出话外之音，顺势说：“是啊，王仁不但知道走棋，还晓得么样搞×。”王仁这才悟出华森是讥诮他，既赢棋，又转移简贵的愤恨，一举两得。王仁立刻羞愧不已，慌不择路地跑出去，心中恨死华森和简贵。一会儿，课外活动结束。开饭铃响，王仁走进宿舍，见华森和简贵还在大战，遂狠狠横他们几眼，真恨不得把他们当作晚饭嚼碎。华森想起华三吉不在这里，不见得会为他带饭，就说：“完了，我要去打饭！”

“在女生后面去吃吧。反正我的饭有人带，不急！”这盘棋简贵将胜，哪会放华森走。

突然，华森见王仁正在“叮叮当当”拿碗，就笑说：“喂，王仁，你帮我带饭吧?”央求的语气。

王仁立刻满脸堆笑，连连点头，殷情地问：“班长，在哪儿拿碗?”

“你去找华三吉，他晓得。”

“好、好，这就找他去。你放心吧!”

过一会儿，王仁快步进来，口里喊：“烫死我了，烫死我了!”把一碗饭递到华森手里，得意地笑。

华森看看他，友好地笑，顺势说：“哦，对了！那边宿舍今日儿归我去端合渣，也请你代劳！送佛送上西，好事做到底!”

“好，好，反正我们的合渣还要等一会儿才端来。”王仁满脸堆笑，找到华三吉。

华三吉说：“我去吧!”

“班长让我去的，就应该让我去!”王仁硬是抢过菜盘。

一会儿，王仁回来，讨好地对华森说：“班长，我已经给你端去!”

华森边说“谢谢”，边按下一子：“将军!”

简贵脸色一黑，但立刻又笑，调侃：“王仁到底不错，既会下棋，又会搞×，还会搞服务。”

王仁求救地看华森，希望大班长能为他说说话。华森却眼皮一垂，斜眼看简贵，怪笑。简贵会意，也“嘻嘻”怪笑。王仁气极，没吃晚饭，跑到公路上，掉一会子眼泪。

简贵看王仁狼狈逃窜，心中平衡，仿佛不快都已嫁接到王仁身上。嘻嘻!

中午加餐，归简贵值日，他去端来半盆热气腾腾的粉条。粉条汤上漂浮一层棕色菜油，味道不怎样，但对同学们来说，却很难得。简贵像以往一样，先满满地盛一勺，趁还没溢出，迅速扑进自己碗里——好在粉条都已细碎，才不至于出事故。然后，他稳稳当当盛一平勺，分给别人。最后仅剩下大半勺。他奸笑，口里说：“哇，对不起，只剩下这么多，大家都看见了，这不能怪我!”说着，把这最后半勺分给我。

我明白，这是简贵故意；以往，他就这么干过几次。但我不想在这些事上和他徒费口舌，因此每次都宽容地笑笑。简贵脸上可就挂不住了，但口中仍在“我不是故意的”，咕咕噪噪。我感到恶心，早不理他，自顾自和王仁说话。王仁想起简贵的种种刻薄，大方地对我说：“你的这么少，我的这么多，我分一些给你吧。”

“谢谢你，但我不要。”

“王仁真是好同志，不但会搞×，还蛮仁慈！”简贵知道王仁在指桑骂槐，心中的隐私似乎曝光，多丑啊，但他毕竟聪明，立刻反击，“嘻嘻”怪笑几声。

其他同学哄笑。王仁立刻闭口，脸色通红，幸好听得多了，才没落泪。

晚上，想起简贵那副嘴脸，我直想呕吐，自习都没上好。归寝后，我躺着，眺望窗外，突然发现天边一轮皎月刚刚冒出山尖。正说流话的男生们忽然住口，仿佛心灵得到净化。一会儿，简贵首先打破寂静：“哎呀，今日儿是中秋节，怪不得月亮又大又圆。月亮真像我们中午盛粉条的那个瓷盆！”

我望着那轮圆月发呆，想起今天是芳月17岁生日，觉得特别美，及至听到瓷盆的比喻，自然想起中午分菜的情景，心中立刻恶恶的，有要呕吐的感觉，竟莫名其妙地感到一种耻辱——认为简贵这种人是一种耻辱。

第十回　胸怀博大微微笑　何必奸盗埋祸殃

这月的大餐，照例在中午，刚好归我值日。我请王仁帮我带饭，自己去食堂端来肉食盆。里面有三指厚一层肥肉，冒出浓浓肉香。但我觉得怪难闻，直想呕，强行忍住，端进宿舍，开始给“同盆”的“食友们”分发，发给王仁一平勺，第二勺要分给陈登科——简贵一直瞪圆双眼，看定我的手、盆和勺子，看着他人，看着盆里那一层棕色的肥腻腻的块状物，这时看这勺似乎比给王仁的那勺多点，立刻把碗伸到陈登科的碗上面，口里说：“我就要这勺少些的。”

我看陈登科一脸宽容，就倒给简贵。简贵接去，喜色满面，像捡到天大便宜，边吃边盯着我继续分发。不一会儿，人人都分到手。我头次分肉，没经验，以致盆里只剩下一丁点。简贵心里暗笑：“看你只给自己留下这一点点，让你高尚去!”

陈登科说：“呀，谢琼山，你的这么少!”

王仁也说：“来，我分一些给你吧!”

“你们别忙了。来，把我这点也给你们两个吧——我生来就不爱吃肥肉，但我能吃点油。”我笑笑，在盆底刮出半勺油，倾倒在自己碗里。

简贵心里高兴，口里却说：“嘿，油还不少啊，这正好不亏你!”

我心中暗笑。陈登科心中有些不平，就笑对简贵说：“你的肉少些。看，说不定盆里还可以刮出半勺油呢，你还刮刮吧。”

“刮就刮，归我的我也要得!”简贵嘻嘻一笑，说着放下碗，真去刮，但这层油糊在盆底，看似较厚，实则刮不下来。他很扫兴，“唉，刮不起来，吃个亏算了。”悻悻放下瓷盆，重又端起碗吃肉。

翌日早自习，我翻开语文课本，看到《威尼斯商人》中“你的前生一定是一头豺狼，被人捉住吊死。于是，你那丑恶的灵魂就跑进你娘那肮脏的胎里……”，想起简贵的丑态，不禁大声朗读，大为开怀。玉洁一直注意地听。王芙对她说：“他的普通话说得更好了，而且有一种强烈的感情融入……”

玉洁温柔地说：“是啊!”

简贵听见，心里更不是滋味。

学校放风说，将放农忙假，假期为一周。可一个星期后，学校不仅不放假，竟决定连这个星期天也不放。同学们大都已几个月未回家，思乡之情日盛，不禁满腹牢骚，几个女生还委屈地哭了鼻子。他们去问章老师。章老师也不知毕校长、汪主任是什么想法。同学们唉声叹气，满口抱怨。学校为收拢同学们的心思，当即决定统一发票，师生晚上去电影院看电影。

晚饭后，章老师急急来到男生宿舍，“请”男生都去教室。原来，华三吉病了，需要送医院。男生们立刻行动，几个人去拖来板车，几个人在板车上铺好被絮，几个人把华三吉扶到被絮上面，几个拉，几个推，几个扶，其余的人守在两旁预备换班。一队人马缓缓向镇上的卫生院行进，刚走出四五百步，竟赶上全班“长头发”。她们到得如此齐整，都沉默着，把一束束关切的目光系上华三吉。以往男女生之间的那条鸿沟似乎消失。

华三吉脾气暴躁，除对华森外，对其他任何人都爱斤斤计较，动则咬牙握拳，甚至大打出手，因此关系恶化。近几天，同宿舍的男生仅知他患感冒，常躺在床上休息。华森也不关心他，他自己又羞于求人，以致病情恶化，今日已倒床。值日的班干部填写班务日志时，清点人数，发现华三吉已好几次缺课，当即去查看，才及时发现问题，随即向章老师报告。

这时，一行人来到街上。天色已暗，公路成为一条暗白色带子。街灯亮了。我们去办住院手续。院方有一条规定，即必须先交 30 元住院费，才能办理入院手续。而章老师手头仅有两三块钱，华三吉手里仅有三两角。怎么办？瘦女站出来，掏出 30 元，交给院方，华三吉才得以住院。

一会儿，医生告诉章老师，华三吉患痢疾。得了这种病，在治疗初期，大便很难排出，致使排便的次数特别频繁，一天约有 10 次，因此病人需要很好的照顾。章老师说：“这不用愁，男生会排着队去照顾他，一昼夜换四班，一班四人。”

除几个“留守”人员外，男生们都去看电影。女生们都商量好，一个也没去，她们把一盒盒饼干、一瓶瓶罐头、一袋袋糕点送到华三吉病床头，就像一座小山；她们把一句句充满温暖、充满关怀、充满祝福的话语送进华三吉的耳朵和心头，像一片大海……

男生们看完电影回校，听说这事，立刻议论纷纷：

“唉，真没想到！”

“是啊，比我们男生想得周到多了！”

“她们都对华三吉这么好，我们更不能落后，一定要把华三吉照顾好！”

……

我很感动，夜里总睡不着，干脆披上夜色，到公路上散步，碰巧遇到不约而来的李小华。他说：“我曾鄙视过不少女生，真惭愧！”

“我也是，曾认为她们百分之八十不是好东西……”

女生们充满友爱情怀的行动，就像一声春雷，在李小华、我等男生心上炸开绚丽的花朵。

星期天，学校终于宣布放农忙假，为期 8 天。高三班过完假期，回到学校，男女生之间的鸿沟渐渐被填平，异性之间的友谊日见明显。

晚饭后，我和沐书甜在公路上散步。书甜矮矮壮壮，眼中满是落榜的忧伤。自从留级，他一直努力学习，从不参与说流话的行列，对我很友善，两人不久就相熟相知。一个红红的影子向我俩飘来。玉洁。我心中一动，对她微笑。她也对我脉脉一笑，眼光里有一种勾人的东西。我假装没被她勾住心思，转头和书甜说话。等她远去，我才说：“以往我对女生有偏见，现在才明白很多女生其实很优秀。”

“你指玉洁吧？刚才，她看你的眼神真那个呢！”

“你是说她对我有意思吗？”我假装大大咧咧。

“是！”

“学生时代不能谈恋爱，否则会耽误学习。我不能分心，所以不能恋爱……”

书甜突然以失望的口气说：“你知不知道学校已决定培养伍云和狄文明年参加职业高考？就是今年高考才对我们农中专门设置的考试——在高考

基础上，加试农基——农业基础课。今日儿已把农基课本发给他们两个！”

我如听惊雷，呆了，好半天没说话。

晚自习，章老师突然宣布：“明天大扫除，到时毕校长要亲自检查。”

翌日课外活动，我恍恍惚惚，和别人一起把教室打扫完毕。人走光了，我还呆坐在位上，口里机械地嗑瓜子，手中习惯地把瓜子壳接住，又习惯地放进外衣口袋，不觉落到地上十几片。突然，我被人抓住后衣领口，被提起，只听耳畔一声厉喝：“你目无学校纪律，刚打扫干净，又弄脏！”

我惊醒，看清是毕校长，不禁手中松动一下，瓜子壳又掉下几十片。我低声解释：“您看，我口袋里这么多壳，地上几十片不是我故意撒的！”

毕校长不听，依然大声呵斥：“你不要狡辩，为这事得写检讨。太不像话了！”

“老毕，么事？”章老师进来，不看我，只看毕校长。

毕校长一五一十数落一遍，引得窗外许多同学围观。章教师听完，不看毕校长了，只看定我，问：“是这样吗？”

我委屈地哭。章老师知道事情并非毕校长所说的那么简单，但他严厉地说：“谢琼山，你不能光顾哭，先把事情说清楚！”语气中暗藏慈爱和鼓励。

我边抽泣，边翻出口袋，说：“您看，我每次吃瓜子、花生、板栗等，都把壳放在这里面，并不想丢到地上。今天扫完地，我精神状态有些不好，不知不觉撒了些到地上，刚才毕校长进来，被他一提，又掉一些。本来，掉了还可以重扫……”

“老毕，平时他特别注意清洁卫生，这次又不是故意的，让他重新扫好就是了，何必让他写检讨呢？”章老师脸色变得温和，不再看我，又看定毕校长。

“这个班男生一直吊儿郎当，目无师长，目无纪律。你作为班主任，却不闻不问，还放纵、姑息他们，成何体统？”

“老毕，你这话就不对了。什么时候我不闻不问了？这不还来过问这事的原委吗？”章老师的火气冒上来。

毕校长脸色更难看，厉声问：“你是说我没问清事实就武断地下结论吗?”

“至少在这件事上是如此!”

“你必须写检讨，晚上交给我!”毕校长眼里冒出怒火，不再理睬章老师，指定我的鼻子。

章老师也针锋相对，故意气呼呼地对我说：“你去拿扫帚来把这点壳扫了，不必写检讨！用口袋装壳的方法值得发扬!”

我赶紧去墙角拿来扫帚，把壳扫起。围观的同学阵阵哄笑。毕校长气得脸红脖子粗，指着章老师说：“你太不像话了！好，你行！你们班的事我再也不管!”说完，扬长而去。

同学们又一阵哄笑，无异于为章老师鼓掌、喝彩、叫好。章老师三角眼一瞪：“你们高兴么子，啊!”

同学们一惊，但随即看见章老师眼角、嘴角的笑意，一下明白章老师在开玩笑，于是又“哄”的一下笑起来。毕校长听得明明白白，恨得直咬牙，狼狈地“躲”到办公室去看报。我出去倒掉瓜子壳，心中充满感激，就听简贵说：“自己做事自己当。还给章老师找麻烦，算么子狠气!”

章老师知道这是简贵借机讨好卖乖，同时向我实施身心攻击，就宽厚地一笑，不轻不重地说：“虽然你们都已十七八岁，有的还二十多了，但还是学生，还是孩子，在学校，老师不照顾你们，哪个照顾呢?”

简贵明知拍马屁拍上牛屁股，但仍然坚持拍下去，立刻唯唯诺诺：“您说得是，说得是!”

我心中更加感激，觉得又和章老师走近一步。

星期五，学校决定让同学们受受教育——集体购票，去街上看电影《少年犯》。晚饭后，我来到街上乡政府大楼。何姐早于前年秋天调入乡党委任副书记。二哥阳山也随她调入永茂中学任教。他们住在乡政府大楼。我先见到二哥。二哥一脸喜色。我问：“何姐哪儿去了?”

“她正在屋里躺着呢!”

“她病了?”

“前几天她刚生下一个女儿。这个小乖女儿和你特别像!”

我怀着一种喜悦心情，去看电影。

同学们看过电影，很感动，但也有人对其中犯人偷盗的高超本领津津乐道。高三班男女生走出影院，就自动汇集到一起。我们刚走出街口，就有个二流子来调戏女生，直喊“姐们儿”，出言不逊。苏学武上前故意问：“你说么子?”

这小子才20多岁，粗粗壮壮，肤色像煤炭一样黑，闲着没事干，就来干这买卖，十分猖狂，道：“我说你妈啦!”说着话，就喂上一拳，打掉苏学武的眼镜。

苏冷静地回喂这小子一拳——自下至上，将这小子的下巴打歪。一会儿，一伙人闹到乡政府。经调解，不仅这小子白挨那记重拳，还得赔偿苏学武20元眼镜钱。苏学武成为英雄。

我为班上出现新生事物而喜悦，也为又得侄女而高兴。今年，我家连连添丁，在绿意最盛、生机盎然的暑期，已婚一年的三哥绣山、四哥玉山相继各得一女。星期六回谢王村，我和芳月谈了一路，猛然心中一动：“何不就此机会和女生改善关系呢?”

星期天，我背一袋炒花生和一袋炒板栗，回到学校后，与书甜上公路散步，书甜说出一件惊人的事——昨日夜里，一个人色胆包天，竟把瘦女从上铺拖下地，又要拖出门。瘦女吓哑嗓子。玉洁和王芙大呼大叫。男生们听见，立刻行动。色狼当即逃之夭夭。据分析，色狼趁晚上女生宿舍没人时潜入，藏在床铺底下，直到半夜才出来行事。可怜的女生们胆小如鼠，大都捂紧被子，幸喜胆大的王芙和玉洁本星期没回家，否则后果不堪设想……

我叹惜一回，然后说明自己想和女生改善关系的心愿，并把自己的行动方案详细说明。书甜连连点头称妙。我俩回去。我将炒板栗一一分给除褚胜以外的男生。男生们望定我这个昔日“铁公鸡”，吃惊。他们吃着香喷喷的人间美味，脸上笑开花，问我为何今天如此开恩。我笑而不答，心中却为他们感到悲哀。我认为他们大多心地不干净，恐怕他们听说我得了侄女又说脏话。

晚自习，我借故回到宿舍，将那袋炒花生取出，在一张纸条上写道：

各位女同胞，你们好！托你们的福，最近我得了三个侄女，和你们一样。希望你们以后能教导她们，至少是间接地用你们高尚的言行引导她们。无以为敬，特奉上几粒花生尝尝！

我将纸条放进花生袋，守株待兔。我知道这会儿高盼男必回宿舍。这学期，曾勇步上王亮后尘，也转学到二中读书，毫不留情地丢下高盼男，再无音信。好在她已历经王亮对她的抛弃之苦，仅大哭一场了事。果然，不一会儿，高盼男借故回宿舍，路过男生宿舍门口时，我叫住她，把那袋花生递给她，请她帮忙分发。她一口答应。我不声不响，心里却很兴奋，夜里几乎没睡着。第二天早自习，王芙告诉我：“她们都说你‘真过细’，都很高兴。”

芳月一脸吃惊，随即心中欢喜：“山山哥哥长大了，不但恢复孩童时的活泼天性，而且在做事上富有创造性了。”

玉洁则对我含情脉脉。从此，我和女生的关系变得融洽，通过广泛接触，我渐渐认可五六个女生的人格，把她们当作自己的亲姐妹看待。男生们发现我和女生之间变得亲厚友好。有的轻薄之徒就说：“谢琼山有五六个‘相好’，是等以后条件成熟，就在其中挑一个做堂客。”

有时，我不免心惊肉跳，最怕吉应学也瞎说，但我再不会像当年一样无所适从，我在等待时机，到时我将给这些流言蜚语者以致命一击。

学校附近农户的菜园成为苏学武、华森、简贵、王木青等开小灶取之不尽、用之不竭的源泉。春天，他们一个个晚上出去，“缴获”一捆捆青菜、白菜和大蒜等战利品。夏天，他们“缴获”的多是白菜和洋芋。现在，秋天到了，他们就去“摸”秋苞，还有秋果。这几年，附近农户从外地引进一些柑橘品种，散乱地栽植在田里，有的还建成果园，以解孩子们嘴馋之需。这自然而然成为同学们广阔的“用武”之地。中秋时节，柑橘还未成熟，仅被阳光晒红一星半点，却常常不声不响地“跑”到华森们的箱子里，又一瓣一瓣跑进简贵们笑歪歪的嘴里，再一丝丝跑到褚胜们的花花肠子中。

伍云、狄文舍不得把分分秒秒的时光花费在开小灶之上，否则那随身备用的风油精就白带，学校（准确地说是毕校长）也就对他们白培养，因此不曾去“取”过大白菜、苞白菜之类的山货，但看别人仅需脚步一动，就不劳而获地享受好口味，心中到底不好受。现在，补偿机会来了——可以去“取”果子，不费时，不费力，担当些许风险而已。于是，在某些个风高月夜，两人联袂，倒是收获不小。星期六晚上，我和王仁从教室出来，正碰见伍云、狄文回来。他俩鬼鬼祟祟，背一个背篓，脚步匆匆，回到宿舍，赶紧关上门。我不解，问王仁：“他俩回家了？”

“你也不想想，他们离家这么远，吃过晚饭后回去，这时又回来，来得及吗？”

“我正是有疑问，才问你嘛！”

王仁附我耳边。我想起他鼻子下那团绿油油的浓液，有些恶心，但不便“忽”的一下偏开头，就边听他说话，边不露痕迹地缓缓挪开头颅，离开一定距离时，就全听清：“刚才他们偷橘子去了。”

我想起这段时间华森、简贵等人悄悄吃橘子的情形。这几年，我在何姐那儿吃过几个公家年终发的柑橘。那清甜的味儿确实不赖。这时，我不免有些渴望。王仁看在眼里，悄悄问：“你敢不敢去？”

“去哪？”

“也去‘取’几个橘子啊！”

“没去过，哪们晓得敢不敢去？”我吃惊之余，到底有些好奇。

“你跟我来。”王仁带我摸黑走进宿舍，揭开箱盖，熟练地取出一个东西，递到我手里。

“是你买的？”那东西清凉清凉，有舒舒服服的手感。我知道是那种青果子，心中一动。

“还没黄，哪个卖给你？那是‘取’的？”

“自然。”

“在哪‘取’的？”

“你把它吃了，我再说。”

我俩一人吃完一个。虽然酸酸的，但到底有点甜味，口感不错。我抹抹嘴，问：“这下你该说了吧？”

“你跟我来。”

我俩相跟来到吴家。院角一棵橘树，自然生长，比别家果园修剪过的要大，上面结满果子，将树都压弯，约有一半橘子已黄。吴家已关上大门，只有偏房里露出灯光，一些散光零零星星洒在道场角。王仁悄悄说："你站下面，看见里面有人出来，就向我挥手。如果有人向你走近，你就和他（她）说话，假装才从公路上回来。"

我点头。王仁轻手轻脚爬上树，不一会儿，他下来，拉上心房怦怦直跳的我，回到宿舍。他身上已有两衣袋满满的东西。他分出一口袋，递给我——共六个。我正要剥一个吃，王仁摆手示意，低声说："先放进箱子，趁今夜运气不错，我们还出去'摸'几个。"

"又去那里？"

"不！刚才我不过做个示范给你看。其实，这些橘子虽大，但皮厚，不好吃。我们去另一个地方'取'几个小些的，皮薄，甜！"

我被胜利冲昏头脑，当即尾随王仁而去。王仁背一个竹背篓。一会儿，我俩来到一片橘林。没月光，压根儿看不清哪是橘子，哪是叶子。王仁轻声叫我蹲在树下，仰头望青天，这样既安全，又能利用天光作底色，发现树叶间那圆圆的东西。一会儿，两人摘下二十几个，强作镇静，绕开主人家屋角，回到公路上。我俩回到离学校不远处，又来到另一户人家屋角的柚子树下。这可把我吓坏——柚子蒂结实，总扯不下来；使劲吧，又怕闹出响声；如果听见屋里主人们稍微有点异响，就会惊出一身冷汗；最怕有人上厕所发现。有几次，我悄悄对王仁说："不摘了，我们走吧！"

王仁舍不得碗大的柚子。我只好舍命陪朋友，渐渐冷静下来，想起当年四哥玉山进行"铁军行动"时采摘柚子的方法——在柚子下面花蒂遗痕处，用手指尖向上一戳，柚子就会轻易掉落。我附在王仁身边，将此法传授。两人试试，果然如此。每人摘下两个，轻轻放进背篓，小心绕过屋角，回到公路上。我的心不禁狂跳，离开那户人家好远，我才渐渐平静。

两个回到宿舍。里面没有别人。我俩分出战利品，放进各自箱子里，上锁。

我吃了十几天，还没完成"任务"，就把剩下的带回家，在路上分给芳月几个。这补偿了我所受的那份惊吓，可我横下心再也不去。后来王仁撺掇我几次，我死活也不去。虽然王仁感到气愤，但不好说什么，只要我不去告密，并继续把他当朋友，也就足够。

冬天来到，华三吉去偷冬苞，被主人抓住，被狠揍一顿，又被扭送到学校。这证明了我不再去“干事”的正确性。王仁暗暗庆幸。但这事还没完。

期中考试结束，芳月成为第一名。我第三。我的英语竟考及格，总分仅比伍云少2.5分。简贵成为第八，但他总有话说：“又不考大学，又没奖金了，分数高有么子用?”

自从马校长走后，农中随之取消奖金制。

刚考完试，简贵就买来一件登山服，托好友送给玉洁。这件衣服大红，很时新。高三班曾举办第二次晚会，吉应学大力推荐我当主持人，要我和玉洁一道主持节目，但我死活不干。不过，为表达对吉应学的知遇之感，我分两次朗诵了两首新诗，打破晚会中只有乐曲的单调局面。后吉应学看我对玉洁似乎无动于衷，加之我身边有健康美丽的王芙和芳月，就把当红娘的心思放下。这时，他看好友简贵投玉洁所好，不忍拂其美意，就接过礼物，预备放星期回家时，把这事向玉洁挑明。

第三天，学校开大会。毕校长说：“同学们！我们是受教育的对象，不但要学习书本知识，还要注意道德的培养。前一点我不多说，你们都明白，后一点我着重说说。我们是共产主义接班人，我们要尊老爱幼，不断培养社会主义高尚情操。比如，在车上，我们要主动给老人、妇女、儿童让座。在这里，我举一个德育重要的例子——国家辛辛苦苦培养出一个神枪手，他却在战斗的关键时刻掉转枪口，痛打自己人，一枪一个，弹无虚发。那就不妙，那就是思想工作没做到堂的缘故……”说到这儿，他为自己能说出这么生动有趣的例子而自豪，高傲地对学生们微笑一下，“华三吉道德败坏，竟连连偷盗——不是一次两次，大量——不是少数——当地农户瓜果蔬菜等，严重败坏我们学校的声誉。现在，学校决定开除这样的坏同学，是明智之举，不仅能教育别人，而且能平平当地民愤，还教育他自己，挽回学校名誉。”

华三吉早就得到讯息，昨天已卷铺盖回家，没和任何人打招呼，包括他的“叔叔”华森，但他特讲义气，没有告发其他人，以报答生病期间同学们对他的照顾。

这天下午，天上下起今年第一场小雪。课外活动时，地上已铺满白白一层，天上还在扯絮似的下。苏学武、华森打着伞，来到河边，把衣服放在伞下，跳进冰冷的河水，鱼儿一样游来游去。这已成他俩的习惯。苏小时常常泡在县城郊区小河；来到五洲河，他如鱼得水，每天都要去游泳。水中，华森快活极了，没有丝毫失去华三吉这个奴仆的痛苦。

我和吉应学也来到河边，先是看稀奇，后终于忍不住清清河水的诱惑，双双脱衣下水，先是感到刺骨寒冷，但咬牙挺住，免得受到苏、华耻笑，一会儿竟渐渐感到河水的温热。我感到一种莫名兴奋，一个猛子扎下水，突然感到脖子一紧。原来，吉应学也随后扎下水，并有一种要逗闹的强烈愿望，一把向我的脖子掐下。我几乎窒息，不过头脑非常清醒，就不慢不紧地回手，反而猛然抓住吉的脖子。吉应学吃痛，赶紧松手，游上岸，对随后上岸的我直翻白眼，心说：“喜欢你，才和你开开玩笑，哪知你下手这么狠！”

我明白他眼神中的含义，但一时懒得解释，心中反而怨恨吉应学先下毒手却恨受害者，真不是道理！

第十一回　多少英雄重振作　几人沦落终成悲

星期六，天放晴，雪化光，中午时，地上已干燥。我和芳月回家，走到一堵墙边，遇到玉洁。玉洁常常面带笑容，步伐矫健，有一股子逼人英气。男生们争论“班上谁最美”，有人说瘦女，我坚决说玉洁——不好意思说芳月，因我和她从小一起长大，太近，故要避嫌——在我心里，瘦女不过天生条件好，穿得好，抬人，而芳月和玉洁要比她有内涵，因此她没有她们美丽。在我备受打击的日子里，我常发现玉洁投来关切的目光，炽热，脉脉含情。那星星般的目光，激发我的豪情，增加我的骨气。美丽的身影明显地走进我的精神空间。我为她做过许多色彩斑斓的梦。然而，我一点儿也不外露，面对她的目光，总是装出淡然的样子，尽量用一般的目光看她。这时，我们在墙角相遇。玉洁先向芳月点点头，然后问我：“回家呀?”

“是啊，你呢?”我例行公事似的。

“不回。”她没有像别人说些“慢走啊”之类的客气话，而是自自然然吐出一句，“明天早点来呀!”

我和芳月听懂了这句话的意思——她想早点见到我。多有意思的一句话，那么明朗，又那么含蓄，不是神思已久才怪呢！我不禁仔细看她——美丽的脸庞，一头齐耳的短发蓬蓬松松，正透出一股淡淡的香水味；那双眼睛微红，像有火焰，又似水如光。啊，那梦中美丽的眼睛啊！那朱红的没涂口红的不厚不薄的嘴唇正说完那诗样的语言！我心中震动，但立刻镇静下来，仍机械地说声“好”，就和芳月一起飘然而去。走上前不久建起的长美溪大桥，我不禁回头望。那鲜红的衣衫，还在风中飘动……

苏学武和高盼男向另一条路上行去，就像回娘家的小两口儿。他们一路打情骂俏，只差手挽手。苏学武顺手从长美溪边捡起一块石板。它约有半寸厚，很坚硬。苏用头自上而下一撞，把它撞成3块。高盼男鼓掌，毫无顾忌地娇笑。她曾在心中发誓，要找一个双职工的儿子成婚，以实现自己也成为非农业户口的愿望。王仁跟在他俩身后，总保持一段距离。

我和芳月默默走过大桥。我一路想着刚才玉洁那句话，回味无穷，心中热热乎乎。现在，我和芳月又恢复以往的心境，在某些方面甚至更亲密。这时，芳月问："山山哥哥，你觉得这次考试如何？"

"既高兴又不高兴。"

"怎么样说？"

"高兴英语终于及格，不高兴的是学校已把职考名额分给伍云和狄文。"

"这有么子？参加普通高考不一样吗？只要我们比他们行，就行！再说，我俩一下前进两名不就是证明吗？而且你比我聪明，这第一名本该是你！"

"怎么样说？"

"这说明你还没尽最大努力！"

"月月妹妹，谢谢你的鼓励！"

一路上，我俩热热烈烈谈论。向上爬山时，遇到一个下山的乡亲，硬要我俩坐在路边，以和我俩闲聊。乡亲仔细端详我一会儿，越看越有趣，连连发笑。我都被看得不好意思了。乡亲最后说："你长得这么好，以后一定是个当官的！"

我更不好意思，正要起身逃掉，就听芳月说："当官的，走吧！"

我烧着脸，跟在芳月后面，努力向上。

星期天下午，我和芳月回到学校。我进宿舍，放好行李，刚洗脚，简贵就进来坐下看书，但总不能投入，似乎很焦急，兴奋地等待什么。一会儿，我刚洗完，正要穿袜子，就有人推门。简贵迎上去，吉应学进来。简贵很紧张，低声问："那事么样？"

"不成！"吉应学把行李放下，从里面取出那件大红登山服，递给简贵，有些沮丧，"昨天她没回去。刚才我在公路上遇到她一人独自散步，说这是你送她的，她死活不要！"

"她不干就算了，我和她总不至于因此成为仇人，还是朋友，对不对？"简贵脸色通红，接过那件一团火样的衣服，烫手似的一把甩到床上，似乎气愤也随之甩到床上，强装笑脸。

“这就对了！男子汉就得有男子汉的风度！”吉应学缓一口气。

正说着，门外苏学武和高盼男走过，苏将背上行李放下，交给高，然后转来。简贵忙喊：“老苏，你来一下！”

苏学武春风满面，脚上满是泥点，一身热汗，进来笑嘻嘻地问：“么事?”

“老苏，你艳福真不浅啊，怎么把王仁的相好恋上啦?”

吉应学说得更直接：“老苏，你也太给我们男生丢脸了，追高二的漂亮妞追不上，就接手高盼男。她长得丑，而且是个三手货，真丢份！”苏学武哈哈一笑，把门关上，神秘，小声：“我难道会看上她？她给我提鞋我都不要！但玩玩总可以吧。再说她家离学校近——天天有小菜吃！”

“看来，你真有办法治疗失恋病，啊！啊！”简贵嘻嘻怪笑。

吉应学当即取笑简贵：“你不是一样？才失恋，就高兴起来！”

简贵一下蔫了。三个出去，正遇上玉洁过来。简贵见吉应学向他努嘴，就嬉皮笑脸地迎上去，对玉洁说：“你好！昨日儿你没回家吧?”

玉洁不理他，红着脸走开。我出来倒水，正看到这一幕，心中暗笑；倒完水，就听见旁边宿舍里李小华正和华森等人说下流话，不禁皱皱眉，心说：“这家伙果然下水了！”

前不久，李小华曾劝我也加入说下流话的行列。说辞大抵是，他为坚持原则，受到不少打击，划不来，不如也加入浊流，并扬其波，以求好处。他劝我也学他，无奈我意志坚决，终不为所动。这时，我正要进宿舍，就听华森问：“喂，李小华，你怎么先洗蹄子再洗头?”

“你还记得我说过‘要和人世间那些俗人唱反调’吗?”

“明白了！你这是来个反面行动——别人先洗头再洗脚，你就先洗脚再洗头！”

我觉得好奇，就过去。果然李小华的脚已洗得干干净净，穿着从家里带来的布鞋，而头正泡进一盆脏水。我觉得恶心，转身出去，心想：“这李小华真奇怪，既然要和世人唱反调，却又顺从人们说下流话。这是么回事?”又想想，觉得可悲，却又不知所从，不觉心中茫然……

期末考试结束。芳月仍高居榜首。我以3分之差位居第二。伍云以10分之差屈居第三。我舒心吐气，和芳月约定："最后一学期，努力拼搏，一争高低！"

正月十五开学，我和芳月收拾好，早早到校。我看其他男生都未到，就预备到街上何姐那儿去，走过操场，远远看见学校传达室门框上方挂一块"报到处"的木牌。汪老师坐在里面，向我瞥来一眼。我赶紧别过头。自高二以来，我的数学成绩一直不及格。汪老师恨铁不成钢，这时很严肃地盯着我这个从前的得意弟子的背影。

我来到何姐处，和二哥阳山一家欢欢喜喜过元宵。晚上，街上万灯齐亮，鞭炮齐鸣，人声鼎沸。人们说"三十的火，十五的灯"，即除夕要架大火守夜，元宵要点亮堂堂的灯，新年才会吉利顺畅。我手拉大侄女，怀抱小侄女，看不尽喜庆繁华。

正月十六早饭后，我急急赶回学校，满以为今年开学会像往年一样，第二天同学们还在东游西逛，哪知两个教室都已传出教师洪亮的讲课声，赶紧取出预备报名的钱物，奔向"报到处"。木牌已取，大门紧闭。那蓝蓝的长方形门板就像汪老师铁青的脸。我又奔向汪老师宿舍。门开着。汪老师正在里面整理一大堆作业本之类的东西，假装没看到我，心里很气愤："昨日儿你来了，连招呼都不打，仇人似的扭头就走，看你这时么样说？"

我在门边喊："报告！"

汪老师尽量装着不知门外是谁的口气，严厉地说："进来！"

我怯生生进去，站住。汪老师明知故问："你来干么子？"

"报名。"

"今天不报名！去年腊月，学校发给你们的学生手册上，不是明明白白写着'限正月十五一日报名，迟误不办'吗？"

"昨天我就来了，看看还没几个人，就到街上去，本想下午来办，但……"

"不用说了！报名时间已过，你还来干什么?!"

我还要解释。汪老师又说："你走吧！昨天我等你们来报名，一直等到晚上12点。你们是人，我就不是人？总之，到了零点，就是正月十六，你来报名就迟了。你走吧!”

我只好转身出来，闷闷不乐，低头走向宿舍，刚到门边，就和人撞个满怀。章老师！我强装笑脸，尊敬地喊声：“章老师!”

“你大人都还好吧?”章老师笑笑。

“我是学生，没有先向老师问好，老师倒先问候我大人……”我心中一惊，就用从小在农村练就的礼貌用语回答：“劳您关心！大人都还好。”

“春节期间，你还好吧?”

“老师主动问候学生的大人不说，还先问候自己的学生……”我心中更是惊奇，忙不迭地回答：“还好！劳您关心!”

“报名没有?”

我像是遇见最亲的人，瞬间眼泪溢出眼眶，把刚才报名的实况以及延误的原因说一遍，说着说着，眼泪就大颗大颗掉下地。章老师不笑了，说：“这是老汪对你有气。过几天就会好。你先去上课，三天后再去报名。如果他还不给办的话，你来找我，我去帮你办。”

我心中石头落到实处，收拾好，安心上课。

上学期，数学课程就结束了。正月十七，汪老师走进教室，让同学们自己从头复习，说不懂的可以去问他，一直没正眼看我，后飘然而去。我不急。

正月十九，吃过早饭，我又去找汪老师。汪老师又明知故问：“你来干么子?”

“报名。”

“报名时间已过，你还来报么子名?”

我不知所措，只得找到章老师。章老师看我愁眉苦脸的样子，猜到结果，但还是问：“是不是又没报上名?”

我鼻子一酸，眼泪直淌。章老师想想，说：“你还等三天吧。暂时还是先上课。”

我点点头，就要出去。章忽然拉住我，递给我一方湿毛巾。我把泪擦干，走出去，心中慌起来：“这回怕是读不成书了！最后一期，不因开除，不因劝其退学，不因其他客观事故，却被莫名其妙地开回家，怎么向亲人交代？这辈子也许就这样不能读书了！”我开始恨自己，恨自己没认真学数学，恨自己那天没准时报名……

惶恐中，我度过两三天。这天早饭后，我正要去找汪老师，章老师就来了，对我说：“我想了想，你一人去不怎么好说。现在我们商量好——我帮你去报名，但你得诚心诚意向汪老师承认错误，并保证以后努力复习数学，以打动他。”

我心中振奋，连连点头。师生两个来到汪老师宿舍。汪老师在做饭。他妻子在农村，但有两个女儿跟随他在这儿上小学，因此他既当爸，又当妈。他见章老师进来，自然不能老着脸，笑着招待坐下，但不理我，先和章老师说几句天气和家常话，然后故意看定我，问章：“这是哪个呀？”

章笑笑，然后严厉地对我说：“你也太不像话！开学来，竟然和汪老师连个招呼也不打！还不快跟汪老师认错?!”

我正在那儿尴尬，听章老师如此说，立刻会意，赶忙上前，动情地说：“汪老师，是我不懂礼貌，而且不守时，没想到你们老师的辛苦，还几次来麻烦您！”

汪老师这才说：“谢琼山，你也太大样！不按学校规定的时间报名不说，来了连个招呼都没有。十五那天，你扭头就走，我还以为是别人呢，哪里晓得真是你……”

章老师打断他的话：“老汪，你可别和他生气啊！和一个学生伢生气，值得吗？刚才他已认错，你看在他是一个老实伢的分上，给他报个名吧？再说，他这几天都在为这几年没使力学习数学后悔，前几天他还跟我说起呢。”

“汪老师，我明白，您开始看我成绩还好，就有心培养我，后来看我不认真听课，成绩一直不及格，您心中就不好受！以后我一定努力学习，从头做起！如果您不信，以后我常来向您请教，您就晓得了！”我的眼泪掉下来。

“你终于明白了！好，我也不为难你了。来，我们去办手续吧！”汪老师也动了真情。

我仿佛一下长大许多。想想，一个老师对自己钟爱学生的一番苦心竟不被这个痴儿所理解，老师心中是什么滋味？会由爱生恨！而一旦学生明白，老师又会高兴异常，像母亲疼爱回头浪子一般。可怜天下老师心！

三月到来，乍暖还寒。

这天熄灯后，王木青掏出一包高级香烟，分发给苏学武他们几个，自己也叼上一支，炫耀似的抽起来。几点烟头的火光在黑暗的夜色中一闪一闪。几个人正吞云吐雾，说不尽的下流话，一个矮粗的黑影就推门进来，一下扯亮电灯。毕校长！他一直看不惯我们这个班，一直对章老师的“宽厚教育”不满，于是并非“你们的事我再也不管了”，反而加大“亲自来管”的力度，预备抓几个典型示众，也警告警告章老师。自从华三吉出事，他更加盯紧这个班的动向。于是，这个晚上，他神差鬼使般来了，果然大有收获，一下抓住四五个烟鬼！唯有苏学武敏捷，强忍灼痛，迅速掐灭烟头，迅疾藏进被窝，才得以幸免于难。毕校长训斥：“你们很不错嘛，家里有钱，都喂到口里去。父母的血汗钱无处用，是不是？”

这时，简贵正好在这边宿舍，没回去。毕校长看定他，威严地问：“么回事？”

简贵知道“法不责众”，一般只“责”几个突出人物；上次偷菜的那么多，却只开除华三吉，就是明证。为赶快洗清罪责，他假装无可奈何地说：“是王木青给我们的。”

经过查问，另外几个都供出罪恶的来源是王木青。毕校长勒令王写检讨：“明天交给我！”

王木青心里很不好受：“自己花钱敬给别人高级香烟，别人不但不领情，反而过河拆桥。”

事后，王木青质问简贵：“你凭么子供出我？他肯定不会要我们几个都写检讨，你只供出我一个，倒霉的就只有我！”

“你这是么子话？毕校长一问，我就慌了，哪里想那么多，哪有时间编谎话？”

王木青乖乖向毕校长递交检讨书后，心中到底别扭，加之烟瘾上来，这天晚上熄灯后，他央求门边的苏学武帮他听着脚步声，又美美抽起来，并说明：“哥们儿，为了不连累你们，就不给你们发了。”

说也巧，就在这时，一个矮而粗的黑影又过来。苏学武赶紧在床帮上敲几下。王木青闻声捻灭烟头，藏到枕头下。黑影来到门边，听听里面没有动静，就走过去，突然闻到从门缝里飘出的一丝烟味儿。他立刻改变前进方向，潜至后窗，就看见里面果然有人擦亮一根火柴，点燃一支烟，火光中映出王木青的瘦脸。于是，黑影绕一个大圈，回到门前，推开门，拉开灯。又是毕校长。他直奔王木青床前，低声但威严地说："起来!"

王木青早已灭掉烟头，这时心中"怦怦"响，顺从地坐起。毕校长狗一样使劲嗅，嗅到王木青枕边，仔细想想，又看看王木青惊慌的脸，恍然大悟，一把掀开王木青的枕头。果然，里面躺着一截白粉笔似的东西，所不同的是有一截黄色的柄和一截焦黑的头。毕校长十分恼火，大声呵斥："你的脸皮真厚啊，狗胆真不小啊！才写检讨，墨迹未干，又抽起来！不抽烟不会死人！我就不抽烟，不是很健康吗?"

王木青脸色刷白，接着充血，涨得通红，在白炽灯下格外显眼。

毕校长又呵斥："你听着！学校不需要有烟瘾的学生，如果以后你不戒掉，你就不是学生了，就得滚回家！现在就跟你说清白，这事要给你'记过'处分!"

第三天下午，学校召开大会。毕校长讲话："学生抽烟是教学大纲中明文规定禁止的！这是个道德问题，是道德败坏！王木青同学一犯再犯。试想，一个神枪手，由国家和人民辛辛苦苦培养出来，在战斗的关键时刻，他却掉转枪口打死打伤自己人。这行吗？这就是思想问题!"他面带微笑，为自己能举出这么生动有趣的例子扬扬得意……

会后，苏学武、华森、简贵、王木青等聚在火炉旁。王木青直生闷气。苏学武心中好笑，为安慰他，就调侃："毕校长永远只会举一个例子，就是神枪手回头打自己人的那个。从他当班主任举起，一直举到现在，以后还会永远举下去!"

简贵嘻嘻怪笑。王木青苦笑笑，掏出一包烟，以表明自己不畏毕校长的决心。他孝敬过身边的哥们儿，自己夹一根伸到火炉里点燃，想借烟消愁，正叼上嘴，就被身后伸来的一只冰冷的手捏住。他以为是哪位同学和他开玩笑，加之心中不顺，就骂："哪个狗×的！老子没有心思和你开玩笑!"

身边的"哥们儿"不同寻常地笑起来。原来，毕校长开完会，为了解学生的反应，看有没有人骂他，首先来到高三班第三男生宿舍。那几个

“哥们儿”看见毕校长远远走来，赶紧把香烟藏起，没顾上知会王木青。偏偏王木青背对着门，又勾着头，就进了虎口。这时，他呆在那里，满脸可怜兮兮的神色，活像一只丧家犬。毕校长这回什么也没说，仅狠狠把烟甩掉，严厉地盯王木青一眼，很气愤地出去。

晚上，汪主任叫去王木青，劝其退学。

第二天早上，王木青满腹怨恨，不声不响地走了，结束了他可悲的学生生涯。

不几天，毕校长又召集全校师生开大会，又强调道德问题，又举出神枪手反水的例子。

临开晚饭，同学们像往常一样，在食堂外站成一列。我前面是狄文。一会儿，褚胜风风火火赶来，嬉皮笑脸地插到狄文前面。这是他的习惯，也是许多同学的惯技。没有多大会儿，伍云也来，一下插到食堂入口处。狄文赶紧出列，把碗交给伍云。请朋友帮忙带饭，这在同学中是常事。许多中国人就爱这样取巧。但后面的男生不服，故意向前猛挤。褚胜顺势踩我脚尖。我很气愤，顺势踢褚胜一脚，随即退出队列。褚胜破口大骂：“是哪个不要脸的蹬老子！”他用疯狗一样的红眼直瞪我。

我更气愤，真想上去狠揍这个“畜生”一顿，但转念一想：“已临近毕业，如果打人，被毕校长不分青红皂白，将我们两个一齐开除；褚胜一走了之，只不过少拿一张毕业证，无所谓；而我走了，还考什么大学？”就狠狠回敬褚胜一眼，把碗递给队列中的王仁，昂然出列。

迎面几个穿白色公安制服的男子直奔队列而来，大声问：“哪个是褚胜？”

“砰”！“砰”！两只碗掉下地。褚胜脸色刷白，瘫痪在地。简贵竟也脸色苍白。两个公安人员上去，一个铐住褚胜，一个出示逮捕证，一个用一根绳子捆住他，并踢一脚，骂道：“畜生！”

褚胜被带走。原来，那个星期六夜里，苏学武被女生宿舍内玉洁和王芙的高叫声惊醒，当即叫起男生，一同追赶一个黑影，追过公路边的竹林，黑影却不见了，就听见褚胜在后面高喊着追来。后几天，苏暗中观察褚胜，发现褚胜在瘦女面前总是显得慌张，表情很不自然，能躲则躲。苏疑心更大。昨日，一个便衣警察来校，问到苏学武："有没有这样一个人……"

按警察描述的形貌，那正是褚胜。苏当即肯定地说："有！么事?"

干警知道苏上次揍过二流子，就说："昨晚，在你们学校附近的树林里，有人企图强暴一个少女，被少女逃脱，据她回忆有这么一个人。"

苏学武把自己的疑心说出。干警说："这就对上了号！上次你们学校出事，我们还以为是社会上不三不四的人干的，一直没查出来。"

褚胜被带到乡派出所。公安干警正要审问，突然有人来报告一起恶性杀人案，公安局、派出所有关人员只好关上褚胜，先去侦破那起大案。

第十二回　理想之歌放光辉　扬眉吐气斩魔鬼

吃过晚饭，我在教室钻研一道英语题，突然听外面传进越来越大的小车喇叭声，不禁望向窗外，就见一辆很漂亮的黑壳小汽车开进操场。车停下，里面出来三人，一个高而粗壮，黑脸膛圆嘟嘟，笑微微，走在前面；一个中等个子，白白净净，精瘦精瘦，戴眼镜，一介书生模样；这两个都是男士，西装革履，仪表堂堂；他们后面紧跟一位身穿红上衣的少女。他们的车、衣装、精神面貌，一下照亮暗淡的农中校园。高个子四周望望，直奔高三教室，首先见到我，笑眯眯地问候："你好！你是高几班？"

"高三。"我尽量保持镇定，看定高个子，笑笑。

"就是说，是毕业班喽？"

"是。您是……"

"你听我是什么口音？"

"普通话。"我下意识地用上普通话。

"其实，你说的才是地道普通话，而我说的是北京话。"高个子笑了。

"我明白了！您是北京来的客人！"我惊喜。

"欢迎吗？"高个子大笑。

"太欢迎了！"我双手合十。

高个子看见我手边的英语书，问："你们农中也学英语？"

"我们学校名为农中，实为普中，所学课程和一中、二中的理科班一模一样。"

"你学英语多少年了？"

"从上中学开始，将近六年。"

这时，我俩身边已围满女生，那个红衣少女也来到前面。高个子把她推到我面前，对我说："她是你们县教师进修学校的学生，也是我的学生。你和她对几句口语，怎么样？"

“学了六年，却没和人对过话。”我脸上发烧，连连摆手。

高个子沉思着说：“你们这些山区的孩子和平原、城市的孩子相比，并不笨，而且能吃苦，但你们的学习方法远远比不上他们，因此成绩不突出。既然学习英语，不对话怎么能学好呢？现在，你别谦虚了，和她对几句吧。”

“我真不行！实话跟您说，我喜欢文学，如果您感兴趣，我倒想向您请教请教。”我急了。

“这，我刚好不行。呶，瞧，那个老师教中文，你可以向他请教。”这回轮到高个子“谦虚”，他说着，指指窗外那个文弱书生，又看我不解，补充说，“我们是中央讲师团的工作人员。你们县领导请我们来讲学。现在，我们任务完成，后天就回去；临走，想看看你们县各个乡镇，做点调查研究，因此今天到你们这儿。我是外语教师，因此你去向他请教文学最合适。”

我正害怕外语对话，顺势挤出人群。男生们正围住那个中年书生闲扯，问这问那，气氛很活跃。书生说一口地地道道的普通话，自然亲切——也许是现场感的原因，他的话比电影中明星们说的还好听。他正大发议论：“我们来到这个世界上，就要为国家、为集体、为家庭、为个人担负某种责任，因为我们都是带‘长’的‘官’，有的是省长，有的是校长，有的是班长……”

有同学打断他的话：“我什么‘长’也不是！”

“将来你总会结婚生孩子吧？”

“是。”

“那你至少是‘家长’啊！”

同学们会心地笑起来。书生又说：“是家长，就得为家庭负责；是省长，就得为全省的民生大计操劳……”

我问：“那您说说，现在我们的责任是什么？我们许多人可是还没带‘长’啊！”

“现在，你们的职责很明确，就是好好学习，天天向上。这也是为你们更好地担负起明天的重任做准备。”

“您对我们县的三所高中有什么看法？”

“我们到过一中、二中，还给一中的师生授过课。他们的学校环境、师资力量都比你们学校好得多。至于学生嘛，他们之中书呆子多，看见我们就崇拜得没有了自己，一味听我们高谈阔论，一色默默点头，而你们则活跃得多，不时有人提问，而且问到点子上……”高个子和红衣少女过来，对书生说：“时候不早了，我们走吧！”

书生点点头。高个子向我伸出手，说：“小弟弟，祝你早圆文学梦！再见！”

“如果你努力学习，将是一个很有出息的人。再见！”书生随后也握住我的手。

我点头，向渐行渐远的车和人挥手。同学们议论纷纷：“北京来的人就是不同！你看他们的西服多么笔挺！他们根本不穿难看死了的喇叭裤，也不穿直筒裤，而穿上宽下窄的裤子。那一定很舒服，还怪有风度！”

高武即兴说普通话：“同学们！将来，我们至少是‘家长’，是当‘官儿’的！”

同学们哄笑。有人指出他学得不像，是“山东的驴子学马叫”。

北京客人的微笑、语言、知识，向我们这群山里孩子展示了外面世界精彩的一面，也展示了首都精英们美好的一面，瞬间，仿佛照亮了我们暗淡的心灵。

下面，是我的两则日记：

星期天，天气很好。农中很热闹，到处泛滥青春的活力，嘹亮的歌喉、龙腾虎跃的球赛、男男女女的欢声笑语……

以往，星期天，如果不回家，我一定到处游逛，但这时我和芳月、王芙、伍云、狄文、李小华、华森等，正坐在教室里津津有味地啃数学。自从受到北京来的客人鼓励后，我更加努力，学习节奏更加紧凑。常有同学来说风凉话：“将来回农村，学这些还能当饭吃不成？”

要是以往听到这些话，接连几天，我都不能安心学习，而现在，我却微微一笑，把这些刺耳的话当作放屁，还暗下决心：“一定要努力，将来做出点成绩，给这些自弃儿看看！”

我已无心和这些目光短浅的人斗气。每堂课我都如此专注，对待各科的学习方法也不尽相同，该读则读，该写则写，该看则看，该思考则思考。总之，眼、耳、口、手、心齐用。这样相互调节，相互促进，使得每节课都不虚度。

学习之余，我常常来到乒乓球台旁，加入球战的行列。我曾说："这也是一种调节；总泡在教室里，疲劳过度，只会起反作用。"饭后，我总要休息一会儿；课间，我总要走出教室，望望青山，望望天空，呼吸呼吸新鲜空气。晚上归寝后，别的同学还在讨论异性时，我已进入梦乡……

星期三中午，离下午上课只有几分钟，我却坐在教室里聚精会神地补习化学。为什么这时我没有照例休息休息——"调节调节"呢？因为我知道今天天气不错，下午是劳动课，够"调节"了。

劳动的意义，用章老师的话说，就是"可以陶冶性情，可以增进友爱"。可这诗一般的话言，却打动不了许多同学的心。

章老师给劳动委员苏学武下达命令："下午给学校菜园上肥。"

这活儿可不好做，特别是挑粪，弄不好，那些高浓度的大粪和尿的混合液会溅挑粪人一身。运气好一点的，也会由多情的青草反弹一些粪汁到身上。过后，身上总会粘上那么一种难闻的"香"味。

上课铃响，我仍在看书。我以为这次劳动会像以往一样，上课后，劳动委员站起来，向全班宣布任务，哪知这次苏学武改变决策，临上课前，从章老师那儿一到教室，就向各组组长交代任务，让他们分组行动。这时，我正在想怎样用化学方法分离乙酸和乙酸乙酯，没听到组长让我挑粪的命令。组长以为我不爱干这事，故意不理，不禁大怒，拍拍我肩膀，大喝："谢琼山，你听见没有？叫你挑粪！"

我猛然惊醒，含糊地应声："啊？哦，挑粪！"

"么子，你不愿意？亏你还是多年的班干部呢。"组长更来气。

"组长，你也不想想，人家大文豪是干这事的吗？"简贵火上浇油。

组长将一口唾沫重重吐到地上，"呸"！几个男生哄笑起来。我的自尊心像被狗咬几口，脸一定红如关公，大声道："你们，你们……"

几个男生顺势嚷嚷，唯恐天下不乱：“大文豪又要讲大道理啦！”

听到这话，我反而镇定下来，只淡淡说一句“以小人之心度君子之腹”，还给组长一个下台的机会：“谁说不干啦？农民的儿子不怕那脏活儿。你快派人装粪去！”

我做完一道题，估计粪桶已满，来到池边，却见伍云像尊泥菩萨，捂着鼻子，呆呆望着不远处的河水，嘴里念念有词。大概他在为明天的语文测验做准备。我没有惊动他，把粪桶装满，摇摇晃晃挑到田里。几个同学正说笑话，有几个互相提问。组长正在锄草，没人来淋粪。我心想：“要是章老师过来，保证他们忙得摔跤。”

我微微一笑，默默去淋粪……

两个小时过去，劳动课结束。我衣服湿透，身上粘满“香香”的浓液。我和王仁洗完澡，又一起去河边洗衣服。王仁问：“为什么组长自己不挑粪？他们那么搞你，你反而做那么多分外之事，为么子呢？”

也许我做的真是多余的。我惆怅地望望为我大唱赞歌的河水，无可奈何地笑了。

星期天下午，学校团支部组织“畅谈人生理想”演讲活动。全校师生挤在高三班教室，大谈“我的理想”。稿子是以前就拟好的。一会儿，教室里就响起“啊，理想是航船的风帆”“啊，理想是雄鹰的翅膀”之类的豪言壮语。这些念稿子的同学是高二班的才子。他们看的书多，竟把别人的精美语言捡来，拼成一篇文章，很好听，但反响不大，因为同学们早已听厌这些千篇一律、空空洞洞的东西，有几个甚至讲起小话。毕校长坐后面，一心看报纸。

我被安排在最后演讲。同学们早闻我大名，见我站起，立刻安静下来。像和人们交谈一样，我很用心地控制节奏：

我心中有一轮太阳，她像孙悟空一样，手中有一根金光闪闪的金箍棒，时时捣得我的心窝发痒，同时大声说：“朋友，忍住这点痛吧，我在锻炼你心肌的弹性，好让你的胸怀像大地一般宽广！

毕校长很惊奇，放下报纸，注意倾听。同学们都被我奇妙的想象勾去魂魄。教室里除去我的声音，再就是呼吸声。

我沉住气，继续演讲：

她说话就像美妙的歌唱：“读书吧，智慧姐姐就会来到你身旁。请你畅想：智慧姐姐美丽的眼睛，清澈明亮；智慧姐姐美丽的心灵，璀璨生光。她啊，只喜欢勤思苦学的读书郎！”我听得心中甜蜜，愿飞翔！

课堂上，我昏昏欲睡，她语重心长：“朋友，父母的白发、师友的关怀、哥姐的期望、侄辈的等待，难道你不但不记住，还要忘个精光?”

她的声音总是那么悦耳，那么铿锵：“你的身体只堪比那芦柴棒。年轻人，你不可忽视：具备起码的力量!”

谈到高考，她常说：“独木桥难过，它太窄、太长。越过它，需要一定的勇气和力量!”为此，她要求我“一颗红心，两手准备”。听，她说：“别匆忙，别慌张！考上了，让它作为起点在那儿闪光；以后的路还长！考不好，家里有田你种，有茶你采。现在，农村需要科技兴旺！有写写画画的事，你去热心帮帮忙，也不枉你学了一场。再说天下之大，天涯让你走，海角任你游；一股股心灵的泉水，就会从你手中涌流……话得说转来，十六七的年龄，学得还太少，难道你捉鳖有法，揽月有方？努力吧，像徐悲鸿的奔马，在大地上从容行走；像高尔基的海燕，在空中勇猛飞翔!”

因为她，我知道了巴尔扎克和《欧也妮·葛朗台》；因为她，我懂得了质和量的辩证关系；因为她，Good Morning 时时在我嘴边吐响……

因为她，听见下流的语言，我鄙弃；看见虚伪的面目，我蔑视；发现丑陋的行为，我痛恨!

因为她，我爱祖国；因为她，我爱地球；因为她，我爱生命!

只有她，完美如缺。

OK，我的太阳!

告诉你吧，她就居住在我心中，就是那美丽绝伦的理想!

毕校长鼓掌，章老师鼓掌，同学们鼓掌，雷鸣般的掌声应和我的尾音，在教室里久久回荡，震得山响。天上的朵朵白云也微微含笑。

活动结束。我看见芳月、玉洁、王芙等关切的目光、敬慕的目光、理解的目光。我明白，如果没有她们胜似亲人般的关怀，我绝不会有如此震撼人心的《理想之歌》。你们看，我的理想——我心中的太阳，多像一个智慧的大姐姐呀。我满怀豪情，回到宿舍。苏学武凑过来，古怪地笑："谢琼山，将来'我'让你当个作家吧。"

我明白，他的言外之意即"你再行，是当作家的料，可你将来回到农村，谁来发现你呢？还不是得种田！告诉你，这是不现实的幻想"！但我根本不把他的"怪话"放心上，认为他目光短浅，过于"现实"。

下面，是我的又一则日记：

体育课。乒乓球台边，自封"裁判"的陈登科正在解说："大文豪在体坛上也大放光芒！球坛名将吉应学被新秀谢琼山打败。"

球台一边是我，脸色通红，额上布满密密麻麻的汗珠，眼睛一定闪闪发光。我已战斗十几人次，都卫冕成功，但脸上没有一丝笑意，因为除了刚被我杀下去的吉应学，已被杀败的都是不怎样的角色，几个狠的还排在后头。这不又上来一个——高武。他刚从教室里出来。听说，他在乒乓球桌上很有几手。由于高武学习抓得紧，以往一直未与我对过阵。这次，两人碰上了。

"健将高武上场，原皇帝可得注意自己的位置！"陈登科的话外之音分明是"这下谢琼山保不住冠军了"，口气中有一种幸灾乐祸的味道，因为他自己第一个上阵，就被我轻易几拍杀下马。

果然，高武名不虚传，他的一手对角球尤其好，上场就是开门红，连赢三个。我首尾没有照应好，不一会儿净输五球。轮到我发球时，以牙还牙——我的一手发球较出名，东一个，西一个，左旋一个，右旋一个，上一个，下一个，全凭自己的感觉发出，往往杀得敌人措手不及。不一会儿，我就赢回四个，将比分扳到4:6。

"9:11，高武暂时领先。换发球。"陈登科仍然一本正经，不厌其烦地自任解说员。

幸好每盘打二十一个，否则我就得下台了。这时，我已显得不慌不忙，因为已掌握高武发球的特点，接发球已自如，进行大举反攻的时刻到来。我充分发挥自己抽杀的优势——当高武发球时，我小心地狠狠地旋转过去，待球再次过来一落桌，就轻轻一抽，重杀，再重杀，直至稳妥解决这个球。

“18:21，比赛结束。请高武休息。谢琼山还是皇帝。”陈登科做出最后裁判，语气中有些无可奈何的成分，大有大仇未报的遗憾。

我松口气，脸上滚下大颗大颗汗珠，但眼里立刻出现谨慎的神色。这时上阵的可不是一般的对手，而是全校男生公认的冠军华森。他的一手抽杀球可了不得，杀上旋球是又硬又准，杀下旋球也很准。不过，我俩常对阵，双方都已明了对方的打法，虽然我还没在华森手里赢过一盘，但进步日渐明显。这，华森心里有数，因此他选择我已疲倦的这个时机上阵。

围观者都知道本场对垒好比一场好戏，大都静静地不作一声，只有陈登科时时自作多情地报告“比赛盛况”：“10:14，华森暂时领先，已净赢四球。”他语气中大有得以复仇的喜悦。

豆大的汗珠从我面颊上牵线般流下来，白衬衣已湿透，头上蒸气腾腾。我已经很累，手脚渐渐不灵便，不大再听使唤，瞬间便连输五球。沐书甜大喊：“谢琼山，不要慌！自然些！”

我心里滚过一股暖流，暗暗对自己说“对，尽管放开手脚”；这么一想，手脚便灵便多了。

“16:19。华森暂时领先。换发球。”陈登科的语气中出现恐慌。

“20:20。”陈登科的语气中疲惫的成分很重，要死不活。

怎么了？我连对手发过来的球都突然接不住了？差劲，输了一个！第二个归我发球，劲太大，过线，败北。

“20:22，比赛结束。华森还是冠军。”陈登科本该高兴，有大仇已报的快感，却莫名其妙地不大来劲。

华森笑笑，但没有露出以往胜利时大大咧咧的傲样，他知道最后两个球赢得似乎太容易。我也笑笑，回到宿舍。书甜跟进来，问：“你为么子故意输了？”

“这又不是和外国鬼子争夺世界冠军，值得拼命吗？我已战斗这一大会，太累了……”

三月底，嫩芽钻出枝头，迎接春天到来。

这几天，在地区范围内，进行一次高三大统考。昨日统考结束。今天是星期六，农中毕业班又将举行文艺晚会。上午，我和芳月讨论难题，刚转身，就听狄文阴阳怪气地说：“从小就在一起，现在这么大，还有说不完的话！”

伍云说：“哥哥妹妹，一起睡睡！”

我一惊，想起自初中以来受到的心灵磨难，立刻明白那条毒蛇在心上留下的伤口至今没有愈合。我下意识地四周看看，心中一动，跑到宿舍，见吉应学和苏学武、华森、简贵、李小华、陈登科等谈论得十分热闹，隐约听见说：“难怪谢琼山和王仁那个流氓那么好……”

他们见我进来，当即住口。我证实了自己的想法，就上前质问吉应学：“你把那事告诉别人没有？”

“没、没有！”吉应学一脸慌张，但强作镇静。

“本身就没那事，是别人捏造出来的！”从他语气中，我听出心虚的成分，就辩解一句，说完，怒气冲冲出去。

有人唱歌，似乎在为晚会排练节目。我心中一动：“对，就在晚会上吐出心中秘密，免得这事纠缠得我不安生！”

晚上，高三班教室灯火辉煌，依然是四周一排课桌、中间一张讲台。晚会开始，节目和以前差不多——歌唱，朗诵，讲故事，吹笛子和口琴。我最后表演。我要进行演讲，演讲的题目为《友谊不等于爱情》。在章老师身旁，我站起，没有上台，仍在原座，不慌不忙地从口袋里掏出只有提纲的稿子。顿时，教室里响起我那平时操练出来的铿锵悦耳、慷慨激昂的声调：

“爱情、爱情、爱情像太阳……”同学们经常这样引吭高歌。可是我们还小，并不真正懂得爱情。有人常常把男女生之间的正常接触看成是“好上”，说成“他们在恋爱”。于是，有些人就捕风捉影，就飞短流长。我曾深受其害。我来讲一个故事，一个是我初中的好朋友陈祖科的，一个是我自己的。

小时候，八九岁时，在一条路上，只有我和一个妹妹一道上学……

我详细叙述自己和芳月曾被军勇诬蔑谈恋爱，以致这5年来自己所受到的心灵磨难；又详细讲述陈祖科之死，最后说：

你们看，当年我只有9岁，小妹妹还不足9岁，有人造谣，说我们不贞洁，真是从何说起啊！但这个很容易被戳破的纸一样薄的谣言，竟害苦我整整5年啊！这还不说，仅说我的好朋友陈祖科，竟为流言付出了鲜花一样的生命！流言者的罪恶何其大也！也许这些人只因嘴巴快活，根本没有想到如此严重的后果，但客观上是：他们确实害人不浅！

于是，我大声说：捕风捉影者，无聊！飞短流长者，卑鄙！行为下流者，可杀！

同学们！根本原因在哪里？在于他们根本不懂：友谊不等于爱情！

我讲完，满面泪痕，身子颤抖不已。

芳月没想到我为这事独自担负的心灵之苦长达这么多年，深深感动，不禁号啕大哭。王芙、玉洁等大部分女生也深深感动，泪洗满面。绝大多数男生拍掌表示理解，有的满眼泪花。简贵深深低下头。吉应学深感惭愧，他也是文学爱好者，一向佩服我的文才；他也长大，本就知道这些流言对人打击的分量，自从受到吉老师告诫，一直忍着没说，哪知这几天他认为不久同学们就要分别，不妨事，到底管不住那嘴，还是说出来，就受到我的有力反击。当然，我并不是针对他一人一事而言，而是本着杜绝这类毒害人心的事情不再发生的宗旨，勇敢地站出来大声疾呼。吉应学决心找个机会向我认错。

4月到来，大地复苏，一派新绿。五洲河格外明亮、清丽。我心中活泼的因素也渐渐复苏。心中的魔鬼死了，再没有什么妖魔鬼怪能戕害我坦荡的心灵。1日，地区统考有了结果。芳月总分第一，我以1分之差屈居第二，书甜第三，狄文、李小华、伍云、高武分别为第四、第五、第六、第七，后依次为王芙、华森、王仁、玉洁、简贵……

伍云和狄文的化学、物理成绩均在 40 分左右，比平时的高分差远了。这证实了我的想法——平时，他俩一个是化学科代表，一个是物理科代表，常常额外得到洪、何两位老师的“真传”，而两位老师出的考题恰恰就在这些作业以外的“真传”之中，因此平时测验，他俩总得高分；而今地区统考，这两人没有得到出卷人的“真传”，只好失利。这也说明两位老师的教学水平之差。我跟芳月一分析，芳月连连点头。章老师知道后，也在心中暗叫惭愧：“当时毕校长要培养伍云、狄文，为么子我就轻易同意了呢?”

毕校长心里直打鼓，但他不想轻易改变自己的决定，以免别人说他不英明。

第十三回　深情厚谊暖如春　忘恩负义寒似冬

4 月2 日早自习前，陈登科递给我一个漂亮笔记本，说："我们同桌这么长时间，眼看就要分别，你曾答应为我写一首诗，写好了吗?"

我心中一惊，才想起这段时间忙于学习，竟把这事给忘了，心中有愧，略一迟疑。陈看出，很失望。我立刻笑吟吟地接过笔记本，说："你别急，一定让你满意!"说着，下意识地四周看看。

墙壁上挂有张海迪大姐的画像，从镜片后不断地送出微笑的目光。我肚中立刻有了一首诗，当即写下来：

墙壁白净净，
海迪笑吟吟。
学成相别去，
莫忘同窗情。

陈登科十分高兴。坐在我俩后面的玉洁不失时机，也递上一个笔记本，笑吟吟地说："请你也写一首给我!"

我心中一动，回头笑说："一时我不能完成，等我想好了再给你写。"

"一言为定?"

"一言为定!"

当天夜里，我梦见自己和玉洁并排坐着，一齐默默地眼望前方，就那么静静坐着。她似有淡淡哀愁。满空都是飘动的轻纱，微微飘动，微微飘动……

醒来，我久久回味。

晚饭后，我来到河边，看着小草、春燕，以及流水，在美妙的春光中，想起昨晚那个梦境，不禁脸上发烧。

翌日下午，临上课，各就各位。我回头对玉洁说：“你交给我的任务已有眉目，下课后你提醒我一声，我好写给你。”

下午的课是数学。玉洁一直讨厌这门课。我在前面认真复习，她在后面呆看我背影。芳月捅她一下，对她神秘一笑。玉洁像从梦中惊醒，不好意思地回报一笑，脸上绯红。下课铃响，玉洁把笔记本递到前面，说：“谢琼山，你的任务呢?”

我给她写了。她接过去，急看：

五洲北去，
奔流不息，
泛起圈圈涟漪；
花儿重开，
草木复绿，
顿现点点春意。
又有双燕捕食蓝天飞，
更有树下琅琅读书急。

水声凄凄，
抽抽噎噎，
不忍倩影离去；
花儿依依，
草木低泣，
怎堪书声消失！
理解之心于世间常稀，
友谊之春似天地久绿！

“太好了！太好了!”她一阵惊喜。

“根据礼尚往来之道，你要回我一篇!”

“一定还，一定还!”

清明节将至，农中这所永茂镇的最高学府将和乡党委、乡政府携手，带领附近的中小学生，到烈士塔扫墓，并分配给高三班一个做典型发言的代表名额。这个代表必须自己起草发言稿。章老师正在宿舍打定主意让谁去，就听苏学武在门外喊："报告！"

"进来。"

苏学武走进，开门见山地问："章老师，这次您想让哪个当代表？"

"谢琼山。"

"请您让我去吧！"

"为么子？"

"您不是一直在帮我摘掉处分帽子吗？"

"这主要是你自己努力。自从上次你见义勇为之后，我专门为你写了请求取消处分的报告，但毕校长一直没批。不过，我看他已动心。"

"因此，我想当代表。请您相信我，我一定把这篇稿子写好，并好好发言，为班级争光，为学校争光！"

章沉吟一下，说："好，但你必须在今晚上把稿子写好，并拿来让我给你好好修改。"

"我已写好。"苏笑笑，从口袋里掏出几张纸，递上。

4 月 5 日，太阳很亮。早饭后，农中全校师生在毕校长带领下，高举一面红旗，列成方队，整整齐齐，浩浩荡荡，向设立在永茂镇中心小学的烈士塔进发。

一会儿，烈士塔前，苏学武作为县农中学生代表，走上主席台发言，大胆说了一通，其中有这样几句：

现在，我们不需要打倒反动派了，难道战争就结束了吗？不，作为学生，在烈士们用鲜血为我们铺平的道路上，我们要攻克学习上的难关，要时刻准备将来为四化建设做贡献！

乡党委书记、乡长和毕校长并排坐在主席台上。书记对毕校长说："说得好！说得好！这是谁的伢子啊？"

回校路上，队伍比较散乱，东几个，西几个。吉应学凑上前，对我说：“4 月8 号，你要给我们买糖吃!”

“为么子?”

“你就别装了!”吉应学向后面的男女生宣布，“4 月8 号，谢琼山将请你们吃糖!”

高盼男当即嚷开：“对，你们男生找他要喜烟，我们女生找他要喜糖!”

“你们别信他俩的话！我没么子喜事，凭么子买糖?”我脸一定红了。

陈登科说：“谢琼山，上次也没么子事，你不是还送我们炒板栗吗?”

“要他买！要他买!”男女生一齐喊。

我确实不知4 月8 号是什么日期，回去查查农历，不由倒抽一口凉气——啊，这天是我18 岁生日！早在初中，一班老同学就知道我生日。

4 月8 日早晨，吉应学走进教室，对我友好地笑。我以为他来继续消除隔阂，也对他笑笑，又学习。午饭后，我正在教室学习，高盼男进来，看着我直笑。我不明所以，也对她笑笑。高盼男说：“有个人肯定忘记今日儿是什么日期了!”

我顺口淡淡答一句：“有这回事?”又低头学习。

高盼男笑笑，走了。晚饭后，我来到教室，刚坐下，吉应学带领伍云、狄文一伙人进来，直嚷嚷：“谢琼山，买糖吃，买糖吃!”

我一个激灵，猛然想起高盼男的话和笑容，又想起芳月、王芙、玉洁等人对我的微笑似乎与往日不太相同，原以为是……唉！那是祝福、默默的祝福啊！我笑了，很感动，说：“嘿，我忘了!”

吉应学说：“前几天不是关照过你吗?”

“是不是我们这些下流人瞧不上你的法眼，不值得吃你的糖?”伍云很气愤。

“等我以后独立生活了，自己有了经济基础，过生日时一定欢迎你们去吃糖，不，还要喝酒！但是，现在我靠老父老母、小哥挣钱读书，还是消费者，奢侈不起!”我笑笑。

同学们这才理解，一哄而散，仅伍云、狄文横我几眼。我也不在乎，心中依然很高兴。

4 月 9 日，学校开大会。毕校长又举出神枪手的例子，然后宣布：“因苏学武表现优良，经学校党支部研究决定，取消对该同学的处分。”

章老师看学校终于开恩，自己的教育有了成果，自然十分高兴。他也破例讲话，首先祝贺苏学武，然后告诫毕业班：“务必和高二班的学弟学妹们搞好团结；即将分别之时，要慎重行事，不论和人聚会，还是和人照相，等等，都要讲文明；在最后的时日，争取给学校留下好印象，给自己的高中生活画上完美句号！”

掌声如雷。

会后，我收到一个大信封。里面是钱坤和罗峰从一中联名寄来的一叠复习资料，并附有一封短信，仅一句话：

山不在高，有山则灵；水不在深，有龙则灵。农中不咋样，有谢琼山就行。

我明白这是二位老兄对我的鼓励，眼角渐渐湿润。

4 月中旬，同学们忙得不亦乐乎，主要活动是照相。外地一个年轻人，20 岁的样子，挎一架照相机，常来学校兜揽生意。同学们连连去拍，和这个照了，又和那个照。照相师求之不得，乐得天天来，多在中午和晚饭后。复习之余，除打乒乓球以外，我难得的“休息”就是去和别人合影。即将分别，同学们大都变得如同初相识时一般亲密友好。我和男生的关系也基本正常化，心情比较好。

星期六，我和芳月决定回家。这次回家很重要，因为毕业考试定在 4 月下旬，预考定在 5 月中旬，最好抓紧时间回家一次。

星期天下午，我和芳月归校。我进男生宿舍，刚洗完澡，书甜就进来，一脸严肃地对我说：“我们到河边去，我有事告诉你！”

我心中疑惑，跟在他屁股后面来到河边，很认真地问：“么事？”

“昨日儿你偷吴家的柑橘苗了？”

“你这话是从哪里说起？我偷吴家的柑橘苗干么子？”

“这就对了！”

“到底出了么子事?”我更加疑惑。

书甜说出一件事。原来，学校上边那户人家主人老吴早已和书甜混熟。昨日下午，他在河里撒网捕鱼，遇见书甜，气愤地问：“你们班上，长进的一个男生叫么名字?”

“么子了?”

“昨日儿中午，他回家，顺带在我道场上偷柑橘苗，正好被我抓住。我问他是哪里人。他说是‘长进’，就挣脱跑了。”

“他长得么样?”

“高额头，脸色红白，个子不高，穿得很利索，只是鼻子底下有两摊绿鼻涕，让人恶心!”

“你一定搞错了。这个人是巨村的王仁，不是长进人，长进的那个和我是好朋友，他不会偷东西，这一定是王仁诬蔑他!”

很明显，这是王仁嫁祸于我。还好，苍天有眼，正碰上书甜的刀口，使我得以澄清冤枉。好一个朋友！我十分气愤，不免从此对王仁冷言冷语。王仁知事已败露，干脆一不做，二不休，翻脸不认人，恶言相加。我很气愤，就写一篇短文《我是刺玫瑰》，故意给他看：

一个人，如果不懂道理的话，就要想想狗的行为。一只狗，一只凶恶的狗，即使瞎汪乱咬，对已混熟的人，还是驯服得很，至少对其主人的态度不坏。也就是说，它本不是一律瞎咬，而是分对象而言，一只狗都懂一点道理，而有的人却不懂。这样的人外表华丽，内心破败，和他相处，为了那所谓的“和平友好”，有什么真实意义呢?

这些人以为了解我，把我对他的尊重，当作侮辱我的条件，使我精神上倍加痛苦。那么，我就要说：“还是懂点道理吧，你真想像疯狗一样来残害我身心的话，你就来吧！可你要注意，假如我是一株美丽的玫瑰，也要生出许多刺来，把你的臭嘴刺得稀烂!”

不过，我还得说明：我并不是不喜欢犯过错误的人，而是不喜欢知错不改的人。既然刺玫瑰上的刺是为适应环境才长出来，那么，在另一种“安宁”的环境里，它身上的刺一定会自行消去。

王仁看过，不思悔改，不但不体谅我一番苦心，反而狠狠地说："做你的刺玫瑰去吧！"

这天中午，学习之余，我不禁为人生炎凉而嗟叹，想起王仁的卑鄙，想起走进高中以来所受的种种打击几乎都是男生所为，心中不禁说"男生多不是好东西"；相反，自从和女生改善关系后，她们给予我真诚的友爱，让我身心得以解放，将我从打击堆中解脱出来，恢复活力。

我正浮想联翩，王芙就穿一条碎花连衣裙，从长美溪边照相归来，在风中一吹，整个人像要飘起，十分美丽。在这本县第三高等学府，青春年少的女生们竟和当地农妇一样，夏天不敢穿裙子。现在，王芙也仅能在照相前后美美。

不一会儿，王芙来到教室，身上的连衣裙已脱下，换上一身白衬衣和天蓝色直筒裤，虽飘逸，但总不如裙装好看。同来的有芳月和玉洁。我心中一个闪亮，对王芙说："嘿，刚才你穿连衣裙真好看！"

王芙脸上笑成一朵花，嗔问："真的吗？"

"真的，惹得我都想穿裙子！"

芳月和玉洁哈哈大笑。我又对王芙说："我想求你一件事……"

王芙急问："么子事？无论么事，我都乐意为你帮忙！"

"我想借你裙子穿！"

王芙有些不相信自己的耳朵，笑笑，迟疑地问："你开玩笑吧？"

芳月、玉洁笑得厉害。我认真地说："不是开玩笑，我想借你裙子去照一张相。"那三位这才明白。芳月说："山山哥哥，你真想得出啊！"

玉洁问芳月："你叫他么子？"她没听清楚。

芳月意识到自己失口，正迟疑，就听王芙沉吟着说："好像是'善善哥哥'，是不是？"

芳月脸红起来，赶紧转移话题，对我说："如果你穿上裙子，肯定像个地道的女孩，肯定和刚才王芙穿裙子一样美！"

我也赶紧接过话："我很想试试——看我戴上太阳帽，穿上裙子，像不像个大姑娘——哦，王芙，你答应不答应？"

"当然借，一百个借！"王芙很高兴。

我想想，说："那我明天找你。"

第二天中午，照相师来到男生宿舍。我出门看看，正遇王芙经过，就对她说："请你悄悄把裙子拿来，好吗？"我声音很轻。

王芙先一愣，后笑笑，去取出一个纸包，迅速递给我，同时笑说："你一定要送给我一张哦！"

"如果照得好，照得像女孩就给，否则就不给。"

"随你。反正我借给你这套衣服，你要付出代价！"

"能还情就一定还情！"

王芙笑微微地走了。我回到宿舍。除照相师外，就李小华在那。李小华问我："什么事这么亲密？"我抑制不住心中冒出的兴奋，将自己的设想说一遍。李小华兴奋得直跳："哇，我也去照一张！你照了，就把裙子借给我！"

照相师连连说："好主意！好主意！"

我们3个来到长美溪边。我换上裙装照过，李小华也换成女装照一张。我心想："男同胞们！你们为了显示所谓的男子汉风度，心大都变硬，像铁一样冰冷。现在，我要让你们看看，男子汉也可以像好女儿一样！"吉应学、苏学武、书甜、伍云、狄文、简贵等一帮男生闻声赶来，正遇上这一幕。李小华仍穿裙装和他们分别合影。我们大家又一起合影。

第二天中午，照相师送来照片。我照的那张十分成功——赤脚站在长美溪中央一块净石上，戴一顶遮阳白女帽，穿一袭碎花连衣裙，歪着头，微笑着看欣赏者，简直就是一位妙龄佳人！李小华的单人照或双人像合影可就惨了——帽子下面，一头散发乱蓬蓬地伸出，像个母夜叉，又像个泼妇。李小华一气之下，把这些照片撕得粉碎，把底片也一火焚之，并拒不给照相师"辛苦费"。照相师据理力争，最后要李给一点"本钱"。李仍分文不给。那张约有15人之多的群体像，却保存下来，因为李小华在里面很小很小，倒像个穿花裙的姑娘。其中，最不堪的是伍云，他拉上狄文，拉命挤到最上一排正中央，昂头向天，眼却费力地俯看镜头，一副"老子天下第一，根本看不上你们"的神气。

我后脚迈进教室，玉洁前脚就跟进。她问：“照过没有?”

“照了。”

“快拿出来，让我欣赏欣赏!”

“照得不像，怕出丑，拿不出手!”我说完，逼真地叹口气。

玉洁不再强要，认真地对我说：“你还给我写一首诗，好吗?”

“我已写过一首给你，你还没还情，现在又来借债?”

“以后我一定还你情!”

“好吧。”我笑笑，装出大度口气。

晚上，我诗意满怀，但写不成句，夜里又做那个梦——我和玉洁并排坐着，默默地眼望前方；她似有淡淡哀愁；满空都是飘动的轻纱，微微飘动，微微飘动……

梦醒，我再也睡不着，种种往事又上心头，不禁激情迸发，在肚中打开腹稿：

真诚的友爱，
像风儿般欢笑着去吧，
勇敢地向前闯吧，
不要挂一丝儿泪；
去吧，不要留恋。

友谊经过考验，
理想充实宣言，
雄才饱受磨炼；
学鹏展翅万里，
学水冲去污秽，
学日照彻玉宇。

亲爱的朋友，
痛快地去吧；

为了远大理想开花，

欢笑着去吧！

4月24日课外活动，女生宿舍外，王芙在打扫阶沿。我站在男生宿舍门边，离她仅有几步之遥。简贵也站在门边。不知为什么，这段时间以来，简贵情绪很低落，对我竟常有讨好之态，这时就开玩笑，说："谢琼山，你看人家扫地多辛苦，快上去帮帮忙啊！"

我知道他在开玩笑，装作若无其事地笑笑。王芙心想："都快分别了，怕么子，是表明心迹的时候了。"就不饶简贵，大声呵斥："简贵，你嘴巴干净点！"简贵没想到王芙这么泼辣，仍涎着脸说："原来你们相好啊！"

王芙底气很足，大声说："好，就好！么样？"

简贵无话可说，闹个大红脸，赶紧转身进宿舍，边走边软绵绵地说："好就好呗……"

晚上归寝，月光从窗外照进来。几个夜雀子叫得欢实。我信口吟道：

月光如水柳枝头，

鸟儿呼朋清幽幽。

不成伉俪反成仇，

一颗心儿悬九州。

蛮带感情色彩。

几个男生取笑我，只有高武真诚地说："我理解你。"

这天是星期六，部分同学还未归寝，高武的同伴还未进来。我爬到他床上，和他谈心，咕叽两小时之久。高武说，他明知瘦女爱他，他也喜欢她，但他不能接受她的爱，因为她是双职工子女，而自己是农家孩子，门不当，户不对，这会害她；但不接受她，她肯定会恨他……

我心想："这就是初恋了。"

第二天，同学们开始进入毕业考。从这届开始，学校要求各科成绩及格，否则拿不到毕业证。那些来混文凭的同学着慌了，常常叹气："唉，么办呢——那不是要命吗？六七科！”

两星期以前，老师同情心大发，对同学们悄悄露出口风：“你们学了三年，要毕业了，何必难为你们，何必让你们恨我们呢？”说着就发给同学一些油印复习资料，“好好做完啊，就在里面选二三十个题考试。”

同学们很高兴，做得头脑发昏。从没自觉学习的同学现在终于自觉。成绩好的同学，平时几乎没人理睬，现在忽然成为被包围的中心，只要你有一科过硬，便会有人包围你，要答案。虽然汪老师一改过去古里古怪的性格，给同学们发下数学复习资料，而且预言将考120分的试卷，仅需60分就算及格，但在全部复习资料中，别的老师都仅出四五十道题，而他却出了200道。因此，与其说是毕业考，还不如说是默写。

在等毕业证发下来的几天内，同学们的主要任务是写留言，赠照片。我从宿舍来到教室，遇见王芙。王芙已看到我写给玉洁的诗，很觉失落，有些无精打采。她递给我一张照片，因是远景，她本人不甚明朗。我不满意，笑说：“照片中的人太小，我希望你送我一张面部大点的。”

王芙眼中的阴影一扫而光，很爽快地应下，并讨价还价：“那你也得给我一张很特别的照片。”

“现在就可以给你。”我递给她一张——上面有两个我，像双胞胎；一个面对王芙，笑微微；一个侧坐，手托下巴，眼看前一个自己沉思。

王芙一阵惊喜，大叫：“太好了！亏你想得出来！”

我笑笑，心中说：“我还有比这更绝的呢。”口里却说：“我已经给你三张照片，而你只给我一张，不公平！”

“我不是还要专门为你照吗？”

“那还缺一张啊！”

“你是不是希望我还为你照两张？”

“本来，我给你三张照片，有四个人，而你还给我一张，也不过两个。不过，算了，你还给我写一份留言，如何？”

“这么来这么去，那不没有尽头啊！”

“既然如此，你给我一份留言，不就两清？！”

她惊叫：“哇，上你当了！”

“开始兑现吧！”我拿出一个专门的留言本，递给她。

“现在我去为你照相，然后写留言，明天一齐送给你。”

“这样最好。”

玉洁进来，手拿一叠照片。我和王芙赶紧凑上去欣赏。我赞美几句，就要几张。玉洁很欢快地给我一张，然后发话：“你必须还我一张！”她一眼瞄见王芙手内照片，抢过来，一看，惊呼：“哇，你太会想象了，也给我一张吧！”

“这个我只洗了两张，给她一张，就剩一张作‘底子’了！”

顿时，玉洁怨气冲天，一把从我手里抢过她自己那张照片，转身就走。我赶紧掏出“底子”递给她，然后把她那张拿回。玉洁的脸色这才由阴转晴，眼看我的照片，高高兴兴走了。

第十四回　千言万语留旧梦　痴心痴意终落空

“五一”国际劳动节，毕业班已无课可上。上午，我走到教室门边，看见玉洁正在里面聚精会神地写什么，就悄悄绕到她身后，不作一声。几分钟后，玉洁幽幽叹一口气，搁下笔，擦擦眼。我一步跨到她面前，笑问：“你写么子呢?”

玉洁吓一跳，抬起头，眼圈微红，像是流过泪，看见我，假装疲惫的样子，摸摸眼，然后轻松地笑说：“你不感激我，还吓我一跳!”

“这是么子话?”

“我正应你的‘请示’，给你‘批复’呢!”

“批复？么子批复?”

玉洁递给我一首墨迹未干的诗，还仅有前几句：

是的，
我不会忘记——
五年同窗，
五年友谊，
五个春秋，
我们在一起……

我看明白，心中欢喜，故意逗她：“真是写给我的?”

“不写给你，还写给外人不成?”

我将刚才自己静待时的想法说出：“上次忙，我写给你的那首不怎么令我满意……”

玉洁不待我说完，就说：“好哇，你上次不尽心，还好意思说出来！只怪我现在这么认真地为你写……冤枉啊冤枉!”

我忙说："尽不尽心和满不满意是两回事！我尽心了，但自己还不满意！"

玉洁眼珠一转，说："那你还得为我重写！"

"这正是我的想法。"

"太好了，你赶快为我写吧！"玉洁赶紧把一个粉红色的精美日记本递给我。

我接过本子，走到宿舍，唰唰唰，用"草书"将自己刚才在肚中写好的字句统统"倒"上去：

虽然我们就要分别，但我知道：你那颗心，那颗理解我的心，不会离我而去。

我用我心爱的笔，写点什么给你呢？

我伫立着，怀揣你这珍贵的笔记本，望着绿茵茵的山。渐渐的，那绿色模糊起来。难道春天也要离我远去了吗？慢慢的，那绿叶又现，绿得可爱哟！你看，那绿叶的纹痕，分明是丹青妙手勾勒上的，是一幅幅清晰绝妙的画面，充满活力的笑声从叶片中飞出来。呀，还有一束鲜艳的花！哦，不，是一张红润润的脸，上面分明有一双清澈的眼睛！啊，一切是那么可爱！美妙的春天啊，你不会去的，永远不会离我而去！

可是，夏天终究到来。然而，春天会留下和蔼的、永存微笑的旧影。

我用一块十分漂亮的花手帕包上笔记本，将它们锁进箱子。

午饭后，除数学分数外，其他6科都解出来——同学们全都及格。我受几个男生委托，去汪老师那儿看分数。汪老师刚吃完午饭，正在消化食物，见我进来，很高兴，问："你是来看分数的吧？"

"是！"

"你考得不错！"

"哪个最高？"

"王芳月。"

我又试探着问："那，同学们都过关了？"

汪老师脸色变得暗淡，沉痛地说：“没想到，我这么宽大，还是有人不及格！”

“他们是哪几个？”

“吉应学和玉洁。”

我为玉洁“痛心疾首”。

“你别为他们着急，他们还可以补考。再说，谁让他们根本不把这门课放在眼里呢？”汪老师哈哈大笑，又摊摊手，表示无奈，“让他们吃点苦头，也有好处——走出校门，走上社会，世上的事能有多少补考机会？”

“如果他们补考又不及格呢？”

“只要他们来补考，就一定会及格！”

“为么子能这么肯定呢？”

“这，这，你以后会明白。”

“我晓得了！”我想想，恍然大悟。

“明白就好！”

过一会儿，师生俩谈起一些往事。汪老师兴致勃勃，讲起笑话：“我在大学读书的时候，同学甲总喜欢趁人不注意，在人背后一提脚，用膝盖顶人。一天早上，他向同学乙一顶。其实乙早已发觉，就在那一瞬，将一碗炙热的稀饭扬起来，往后一泼，迅速准确地扣在甲头上。甲被烫得哇哇直叫。从此，甲再也不敢顶人！”

我哈哈大笑，笑完，想想，心中不免惊奇：“想不到，平时那么刻板、那么严肃的汪老师，还有这么活泼的一面！”

下午，芳月和我在教室里复习。我俩还要参加预考，并争取参加高考。玉洁进来，笑着问我：“你给我写的东西呢？”

“这么急?!”我故意逗她。

“先睹为快啊！”

“我去给你拿来。”我转身就跑，跑到门口，又转来，“我想起来，我原为你写过两首诗词，现在又为你写一篇，这不公平！”

“难为你想起，我还以为你忘了，哪知你这个铁公鸡还是想起来！”玉洁直笑。

“想起来，就不能饶你!”

“么子个不饶法?”

“你得为我写简明扼要的评价和忠告。”我从课桌内掏出自己的“诗集”，递过去。

“好吧，也不能太亏你!”玉洁接过“诗集”。

我这才又到宿舍。芳月看着我背影，心里直冒酸气，就像烧开水一样，但她不动声色，干脆去看玉洁写什么：

你坦白、正直、忠诚，有才华，有毅力，有远大理想，会有大前途!

我风风火火进来。玉洁迫不及待地一手递“诗集”，一手取“日记”。正闹着，王芙进来，大叫：“嘿，我到处找你们，哪知这时候，你们还在这儿学习!”

芳月和玉洁对她微笑一下，又赶紧低头看我写的留言。王芙大嚷：“么子东西？看得这么入迷!”

王芙过来同她们一起看，看着看着，脸色就变了，没看完，就用含泪的眼深深看一下我，然后不声不响地出去。那两个看完，玉洁脸色绯红。芳月心中更是酸楚，但她依然不露声色，还直打趣：“山山哥哥，你写得真动情啊！给我也写一首诗吧!”

我正要说“以后给你写的日子还长呢”，就听玉洁问芳月：“你刚才喊他‘山山哥哥’?”

“反正你就要走了，我实话告诉你吧——我和他从小一块儿长大，我一直叫他‘山山哥哥’，他一直喊我‘月月妹妹’。”芳月笑笑。

玉洁看我点头证实，想起什么，对芳月说：“对了，刚才王芙好像有么子事找我们?”

芳月说声“走”，就和玉洁出去，走到门边，回头幽幽看我一眼。我心中一惊。

晚上停电。我和芳月无法复习，就在章老师家里点起蜡烛，和章老师、玉洁一起打扑克。我和芳月做对家，连连升级，把章老师和玉洁打得落花流水。正在兴头上，王芙推门进来，把留言本递给我。我正要看，她急忙说："你先别看，我有话说！"然后对章老师说："我想明天一早就回去，反正以后来拿毕业证也方便。您看行不行？"

章老师想想，说："好！"

王芙看看满脸恋恋不舍的芳月、玉洁和我，说："你们以后……"就哽咽，再也说不下去。

我们这3位甩下扑克，要陪她一同出去。她赶紧擦干泪，拦住我们，苦笑笑，说："反正明天早上我才走，你们还玩会儿吧。"

"我们想多陪你玩会儿。"芳月和玉洁泪流满面。

"不必了！我现在想静一会儿。你们玩好了，回来我们再玩。"王芙破门而去。

我们这3位呆住。我想起什么，拿出留言本。里面有一张相片，是王芙的头部特写，戴一顶军帽，怪幽默。留言如下：

我们本应比姐弟还亲，但由于一些说不清的原因，自高中以来，我们互相接触太少，直到今天分别，我才格外怀念我们以往在一起的日子……

我想起刚才她的泪眼，总有什么话想对我说似的，就跟章老师打过招呼，赶紧出去。芳月、玉洁也向章老师告辞，相跟而来。来到女生宿舍，哪里还有王芙的影子！高盼男匆匆过来，对我们说："刚才王芙跟我告别，我问她为么子晚上就走，她说家中有急事，还流眼睛水，也不多说，就走了。我跟去，在公路上遇到她弟弟来接她，我才回来。"

显然，这是王芙早就谋划好的。我们这3位怅然若失。

5月2日早上，章老师邀请同学们到他家玩半天。芳月想复习，决定不去。

早饭后，苏学武、吉应学、简贵、高盼男、我、玉洁等一行人，浩浩荡荡，直上章老师家。我和玉洁走在后面，离前方人马有四五百步之遥，满腹心事。一路上，蝉鸣鸟叫，清泉山石，在我和玉洁眼里，都似离恨重重。

不一会儿，一行人迤逦来到章老师家。我和男生们打扑克，玉洁、高盼男等女生帮章老师、章师母包饺子，其乐融融。不一会儿，吃饺子，喝酒，仅苏学武、吉应学等三四个大喝特喝。章老师陪他们放量地喝，以尽地主之谊。章老师竟是海量，一会儿就喝下去1斤多苞谷酒，如喝水一般。苏学武和吉应学一个喝下8两，一个喝下半斤，他俩以前从没喝过这么多，从不知自己的酒量，只想一醉方休，开始还撑得住，一会儿就醉得东倒西歪。章老师去上厕所。高盼男数落苏学武："你喝不了，就不喝！免得出丑！"口气俨然苏的妻室。

苏红着黑脸，微睁醉眼，仔细认定高的手指正指向自己，就一把拍开她的手，狠狠说："你是哪个？在这里教训老子！这里，除章老师外，哪个也无权对我指手画脚！"说着，又喝一杯下肚。

高盼男脸色绯红，麻子周围泛出一层青光。苏学武又问："你，你是章老师吗？"

许多同学笑起来。高盼男很害臊，但已顾不得许多，对苏学武直嚷嚷："你连我都认不出来？你的眼睛瞎了！"

吉应学站起，摇晃着，圆睁红红的醉眼，认定高盼男，然后一把抱住苏学武，附他耳边，本想说悄悄话，声音却不小："她，她是你相好！"

"我这辈子还没有、有过相好！他妈的，高二班那个黄毛丫头，看不起我，不和、和我、我好！"

"你、你胡、胡说！你和高盼男就好过！现在你们还好，一直、直、直、舍、舍不得、得分开！前天、天、你、你还、还告诉我，你们睡睡过觉来着！哈哈！"

几个女生低头哧哧笑。几个男生一阵哄笑。高盼男羞得无地自容，黑着脸跑到外面，正寻思怎么办，又听苏学武吃吃地说："睡是、是睡过！你知、知道她和多少人睡过？"

"和两、两个！"

"哪、哪两、两个？"

"一个是、是王仁、仁，一个就是、是你！"

“放、放屁！她还和王亮、曾勇睡、睡过！不知还和多、多少、少人睡过呢！你、你看，这样、样的女、女、女人，我、我会和她、她好、好、好吗?”

“那、那你还、还和她睡、睡干么子?”

“不过玩、玩玩儿，你还、还以为、为我当真、真啦！就她、她那个水桶腰，那个麻子、子、子脸，玩玩儿可、可以，做、做媳妇、妇，可不行!”

高盼男气得咬牙切齿，跑进去，“啪啪”，狠狠扇苏学武两个耳光，又跑出去，摇摇晃晃，掩面下山。苏学武歪在桌子脚边，恶狠狠地喊：“谁、谁敢打、打老子！除、除章老师、师外，这里没、没、没人敢、敢打我、我!”

同学们哄笑。章老师进来，看见这个样子，赶紧吩咐男生把苏拉起，扶到内室床上。吉应学跟上床。一会儿，两位就打起很响的鼾声。同学们议论纷纷。

过一会儿，同学们陆续告别章师母，下山。章老师说晚上和苏学武、吉应学一起下山。我回到学校，芳月告诉我：“中午，高盼男回来，眼睛红肿，像哭过一场，到汪老师那儿提前领了毕业证，出来背上行李就走了。我赶上去和她告别，她也不理我。她到底么子啦?”

“苏学武喝醉了酒，把他们的么子事都一股脑儿说出来，高盼男才知又上当受骗，恨得不行，打了苏学武两个嘴巴，然后一个人跑下山。没想到她这么快就回去了!”

芳月叹息。

5 月3 日上午，毕业班召开最后一次全体班会。班主任章老师走进教室，说：“同学们，除两位要补考数学的同学外，其他人都已毕业，现在领取毕业证。”

大红毕业证到手，绝大多数同学笑吟吟的。他们盼了3 年，盼的就是这一天。发完毕业证，章老师又说：“还有两件事我要告诉你们。一是不愿参加预考的同学，这个会散后就可以回家；二是昨天我收到一封信，是我一个朋友写来的。这个朋友是县中药材公司经理。他们单位要招男职工，经考试录取后，先去地区供销学校培训两年半，然后回公司工作。有愿意报考的，今天就到我这里报名。招工考试时间定为6月初，具体时间到时专门通知。同学们！今天我们毕业了，让我们到社会上去闯吧！祝你们事业成功，家庭幸福！”同学们报以热烈掌声，有的眼中蓄满热泪。

从这天下午起，我、芳月就开始不断送走同窗三年的同学。5月4日早晨，我俩又上街送走一批。回来的路上，就剩芳月、我、李小华、陈登科、简贵、伍云、狄文、高武、华森、书甜、瘦女等11员“大将”。我和芳月并排走在最后，我疑惑地问她：“玉洁到哪儿去了？为么子没见她人影？未必她也悄悄走了？”

“你问我，我问哪个？”芳月幽怨地看我一眼。

我心中一惊，立刻转移话题：“你说，我是参加高考呢？还是参加招工考呢？”

“你去问玉洁啊！”芳月白我一眼。

“你这是么子意思？叫我么子说才好？”我不知所措。

“我已为你想过——你参加招工考试十拿九稳，但高考更难得。这两个事都好，可惜不能兼得……”芳月终于笑了。

“那你说说，我到底是参加高考呢，还是参加招工考？”我急了。

“我认为你应该参加高考，因为在你一生中，高考只有一次，‘机不可失，时不再来’。而公司招工这些事，按中国的发展趋势看，以后有的是机会！”

“谢谢你，月月妹妹！”我心中豁然开朗。

芳月脸红了，心中欢喜，但嘴里却“嘘”一声，轻轻对我说：“你也不怕他们听见！”她指指前面的人群。

我悄悄说：“我一高兴，就顺口叫出来！”

“你高兴么子！刚才不是还为找不到玉洁而发愁吗？”

我心中又是一惊，走着走着，肚中就有了一首诗。一行人回到学校，我和芳月来到教室，刚坐定，一个红红的影子就飘进来。是玉洁。我眼前一亮，惊喜地问：“你没走？”

玉洁脸红了，看看芳月，才对我说：“章老师让我参加预考后再走。”

我知道她作文写得好，章老师很喜欢她，遂不以为意，哪知芳月哈哈大笑，似有深意。玉洁的脸更红，看芳月一眼，转身出去。芳月问我："山山哥哥，你知道玉洁到底为么子没走吗？"

"刚才她不是说是章老师的意思吗？"

"你想想，她成绩不好，数学还要来补考，参加预考有么子用？"

"是不是这个理？但你们是那么好的朋友，难道你不想她多待两天吗？"

"想当然想，可我们都要进入紧张的预考，哪有时间陪她？还不如她早点走！"

"你心真狠啊！"我笑笑。

芳月脸红了，说声"有时心要狠点，才能做大事"，又转移话题："你知道她到底为么子不走呢？"

"为么子？"

"为和你在一起多待几天啊！傻哥哥哎，你是真不明白，还是假不明白？"芳月的语气突然变了调，满含酸味。

"你为么子这样说？我可是把她当姐姐看！她还比我大一岁呢。"我急了。

"好了好了，我们复习吧！"

我想起什么，又对芳月说："别忙，你猜我刚才在路上想了些么子吗？"

"我又不是你心中的灵魂，知道你想些么子？"

"想不想晓得？"

"当然想！"

"我为你写了一首诗……咳！咳！咳！"我突然咳嗽起来。

芳月急问："你么子啦？"

"昨日儿晚上，我觉得喉咙有些痒。肯定感冒了！"

"这还得了！没几天就要预考，病了还考么子？"

"你别急，我自有妙法。"

"么子妙法？"

"我不练气功后，却练了一套'五官保健法'，简便晚行——就这样做——"我开始叩牙齿，擦眼睛，摩鼻子，磕耳鼓，揉太阳穴，"其中这节上下摩鼻梁，做习惯后，每天做一两次，就不易感冒，即使感冒，也只喉咙痒痒，并不堵塞气息，仍然可以正常呼吸，因此无事。”

“我还有更好的方法。”

“么子办法？”

“既做‘五官保健法’，又吃药，双管齐下！”芳月揭开课桌盖，掏出一帖“感冒灵”，递给我，“你把这也吃了，保证全好！”

我取出几粒药，当即吞下。芳月放心地笑了。我把剩下的几粒连帖递还芳月，说：“还你。”

“你留着吧。我还有几张呢。”

“恭敬不如从命。唉，到底还是你月月妹妹心细……”

芳月听得不好意思，眼珠一转，赶紧说：“对了，刚才你说为我写了一首诗？”

“那还用说！”

“快念给我听！”

绿叶莲花相映衬，
鹦鹉画眉互应鸣。
塘中鸟儿尚通意，
青梅竹马更知音。

芳月心中十分甜蜜，不禁擂我一软拳，嗔声说：“不害臊！哪个和你‘更知音’？”她脸色绯红，赶紧跑出去，竟看到一个熟悉的红色身影——玉洁——心中立刻一跳，脑子转得飞快，一下就喊上，“玉洁，等等我！”

玉洁停住，但没有回头，只是掏出手绢，在眼眶上擦。芳月走上去，温柔地说：“我们到河边走走，好吗？”

玉洁顺从地跟上芳月，来到河边。芳月把裤管一挽，凉鞋一脱，把那双圆鼓鼓、粉嘟嘟的小腿伸进清亮的河水，连连大叫：“哇，好舒服，好舒服！你好，五洲河，你好！”

玉洁受到感染，也恢复活泼的天性，把光腿伸进河水，经河水一浸，那种冰凉味儿重新在心中冻结——到底掩饰不住心中苦闷，沉郁地说：“刚才你俩的对话我都听到了。你说得对——我明知预考没有指望，为谢琼山才留下，因为我明白一旦回到农村，要找到他那么好的就难了！即使有，也没这么多的接触机会，起码不能相互深深了解……”她流下滚滚热泪，“嗒、嗒”，掉进河水。

芳月想想，说：“我了解你，你也了解我，我们是好朋友，我就不说假话。我认为爱情是自私的，要双方都爱才行。”

“正是如此啊！谢琼山说我是最理解他的人，从他给我的诗文看，他很喜欢我。我自然喜欢他。友情虽然不等于爱情，但友谊可以发展成爱情啊！”

“爱情这件事并非儿戏，不仅要双方都喜欢，而且双方要有平等的基础才行。如果将来他考上大学，你们的地位——也就是我所说的‘基础’就会大变，那你将来么样办呢？苦苦等他一辈子而没有结果？再说，感情十分复杂，有爱情，也有亲情，还有友情，三者只要有一者在其中，或者有点成分在其中，分别的时候，难免双方都流露出过强的情愫。山山哥哥写给你的留言，如果你不从爱情的角度看，而从亲情或友情的角度看，也许你就会有其他不同想法。对山山哥哥这个人——可以说，我对他的了解，要比你深得多……”

5 年来，和我的枝枝节节，在玉洁脑中闪耀，放电影一般闪回。她恍然大悟，明白了，笑了，说：“看来，山山弟弟因别离之情，忽视了另一个更了解他的人，把我说成最理解他的人了！”

“你叫他‘山山弟弟’？”

“我和他还是朋友，可能他也不甚了解这一点。因为别离，他流露出浓烈的姐弟之情，而我心中愿意把这份感情当作、作爱情。唉，真是自作多情！”玉洁轻松起来。

“你终于明白了。”

就这样，两个好朋友一直谈到中午，才回校吃饭。

第二天早上，我和芳月送玉洁踏上回家路。临分手，我说：“玉姐，回去后多来信！”

“山山哥哥，你叫她‘玉洁’，还是‘玉姐’？”芳月乐了。

“她要走了，我也顾不得那么多——我一直把她当姐姐看，只是不好意思喊出来，刚才想利用她名字的谐音蒙混过关，哪里知道——还是被你这鬼精灵给识破！对了，玉姐，你认不认我这个弟弟?”我也乐了。

玉洁和芳月相视，会心微笑。玉洁说：“山山弟弟，月月妹妹，祝你们好运!”

第十五回　鬼头鬼脑遭报应　正大光明得顺风

留下的11员大将中，瘦女成绩最差，她之所以留下，完全是因为高武。陈登科一心一意报考公司职工，华森、简贵则等预考后，能参加高考则参加高考，不能参加高考则报考公司职工。于是，他们都投入紧张复习。

哪知5月11日这天，就像约好似的，已回家的同学呼啦啦来了八九位，和原来的11位刚好凑齐整整20位——难怪他们的被子都没搬走。他们都说是被父母赶来，说是“混了三年，混个毕业证就满足了？你既然在前二十名，就应该去搏一搏，说不定还能参加高考，即使考不取，也参加一回啊！比现在就灰溜溜回来，也光荣啊”等等。其中就有王仁。李小华悄悄对我说：“你莫听他们胡扯。其实，回去之先，他们想到成绩不如人，不好意思当着真走的那些同学的面留下来，才说这些谎话。否则，他们为什么不背走行李呢？”

我为王芙没有回来而怅然。

但不管怎么说，毕业班又热闹起来。12日上午，章老师做动员报告：“同学们！几天后，我们就要预考。考试中的变化无法估计。比如说，自高三以来，有的同学成绩大幅度上升——”他以赞许的目光看看我、芳月，“而有的同学成绩看似一直较好，其实已是强弩之末，再也不会有什么大的进步，而且还有退步。因此，同学们不要以平时的眼光看人、看自己，而要预考后才知水平所在！而且，能参加高考的人员主要由这次考试而定！”突然，他严肃起来，“同学们！也请你们注意搞好团结，更不要搞些偷鸡摸狗的勾当，扰乱别人的生活乃至学习。一个人活在世上，最重要的是什么？是脸皮！而有些人偏不要脸！好，最后祝你们安心复习，考试时发挥出应有水平！”

同学们大都报以热烈掌声，伍云却低下头。这个星期以来，他再也不似先前昂首阔步，总是一副低头认罪的模样。狄文也不像影子一样紧跟他身后，甚至两人已截然分开。

上午第一、二节课考第一科——语文。除县教委派来的巡视员外，还有章老师监考。巡视员似乎心中有底，不怎么注意同学们的动向。章老师一向看重同学们，也不大注意同学们的动向。总之，他们都漫不经心，做做样子而已。

我仍然坐在窗边第一位。同学们都是一人一桌。伍云正坐在我后面。我看看卷子，感觉不错，沙沙沙，一路做下去。伍云却急得满头大汗，突然他眼前一亮——我的卷子有一大截暴露在他眼前。原来，夏日阳光很充足，我的课桌较低，凳子也不高，而伍云的凳子高，因此他能饱看我手边的答案。伍云到底心虚，看看前面。巡视员昏昏欲睡。章老师正在专心致志看一张报纸。伍云心中大喜，瞄上我的卷子。这时，我已把基础题做完，推向一边，开始写作文。伍云见前面的答案是“A”，就顺手写“A”；是“B”，则顺手填“B”；是“C”，则填“C”。除几个文字题看不明白外，我的标准化试题答案全部被伍云抄去。

这时，汪老师进来，恭恭敬敬叫出巡视员，马马虎虎叫出章老师，说是“上面有紧急通知，请你们去商量一下”，然后亲自监考。汪老师从不做无原则之事，这时全神贯注，这里走走，那里看看，到处巡视，以尽职守。伍云心中暗喜：“好险，天助我也！”

第三日下午，同学们集中在教室。章老师来祝贺我们完成人生一大考试，然后石破天惊地宣布：“同学们！前天上午，我接到县教委通知，今年农中的高考情况有所变化——为加强职中师资力量，培养专业人才，国家决定今年参加高考的考生只需考四门——语文、政治、数学和农业基础课，前三门和全国普通高考一样进行，后一门（简称‘农基’）由各省根据自身情况出题统考。就是说，参加职考的将不考物理、化学、英语、生物！”

同学们目瞪口呆。章老师又说：“农基要考新教材——七本书将在本月底从出版社邮来。参加职考的人数名额由县教委根据同学们的预考成绩统一决定。请同学们根据自己各科成绩优劣，权衡一下是参加普考还是职考，然后到我这儿报名。”

刚下课，同学们就围住章老师，七嘴八舌地问语文卷子解出没有？章说当然解出来了。同学们问分数最高的是谁，多少分？

“当然是谢琼山，90 分；总分 100 分的预考卷子，在历来是最难的一次，他是我的学生中语文预考成绩最好的一位，第一个达到 90 分！”章说完，看向我，“你是参加职考，还是参加普考？”

我还未开口，简贵就笑嘻嘻地接过话：“当然是职考！”这回他没带丝毫讥讽的口吻，反有一种醋味。

章老师笑问：“为么子？”

“他的语文、政治次次都是高分，在班上基本上回回第一名。这是他最大的优势。再说，他的数学成绩本来很好，后来才不及格，但这期又赶上，上回毕业考是第二名。这也可以说是他的强项。四门，他就占尽三门优势，而且最后一门——农基只有伍云和狄文学过大半年旧书，但他俩的强项是理化，而这几门不考，就是说，他俩只有农基一门强点，况且还有一个多月，还说不定谁强谁弱呢。”

“你说得有道理，但有几个地方错了。一是这次伍云的语文竟考了 72 分，大有进步；二是物理、化学还不见得是他和狄文的强项；三是农业基础课的基础是生物，而这门成绩谢琼山也一直是前一二名……”章老师点点头。同学们不解，有人打断章的话：“伍云、狄文不是化学、物理科代表吗？他俩这门成绩一直很好的……”

章老师不等他说完，就说：“等预考成绩出来，你们就晓得了。”说着，不理睬脸色黑紫的伍云、狄文，径直问我，“你自己认为呢？”

“我肯定参加职考，现在就向您报名！”我欣喜。

“好。”章老师点头，然后问芳月，“你呢？”

“我自己也不晓得，因此想听听您的看法。”

章老师看看芳月的神色，说：“你真是鬼精灵！你心中已有答案，却故意问我。”

“章老师，人家诚心诚意向您请教，您却这么批评我。真冤枉！”芳月笑笑，一惊一乍。“你肯定愿意参加普考，是不是？”章老师笑微微的。“我还是那句话，听您的！‘恭敬不如从命’，刚才您说让我参加普考，我就参加普考吧!”芳月假装无奈地叹一口气，逗得师生大笑。

经过各科任教师日夜奋战，预考总分算出，我和芳月又碰巧并列第一，狄文第三，李小华第四，伍云第五，高武第六，书甜第七，华森第八，简贵第九，王仁第十，余者不计。芳月数理化和英语均为第一名，都及格。我的政治、语文、生物均为第一。我俩总分均比狄文高出20分以上。伍云可就惨了，物理、化学这两科成绩仅各40分左右，但语文成绩救了他，终以3分之差高于高武。

这天中午，毕校长从县教委归来，公布农中参加高考名额：职考4人，普考1人。这样，伍云刚好排在第五，可以参加高考，高武则正好不能。但是，下午学校公布的高考选手为：芳月参加普考；我、狄文、李小华、高武参加职考。名单用红榜公布。伍云看了，苍白的脸一会儿红，一会儿黑。我和芳月大吃一惊，就听李小华庆幸地对高武说：“你好险啦！要不是那个人干那些不要脸的事，你可就完了!”

高武哈哈大笑，一改以往的内向性格，十分活跃地说出许多“山东的驴子学马叫”的普通话。伍云则面如死灰，一溜烟跑了。我去问李小华这事的原委。原来，毕业考之前，伍云和狄文两个进行一次由覃老师出题的农基摸底测验，狄文竟比伍云高出10多分。毕业前夕，狄文放在箱子里的100多斤粮票不翼而飞。这是他父亲辛辛苦苦，去乡粮管所卖掉几百斤苞谷才换来的，是狄文以后学习、生活、考试的保障。因此，狄文大急，当即报告章老师和毕校长、汪主任。经访查，华森提供一条线索。这几天，华森拉肚子，晚上难以入眠。这天半夜时分，黑夜中，他仍睁着眼，猛然听见有轻微响动，一瞄，只见一条黑影从伍云和狄文床位上爬起。看身材是伍云。伍云轻手轻脚下床，轻微地开箱，又开门出去。华森以为他是找纸上厕所，就没在意。狄文怎么也没想到，在这节骨眼儿上，竟遭到亲如兄弟的伍云的毒手。他仿佛一下老去许多，年轻的头上又增添好几根白发。他听从章老师的劝告，将伍云叫到毕校长面前，将情况摆明，索回粮票。

这时，我听完这件意外之事，不禁想起那天照毕业合影时，伍云昂着头，不可一世，硬是挤走最高处正中的王仁，眼睛费力地俯视镜头，蔑视一切的模样；后来这张全班同学在高中生活中唯一的一张彩照洗出，整体效果很不错，却偏偏在伍云鼻尖上有一个黑色污点，十分显眼，像是为伍云三年高中生活所做的注脚——真是不要鼻子！

伍云走出人群，再也无脸见人，卷起行李，行色匆匆，如丧家之犬。

吃过晚饭，简贵约我出去散步。我有些不情愿。简贵满口酸味："幺子，未来的大学生，现在就看不起老同学了？"

我不好再说什么，只得跟去。简贵硬要我走前面，认为这样才不失对我的尊重。我客套几句，无奈简贵硬是不从，只好上前。两个走上公路，能并排走了，我才从别扭中解脱，但简贵仍故意落后半步，以示对我的恭敬。简贵真诚地说了许多话，说我一定能考取大学，到时别忘了他等等。我默默听，默默笑，默默走。王仁背上行李过来。看样子这次他是真回去。他走过我和简贵身边，心里惭愧，不好意思打招呼，匆匆擦身而过。简贵望着他背影，狠狠骂一句："这个流氓，三年同窗，回去连一声招呼也没有！"

突然，一个穿白色公安制服的公安人员和一个派出所警察追上来，问："哪个是简贵？"

我侧身，手指简贵。简贵脸色黑灰，瘫倒在地。公安人员上去铐住他，警察则拉起他，连踢带骂，将其带走。

原来，那天公安局、派出所抓去褚胜，来不及审问，就去侦查一起恶性杀人案，直到昨日案情才水落石出。于是，他们又提审褚胜。褚胜吓得屁滚尿流，当即供出全部作案经过——他和简贵两个心意相通，秘密商量好，要玩玩大姑娘，想强暴瘦女，就色胆包天，在星期六晚上，趁同学们到各处玩去了，褚胜潜入没灯的女生宿舍，藏到床底下；简贵则藏进公路边竹林，预备褚胜把瘦女拖来后，一起到长美溪边的沙滩上行事。后来事情败露，褚胜被男生们追赶，跑上公路，就躲进竹林和简贵会合。苏学武追上来，又追过去。褚胜眼珠一转，自作聪明，跟在后面高喊着追去。简贵更狡猾，也假装追兵，但不出声。

后来，褚胜见平安无事，色胆包天，但不敢再把目标放在同学身上，就瞄上社会少女，于是在某天晚上，去学校附近树林里，欲对在此玩儿的某少女施暴，被少女逃脱，事情遭败露。褚胜被抓，简贵吓得六神无主，但好长时间不见公安部门来抓他，满以为褚胜没有供出他，不久前心里石头才落实，又得意起来，哪知天网恢恢，疏而不漏，依然被逮捕归案。

书甜重读一年，为的就是又一次参加高考，却被无情地刷下。坐在教室位上，我想安慰他，但看他黑胖的脸上更加黑紫，一时找不出什么话，只好沉默，书甜却先说话了："真气人！我去问毕校长预考后能参加高考的分数线是多少？他说是370分。而我有375分，为么子不让我参加高考？你听他么样说？他说'连我们学校的四个职考名额县一中都想占去，还是县教委领导批评了一中校长，才没被抢走。而对我们学校，县教委只批给一个普考名额，我有什么办法'？简直是放屁！当时我问他'您为什么不多争取一个名额呢？反正我的分数也过线了'！他说'你以为我没要？要了！而县教委领导说，你们年年高考剃光头，去年参加职考的两个都没考上，还争一个名额，岂不浪费？有什么意义！听了这样的话，我还敢要吗？'我看县教委的几个也不是好东西！"

我只得陪他叹气。陈登科来邀我去打扑克。我想到无法安慰书甜——这样面对面干坐，我会更痛苦——自己也苦恼，加之陈也是好朋友，明天就要回家复习——招工考试将在城关进行——自然不能拂其美意，就随他出去。

20日早自习，五位高考选手得到通知，让我们回一次家，21日返校。

早饭后，街上，班车旁，瘦女笑着和李小华告别，说："弟弟，你努力学习，考上大学，我这个当姐姐的出钱供你读书……"

阳光灿烂，鸟语花香，河水潺潺。我跟在芳月后面回谢王村，眼看她优美的背影，不禁心潮激荡。两个走过长进石拱桥，开始爬山。路上行人稀少，两个默默无言，享受默契带来的喜悦。我诗情迸发，不禁在肚中打开腹稿《小溪》：

你是一条小溪，
清澈见底；
我也是一条小溪，
但愿亦明亮如意。

我们冲击千岩万石，
一直在一起。
我们小心追逐，
泛起圈圈美丽的涟漪。
我们相互理解，
相互激励，
共筑不朽的友谊。
我们如今在小河，
将来要汇入浩瀚的海洋里！

假如我汇入大海，
你留在岸际，
我会变作蒸气，
迅疾升起，
来邀你游遍祖国大地。
如果你汇入大海，
我留在岸际，
我不会灰心，
不会丧气，
我会顽强地在草尖上屹立。
啊，
清澈的小溪，
明亮的小溪，
我们奔腾不息！

我和芳月回到谢王村，谢、王两家具各欢喜。晚上，我将《小溪》写上一张纸片，预备回校后抄到那个橘红色“诗集”上。父亲过来，问：“山山，我问一句话——如果我们让你重读高三，你读不读？”

我想也没想，就答：“不读！这次就够了！我一定会考取！”

“最好是别先开空头支票!”小哥仁山笑笑。

21日，小哥受谢王两家派遣，在百忙之中抽出时间，背上两床薄被，将我和芳月送回学校。在备考期间，我俩将不再与同学合睡一张床，而是一人一床。

为方便管理起见，学校让我们四个男生同住一间宿舍。李小华、狄文两个早到了，笑迎我，并说高武这时到附近亲戚家去了。

一会儿，高武回校，脸上通红，汗珠子直掉，嘴里招呼众人：“哥们儿，来吃桃子!”拿出一些红白绿相间的鲜桃。

我、李小华、狄文一阵欢呼，洗的洗，吃的吃，其乐融融。

晚上，五人到教室。章老师跟进，交给我们两把钥匙——我一把，芳月一把。高武、狄文、李小华大急。我明白是怎么回事，就对章老师说：“他们三个的习惯和我不同，他们是晚睡晚起，我是早睡早起，因此，光我们男生就要两把钥匙。”

章老师不知所措。芳月对我说：“不要紧！我的习惯也是早睡早起，不如把你那把给他们三个，我俩合用一把。”

我将自己那把交给高武。芳月则把自己那把交给我，说：“每天早上，请你代劳吧，我随后进来就行了。”

“那，刚才你为么子不把自己手里的钥匙给他们呢?”章老师笑了。

芳月脸红，笑笑，暗暗对我扮个鬼脸。我心中立刻明白她不愿把自己手上的温热传给他们，就听芳月说：“哎呀，我真不聪明，为么子没想到这个呢!”

他们笑起来。我心中暗笑。章老师宣布：“后天进城体检。体检后，农基课本才会寄到。你们先复习其他课程。”

章老师刚走，汪老师就进来，交给我、芳月各一张同样的明信片——画面是中国女排的大姐姐们刚刚荣获世界冠军的合影，均穿上蓝下白的套裙，整整齐齐，自信心十足地对着我和芳月微笑。两张明信片背面都写着“老同学，祝你好运”，后面的署名都是“杨英”。原来，是初中老同学杨英寄来。那三个到我身边围看。李小华既羡又妒，大骂：“她一直瞧不起老子！老子写封信给她，让她晓得老子也能参加高考！妈的，老子也不是吃稀饭的，她凭什么狗眼看人低！”

我说：“你写信给杨英，我写信给田大鹏。”

李小华直拍手，说：“好，好！我们分头行动，你了解二中生活，我了解师范那群幸运儿的生活，到时我们换着看回信，好不好？”

“当然，当然！”我点头。

22日中午，我和李小华相约，头顶烈日，去街上寄信。一辆班车从城关开来，在邮电所门口“嘎吱”一声停住。人上人下，一片嘈杂。

人群中有一个特别的声音大叫：“谢琼山！李小华！”

声音很熟。我心中一动，说：“呀，是沐书甜！”

李小华眼尖，一下就看到车窗上有一张黑胖的人脸，满是欣喜，说：“呀，真是沐书甜！”

二人惊喜地奔过去，帮书甜把行装接下车，同时从他口中知道他是回来复习的。一会儿，我和李小华寄完信，同书甜一齐回去。路上，我急问书甜：“你这家伙是么样回来的？”

“这个高考名额是我自己去县教委争来的！他妈的，毕校长那个坏家伙根本就没有为我们的事尽力！”书甜脸上露出自豪的笑容。

原来，回家途中，书甜专门到县城，先去一中打听情况，然后找到县教委，质问主管高考事务的领导：“一中有几个预考成绩比我差的学生为么子能参加高考，却不让我参加？”

该领导无话可说，只好让他参加高考，忍痛将一中一个关系户考生刷下。

晚上9点，我们6个都在教室复习。冷不丁一个人满面羞惭地进来。伍云！6个人心中都一惊——难道这家伙也去县教委争来一个名额？但伍云头发蓬乱，额头上一层黑汗，苍白的脸更加苍白，疲倦得要命，灰尘满面，风尘仆仆，不像来复习的样子。他看见沐书甜，也自吃一惊，但随即向我们6位点点头，并勉强向各位笑一笑，也不说话，径直走向狄文，低声乞求：“你出来一下，好不好？”

两个相跟出去。狄文在前昂头，伍云在后低头认罪般，和以往刚好掉个个儿。李小华和高武开始议论。李认为“这家伙肯定是去讲情来参加复习”。高认为“他只是路过”。二人争得不亦乐乎，各持己见。我说：“二位，等会儿我们去问问狄文，不就结了？”

约半个钟头后，狄文进来，先嘿嘿一笑，然后说话，语气中满是轻蔑：“他说到永茂镇上面另一个乡去了一趟，去找他叔叔。但他叔叔一家都不在，就赶紧回来，又没车费，只得步行，走到这里天就黑了，只好来求我给他一点饭吃，还要借一点钱做明天的车费，并要求在我们宿舍住一晚。我想，他肯定说了假话——以前，他就说那个乡政府有他一个当干部的叔叔一直给他提供学费，这次他去，肯定是因为预考没考上，回到家被他老子训一顿，又去求他叔叔来学校讲情，想参加高考，去后，这个叔叔却嫌他不争气，一气之下把他赶回。他没法，只好来求我！我想，如果让他今晚住这儿的话，说不定又要做出无法无天的事，于哥们儿为难，于是给他几块钱，让他到街上去住，明天走回去得了。嘿嘿！”

“哇，狄文，你真伟大！竟然还同情他这个坏蛋！”李小华语气夸张。

“喂，李小华，哥们儿，么样，我说的不错吧？”高武也来凑趣。

李小华又夸张地说：“哇，你真伟大！但我也说对一点——他想让人‘讲情’。不过，最终胜利是你的！你伟大、光荣、正确！”

高武高兴异常，当即建议：“我们两个结拜成兄弟，如何？”

“你肯定是因为‘妹妹’走了，很想她，就拿我来‘顶灾’，是不是？啊！”

高武嘴上嗔怒，妇人一般碎步追来，捶打李小华：“你这个该死的东西，嘴上这般没有遮拦！”

李小华一边跑，一边嚷：“好，好！你别打，我认你做‘哥哥’，反正她是我结拜的‘姐姐’，你们不正好是我姐夫、姐姐吗？”

“不！现在，你应该叫瘦女‘嫂子’了！”狄文也来闹。

高武又去追打狄文。正闹成一窝蜂，就听一声厉喝：“你们给我站住！”

毕校长黑着脸，站在门边，等那3位站住，就开始训话：“你们能参加高考，有了能气，很光荣，是不是？高二班还上不上课？别的同学还复习不复习？啊！你们也学学人家谢琼山、王芳月，啊！”又训几句，才宣布：

“赶快去收拾行装，带点钱，明天一早，你们跟我去县医院体检。”这才转身离去。

我们6个离开教室，回到宿舍。李小华心里不舒服，看高武横我几眼，心有所动，就骂：“我们农中算什么东西，给一中、二中的学生提夜壶人家都不要！装模作样，考他妈的什么大学！我们学他妈的什么？”

我恼了，当即呵斥：“李小华，你别血口喷人！又不是我要你们向我学习，你骂么子？我警告你，你嘴巴干净点，小心些！”

李小华立刻住口，十分尴尬。高武赶紧来给他接鼻子，说：“李小华，我说我们结拜成兄弟，你还没答应呢！”

李小华又横我一眼，然后委委屈屈喊一声：“哥！”

李、高两人当即成为“兄弟”。狄文嘻嘻直笑。

第十六回　青梅竹马最知音　哪防小人起妒心

5 月 23 日早晨 6 点，我们六位高考选手准时起床打点行李。其实，也没什么好打点——高武和李小华共背一个书包，狄文嬉嬉皮皮，嘿嘿笑着，把一点东西也放进去；书甜背一个绿色挎包，我把一本书和那本“诗集”以及一支笔放进去；芳月提一个兰花布包。

6 点 20 分，6 位准时出发，到街上会齐毕校长。毕夫人现为乡妇联干事，在何姐手下工作。她俩住同一层楼，比邻而居，一个在楼梯口左边，一个在右边。毕校长住这儿，每天骑自行车上下班。虽如此，他在学校还占有两间房和一个菜园。

一会儿，车来。7 位上车。我闻到汽油味，就有些不舒服。芳月赶紧递给我两粒晕车药，并督促我先吃下一粒。我感激地看她一眼，然后坐到车窗边一个位子上——这正好是昨晚毕校长买下的一个座位。最前面还有一个座位。毕校长说：“王芳月，你坐前面吧。”

“不，您坐前面，我就坐这儿。”芳月说着，指指我旁边那个座位。

“我让你坐前面，你就坐前面！”毕校长表情严肃了。

芳月只好上前坐下，刚坐好，毕校长就把一个纸箱提上车，小心翼翼放在驾驶台后座，笑对芳月说：“你们女伢子心细些！你帮我照看。里面是鸡蛋，弄不好会破，你可要仔细照拂啊！”说完，又下车和妻子女儿婆婆妈妈地告别。

坐我身后的书甜说：“狗×的！自己带的鸡蛋却要别人给他看，还故意在前排单买一个 2 号，自己倒省事！”我担心地看芳月一眼。芳月正回头看我，明白我眼中意思是“可惜我晕车，不能换你”，就对我笑笑，做个鬼脸。我也明白她眼中意思：“可惜我不能照拂你！”

书甜身旁是李小华和高武。李小华问：“哥，你说毕校长带鸡蛋干什么？”

“吃呗！”高武不以为然。

“给谁吃？”

“我怎么知道？我又不是他肚子里的蛔虫！”

“告诉你吧，肯定是送给县教委那些当官的，好做升官发财的阶梯！”

毕校长上车坐下。那两个赶紧住口，一本正经的样子。我看前面的芳月，想起初二那年和她一道去县城参加表彰会的情形，不禁心中发热，脸上发烧。车子发动，可厌的汽油味打断我思路。今年三月，从长进村到乡政府的20华里公路修通，人们放鞭炮，敲锣鼓，夹道欢迎第一辆班车到来。可我因晕车，宁愿步行回家，步行归校，也不愿坐车。芳月也乐意陪我。几乎每星期，两个都用肉足一步步丈量来回40华里硬邦邦的公路。这时，也许是那颗晕车药起了作用，我因气闷而想呕吐的感觉逐渐消失，只是脑中依然昏沉。

不一会儿，班车停下。下去几个，又上来几个，把座位塞得满满，连过道也站满。最后上来一个老太太，头发花白，巍巍颤颤站在门边，站在毕校长身旁，一副无奈的老态。毕校长扭头看见，似乎不觉地转回头，立刻现出一副迷迷糊糊的模样，将头伏在后靠上，“睡着”了……我一一看在眼里，心想：“你毕校长平时不是常常教诲我们——要尊老爱幼，比如在车上，要给老人、妇女、儿童让座吗？这时你怎么不给老太太让座，给我们做个表率呢？好，我来做表率！”我挣扎着站起，可毕校长挡着去路，我喉咙口又升起一种呕吐的感觉，正不知所措，就见毕校长抬头，狠狠剜我一眼，然后又伏头沉沉“睡”去。我心中一动，呕吐的感觉更加强烈，重重坐下，拼命抑制肚中翻江倒海的感觉，闭上眼，慢慢才好受些。

突然，毕校长又抬头，看前面的芳月。芳月早已看到老太太，也看到我和毕校长刚才的一幕，就站起，看着老太太，正要开口说话，就听毕校长先开口：“王芳月，请你帮我看好鸡蛋！”口气很严厉。

芳月脸色一变，无可奈何地坐下，再不看后面，心中也有一种呕吐感，但自知不是晕车的缘故。

一个多钟头后，我睁开眼。老太太已不在车上。毕校长正神情专注地盯着前面的纸箱。

又一个钟头后，我和芳月平生第三次来到县城，只见高楼林立，街道比两年前逼仄许多。县一招还是老样子。毕校长让书甜带领我们去登记住宿，说：“明天你们别吃早饭，上午 8 点我来这里领你们去县医院体检。”说着，提上那箱鸡蛋，沿街而去。

24 日上午 8 点，毕校长准时来到一招门口，带领早已等候在那儿的我们6 位，来到县医院。这里楼大，人多，医生、护士都穿白大褂，像一朵朵白云，飘来飘去，比乡卫生院阔气得多。

花去整整一天时间，我们6 位才体检完毕。回一招的路上，毕校长说：“谢琼山和王芳月顺利过关，明天早上就可以回校。你们4 个基本过关，就是视力都在0.7 以下，因此你们4 个还要等一天——等明天验光后才能走。”

芳月向我做鬼脸。两个直乐。除书甜外，那3 位眼中布满阴影，诚惶诚恐，高武甚至暗暗认为：“说不定因视力这事，体检这关过不去，考学就没指望了！”

李小华低声骂一句：“他妈的，为什么总是我们倒霉！”

毕校长横他一眼。他赶紧闭口，但心里仍说：“凭什么谢琼山就那么走运！”

高武、狄文深有同感。狄文的左眼似乎更斜。

25 日一早，我从书甜挎包里取出书、“诗集”、笔，放进芳月的蓝布袋，在开车半小时前，经芳月提示服下另一颗晕车药。

班车上人不多，我和芳月并排坐。一路上，两人十分兴奋。在这不断移动的过程中，思维特别活跃，我竟然好像没有闻到汽油味，仅觉坐在芳月身旁，闻着她身上温软的体香，如沐春风，舒心至极，不由得和她讲啊，讲啊，谈人生，谈理想，也说到爱情，常常提到3 年来班上的人和事，甚至提到初中、小学乃至小时的事情，都倍感温馨；或者讨论一个人，或者议论一首诗、一篇文章，交换彼此的观点。我们的观点竟那么相同，往往我说出上句，她就能说出下句；或者她说出上句，我就能说出下句。我俩竟然心心相通！总之，我俩就像刚刚认识却一见如故的老朋友，说话投机，感觉投缘，激动，新奇。

一会儿，我俩正沉浸在一种甜蜜的短暂沉默中，芳月突然向窗外一指，说："嘿，真漂亮！"原来是一条河。公路在河这边。河那边是一面巨大白岩，白岩上时常有小瀑布轻沙般垂下，像新娘的婚纱！我简直醉了，醉了，说："啊，太美了，太美了！"

"你应该为这么美丽的小瀑布作一首诗。"

"没问题，只不过要等到以后有了灵感才写。喂，你相信灵感么？"

"相信。不过，灵感也是在平时思考的基础上，通过积累，猛地爆发……"

两三个小时，我俩一直充满激情地高谈阔论，根本没想到要顾忌别人的存在。回到永茂镇，车停下，我俩似乎还有许多话留在肚子里没倒出，都眼睛亮闪闪，红光满面。旁人暗笑，暗暗说"这真是天生一对"。我俩没在意别人，仅恍恍瞥他们一眼，隐约看见他们的神秘笑容。而这时，两人纵有千言万语，也只得打住。我要到何姐那儿去，邀芳月。芳月说："先回去，有事！"

我和二哥阳山一家吃过午饭，回校，到教室，遇见芳月。她脸色绯红，怀着分外激动的心情，送给我一个粉红色日记本。我接过，正要翻开——里面似乎夹有什么——芳月脸色更加绯红，说："山山哥哥，你先别看，等我走了，你再看！"

芳月把我的书、"诗集"、笔，一股脑儿递给我。我一眼瞥见那本"诗集"，心中一跳，等芳月转身匆匆跑走，我也跑进男生宿舍，打开那本粉红色日记。内夹一块粉红色小镜子，很别致——外面是粉红色塑料壳，像盒子一样打开，里面有两面圆镜，一面有两三朵粉红色的莲花；还夹有一方簇新的粉红色作底的手帕，上面有一朵大红的牡丹花，分外娇艳。新日记本扉页上有一首墨迹未干的诗：

不知从何时起，
有两条小溪，
一直在一起，
用共同的语言，
攀谈知心的话题；

用共同的心意，
探讨人生的奥秘；
用欢乐的心扉，
采撷人生的珠贝；
用真诚的心曲，
鸣奏友谊的旋律。

小溪要汇集到海洋里，
滞留在山涧永远是小溪！

如果暂时分离，
就在海洋里相聚。
饱尝小别的痛苦，
永存大聚的欢喜。

我心中狂跳，顿时明白——这都是她无意间看到我“诗集”内那首《小溪》所致。真乃天意！

26日凌晨，我早早起床，洗过脸，做过五官保健法，急急打开教室门，拉亮电灯，刚坐定，芳月就进来，站在门边，羞涩地看我。我倒大方，充满激情地说一句：“Good Morning！”

芳月笑了，甜蜜地笑，送给我一个心心相通的眼神，然后上位复习。在这甜蜜的环境中，我俩受到一种莫名鼓励，忘我学习，效果特别理想。

中午，那4位归校。书甜给我带回一堆新课本——《植物及植物生理》《肥料土壤》《气象常识》等，一共7本，散发出新书的特有香味，放到桌上，就像一座小山！幸好学过的《生物》有助于我们自学《植物及植物生理》。但其他的都得从头自学。怎么办呢？我这样安排，每天14节课，每节45分钟，1节复习语文，1节复习政治，2节复习数学，其他10节全部用于自学农基。

如果一天到晚泡在书海，不到百斤的我、一个从小体质差的瘦猴子，承受得了吗？长此以往，也许会垮掉！然而，我轻松地承受了重负。一个重要原因是我发现了调节方法，一是课与课之间的调节，即交错看各科书，并将读、写、思相结合，而且在每节课的间隙都出去呼吸 15 分钟新鲜空气。二是更重要的——高三上学期的一天，我解某道数学题，花去整整一节课，仍不得其解，而且头昏脑涨，课后干脆到乒乓球台边，抽杀 10 分钟，彻底放松，再来攻关，竟迎刃而解，后来我常常如此去做，往往事半功倍。因此，现在我每天坚持平均一个多小时的小球拼杀，复习、睡觉、吃饭、洗澡、洗衣服之外，便挤时间去打乒乓球。高二班男生很佩服我们这 6 个能参加高考的人，往往看见我一去，就主动让位，而我一战便当“皇帝”，想战到何时便战到何时。这对于我无论是消除复习后的疲劳，还是放松紧张心理，都很有好处。只是我放弃了一直钟爱的游泳运动，因为必到河里去，恐怕有什么闪失，而每天在宿舍用毛巾一擦，既省事又方便。

吃过午饭，我预备睡午觉。这是我每天的必修课，即使睡不着，仅把眼睛闭着，也能得到休息。我爬上床，一边看高武、李小华、狄文吃饭，一边酝酿睡意。高武三下两下吃完，碗也懒得洗，就放在下面空铺上——人少了，都睡上铺，清洁些——接着爬到李小华脚头躺下，嫉妒地看几眼单独睡一床的我。狄文刚吃完，就听高武高高在上地说：“喂，狄文，‘先吃完的不管，后吃完的洗碗’，我的碗归你帮我洗！”

狄文自和伍云分手，落了单，变得“谦虚”多了，常和以前的“敌人”们开些玩笑，这时就嬉嬉皮皮，反把高武那碗放到地上。高武却莫名其妙地火了，大声说：“你给老子捡起来！”

狄文仍嬉皮笑脸，把那碗转移到门槛上，并做出对着女生宿舍大喊的样子，口里却小声戏说：“这——是——高武的猪——食——钵！”

“你到底给老子捡不捡？”高武警告。

狄文依然一副嬉嬉皮皮的模样，看看那碗，“岿然不动”。高武气得脸红脖子粗，从床上爬下，一把揪住狄文的花白头发，向床帮上撞去。一下，两下，三下。突然，高武带着哭腔，一声尖叫：“你咬人！你咬老子！你这条狗！你这狗娘养的！”他松手，眼看被狄文咬得流血的手背，直骂娘。

我喊：“别打了！”

等我爬下床，要给他俩解交时，他俩已结束战斗。狄文一直没作声，起始脸色通红，这时已苍白。两个都喘粗气，眼珠发红，又发黄，头发蓬乱。高二班几个男生闻讯而来，正看见高武包扎手指，满面怒容。我为室友羞愧，满脸通红地来关门，说："有么子好看的！"

几位"弟弟同学"均以为是我和高武之间发生战斗，见门关上，就回去，纷纷传说，嚷得好几个老师都知道了。

后来，我听芳月说，女生们听见这边的动静，都骂高武，说一定是高武纠缠我，害我。高武常故意和狄文、李小华站在门边，眼瞄女生，一边吃饭，一边说下流话。她们看不惯他们，却对我有普遍好感，因此护着我。即便如此，我也为被冤枉而深感不安，就让芳月和"弟弟球友们"为自己做正面宣传，以澄清此事。高武和狄文听闻，认为我有意让全校师生知晓他俩的丑事，出他俩的洋相，于是常用利刃一样的目光狠剜我和芳月。李小华也打抱不平，常跟着剜我几眼。此后，他们3个也像沐书甜一样，不再睡午觉。

晚饭后，我和书甜带一副球拍，到乒乓球台边拼杀。高武、李小华和狄文不约而来，加入战团。我一直当"皇帝"，没人能打倒。李小华的球技最臭，见高武都奈何我不得，就硬要将打21个改成11个，还是拿我无法，待一轮过去，又硬要改成6个。其他几个除书甜不出声外，都纷纷响应。我也不说什么。一轮过去，李小华又要"考"，即先打2个或3个，考取，则打6个；考不取，则只有2个球可打；卫冕者只要前3个不净输，也打6个后再说。这样，就能大大缩短循环周期，但依然没有谁能将我拉下皇帝宝座。一会儿，李小华终于想出新法——无论技术如何，每人轮流当"皇帝"，技术好的也只能如此。我火气上来，老着脸，不理他，稳坐钓鱼台，一直当自己的"皇帝"。那3个无可奈何，只得作罢。李小华上去打过2个球，球拍还没摸热，就被刷下，怨也没用。

又一会儿，上面屋内，吴家夫妇对骂，继而摔碟子打碗，叮叮当当，十分刺耳。我心有所动，就把球拍交给在台下排队的书甜，说："你来当'皇帝'，我打累了！"

李小华一个箭步冲上，想抢走球拍，因为现在归他上台“考”。我不给，说：“我不是被打下台，愿把位子让给哪个就让给哪个！”

李小华脸红脖子粗，就要大吵大闹。书甜是个好好先生，从我手中接过球拍，顺势往李小华手里一递，说：“你先来。”

李小华有了台阶下，欢天喜地，上去和高武对练。高武故意让“弟弟”“考取”，让他首次打完6个球。书甜有些后悔。我回宿舍擦过澡，来到教室。芳月已在这里。二人打过招呼，我说：“月月妹妹，刚才我们打球，又听见吴家夫妇大吵大闹！”

“是啊！这说明婚前必得两人十分了解，而且志同道合，才能在成家后不受那份窝囊气。”

“是啊！你看仁伢哥和嫂子结婚前，一来二去，好得像一个人，成家后却常常吵架，甚至经常动起武来。可悲可叹！”

两人都觉彼此的心又亲近密切许多。

上午，高武连续复习两节课，很疲倦，就放下书，想休息一会儿，可脑子里满是瘦女的身体和温存，不禁胡思乱想，思念若渴，于是拿出一本书，涨红脸，偷偷看起来，不禁入迷。突然，一只大手巧妙地从他手中抽出书。他一惊，以为是李小华开玩笑，就嗔声道：“好老弟，你为么子吓唬老哥！”其他几位哄笑。高武抬头，那双小眼睛立刻像惊惧的兔子眼，脸色刷白。原来是威严的毕校长。毕校长进来时，李小华正在努力复习，因此没来得及给“好老哥”报信。我坐门边，见毕校长来，却不知高武在看什么书，因此没在意。狄文坐第二排最后面，见毕校长走向高武，就知大事不妙，但没什么表示。那本书名叫《新婚必读》，是他们3个在城关逛书店时高武买的。毕校长看清书名，脸色变得更加严肃，严厉地训道：“哦，你真行！还是学生，就看《新婚必读》，真有超前意识啊！”口中满是轻蔑。

高武的脸色由红转白，又由白转黑，又由黑转灰。毕校长更加严厉地训道：“你的思想道德意识为何如此败坏？啊！都什么时候了，竟然还看这种书！你不想复习，就让别人来，免得占着茅厕不拉屎！你的成绩本来最差，又如此不听教，如果再犯，莫看你已毕业，我照样开除你！先把这书收起来，该看时再看！”

李小华本以为毕校长会狠狠处罚高武，哪知不过如此，就松一口气，想起高武“好老弟，你莫吓唬老哥”这句话，不禁笑出声来。毕校长的注意力一下转移到李小华身上，对他严厉地说：“你笑什么？这种事也是可笑的吗？自以为很高明，是不是？”

我冷眼看这一幕，一脸庄重。毕校长走过我身边，轻轻赞许说：“你还不错！”

我点点头。毕校长出去。看毕校长走远，李小华心中升起一股无名火，眼直横我，发泄说：“有些人装他妈的什么熊？自己是哈巴狗，还那么道貌岸然！我们国家不发达，就是因为巴儿狗太多了！”

我火了，大声质问：“李小华，你说话小心点！谁招惹你了？你横我干么子？有本事就去和毕校长对着干好了！莫把脏水往我身上泼！”

李小华没话了。狄文看见，心中一动，认为这是和高武、李小华和解的极好机会，就“汪汪汪”，学几声狗叫。李小华会意，立刻来劲，学起羊叫。高武学几声猪哼。顿时，教室里响起一片动物叫喊声。3 人狂叫几声，又相视微笑。就这样，他们和解了。书甜对他们笑笑，捡起书本，到长美溪边看书。芳月走到前门，回头用眼神示意我“走得好”，后到河边复习。我摇摇头，把心中火气全泼上一张纸条：与其和猪狗同流合污，还不如“道貌岸然”点为好。既然是人相，还是庄严点为好。

我把这张纸放上课桌，气昂昂出门，来到长美溪边。书甜正在溪边抛石片玩儿。我明白这是他不愉快时常做的动作，于是过去和他一块儿打漂漂。书甜大骂：“那三个狗×的，不得好死！”他扮几个鬼脸，做几个滑稽动作。

平时，书甜就像孩子似的，蹦蹦跳跳，一身肉颤颤。每当我愁眉苦脸、多愁善感，他就邀我到河边或溪边，一路上做几个武术动作或滑稽动作，又唱又跳，又喊又叫，往往让我捧腹，愁云当即消散。这时，经书甜一折腾，我心中好受多了，对他说：“你复习吧，我也要回去复习。”

我走到教室墙角，就见身穿粉红色衬衣的芳月飞奔上来，像一团红云。她到我身边，深深看我一眼，然后递给我一张纸条，又匆匆走了，像地下党接头似的。我展开纸条：

山山哥哥，你的优势明显。他们三个肯定嫉妒你，因此你要当心，别因太气人，就和他们吵、打，以免被“杀害”！

我心中一热：“她没复习，却一直为我的事而绞尽脑汁，以帮我走出烦恼境地……”眼看山尖上的白云，心中诗情迸发。一首诗很快在脑中孕育成功。回到教室，我把这首诗写在一张纸片上：

远山一片蓝亮，
白云在山尖上徜徉，
啊，
天地多么宽广！

不要为我落泪，
不要为我忧伤。
严冬已过去，
春姑娘在我身旁。

你看，
一切都充满希望！

我抬头，见李小华、高武、狄文“打”来冷眼。看来，他们3个已特意看过我先前那张纸条。芳月进来。我明白她是来看这里发生“战斗”没有，心中又一热，待她在身后坐定，就拿出一本书，将诗笺夹在里面，转身递给她，道：“你的书我看完了，还给你!”

芳月一愣，继而会意，说：“不要紧!”接过书，取出纸片，轻轻装进衬衣口袋，又把书递还给我：“你的书我也看完了。”

我接过书，心里直想笑。虽然高武、狄文常常冷眼剜我，但不言不语，只有李小华经常喋喋不休，说不尽讥讽话。我也想通：“只要你们不明目张胆地惹我，我正懒得理你们。”28日，我写下这么一则日记：

优秀的成绩才是最好的证明！
汗水和思考才是理想的翅膀！
我的希望，
在那优美的远方，
那里是一片汪洋。
鼠目寸光，
只会产生屁用的惆怅，
何必理会蚊叫的猖狂？

心儿既然嫁到远方，
就要努力飞翔！

在紧张复习中，在轻松的乒乓球台边，我的时光过得飞快，转眼就到6月初。我看那3位没什么动静，认为风暴已过去，在复习之余，写下这样一张字条：

高考之前，
恕不通信。
稳扎稳打，
专攻书城。
大考之后，
谱写深情。

写就，我正要传给芳月，章老师就走进教室，递给我一封信——

琼山弟：

你好，学习辛苦！

收到你的来信，很高兴，但不免有点惭愧，很长时间没给你写信。去年春节期间，爹妈问起我和你的情况，并且要我和你保持长久友谊。人生几何，知心朋友有几个？

去年，哥哥高考落榜，今年在城关一中复读。

我的近况：个子长高了，有1.68米了。学习方面，情况不佳，在班上只能算是中上等，原因是数学拖我的后腿。家中情况良好，今年春节，我们家安上了自来水。

看到你的照片，给我的印象是——How hand some you are!（好英俊!）看到你们的毕业合影，更触动我的心弦，使我想起我们在河里一同愉快地游泳，但现在却不能和你们一起合影……

不知你的情况如何，对今年的高考是否有把握？若是没把握，是否还读书？

皇天不负有心人，每一滴汗水都换来一个成就。不企求在金苹果树下捡到希望，而要靠一步一个脚印奔赴目标。学习是艰苦的，唯其艰苦，才能使我们更加感到毅力的重要、时间的宝贵。我相信，经过坚忍不拔的努力，你一定会在失败的基石上，高高垒起成功的丰碑。我衷心祝愿：你和我哥哥一同考上大学，让理想变成现实。

我为自己高兴：一生遇到你这个最忠诚的朋友。

再见！

祝

学习进步、高考走运

大鹏
28日

我看完，又给芳月看。芳月看了评价："看来，二中的学习、生活也不过如此，比我们高明不了多少，田大鹏很矛盾，既对你衷心祝愿，又对你考学不抱把握。"

"只要他说的是真心话，就好。现在，最妙的就是做出成绩，报答这世间种种好心，以及疑心。"我笑笑。

芳月拍手笑道："好个'报答'!"

第十七回　姐弟朋友心心连　母女哥妹情情牵

我和芳月越来越亲密，以至学习之余，我想她，渐渐有了幻觉。最出色的一个幻觉是，我和她如仙人一样，能在空中走来走去，而且牵着儿子；这小子十分可爱，也同我们在空中随意来去；我们一家的打扮都纯净、素雅，光光明明，正正大大；我身上有一颗光亮宝石，芳月两肩各有一颗，我俩的小子则有3颗；我们都美丽绝伦。虽然想到这份上，但在现实中，我俩最亲密的举动不过是我向她问数学题时，看她的小手握笔，在草稿上指指点点，灵巧地画来画去。如此而已。

但我俩共有一个极美妙的时间——早晨。6月5日凌晨，我像以往一样去打开教室门，同时看见一个熟悉的倩影走出女生宿舍。我心中一阵喜悦，去拉开灯，静坐在位上。一会儿，她进来。我们互致问候。我正要像往常一样，进入愉悦而有成效的复习，就听她说："山山哥哥，昨晚我梦见你了！"

"真的？"

"真的！那个梦好古怪！"

"么样古怪法？"

"我梦见一个像年画上寿星老儿一样的长胡子老神仙。他对我说，你的山山哥哥是一只'古……'"她想想，"老神仙说的这个字的读音我已忘记，但写了个字给我！"

"么字？"

芳月在纸上写下"古鸽手"，又指着"鸽手"说："这是一个字，'鸽'在上，'手'在下，这个字读么子？是么意思？"

我心中甜蜜，但也不认得这个字。两个急切翻出新华字典来查，找好一会儿，字典中根本没这个字。最后二人商量好："到时方便的话，去查《辞海》。"

芳月开始复习。在白炽灯光中，她那张俏脸显得更光洁、更红润、更健康、更美丽。我竟看得发呆，直到她红着脸说："山山哥哥，我们复习吧，你不是说'专攻书城'吗?"我这才惊醒，脸肯定涨红了，转身复习，但无法专心致志，脑海中竟浮现出条条小瀑布。突然，我灵感迸发，就信手在纸上写道：

似云烟，
似梦幻。
激流铺就白练，
雄伟织成温柔。

有"鸽手"，
有真意。
万事可付流水，
此情却难忘怀！

除苦苦学习和沉沉睡去之外，我几乎时时想着芳月。吃饭时，牙齿在机械地嚼动，心思却不由自主地飞到她身上。公路上，我心一动，向河边望去，往往看见一个红色影子走过来，满以为是她，好一阵激动，可走近一看，才知不是她，只好暗暗自嘲。

8日，是预考以来第一个雨天，给炎热的夏日注入一种凉丝丝的感觉。乒乓球台边凹陷处，积满雨水。上完两节课，我对芳月说："唉，球也打不成了！"

芳月摸出一副扑克。我惊问："你想玩儿?"

芳月歪头说："想！你陪不陪我?"

"等我想想，再回、回答你……"我迟迟疑疑。

"你别吓着！我怎么好意思在这么宝贵的时光，要你和我打扑克呢?"芳月坏笑。

"那干么子?"我松口气。

"算命。"

“算命?”

“Yes!”

“那你给我算算，看能不能考取?”

“你先诚心诚意把牌洗三次。”

我照办不误，一丝不苟。芳月接过牌，一对对取出，仔细想想，满面喜色，不禁欢呼：“山山哥哥，你和我一样，大吉大利!”

这声欢呼无疑暴露了我俩的秘密，引来那3位无限妒恨的目光，但我俩浑然不知，仍沉浸在好兆头的喜悦之中。我喜滋滋地问：“月月妹妹，你咋晓得这个?”

“前天我从高二一个好朋友那儿学来的。好，我们复习吧，我们一定会有好结果!”

我转过身形，在日记中信笔写道：

用扑克算命固然是唯心的，但用来调节紧张的学习空气，倒还不错。何况今天它还为我留下一段美好回忆呢!

翌日早上，我去打饭，遇到学生食堂余师傅的儿子——一个机灵的小孩儿，约8岁，拿一把木制马刀，正在使劲砍打沐书甜。书甜越是躲闪，这小子打得越是起劲。我黑着脸，上去大吼一恶嗓子：“干么子打人？啊!”

小家伙看我一副凶神样，立刻逃之夭夭。

老天爷很凑趣，仅下一日雨，今日天放晴，地上积水已蒸干。午觉后，我和书甜对杀一会儿乒乓球，后进教室，见李小华和高武附在窗台上凝神听什么。原来，大食堂里正传来那个恶孩子的哭声和余师傅的高骂声：“看你给老子丢脸！××大一点，就在学校谈恋爱……”

芳月和书甜取出书本，相继出去。李小华和高武对视一眼，然后讥笑地瞥我一眼，又对狄文说：“喂，听见吗？余师傅说那个东西那么大一点，就谈恋爱！哈哈哈!”狄文嘿嘿怪笑，然后学骚羊子叫，李小华则学猫叫春。我心中作恶，想呕吐，就信笔在日记中写道：

余师傅训子的声音清清楚楚传进教室。他对儿子的粗暴语言及“面条”的“呼呼”（打人的竹条子）声，让人感到一匹饿老虎正在狠狠盯视一头无助羔羊，羔羊正在大哭……

可怜的父亲啊，你可知道一个二年级的小学生，除懂得父母师友对他（她）的冷暖外，知道什么儿女私情？无怪乎你儿子具备凶则像老虎、惧则像猫的可悲性格！这么一点小小的家伙，就知道趋炎附势，唉！这件事使教室里的“政论家”和“流言家”又活跃起来，又把他们平时练就的那一套本领使出来……任何黑暗的心发出的毒弹，都不能使真挚的感情凝固，只会促使其升华，只会使人更加懂得爱的圣洁和崇高！

我觉得那3个十分肮脏，对他们都爱理不理，有时还从鼻孔里冒出阵阵冷气：“哼——”

每天，芳月总以借书为名，查看我的日记和“诗集”，关注事态发展。11日中午，芳月见我和那3位冷战的眼神，不无担心，就写一张字条：

山山哥哥，你得当心！姓高的自己努力复习，却指使他的干弟弟干扰你。好在只有二十几天了，你忍耐些吧，千万别和他们吵，免得好了他们，坏了你自己！

这几天，我常常和那3个横眉冷对，因为他们仨故意不分日夜地学动物喊叫。有时在半夜，习惯于早睡的我已进入梦乡，而习惯于晚睡的那3位归寝时就将我吵醒，以打扰我十分宝贵的睡眠。我无可奈何。书甜为解脱我的苦恼，就扮鬼脸，做些滑稽动作，但这一切都在那3个背后进行。他不想得罪他们，因为他也习惯于晚睡晚起，必须和他们同步作息。

16日上午，高武终于亲自出马。敢情这几天，他看我一直按兵不动，认为李小华的小打小闹没有打击力度，于是自己在复习告一段落时，看芳月、书甜出去，就蜻蜓点水似的发动一句：“农中的几个小不点儿算么子东西！有么资格瞧不起人！有么值得骄傲的！”

李小华当即心心相通，接过话头：“才华横溢有什么用？只不过想扮个好看的虚伪面目而已！你们可不要小看我，有条件的话，我也会在蓝天上展翅飞翔。人世间只有一群‘狗眼’，他们‘看人低’！”

我感到深深厌恶，不屑于和他们理论，就写日记。章老师进来，交给我一封信。我看看信封，正是玉洁那带点男子气的笔迹。我赶紧启开——

亲爱的山山弟弟：

首先，请允许我在信中向你请罪！回来一个多月，却一直没给你写信，尽管早已收到你在紧张的复习迎考中抽时间写给我的两封信！

你那充满理解、真挚的来信，都是在我万分孤独失意之中得到。信中对我的理解，对我的鼓励，对我真诚的一切的一切，都使我“麻木的心”受到震动。因为正像你说的那句：“理解之心于世间常稀！”不被别人理解令人多么难过，真正理解别人又是多么不容易！

回家后的我是多么孤独、多么痛苦啊！乡民的冷言、同学的讽刺、朋友的讥笑、邻居满含蔑视的目光，就像条条毒蛇，吞噬我的心，折磨我，真是度日如年！

亲爱的弟弟，现在复习一定万分紧张吧！孤独的我是多么向往过去的学生生活！虽然那时有搞不好学习时的怨言，有遭到老师白眼后的痛苦，有和同学争执后的委屈，更有受到无聊同学诽谤之后的愤怒！但同样有朋友间纯真的友谊，有知己间相互的理解和信任！有值得尊敬的老师，有值得留恋的朋友、姐弟之情啊！身体欠佳时，有亲切的问候；灰心丧气时，有真诚热烈的鼓励。可现在，这已成为永久的回忆。

回家后的我，心中确实是一团乱麻。每天除了拼命做家务事，便只有痴坐。几千个日日夜夜，12 年的长学都付之东流，到头来连毕业证都……真是愧对老师，愧对姐弟之情，愧对含辛茹苦抚养我的父母大人啊！可，已成事实，又有什么办法呢？

亲爱的弟弟，也许你为有我这样一位姐姐而感到耻辱和羞愧吧！回家后，我一直没有把我要补考数学的事告诉家人，我不好意思，确实不好开口啊！只好对善良的父母亲撒了一个谎，说 7 月 2 日才到校拿毕业证。但纸是包不住火的，不久爹就在同学那儿得到确信。父亲没有说什么，只是轻轻对我说了这么一句："你还是在补考之前复习复习，拿到毕业证，也许对你的事情有一定好处吧！"当时，我哭了！

那叫我头痛的数学，那叫我讨厌的数学！7月的补考，其结果又将如何呢？虽然只在一百道题中出题，虽然比上次的毕业考试要简单，但我光背而不能理解，又能背得多少呢？更何况我已有一个多月没有看书了。弟，也许你会为我的蠢笨而感到好笑吧！

我从来是不信上帝的。可现在我总认为，上帝对我是多么不公平！命运之神对我的折磨为什么如此残酷啊！

为了不耽误你的学习，不浪费你宝贵的时间，就说到这儿吧！补考来校时，也许你们还没离校呢！那时，我们再倾心长谈吧！祝弟

不要轻"敌"！

姐：洁

6月11日

背面又写——

谨附：请代我向月月妹妹问好，因为有如此恶劣的心情，就不专门写信给她了！也向其他几位问好。

我热泪盈眶，为玉洁的可怜处境担忧，不顾此时复习不复习，提笔就写回信——

玉姐：

收到你的信，我鼻子酸了……

我本想大考之后再给你写信，但现在认为有必要就写！因我深为你的处境不佳而担忧。

不瞒你说，我曾认为你是第一个理解我的人，而我并不太理解你。但我始终凭感觉把你当姐姐看待，因为我能感到：你应该是个受人尊敬的人。

你漂亮、聪明，懂礼仪，有才华，哪儿会笨呢？因此你自卑的话，就不应该了。既然是姐弟，在感情上就要共些患难，因此我急于写信给你。

虽然我们这儿只有六个人，但总是不安宁，总有那么几个家伙闹得虽鸡狗不得宁焉，何况人呢。书甜在背后谩骂。月月妹妹拼命地忍耐。他俩在一些学习的黄金时间里不得不到河边去漫游。我更是不耐烦，经常和他们吵。这里且引用几句我刚写的日记——

“没有猪哼的嚣张，

没有蚊叫的猖狂，

何谓十足的傲像？

会讲道理的先生们啊，

这却是你们的联想！

会讲话的猪羊，

心里只有绿焰的火光。

哈，好远的目光！”

“只不过有那么几头会讲话的猪羊而已；他（它）们兼为喜欢瞎‘汪’的狗罢了；即使它们还是昂首阔步的公鸡，对人还是望尘莫及！时间会公正地裁判一切，近在眼前，远在笔端。”

看了这些，你就明白月月妹妹、我和书甜处在什么样的环境之中。

姐，不必为我，也不必为你自己过分忧伤，因为人世间不可能都一派正直纯洁，总有那么几个坏种子。因此，我们应该从好的方面吸取力量！姐，只要我们捕捉，仔细寻觅，生活总是不缺乏真善美！连生长于淤泥之中的莲花都是那么美！

你尽管昂头走你自己的路！

祝你尽快快乐起来！

山山接信之日——6月16日　上

芳月回来。我抹着眼泪，把回信和来信给她看，她看过，热泪盈眶，无限伤感地说：“昨日儿晚上我还梦见她和我们一起学习呢！”

18日上午，当复习告一段落，李小华又学狗叫，狄文学猪哼，高武则幸灾乐祸地窃笑。这时，芳月已到河边。书甜正在教室，他不想得罪他们，但又看不惯，就以开玩笑的口吻对李小华说："喂，你们天天这么学动物叫，当心将来你们都变成死猪和死狗！"

李小华立刻打开牢骚匣子："我和狄文不是人，而你们天天和我们在一起，'近墨者黑'，你们也不是人！"

书甜无言以对。李小华更加得意，横眼看我，大发议论："人都是虚伪的，没一个好东西！人世间的一切都是虚伪的产物！做一个人还不如做一条牛、一头猪、一个草履虫，只有取食的奔波，没有人间一切不喜欢的东西，自由自在多好！我们每个人算什么东西！尤其是我们这个全县最低等高中的学生算什么东西！没有必要相互佩服，没有必要相互理解，没有必要互相帮助！李白的'天生我材必有用'简直是放屁！虽然我和他都姓李，我却不佩服他。我要是有他那万贯家财，也一定不会比他差，也会成为浪漫主义大诗人！鲁迅不过因愤世嫉俗才成为文学巨匠，我也要愤世嫉俗！我也要虚伪。总之，做人还不如做畜生！"

书甜更是哑口无言，拿起书本，逃到溪边。那3个又是一阵猪哼狗叫。我在日记中写道：

其实，我们不仅不亲近他，而且厌恶他，何谓"近"呢。这个家伙连"近墨者黑"的含义都不知道，放什么屁？可怜可恨……这家伙并不会讲道理，只会胡乱联系而已，因此我不愿和他争论，忍耐才是我现阶段的天职。高考将证明他并不是强者，只是一头翘辫子的乌克兰小白猪。

几个混蛋！

高武对李小华说："喂，老弟，你的道理这么新颖，完全可以写出来，投寄到杂志社，也让有些人看看我们的文笔！"

我心中冷笑，也到河边。

下午，我到教室，听高武故意问李小华："你的文章写好了吧？"

"这还不是小意思！不过还是请哥给我看看，修改修改。"李小华炫耀。

高武又夸张地说："拿来，让哥拜读拜读！"他装模作样地拿过去，装模作样地匆匆看完，"写得太好了，发表没问题！哥这儿正好有个信封，你装上寄走。"

李故意问："寄到哪儿？"

"你不是常看《中国青年报》吗？你不是说在上面学到很多新观点吗？你寄到那儿去，肯定有'知音'！"

"什么时候寄？"

"刚好你哥我复习疲倦了，这时要到街上去，就让我给你代劳吧。"

一会儿，高武手拿投稿信，气昂昂出门，在门边得意地横我一眼。李小华夸张地奔上去，说："发表后，得的稿费一定先给哥买礼物！"

"看来这礼物我得定了！"高武的声音远去。

看着这幕戏，我又好气又好笑，突然心中一动，于是写《一位骚客》：

古今中外，文人骚客可不少。他们往往才华横溢，才思敏捷，流方千古。我们这里也有一位骚客，年纪还只有19岁，故不见经传。想认识他吗？

他和我已是五年同窗、六年同学（他的名字我不爱说），其貌不扬，尖嘴猴腮，身体矮瘦，但"海不可斗量，人不可貌相"，他对文学很有见地。我也挺喜欢文学，自以为找到他这样一位同志。

"我们的国家不振兴，不发达，就是因为巴儿狗太多，爱听奉承话的人太多，明哲保身的人太多！"他经常这样愤愤不平。

他和老师关系很僵，大约是因为不想讨好的缘故。然而，他常常因得不到老师赏识而苦恼，大发牢骚。这可就令我捉摸不透！不久，我逐渐把他在我心目中的位置放低、放低……原因之一在于那无穷无尽的牢骚。在宿舍，在操场，在教室，不管人多人少，只要有一线机会，他就大发牢骚……最终总说："我偏要和世人唱反调！"

确实，他"打过雷就下雨"。为"和世人唱反调"，每天洗澡时，他总先洗脚，然后在脏水中洗头，因为"世人"大抵是先洗头再洗脚。别人笑话他，他又大发议论："一个人说话不算数算什么东西！我说过，我不喜欢世间的一切，我要和世人唱反调！"

我怀疑，在不久的将来，他连饭也不会吃了，因为“世人”要吃饭才能生存；他要吃的话，也只会用脚拿东西吃，而用手走路；他倒退，就是前进。因此，我再也不敢和他亲近，因为我毕竟是人世间一员。我甚至瞧不起他，于是在他眼里成为“狗眼看人低”的东西……

我心目中，他越来越像个瘟神。一见他，一听他的声音，我就想呕吐……深深厌恶！

无穷无尽的牢骚，往往只是一种令人心寒的高傲，令人胆战的无根的堕落，一种地地道道的虚伪！

因他说“做人还不如做畜生”，故在备考的同学们疲惫得要命的夜里，想要宁静时，他就发一通牢骚，来几声尖厉的猪哼狗叫，显出低等动物才具有的模样……往往在深夜，令人毛骨悚然。

他常常说一些令人不忍听闻的下流话，想引人发笑，来充实他的生活，来填补他精神上的空虚，不愧为一个才思敏捷的骚客；当别人斥责他，他会立刻自我解脱说：“我们的生活没有笑声有什么意思？我这样一来，笑上几声，既轻松了自己，又轻松了你们，有什么不好？人都是虚伪的，又何必那么道貌岸然？自己想说什么就说什么好了！呸，一群虚伪得要命的东西！”

这就是他对虚伪的理解，对虚伪的反抗——一味地怨天尤人，甚至堕落，没有自己坚定的意志，总想天公凭空降给他无限好运——那时，世道就公平了！呜呼，可怜可恨的牢骚客！

我一路写来，洋洋洒洒数千言，这里仅录其中一部分。

晚饭后，我没有照例去打乒乓球，而是来到教室。芳月正在那儿。两人相互问候过，我说：“请你帮我修改一样东西，就一个小时！”

“没问题！”芳月很爽快。

我把《一位骚客》交给她。她看着看着，就喜上眉梢，用铅笔帮我修改几个字句，兴奋地说：“写得太好了！简直把牢骚客写活了！应该寄去发表！”

“好吧。下午我写时就想，如果月月妹妹说能发表，我就一定寄走。现在，你这么说了，我就得寄！署我们两个的名字吧！”

“这怎么行？这是你的劳动成果，我怎么能‘抢’？”芳月急了。

“你不是帮我改动了几个关键之处吗？”

“这怎么行！你做好后，由我来坐收渔利，于心不忍啊！”

“别谦虚！我俩还分什么你我？希望你明白我的心！”

芳月这才羞涩地点头，看我署上“圣洁飞侠”和“圣洁仙子”的大名。她见我称她“圣洁仙子”，心中喜悦甜蜜，脸上更加羞涩，赶紧跑回宿舍，胸中“怦怦”直跳。

晚上，我花费4个多钟头，将那篇大作用行楷工工整整誊写在信笺上。

19日早晨，我和芳月在教室相会，相互致意后，她就急切地说：“这是我俩第一次投稿，要慎重。为保险起见，昨晚你抄时，我写了一首诗，请你夹在稿中一起寄。”

我接过她递来的一页香笺，先睹为快——《期待的眼睛》：

每当夜幕缓缓降临，
远方有两双明亮的眼睛，
凝视那颗最亮的北斗星。
哦，
那是在期待远方的佳音！

每当大地姗姗苏醒，
远方有两双焦灼的眼睛，
注视东方的黎明。
哦，
那是期待北京的老师们，
听听山村少年的心声！

早饭后，我匆匆跑到邮电所，把稿件寄到《中国青年报》，才松一口气。虽然后来此稿石沉大海，但当时我得到一种心理平衡，得以稳定地继续复习。

我和芳月走在路上，她前，我后，心中充溢喜悦。突然，芳月转过头，说："我和你走这一段路，是来送送你，因为我要到外婆家去住几天，一直要到农历七月十五，才会回来和你相聚！"

我心中顿时像灌满铅，异常沉重。而芳月完全不像平时那么激动，平平淡淡，似乎没有丝毫分别的痛苦。我不禁喉咙里噎住……

她慢慢走了……

不知怎么，我和她的距离好远好远，但还能看到她前行的倩影。也许是心心相印，致使遥相望见的缘故吧。我大哭，像个号啕的婴儿。没人能劝住我。我屈指算来，今年闰六月，这时离那时还有两个多月。我想到那度日如年的情景，不禁哭得更狠……我正哭得厉害，书甜从后面飞奔而来，一把拉住我，给我两个嘴巴子："哭么子？哭！"

我一惊吓，醒来，已是深夜，才知是梦。书甜刚刚回到宿舍，听见我号啕大哭，就推醒我，问："哭么子啊？"

"做一个梦，就哭了！"

"么子梦？"

我的白脸肯定在白炽灯下涨红。书甜一下猜到，说："你肯定梦见你的月月妹妹了，是吧？"

我不好意思地点头。书甜向我刮鼻，做鬼脸。我更不好意思，道："睡吧，还得狠命复习呢！"

翌日凌晨，我将昨夜的梦对芳月诉说一遍。芳月羞过，就说："我听妈说，梦里大哭，有最亲的亲人来！"

"你就是我最亲的人，我天天见你，为么子没有天天晚上做梦哭呢？"我开玩笑。

芳月嗔道："山山哥哥，你真坏！其实，这里的'亲人'只指父母、兄弟姐妹。"

我想说"你不正是我最亲的妹妹吗"，但忍住没说，而是假装恍然大悟："哦，晓得了，只指有血缘关系的亲属！"

"这才是正经话。"

"你说哪个会来呢？"

芳月怕我又说出什么让她不好意思的话，就简单地说：“来了就晓得了。”

睡过午觉，刚洗过脸出去，芳月就跑来，激动地对我说：“山山哥哥，你看哪个来了？”

我的目光随着她的手指看去。是二哥阳山。我笑说：“梦真灵啊！”

“还有更亲的人呢！”

“哪个？”

二哥笑吟吟地过来，道：“山山，妈来了！”

“在哪？”

“公路上。”

我向上飞奔，来到公路上。母亲站在路边一棵大树树荫下，笑微微地看定我。我激动地喊声：“妈！”欢喜的泪珠溢出眼眶。

“你和月月都瘦多了，可怪得很——反而精神多了！”母亲拉住我，用粗糙的茧手摸摸我的脸。

“妈，您为么子来的？”

“你二哥回家，接我来街上玩几天，我说‘正好去看看山山、月月’，就来了。”

娘儿俩说着话。二哥和芳月上来。母亲把一个布包递给芳月，说：“这是给你们两个带的几个甜桃。”又叮嘱一些“要当心身体，千万不能病”的话。

临走，二哥也叮嘱：“山山、月月，如果你们觉得方便的话，可以到我们永茂中学去，在我那儿复习，生活好安排，有保障，营养足些。”

我俩说：“我们天天要请教老师，去不成。”

母亲道：“山山、月月，你们学习紧，我回家要坐车，就不来看你们了。”

两个依依不舍地点头，热泪盈眶。

第十八回　主动退让过独木　高考两科遇大难

6月21日凌晨，我和芳月几乎同时进教室。芳月说：“今日儿我要到附近一个亲戚家去一趟。”

“么子时候?”

“课外活动。”

“多远?”

“就在学校背后那个小湾湾。”

“你一个人吗?”

“不，和高二一个女生（也是我的好朋友）一起去!”

我松口气。晚自习，我复习一节课，回头看。芳月没回来。

归寝，我睡不着，辗转反侧一个多小时。书甜进来洗澡。我问：“她回来没有?”

“没有。”书甜明白我问谁。

如此问几次，仍不见她归来，我心里凉一大截。正迷迷糊糊，突然朦胧间听见一个女子声音。我惊醒过来，已没有那个声音，但我惊喜地说：“可能是她!”

书甜倒完脏水进来，道：“真是她!”

我这才放心，顿时疲倦至极，黑甜一觉睡去。第二天凌晨，我准点起床，去洗脸，没发现芳月随后跟来的倩影。我进教室，坐一会儿，仍然没有她踪影。我怀疑昨晚书甜是否说了真话。或者她病了？早自习铃声响起，为何还不见她？我好焦心，好不容易挨到去排队打早饭，就见芳月和她朋友一路说笑，从公路上下来，脚踏青草，飘飘洒洒走进校园。我大喜，吃饭时质问书甜：“昨晚你为么子骗我?”

“哈哈！反正她不回，你急也没用，因此我灵机一动，故意说‘真是她’，好让你睡着。哈哈!”

我心想："反正她好好回来了，书甜也是一番好心。"反而暗笑自己。

饭后，芳月没去河边，专来教室复习。我转身问："你为么子今日儿早上才回?"

"亲戚家里非要我俩吃晚饭。"

我的言语带点火气："学习这么紧，你还有心思在人家吃饭啊!"

芳月知道我为她担了一晚的心，很感动，温柔地说："你晓得，这是本地规矩；又那么亲。我本坚持回来，但说不过他们，只好住一晚上。今日儿早上吃过他们五更就起来做的饭，才得回来。再说，我防了一手，带着书，因此没耽误学习。"

我这才露出笑容。

上午，6位都在教室复习。我复习一节课，习惯地抬头，竟看见高武正悄无声息地对芳月冷笑。芳月正认真复习，丝毫不觉。高武又把邪恶的目光射向我，猛然见我正盯视他，赶紧扭头，有些恐慌，但随即嘴角牵动一下，做出讥笑的神色，想想，走到前面，拿起一截粉笔头，在黑板上写下几个大字：

哥哥妹妹，

一起睡睡！

他挑衅地横我一眼，又装模作样地回座位复习。李小华紧跟着学骚羊叫，狄文也学猫叫春。我觉出高武正在残忍地撕裂我心上刚刚愈合的伤口，霍地站起，像猛虎出笼一般，扑向高武，同时大吼一声："老子揍死你这狗×的!"

高武脸色惨白。他知道，一旦两个打架，毕校长晓得，一定会将他开除！书甜和芳月跳过来，死死拉住我。芳月一边流泪，一边大声说："山山哥哥，你理睬这几个不是人的东西干么子！你想带伤后，不能参加高考吗?这正是那几个畜生求之不得的呢!"

二人强把我拖到宿舍，轮番给我讲道理。芳月又说："你别理那三个畜生。他们正巴不得你不能参加高考呢！万一有个好歹，不是一番心血白费吗?”

书甜也说:“意气用事非好汉。”

“月月妹妹，别的我都忍得，就忍不得那些畜生侮辱我的亲人!”我泪流满面，抽泣。

“我明白，我明白，只是你千万不能意气用事，否则就完了！现在，你一定要答应我——以后发生天大的事，你也不要动手，好吗?”芳月也抽泣。

我点头。芳月说：“我走了！沐书甜，你们是好朋友——我在这不方便——请你好好照顾他，好吗?”

书甜连连点头。芳月又回头怜爱地看我一眼，才出去。书甜又开导我一会儿，我才冷静下来。

23 日中午，我正躺下，预备睡午觉，一直不睡午觉的那 3 个却来了。他们敲盆打碗，叮叮当当，故意大声说话，一会儿又猪哼狗叫，夹杂一片怪笑声。原来，昨天高武看我被劝住，明白芳月不想让我出事故，于是气焰更加嚣张，又来捣乱。我本不想理睬，于是蒙头大睡，哪知他们竟毫无廉耻，一直不停地闹。我实在忍耐不住，坐起来对高武大吼一声:“你真不要脸!”

两人大吵。以后又发生一些“战事”。这在我当天的日记中写得明白：

是的，我太无能，没能控制住自己的感情，和那家伙已展开两次舌战。他在用无形的刀割我，砍我……好狠的心，好歹毒啊！一个披着人皮的狼！

吃晚饭时，他又摆开特有的那一套架子——红着脸，红着眼睛，拼命搬动那似乎很灵巧的嘴。好一副凶相！我还以为是他父母发生了不测，而被天国的光辉照耀了呢！

这时，仅因我对书甜说一句“怕影响别人”，他的肝火就烧上来，一有机会就发泄那些臭哄哄的东西。我甚至怀疑他仅在书上吸取了一些害人的办法。

他心里有一团绿色的妒忌之火，熊熊燃烧，好旺啊！他想用那绿色的火焰烧死我，于是拼命“发表”他那重复过无数次的演说，嘴皮上都快磨出茧子来。他总是尽一切可能，破坏我心中平衡，以达高兴一阵子的目的……

晚上，我对他说了最后一句："我不会那么卑鄙！"我的意思是"我不会去老师那儿告你，否则你就得滚蛋，望你有点良心"！

是的，他无数次给予我非难，给予我痛苦，我不会忘记，但我为了保证高考，暂时不会对他做出直接的表示（如打他），也许，在我以后写的小说中，会清清楚楚看见他那"漂亮"的样子……

我一旦记下这些，心也随之平静……

高考已近，可以自由自在地写的时候弹指便可到！

我望着远方，我的心在那遥远的大海！

24日、25日平安无战事——那3位也得复习。26日零点，他们3位归寝后，仍然猪哼狗叫，故意把已睡熟的我吵醒，但他们仨自己也累了，因此不凶，过一会儿也就安静。我以为"战事"缓下来，哪知中午，我正躺下，高武又来，拿着《语文》课本，边读边拍打床板。嘣哒！嘣哒！嘣哒！响个不停。半个钟头后，他仍背诵一句课文，捶打一次。我终于忍无可忍，又和他大吵特吵。这又在我的日记中写得明白：

我没料到他又疯狂地向我进攻，我忍不住回敬一句"龌龊的儿子！"——他是龌龊的儿子、虚伪的化身、卑鄙的产物。他想用人身攻击来毁掉我一生。"真不要脸！！！"这是他常常挂在嘴边的话，用在他自己身上倒是恰如其分。

下午，我来到河边，怎么也无法静心。一会儿，一个红色倩影急急飘来——芳月走近，坐在我身旁，轻轻拉过我一只手，泪珠儿从脸颊上滚滚而下。我如受电击一般，一股暖流源源不断地从她手上传来，又传过去。我有一种晕菜的感觉，禁不住热泪滚滚，另一只手放下书本，抓住芳月另一只手。暖流改向，在我俩的身体和手之间循环流过，"洗"去心中的泪水，消融心中的坚冰……

我俩就这样手拉手坐着，感受着，流泪。好一会儿，芳月体内的暖流逐渐停止，她放开手，掏出一方带着体香的手帕，轻轻为我擦干泪痕，又擦干自己的泪痕，然后轻轻挣脱我的手，捡起书本，放到我手里。我目不转睛，灼灼盯她。她把我摇“醒”，说：“山山哥哥，你在学校已待不下去，为么子不换个环境呢？”

“到哪儿？”我做梦似的。

“你可以到二哥那儿。反正一个多星期后，就要高考，有难题的话，你可以集中起来，在去城关前一两天回校问老师，不就行了？”

“如果他们打击你，么办？”

“不要紧！一是我姓‘女’，不会和他们在一起；二是我参加普考，他们不会白花心力打击非竞争对手。再说，真惹急我，我可以告诉老师，让学校出面镇邪！”

“月月妹妹，谢谢你提醒！”我情不自禁地抱住芳月，在她耳轮上亲吻一下。

芳月有些慌乱，但很快就镇定下来，温柔地说：“山山哥哥，我怕、怕别人看见不好。你快回去吧！”

我如闻圣音，赶紧松开她，转身就走，仍然像在梦中，像长了后眼睛似的，竟“看见”她慢慢跟着。她总隔我一小段距离，走向学校，满脸忧愁，又似乎有轻松的神色，身体颤抖……

回到学校，我找来书甜，让他单独睡我原来的铺位，把一个装满猪油的搪瓷茶杯送给他，然后用一个布袋装下 20 本书、“诗集”、日记本以及钢笔等，出去，在门外碰到汪老师。汪老师肯定早就听到风声，只简略问过我意图，淡淡说一句：“也不晓得为么子，每次高考前，在复习这段时间，总有筋筋节节的事。去年也一样。你肚量大，自动忍让，这是好事。你去你二哥那里复习也好。”

我又去章老师那儿，说明想去永茂中学复习的意愿。章老师脸色很严肃，问：“是谁逼你住不下去——这么缺德？”

“这个人，现在我不告诉您，免得别人说最后几天还在向老师告状。但我可以肯定地告诉您，绝不是我不对，都是那个坏种子缠我！”我仍不想做恶人。

章老师追问："是不是李小华？"

"虽然有他一个，但他不是主要的，有更歹毒的在背后指使他、利用他，他自己却在不明不白地为别人卖命！"

"是不是狄文？"

"您不用猜了，高考后我再告诉您。"

章老师不再追问，思考一下，到底不想在这最后阶段多事，就说："好吧。你出去复习，对你也许是好事。"

我到公路上。芳月从岔路赶来，脸上满是依依不舍的神情。我把一叠饭菜票给她，道："月月妹妹，我本去找你告别，但不知你到哪儿去了，正愁不能给你捎话，你就来了。这些你留下。一定要注意身体！如果你也坚持不下去，就来找我！如果你有信要带给我，就找覃老师——你晓得，他爱人曾老师教过我们初三数学……"

芳月打断我的话："我晓得，你放心去吧。可得当心身体，我希望你连感冒都不得，下次看到你，你比现在还要精神才行！"

"好吧。7月4日见！"我恍恍惚惚向前走，又像做梦一般，好似长了后眼睛，竟"看见"芳月在后面呆看着我。

她还抹了一下眼睛，身体颤抖……

来到街上，我完全清醒，走上乡政府二楼，在围栏前遇到毕校长。毕校长严肃地盯视我一下，又看我的行装，问："么回事？"

"在学校，有人打击我，弄得我无法学习。我想只有几天了，忍让一下算了，就想搬到永茂中学二哥那儿复习。"

"是哪个？你告诉我。这太恶劣，我要开除他！是不是李小华？"

"您别问是哪个。李小华只是受人指使的走狗，自己也在受害，他却不知道……唉，不说了，等高考结束后，我再原原本本告诉您！"

高武能不能参加高考，对毕校长而言无所谓。因此，我知道毕校长说得出做得出，但我"有良心"，到底没说出高武的恶劣勾当。

复习之余，我想念芳月；睡觉之余，也想念芳月；吃饭之余，还是想念芳月。

6月30日下午6点，我从二哥阳山办公室出来，要到何姐那儿吃晚饭。

覃老师过来，叫住我："琼山，有你一封信。"他脸上露出善意而神秘的笑容。

我脸上发烧，接过信一看，心中欢喜——果然是芳月的字迹，竟忘了说声"谢谢"，就赶紧重回二哥办公室，抽出信笺。原来是一首诗：

空气也开始流汗，
屋里屋外燥热一片；
身上，
有爬满虫子的感觉——
早已湿透衣衫。

即使身在暑天，
也感到世间的冷寒；
从头顶冷到脚跟，
从皮肤冷到心灵！

我为自己连累芳月，心中深深不安，去何姐处的路上，肚中打开腹稿。饭后，我回到二哥办公室，就写字条：

月月妹妹："信"已收到，知道你"冷"，我很不安，因此给你捎一件"衣裳"来，表明我在这里很温暖，除思念你和没有乒乓球可打之外，其他方面均如意。真谢谢你对我的关心和启示！愿你不再冷！

我还画一幅画——两条小溪，很快汇合到一起，流入小河，汇入大江，奔入海洋，在海里欢腾跳跃。

7 月 1 日早饭时，我守株待兔，见覃老师正要回农中，就把一封信交给他，说："请您把这封信交给王芳月。"

覃老师又神秘而善意地笑。我虽有些害臊，但这次没忘记说声："真麻烦您了！"

“不麻烦，不麻烦！很有意思，我都快成绿衣天使了！”

我发烧，笑着跑回二哥办公室。

晚饭时，覃老师回来，又交给我一封信，说：“绿衣天使又回来了！”

信里仅说“信已收到，我已不冷，反而很温暖”。而，这已足够。

7月2日一早，我心中一动，信手写道：

含笑凝望天上新月，
那是最亮最大的星。
她的真善美，
浸透我身心。

万事俱备，
只待东风吹送，
我就会满怀深情，
脚踏绚丽彩云，
来永远陪伴你——
最大最亮的星！

我写好诗笺，装进信封，吃早饭时，又请覃老师当“最后一次绿衣天使”。覃老师哈哈大笑。他爱人曾老师在旁，也看着我眯眯笑。我脸肯定绯红，赶紧转身。

7月4日一早，我急急回到学校，和芳月见面，虽然不知心里有多欣喜，但仅需一个眼神，双方就已心心相印，重逢的情感已各自了然于胸，并珍藏于心。

7月5日一早，6位高考选手由章老师带队，坐车去县城进行大考。车上，芳月坐窗边，我坐中间，章老师坐外面，3人坐在同一条靠椅上。一会儿，我对章老师说：“我刚才想，确实‘冤家宜解不宜结’，就像两辆车在狭路上相逢，即在所谓‘冤家路窄’时，只要其中一辆主动退到宽阔的地方，让另一辆先过去，自己随后也就过去了。”

“你说得对。正如两个人面对面过独木桥，如果两人在上面相争，各不相让，可能都会掉下水淹死或摔伤，也可能只有一人不得好结果。这种事发生在两人身上的机会是均等的。如果一人主动退回岸边，让另一个人先过去，然后他（她）自己也就可以顺利过去……”章老师很欣慰。

说说讲讲，不一会儿，7人来到县城，到县一招。高武为保证高考顺利，到瘦女家吃住。章老师是公费出差，住进一间上等客房。芳月也一人独住一间。为便宜起见，我、书甜、狄文和李小华被章老师安排共住一室。这个大房间为4人间，设在临街转角，十分嘈杂。窗外一棵枝繁叶茂的大树挡住室内光线，以致白天房内都绿幽幽的。电灯仅40瓦，电压又低，以致晚上房里也不甚明亮。但这房间很便宜，一人一晚仅需1.50元，每人预交5天住宿费，打折后仅7.00元。章老师刚离开，狄文和李小华就学猪哼狗叫，我、书甜无法静心。晚上又是如此，我、书甜压根儿不能正常休息。

7月6日上午，书甜带我上街转，来到长乐土家族自治县政府第二招待所。县二招设在山脚，十分安静，比较豪华，常常接待外宾。二中来的考生就住在这里。书甜去年参加高考，也住这里。这时，书甜问我：“愿不愿意住这儿?”

“当然愿意啦!”

书甜领我来到总服务台，道：“登记。”

服务员问：“你们是干么子的?”

书甜答：“农中考生。”

“你们老师为么子不来联系?”

“老师有急事，让我们自己来。”

“好吧，办吧!”

“我们去取了行李就过来。”

我俩回一招。路上，我问：“你为么子扯谎?章老师还不晓得呢。”

“不要紧。我们回去跟他说清楚，他会同意的。”

两个回去一说，章老师神色有些不快，但没说什么，仅点头表示同意。于是，书甜和我邀上芳月，去一招服务台要求退还住宿费。服务员不干。我们仨不再多说，提上行李——三个包包，就去二招登记。我们3人走进一个两人间。天花板铿亮，还有壁灯，床也舒适，光线也明亮，而且带卫生间，十分方便。在我、书甜隔壁，芳月单要一个两人间。由于我们是考生，招待所只收我们半费——每套房间每晚10元。3人梳洗过，芳月关在房里复习，我和书甜去一招把房间号码告诉章老师：306、308。

两人又去县一中看考场。一中是长乐最高学府，自然比农中大很多，其中绿化环境、一幢学生宿舍和一幢教学楼是农中所没有的。考场设在教学楼三楼，共4间，外面已派警察日夜看守，任何人都不得随意出入。两人转身，刚走出一中校门，钱坤、罗峰就迎面而来，大叫："嘿，老弟，我们正到处找你。刚从二招回来，只见到王芳月，说了几句话，又去找你，找到一招，你们班主任又说你们不在，只好回来，哪知你却藏在我们老窝里！"

"我们又走到一起了！这位是沐书甜，我的好朋友……"我笑笑。

我们一边叙旧，一边重进一中。路上，钱坤说："老弟，你运气真好，听说职考改革，今年你们一定能考上几个，说不定4个都考上！"

我心说"即使参加普考，不见得就考不上"，口里却说："哪有你们两位老哥运气好啊，能在这么好的学校读书，而且十有八九是将来的大学生！"

4个来到一中男生宿舍。这里条件要比农中强10倍还不止。一间房只住4人，而且床架是铁制，比木架床牢靠稳当。这里的学习空气相当浓厚，许多人这时仍在努力复习，见我们进来，连打招呼的时间都没有。钱、罗二位留我和书甜在一中吃晚饭。我和书甜不说二话，"不吃白不吃"。饭菜都不错，有肉，也有豆角、番茄等时鲜蔬菜。大食堂供给经济条件一般的同学伙食，小食堂则供经济条件好的同学享用。不管怎样，都比农中强上何止百倍！

听说，一中还有图书室、乒乓球室、大实验室，等等。饭后，坐一会儿，钱、罗二位说："琼山老弟，明天就要高考，请你告诉李小华，我们就不去看他了，请他原谅！"

我知道他俩一直瞧不起李小华，这不过是托词，也就顺口答应。突然，我问："中央讲师团的那些老师到底回北京了？"

"是啊。他们都是下乡知识青年，'文革'后回城参加高考，读了大学，有的还出国留过学。他们回去时，怀着对长乐山里人的热爱，怀着一种惋惜的心情，在山上捡了一块带苔藓的石头，泡在盆里，运回北京，说是以此‘为民请命’。”

7月7日7点多，天上乌云压顶。长乐高考大战场在县一中摆开。考生站在场外。高武、李小华、狄文三个在一处，一副自卑样子，个个紧绷脸皮，一脸惶恐，相互不说话，也不理睬他人。高武偶尔抬头，偷偷横我一眼。书甜、我和芳月三个谈笑风生，和在二招同楼住的二中同学打成一片。我看那三个如此为农中丢脸，心中难过，又想：“将要分别，还结怨，有么子意思!”想到李小华曾是自己的好朋友，竟鬼使神差，过去，启齿说：“李小华，昨日儿，钱坤和罗峰问起你……”李小华狠狠盯我。狄文“呸”一声，带一副不屑神情，走开去。周围一中、二中考生见到这一幕，都吃一惊，不明所以。我脸肯定红了，心里直窝火：“老子一让再让，现在又主动与你们和解，好让一中、二中的同学不笑话我们农中，一番好意竟不得好报！你们还当着这些外校同学的面羞辱我……”

一会儿，考生陆续进考场。考语文。我坐窗边，心情很坏，刚把卷子翻开，就见一道耀眼的闪电划空而来。接着，惊人的雷声滚滚传进我耳鼓。我心中更烦。

又一会儿，天上下起冰冷的雨柱，就像下在我心上。我脑中一片昏乱，思维竟如脱缰野马，到处乱跑，将我的心地踏得一片糊涂，特别是写作文时，竟不成思路，连作文题的含义都未捉摸透，就乌七八糟地写上些“中央讲师团的老师为民请命，令人钦佩”之类和所命作文题目不大相干的昏话。我刚把作文写完，就听结束铃声响起，而我还有一道两分的选择题未做。平时，我考语文，总是凭感觉一气把题目做完，还仔细检查一两遍才交卷，往往交卷之时离结束时还相距半小时左右，但这必须有个前提条件，那就是心绪波动不大。而今天，我的好感觉不知跑哪儿去了。我原本想得个百分以上，看来已泡汤，可能连及格都成问题！好在仅需考4门，下午我没有考试。

晚上，书甜、我和芳月相聚在二招306房间，正谈论今天的考试，就听见有人敲门。书甜过去打开门。李小华和狄文鬼头鬼脑探进来，四处查看，心里很嫉妒，向书甜问明每人仅5元一晚，李小华就说："你们住得上高级房子，我们也住得起！昨晚我们已搬到3元一晚的房间，加上原来1.5元，也是4.5元一晚上！"这话实际是说给我听。我正在气头上，看他又来大放厥词，十分气恼，当即大声呵斥："你给我滚！滚出去！"

"这房子也有沐书甜的份，又不是你个人买的！"李小华脖子一硬。

我大怒，几乎是喊叫："老子当年考高中，被你一根蜡烛毁了，毁得老子不能进一中！老子被你毁到农中后，一忍再忍，一让再让，躲到这个地方，你们还来搅得老子不能安生！等老子死了，都要诅咒你们，对你们永不饶恕！"

李小华脸色刷白，又变得死灰。狄文赶紧拉他出门，悻悻走掉。我看他们灰溜溜出去，心中好受了点，但到底为上午的考试惨败而不平，还在那儿生闷气。芳月、书甜又来劝慰多时。

夜里，我做几个噩梦，总和高武、李小华纠缠不清。醒来，我想："未必真有前世？未必前世真和他们是冤家？难道老天专让他们到这个世上来和我作对？"

我想到三年来所受的种种冤枉气，禁不住泪湿枕巾。我又失眠了。

7月8日上午考数学。我昏昏沉沉进考场，有一种不祥的感觉，果然考得一团糟。倒数第二题是一道几何题，12分。看到这个"12分"，我心中一个激灵，暗暗说："中考时老子考一中，就差12分！这又是个12分，老子别的题不做，也要做出这道！"我集中精力攻关，终于解出；根据道道推理得出的结论，感觉不应该有错，这道题完全能得满分。我松一口气。

一分钟后，结束铃声响起。我想："好悬啊！"

第十九回　重担卸落马蹄轻　不知人间多风云

7月8日下午，我没有考试，补睡两个钟头。直到芳月和书甜回来，我才醒。

晚上，我到二招内设的小卖部，买一瓶菠萝罐头，但打不开。一个胖胖的中年妇女——据介绍，是所长夫人，极善良，极慈祥，主动帮我启开瓶盖，说："能为未来的大学生服务，真荣幸！"

这里，灯光柔和。几位服务员和红光满面的所长都哈哈大笑。我受到感染，也哈哈大笑。我真感激这些好人。他们的善意犹如夏日里的凉风，吹去我心头的烦闷，使得我的心情开朗，如同这时已变成群星闪耀的夜空。

7月9日的两场考试中，均为标准化试题，我发挥良好。高考前夕，我曾有一段议论："如果今年高考出的农基试题还如去年一样老化的话，可能我们都考得不好，因为备考复习以及自学时间太紧急，新书又多，根本记不住那么多条条框框；如果出标准化试题，则'肯定考好'，因为我们都至少认真看过三五遍新书！"

下午，考试结束，书甜、我和芳月在房里聚谈。狄文和李小华又来。我不理他俩，冷脸冷眼。李小华垂头丧气。狄文为安慰他，假装不高兴，但嘴角的笑意总也掩不住。不知哪根神经出了毛病，李小华跟狄文竟主动和我说话，说些同窗不易，还说"明天早上，就要离开城关"，从此天各一方；李小华先到高武家玩几天后再回家；狄文直接回家；等等。语气友好，看来是真心忏悔。因他俩不是"元凶"，加之以前李小华还真心帮过我，我原谅了他们，真诚地同他俩挥手告别。

7月9日晚饭前，宾馆来人说，从明天晚上起，不再对同学们的住宿费优惠，将恢复到每个床位10元的价格。书甜、我和芳月一致决定，明天中午搭班车回家。晚餐，三个在二招餐厅用饭。天很热。芳月脸上红扑扑，头上冒汗。她手拿一把扇子扇风。这把扇子很普通，油纸，仅值1.50角，上面画一棵树，树上歇一只鸟儿；还有她捏出的白手印儿。随着轻轻的“呼呼”声，鼓起一阵风，她胸前的粉红色衬衫一荡一荡，以至她本来很明亮的眼睛更加晶莹。我从心底为她有把扇子神气而神气，就说：“你这把扇子便宜，却经用。”

“给你扇几天吧。”芳月美美地笑了，将扇子递给我。

我喜滋滋地接过。

饭后，三人去章老师那儿填好志愿表，回到二招，已是晚上八九点。书甜借口有事出去，让我和芳月尽情享受奋斗之后小憩的温馨时刻。我送定情物一样，将初二那年县文教局授予我的奖品——一支墨黑的钢笔，曾经请一个流浪艺人刻上双双飞舞的一龙一凤和我的名字——她的那支已丢失——送给她。礼物如此珍贵，她不禁热泪盈眶。我说：“可惜我手头有些干枯，不能买一件新礼物送你。”

“这是最珍贵的，我何复求？”芳月哽咽。

我俩畅谈一两个钟头，直到书甜回来，才住口。芳月回到自己房间。书甜是个聪明人，看我似乎把他忘了，就说：“谢琼山，我们手里的钱都已不多，就不相互赠送礼物了，反正以后肯定有很多机会……”我朦朦胧胧，一门心思都在芳月身上，哪里想过这些，自是依从。晚上躺下，我扇会儿凉风，将入睡时，把扇子放在胸窝上……

翌日早饭后，芳月过来，向我“借”扇子。我到床上乱摸，急得满脸通红。芳月笑笑，从床头和墙的夹缝中，找出沾满灰尘的扇子。我羞愧地低下头。芳月又将扇子递给我，送来两束脉脉含情的目光，笑笑说：“这扇子虽然不大好，但别人要，我还不给呢。请你保管好，莫又丢了！”

我赶紧接过，珍重地收好。

上午，我和芳月先送书甜上车。三人含泪而别。两个又和章老师一起，坐车回永茂。章问我：“那天为么子出校复习？”

我原原本本把事情经过说一遍。章叹道：“高武这人心胸太狭窄，将来一定没么子出息！你做对了，否则依毕校长的脾气，非开除他不可！琼山，你积阴德了！”

我热泪盈眶，想想，又说：“要不是芳月和书甜，说不定玉石俱焚了。”

章老师赞叹："说得对！说得对！"

芳月谦虚地笑笑。

回到永茂镇，我和芳月见过二哥阳山、二嫂何姐，说明高考情况，又回到农中。芳月将一个粉红色绸面日记本赠给我。里面有一首我们土家族的五句子：

赠哥笔记本，
附上一颗心。
随时带在身，
描绘自然景，
谱写人间情。
妹：圣洁仙子

还有英文——

Nothing is too diffcult if you put your heart into it！（只要用心去做，世上没有任何困难！）

Our brined ship aill aliue foreuer！（我们永远风雨同舟！）

我微笑。芳月问："山山哥哥，你是不是笑话我的诗写得太臭？"

"感激涕零呢，么会笑话？"

两人把行装打点好，能背的都背上，不能背的先放这儿，去向老师告过别，踏上归途。路过长美溪，两人不禁在大桥上驻足，深深地看着溪水，然后慢慢走过。我默不作声。芳月问："山山哥哥，你么样啦？"

"在长美溪边，我们生活了三年，现在就要离开它，你不依恋吗？"我动情。

"当然依恋，但我们以后还会常常路过这儿啊！"

"那时，我们已是匆匆过客。现在，我想为它写一篇文章，正在打腹稿。"

一路上，二人默默无语。一会儿，走过长进那座石拱桥，向上爬山，我开始和芳月热热闹闹地高谈阔论。芳月问：“山山哥哥，你的文章完成没有?”

“完成了!”

“念给我听，好吗?”

“好!”我念起来。

我伫立在长美溪大桥。树枝招手，树叶低语。微风抚摸我的脸。阵阵清香沁入我心。溪水啊，你无可奈何地拍打石头，默默看我，暗暗为我祝福。

你清澈见底，是我的眼睛，又是我长大的心。

风儿啊，你依依，不要伤心；树儿哟，你恋恋，不要流泪。

你看，那远方的山尖，就是我家乡的帽子，上面的亮眼睛正看着我，我怎不对你依恋？但家的呼唤，也是那么动情，父母哥嫂侄正在急切地等我叩响家门。

溪水啊，分别不足伤心，因为我会把心儿留给你！等着吧，我们一齐汇入海洋，那时，我们又紧紧握手，更亲密地相聚，泛起巨大美丽的波浪……这将是我们相思的结晶、奋斗的战绩、不朽的孕育！

一切都是那么自然，那么顺乎天意！

我们有梦境般的回忆，我们亦会有轻纱似的相聚！

风儿、树儿，亲亲我吧，用你们无邪的目光；更有那溪儿，亲亲我吧，用你脉脉的眼光！我正伫立在你身边！

山上，正是大挖洋芋时节。我、芳月和家人一起，起早摸黑，挖、捡、端、背，每天下来，人都要散架似的，只想睡觉。因此，我和芳月没有时间谈情说爱。

7 月 16 日上午，王家终于把一万多斤洋芋从地里收回家。芳月松口气，开始想我，正到恍惚处，二哥阳山上山，交给她一封信。芳月看看封面，心中欢喜，脱口而出：“啊，是玉姐写来的!”

二哥和王叔、岳婶打过招呼，就到地里，帮父母兄弟把两万多斤收获完毕。晚上8点，母亲做饭，小哥仁山帮忙架火。父亲习惯地抽起兰花烟，一边逗孙女，一边和二哥拉家常。我也收到二哥带来的一封信——

山山弟弟：

考试一定顺利吧？想必你早已“衣锦还乡”。好长时间没有给你写信，7月2日我来学校补考，可惜没见到你。作为一个被你理解，又被你尊称为姐姐的我来说，有些伤感！从另一方面来说，作为姐姐，在弟弟大考之前，没能给他一丁点儿帮助（不管是精神上，还是物资上），感到惭愧。虽然我知道有些方面你不需要帮助，但还是感到非常惭愧！弟，也许你会理解这种心情吧？

令我伤神几个月的毕业证终于拿到手。虽然包含少数同学的讥笑，包含几位老师大人的讥讽，但毕竟已到手，这其中有你对我的安慰、帮助和鼓励，否则，我当真会一筹莫展啦！谢谢你，亲爱的弟弟！

回家后的心情和以前相比，确实有所好转，但毕竟心灵有所伤痛，无论如何弥补，也不能复原啦！别人都说我变得比以前孤僻多了。

弟，回家后，你在做些什么呢？想必你心情很愉快吧！如果收到录取通知，请来信告知。也许姐不能亲自来向你祝贺，但能在信中分享你的喜悦！至今我的工作没有眉目，看来只好“隐居隆中”了吧！当今世界，不拉关系有何出路？不过我想，在农村就在农村吧，有什么了不起！“天生我材必有用”嘛！弟，你说呢？

弟，我很佩服你的才华，以及你的为人。你很正直，在现在的青年人中少见；你的才能，在我众多的同学中，也是屈指可数，我相信你一定会成功！不过，我认为你处理某些事时，有一点急躁情绪，不知你注意到没有，也不知这些我该不该说，弟，你不会见怪吧！

天又晴了，我又该去做事了。

祝弟一切安好！

姐：玉洁

1987年7月12日

我看完，就去找芳月，两人见面，就像久别重逢一般欣喜，有说不完的话，一块儿叹息玉洁才气已大不如前。一会儿，我俩又热烈讨论高考情况，不觉一轮皎月从东方升起，直到小哥来叫我回去吃饭，我俩才分开。

吃过晚饭，二哥对我说："刚才我跟爹说了，想请五弟和你去何家帮着挖几天洋芋，你愿不愿去？"

"怎么不愿意？愿！"我很爽快。

我去把这事告诉芳月。芳月正用一个蓝花布袋装书。蓝布袋淡雅、清新，上面赫然印有一只雄伟的高鸣的鹏儿，歇在一棵大树，望着远方，张着嘴，展翅欲飞。我说："好漂亮！用来装书真是太相宜了！"

"你想不想要一个？"

"当然想！"

"我正好一次缝了两个，送你一个。"芳月进内房拿出一个相似的送我。

我俩又嘀嘀咕咕一会儿。王叔看见，满腹心事。岳婶则心里直乐。

17日，天气不错。二哥、小哥和我乘早凉出发。小哥给幺婶娘背上礼物——父亲、母亲对亲家母的一点心意。我带着自己的东西——那个蓝布袋和里面装着的镜子、扇子、"诗集"、日记，以及几本小说——绝大多数都是芳月送我的，重达五六斤；小哥要帮我背，我不干，一直吊在自己颈上，让它们紧贴胸口。小哥开玩笑："你好像不是去帮二哥挖洋芋，倒像去上学。"

二哥笑。我心中有些高兴，一不小心，一个踉跄，扑倒在一面润湿的土地上，那个蓝布袋底面沾满黄泥。我心疼不已。小哥说："山山，还是让我给你背吧。"

我死活不肯，仍将布袋紧贴衬衣处的胸口，用手托着，吃劲地向前走。我觉得只有这样，才对得起芳月。

三人来到江家。去年幺叔已无疾而终。幺婶娘做早饭。二哥和小哥叙话。我找到一间房，把一口袋物事倒上床，然后去把蓝布袋洗净，挂到道场边沿一处竹林中。

中午，二哥、小哥和我从地里归来，吃过幺婶娘早已准备好的佳肴，午休。我坐在阶沿，第一眼就望向竹枝上的蓝布袋。一阵微风吹来。我不禁呆想："如果我真能实现心中那美好的愿望，蓝布袋啊，你的一条挂链就被风吹得脱离树枝，另一条却牢牢挂在竹枝上，直至晒干。蓝布袋啊，你可是月月妹妹的一片心，千万不要有负我的重托啊！"

说来也巧，又有一阵稍猛的风吹来。蓝布袋的一条挂链脱离树枝，另一条却稳稳挂在竹枝上。我去检查，只见仍挂着的那条竟又锁住另一条竹枝，无怪乎牢牢的。难道这是天意吗？

由于习惯的影响，18日凌晨5点，我就起床。天上一轮明月正亮，发出皎洁银光。我不禁想起复习备考时的种种情景——我早早打开教室门，随后芳月进来，每一步都随我的心振响；进到教室，她首先送来一道脉脉的目光，然后轻轻吐出几句话问好，我的心就得到一种温柔的抚摸；我习惯地看着她，迎接她的目光，满怀高兴地回答她的问候；每当这时，我的心跳就不知要增加多少；一股欢悦的蜜水趁机冲进我心田……

唉，这时，身边只有夜！我进房，摸出日记本，打开灯，在上面写道：

明月孤身一个，四周是些散乱的白云。她睁圆眼睛，凝视太阳……

我呢？也是孤身一人，四周只有几株轮廓还不分明的树木，以及若干幸灾乐祸地鸣叫着的地下小昆虫。月月妹妹，是你给我永不枯萎的生命——精神的寄托是永照宇宙的太阳。你会不断帮助我，不断助我前进。

黎明到来，太阳就要出山，月亮却不能和太阳握手，他们只有相连的心。妹，我们比太阳、月亮幸运得多，不久就能相会。

此后几天，每当夜幕降临，我就从心底唱出《十五的月亮》《望星空》，呆呆地看星星，想把自己的幽思像光一样，映射到星星上，然后星星又把这幽思反射到芳月心中。

20日下午，何家几千斤洋芋都被收到家中。二哥去街上。晚上，何姐回来。饭后，四人坐在堂屋拉家常，幺婶娘笑说："想那年，山山喊我'妈'……"

"没想到，都快过去10年，幺婶娘还想我拜她为干妈……"我心中一惊，正不知所措，就听何姐嗔怪着对幺婶娘说："妈，过去的事，还提它干么子啊!”

幺婶娘赶紧缄口不语，尴尬地笑笑。何姐对我说：“山山，你的事我和你二哥考虑过，前几天又征求父母和你小哥的意见，一致认为，如果你考不取大学，就去县一中重读一年，因此你别放下书本，要继续努力!”

我脱口就问：“那芳月呢?”

何姐担心地看看我。小哥说：“你管月月干么子? 她有王叔为她安排……”

我一惊，心中不禁泛起忧思。

翌日一早，我跟小哥回家。小哥背着空背篓，又主动要帮我背那个重口袋。我想都不想，就拒绝。小哥笑笑，不再说什么。两个刚回到家，我就去找芳月。两人欣喜地谈论一会儿。我说：“月月妹妹，昨日儿何姐说了，如果我考不取，就让我去一中重读。你将么办呢?”

芳月一惊，喃喃地说：“是啊，如果我考不取，么办?”神色随之变得黯然，刚才的高兴劲一扫而光。

岳婶在旁说：“月月，如果你考不取，让二哥去一中给说说情，和山山一起，也重读一年，么样?”芳月脸上阴转晴。王叔却依然忧郁地说：“事情恐怕没有这么简单!”

我和芳月心中又布满阴影。我想想，说：“月月妹妹，你别急，到时我去问问二哥。”

王叔说：“山山，月月，我建议你们以后多温习温习功课，少来往，好不好?”

我和芳月急了，异口同声：“为么子?”

“我们要争取让你们重读啊，因此你们绝不能松懈，应该少来往，多学习。”

我和芳月也没想想这话的漏洞，都高兴地点头。

8 月 4 日一早，天气不错。我和小哥仁山去农中，既打听分数，又将剩下的行李背回家。兄弟俩来到农中。只有洪老师一家人在校。洪老师见到我，很高兴，说：“真是‘来得早，不如来得巧’! 昨天你们的高考成绩才送来，今天你就来看分数。王芳月 418 分，沐书甜 303 分，高武 281 分，你

279 分，狄文 271 分，李小华 255 分。”

我听到自己比高武少两分，心中黯然，又问各科成绩如何？洪老师答：“我只记住几门。高武语文 77 分，你的 70 分；他数学 57 分，你的 49 分；你俩的农基都是 82 分，狄文 81 分，李小华 75 分。”

小哥急切地问：“您认为他们有希望考取么？”

“高武、谢琼山、狄文都有可能被录取。”

兄弟俩告别洪老师，去宿舍背出我和芳月的行李，走出学校。小哥说：“每次你回去，不都说你会得第一名吗？看看，仅以两分之差成了第二名！你在学校里都干了些么子？”

“洪老师不是说我有希望吗？”

“你别想得太美！那是人家在安慰你！有把握考取的只有第一名！”

我的心悬起来，大骂高武：“这个畜生，这么打击我，搞得老子语文、数学不及格，总分还比他这样的角色少两分！把老子压下，他自己倒爬上去！当时老子如果告他一状，开除他，老子绝对可以考到 300 分以上！”

“好了，骂也没用！你还是先到二哥那里说一下，看你重读的事咋样，我先回去。”

我只身来到街上。二哥阳山、二嫂何姐正在家。我将情况跟他们诉说一遍。何姐说：“看来，你只有到一中去重读这条路了，那里的学生都想考上大学，不会打击你。今后你吸取教训就是！”

二哥直点头。我抹干刚刚润湿眼眶的泪水，问：“芳月么办？”

何姐担忧地看看我。二哥说：“她考七门，都只 418 分，也是个很危险的分数，可能考不上。”

我说：“岳婶想请你们也到一中去帮芳月活动活动，让她也去重读。”

二哥说：“我可以去说说……”

何姐向二哥使个眼色，打断他的话：“这只能先考虑考虑！”

二哥立刻改变口气：“对，我们考虑了再说。”

我心想：“月月妹妹，对不起你，我不能讨到确切口信！”

我给玉洁写一封信，寄走，然后回家。这时太阳已落山，公路上已没有阳光，因此很清凉。约晚上 9 点，我回到家。父亲、母亲、小哥刚从地里归来。小哥帮母亲架火做饭。父亲一边逗孙女们玩儿，一边忧郁地看我。我坐在灶门边，把二哥和何姐的话向他们汇报一遍。小哥一直皱着眉头不答话，等我说完，才痛心地说："我一直怀疑你为么子只得了第二名，原来你一直在和芳月谈恋爱！"

我脑中一炸，赶紧去内房枕头下翻看蓝布袋。果然，里面的信和日记、诗笺等都被翻动过。我十分气恼，屈辱的泪水滚下脸颊，出来吼小哥一恶嗓子："你，你竟偷看我的信件和日记！"

小哥不正面说话，仅开玩笑似的说："山山，如果你生长在街边，一定会成为一个'二流子'，是个'流氓'！"

"你偷看我的日记和信件，我完全可以上法院去告你！"我气极，认为小哥侮辱自己和芳月的圣洁感情，十分恼恨。

"你说得真好！这几年要不是他供你读书，你喝西北风去，还告他！"母亲当真了。

父亲苦笑，心中明白这不过是我一时的气话，就说："山山，你这话说差了！你也晓得，这几年几个工厂几次来招工，你小哥都可以去当工人，吃碗轻省饭；可他总说'去当工人，效益不好时，说不定连自己吃饭都成问题，倒不如守着家里茶园，可以保证小弟读书'，你晓得他一片苦心吗？"

我立即要去找芳月诉苦。小哥故意说："你又去找芳月吧?!"

我狠狠说："是，么样?!"

"我说，以后你别和她来往了。就因为恋爱，你害了自己不说，还害得她只考418分！你还有脸去见她?"

我如听惊雷，心中有种撕裂般的疼痛。我原以为，两人一直是在相爱中相互帮助，难道这真的害了她，也害了自己吗？我痴痴呆呆站住，再也没听见身后的谈论，饭也不吃，来到床前，重重倒下，脑中一片空白……

这时，刚巧芳月来找我问考试情况，在门外听见这一幕，正要进去解释，又听小哥说："如果山山复读的话，就绝不能让他和月月在一起，免得他们两个又谈恋爱，连重读也白搭！"

父亲说："本来，山山和月月是天生一对，只是——如果月月考取，而山山没有考取的话，他们成家了，也不会有好日子过；如果山山考取，而月月在农村，那日子也不会好过。这只需看你大哥和吉家姐就晓得了。”

“是啊，我看山山和月月根本就没有考虑到这一点。”

芳月也如听惊雷，泪水滚出眼眶，牵线般掉下地，急急跑回家，扑在床上号啕大哭。王叔、岳婶神色惨然，互望一眼，立时明白——芳月高考泡汤了！

第二十回　大梦醒来东流水　收获时节秋风劲

8月5日一早，我起床，就患上一种怪病，能吃下许多饭，但四肢无力，对万事都不关心，一味昏头昏脑过日子，十足一个傻子。家人叫我吃饭，我就吃饭；叫我睡觉，我就睡觉；叫我下地帮忙，我就软不拉几地跟去帮忙。正是采夏茶时节，母亲心里着急，常常抱怨，说我采茶心不在焉，手法比以前慢得多；原来一天可采十七八斤，现在只能采七八斤，还不抵以往一半！

"山山从小听话，我一直对他很放心，哪晓得这么大一点就谈恋爱！看来，再不能信任他……"父亲惋惜。对这些话，我置若罔闻——就像没听见一般。

有天中午没事做，我独自坐在后廓子。一年四季，即使大白天大太阳，这里也是一片暗黑。我想哭，却哭不出泪，只得浑浑噩噩写一首七言诗：

千岩裂土栗树孤，
微风白云溪儿哭。
独坐暗室噎欲泪，
衷言千杯无饮处。

我姑且释放一下心中沉闷，然后又是要死不活的样子，似乎总在想什么，又似乎什么也没想，一味昏昏沉沉。

几天过去。本来，王叔、岳婶怨我竟不来安慰一下芳月，直到8月15日这天，父亲、小哥仁山来到王家，找他们讨论我和芳月的事儿，他们才知我的情况，反叹我们这两个孩子的痴意痴情，立刻关心起我的病况。以后，大人们常常讨论一些药方，抓来给我吃。我逢药必吃，就像吃饭一样，但病情总不见好转。芳月对我又是爱怜，又是着急，本想亲近我，以让我恢复神态，但想到那天听到的我父亲的话，觉得很有道理，因此一直没来找我。直到8月25日晚上，母亲过去找她，说：“月月，山山和你一起长大，和你一起读书，和你感情这样深，我想他的这个病是‘精神病’，还得‘精神药’来医。就是说，他是为你才病的，只要你去找他，和他像平常一样玩儿，一样学习，他才会好起来。好姑娘，好月月，姆妈求你了！”母亲脸上老泪纵横。

芳月热泪盈眶，看看她父母。王叔、岳婶点头。于是，她说：“姆妈，山山哥哥是为我得的病，我一定把他治好，现在我跟您去吧。”

“月月，你真是好姑娘！姆妈晓得你帮过山山多少回了！肯定是你大伯和你小哥冤枉你们两个——可这时你还不能去！”母亲很感动，心中生长出无限希望。

“为么子？”

“我是悄悄来，先讨你口气，如果你答应，我再去跟你大伯和小哥说。再说，今日儿都这时候了，你就等我明日儿来叫你吧！”

“好！好！”芳月含泪，看着我母亲姗姗而去的背影，心里直热乎，“姆妈这个没读过书的人，竟比大伯和小哥还明白，竟只有她晓得山山哥哥帮了我，我也帮了山山哥哥……”不禁满怀希望，急切地盼望太阳早点出山。

我练成绝顶轻功，向上一纵，就飞上一座山顶，隐约望见对面一座山顶草坪上的情形——许多坏人拿着寒光闪闪的刀剑，水泄不通地包围着一个年轻美丽的母亲；小母亲怀抱一个婴孩。我急了，奋不顾身地一跃，轻轻飘飞过去。可还是迟了，小母亲已被歹徒们残忍杀害！经过一番拼杀，我救出婴孩。脱离险情，我细细打量婴儿，感觉出这是个女婴。她长得好乖好乖，两只双眼皮的大眼睛，黑亮黑亮，很懂事很信赖地静静看我；嫩脸润红润红，光洁明亮；小巧嘴唇朱红朱红，很精致地抿着，就像芳月小时的脸庞。我认她做女儿，将她轻轻抱在怀，四处流浪，又打过几次硬仗，历经重重危难，每次我都将坏人杀得人仰马翻、落花流水，然后从从容容逃出。我一直带着我女儿，四方奔走。我穿一身洁白飞行服，飘飘欲仙。我女儿渐渐长大，穿一身鲜艳小衣衫，很懂事地走在我这个爸爸前面，也飘逸如小仙女。许多时，我们父女都在空中自由来去。我们相依为命。8 年过去……

我清醒，原来是梦。说也怪，我竟慢慢明白过来，心想，一早就去找芳月。窗纸上刚刚泛白，我就一骨碌爬起，跑到外面。整晚整晚，母亲都没睡着，心里合计着怎样把昨晚的说法告诉父亲和小哥，以拯救我这个幺儿，忽然听见我房里有动静，又听人开门出去，心中一动，大声问："哪个?"

我大声答："妈，是我！我正要问您圆个梦呢!"

一屋人都醒来。母亲出来，问："么子梦?"

我一五一十，把刚才的梦境述说一遍，最后问："妈，如果梦见抱一个孩子，会有什么预兆呢?"

母亲越听越欢喜，回答很模糊："这说明你的病好了！这说明你还会发大财。啊，看你的样子，你的病好了!"

"么子病?"我不解。

"别问了，反正你好了！快去告诉芳月吧。王家正为你着急呢!"

一句话提醒我。我像有几十年没见芳月似的，飞奔而去，来到王家屋角，正遇见芳月从屋里出来。昨夜，她很少合眼，因此天还未亮，就起床仔细梳妆，打扮得更加娇媚动人。这时，她正要出门等候我母亲的动静，就见我跑来，一下惊呆，欢喜无限，突然被我一把抱住。两人像被电流击中，险些晕倒在地。一会儿，听到母亲和岳婶的笑声，我俩才明白过来。我赶紧松手，望望两位母亲，羞红脸，又看看芳月，难为情地笑。芳月哭了，流的是热泪。

大梦醒来，我才知今日已到 8 月26 日，我从芳月手中接过一封信——

弟：

好！一切的一切，都有所好转吧?

收到你的信，我既有欢喜之心，又有担忧之情。你的信，我在房中看了一遍又一遍——说来也许你不信——就好像我们又在一起低低细语，你在前，我在后。好像看到你那真诚的心、那愤怒的眼睛！

对于你的成绩，我是欣赏的，但又有微妙的遗憾——你的语数成绩真在我意料之外！不过，弟，常胜将军也有打败仗的时候！是的，"精神是人之主宰”。或许，在这方面，姐同你有同样深刻的体会。因此，我劝弟你不要为那绿焰烧掉你的成绩而感到苦恼和愤懑！

弟，还记得那天——毕业考后的晚上，在章老师屋里打扑克时，你说：“如果我考不上大学，我将自修法学，以期将来当一名律师，因为长乐县乃至全中国都太缺乏好律师了……”

弟，请别见怪；现在，诗、小说与我已经无缘；我心里实在太苦闷，太难过，根本没心思去想这些。但，亲爱的弟，你说过：“等我有了灵感再为你写诗。”请你千万别看我这样而拒绝我，使我失望。

我也非常想拿起笔来，和你一起写我们的生活，但总是力不从心。我想我还是心静后再想这个问题。弟，也许你会骂我怯懦，你就骂吧，我一切都接受，哪怕是狗血淋头！也许这样，我会好受些。

祝你幸福！并代我向月月妹妹问好！

喂，来通知了，别忘了告诉我！

你无用的姐姐

1987年8月10日

我看过，又给芳月看。芳月看过，对我说：“山山哥哥，也该去看看录取情况——有通知的话，也该有风声了！”口气中充满焦急意味。

我脑中一个激灵：“是啊，也该去关心关心两人的命运了！”

29日早上，天气很好。我戴上草帽，直奔农中，又见到洪老师。他说：“有好消息！前几天听县教委打来电话，说高武、你和狄文都过了分数线——一下考取三个！”

正在这时，李小华也来到，得知自己已无希望，脸灰白，凄凄惨惨回去，走到河边，坐在一块大石上，任凭河风吹拂，任凭太阳暴晒，头脑中转个不停。他本以为只有我能考取，哪知最不行的高武竟夺得第一名，自己仅为别人当了一次炮灰，既害苦我，又害得他自己离分数线还差15分！他像傻子一样，在那儿呆坐两三个钟头，才蹚过河，像醉鬼一样，一步一挨地拖着沉重步伐，向高山上的农家爬去……

我来到街上，正碰见狄文，就把情况向他通报。狄文喜气洋洋，说：

“哇，好险啦！我只比分数线多一分！”

两个立即像朋友一样，诉说别后情形。狄文说不尽在家干活的苦处，把满是血泡的手伸过来给我看。一会儿，班车过来，我送狄文上车回家，看着他那满头少年白发，动了真情，连连向他挥手告别。后来，狄文一直没有接到通知书，去县一中重读一年，苦苦战斗后，终于考取地区师专。

且说当时，我来到何姐处。二哥阳山也在。我将情况述说一遍。何姐松口气，说：“总算考上了！”

二哥说：“不！达到分数线并不等于一定考取，往往还要刷一些下来，比如离分数线很近的，还有身体、品德不行的，都要刷下。山山只比分数线高9分，在接到录取通知书之前，就不能说‘考上了’！”我心中凉了半截。何姐瞄见，说：“山山，你别急，如果考不取，还可以去重读，在一中没人干扰你，你一定能考上！”

“只要不再在学习期间谈恋爱，才有把握！”二哥沉吟。

我心中一惊：“他也晓得了！怪不得不替月月妹妹去说情！”

何姐说：“山山，刚巧你小侄女儿的保姆这几天走了。我要上班。你二哥9月1号要去上大学——今年他经过考试，要脱产自修。你帮我带几天伢子，也顺便在这里等几天通知书。可好？”

我想想，说：“我得回去把情况告诉家里一声后再来，你们看行不行？”

哥嫂点头。我乘着晚凉，回到谢王村。

31日，我又来到农中。洪老师告诉我：“刚刚接到高武电话，说他昨天已接到省农学院的通知书，让他明天去报到，因此今天他已动身到城关。电话就是从城关打来的，并问你们的情况。”

我满脸沮丧，到街上去，一路上心里恨得咬牙切齿：“如果这个狼心狗肺的东西不设法打击我，他怎么会比我高两分！他娘的，老子决不认输！在今后的道路上，我要吸取教训，不再上当！无论道路多么险阻，也要赢他！”

我来到何姐处，当“临时保姆”。9月1日，我和何姐送走二哥，抱着小侄女，去邮电所，等邮件一到，就去柜台里查问，没有通知书；9月2日，又没有；9月3日，还是没有；9月4日，依然没有；9月5日，仍然没有！我心中大灰。何姐的安慰根本不起作用。我哭了……

5日中午，我几乎疯狂，离开街上，一路跑回去，走过长进石拱桥，径直爬山。军勇妈正好下山，问我的录取情况。我苦笑，说："没有！"

"考不取不要紧，硬要当大官做么子！"她口里安慰我，眼里却充满幸灾乐祸的神色。

我回到家。一家人也为我苦恼万分。尤其是小哥仁山，满脸都是沉重神色。只有芳月这个"同病相怜"者，想安慰我几句，但也不知说什么好，干脆各自回营——两个各自回到自己的小屋，什么也不想，呆坐。

6日，天色阴沉，一层厚重的乌云布满天空。上午下一会子雨，下午雨停，但仍乌云满天。黄昏时分，我心中的愁云似乎被一种莫名的力量一扫而光，竟在院子里洗起衣服，洗着洗着，偶尔抬头，突然发现乌云中出现一片蔚蓝的天空，像一个小小的蓝色湖，逐渐扩大，扩大……

我心中一动，心情也随之开朗。突然，一种喜悦莫名其妙地充满我心胸。就在这时，大哥河山笑吟吟、汗涔涔地爬上山，大声说："山山，你考取了！"

母亲正在厨房里做晚饭，闻声出来，笑微微。父亲、小哥仁山听闻，也满面喜色。我从大哥手中接过一封信，如在梦中，颤颤抖抖地抽出里面几张纸，看一遍，没看清楚；又看，没看清楚；还看，才模糊看出我被省农学院某分院录取。我成为长进村第一个正取大学生。

一会儿，邻里乡亲都知道了，都来看，都高兴，只有王叔、岳婶既喜又忧，喜的是我考取大专，忧的是芳月至今没有消息！我心里像塞满什么，陪大哥扒两口饭，再也吃不下，又去仔细瞧录取通知书和有关报名事项，才全部看清，才想起没见到芳月的踪影，当即跑到王家，仍然只见到王叔和岳婶。王叔告诉我："今日儿早上，月月到她外婆家去了。"

"么时候回来？"我急了。

"要四五天吧。"

"哎呀！通知书上让我10号去报到，明日儿就得动身！"我更急。

岳婶说："你有么子话，就告诉我。她回来，我告诉她。"

我想想，说："第一句是，让她别灰心——我的通知书不是今日儿才到吗？第二句是，考不取大学，说不定能考取中专，因此，还是不要灰心。第三句是，如果接不到通知，可以去请何姐帮忙，去县一中重读。第四句是，我脸肯定红了，但再也顾不得什么：“在我这份通知书里，也有她一份功劳，没有她，就没有我的今天；等我读完大专，无论分配到哪里工作，无论她在单位还是农村，只要她内心愿意，我都要和她好，因为我太喜欢她了！因为我觉得，这一辈子，再也找不到她这么好的人了！”

王叔、岳婶十分感动，都热泪盈眶。王叔说：“山山，真感谢你对她这么好！但你要发奋，要天天向上，先不要管她，前程要紧！”

岳婶说：“山山，真难为你为她想得这么周到。她回来后，我一定告诉她你这四句话！”

其实，还有更感动的人。谁？芳月。这时，她就躲在自己小屋里，拼命不让自己哭出声。先前，她听见我家动静非凡，预感到什么，就没过去，果然王叔、岳婶回来告诉她：“山山考取大学了！”她真想立即过去向我贺喜，但她想：“他考取了，大学毕业后就是单位上的人，就是铁饭碗。而我是一定考不取的，到时如果种地，何必拖他后腿？”她知道我一定会来找她，就让父母帮她撒谎。这时，她听见我发自肺腑的一番表白，十二万分感动，几次都几乎冲出，但她任凭泪水婆娑，也强忍着，到底没出来。

回家，我看看天空。星辰满天。明天一定有很好的太阳。

7日，果然天气晴朗。我吃过早饭，告别家人和乡亲，心中珍藏母亲离别的泪，踏上东去求学的征程。因公务繁忙，大哥一早就下山。小哥也先我几步，背上我简单的行李——一个大旅行包，带着上千块钱，去街上，一路向熟人撒喜烟，发喜糖，满脸喜色，似乎是他自己考上大学。我下山，将到长进大桥，遇见军勇妈上山。她问明情况，脸上闪过一丝失望的神色，随即堆笑，说：“好侄子儿，好山山，我说呢，你一定会考上大学，一定会当大官！”

我笑笑，顺河“流”去，来到长美溪中学。踏上这方小小的土地，我感到异常亲切。农中已开学。见到我，章老师异常高兴。师生俩大谈特谈。我笑说：“这次我抓住职考改革的好机会，才考上！”

“如果这三年你不努力的话，就是机会来了，也抓不住！再说，依你的成绩，如果不受打击，参加普考，至少也能考上中专！琼山，难为你这么小，就为自己的人生写下艰辛的一页！正因其艰辛，才显出其辉煌！你这一串足迹不算长，却给人们留下许多思考啊！望你继续努力，辉煌与日俱增！”

后来，师生俩又谈到高武。章老师说：“这个人心胸狭窄，虽靠卑鄙手段挤下别人，自己上去，但终究干不出么子大事，充其量庸庸碌碌过一生！”

果然，正如章老师所言，高武大专毕业后在长乐一个肥单位工作，并和瘦女成亲。后来，我见到瘦女，她直向我抱怨，说高在工作之余几乎都在赌博场上混，已欠赌资10万余元，天天急着还债，日子过得十分无聊。这是后话，且说当时。不觉暮色深沉，已是晚上10点，虽千言万语未诉尽，我也只得恋恋不舍地告别章老师，踏着满地星光，走到街上，见到小哥、大哥、吉家姐和何姐，洗过澡，给朋友们各写一封短信报喜，摸黑投进邮电所外的邮筒，才沉沉睡去。我哪里知道——白天，大哥主动请缨，要送我去远方上学。吉家姐怕他花钱，专从家里赶到街上，千方百计阻拦；本来她一直病着，又不按医生的要求吃药，病体越来越弱；因为阻拦不成，当即休克在地。她醒来，小哥告诉她，他将为此去帮她把田里的苞谷全部收回家，“无偿”劳动3天，她才没有继续休克，反而欣喜地一口答应：“就让你大哥去吧，这也是他应该的！”

8日，又是一个晴朗好天。我告别五洲河，告别家乡，告别大山，登程东去，去寻找太阳的地点。

尾声　山高地阔天月明

我们农学院地处一片丘陵，在一座名叫“金玉山”的小山脚边，被三个明净小湖以及稻田、果园、茶园环绕，绿树成荫，鸟语花香，环境优美。置身其中，神清气爽。

1987年9月18日这天晚饭后，我坐在窗明几净的大学阅览室，眼看满目精美的图书、报刊，心想：“要是芳月在身边，两个共同学习，那该多好啊！”不由更加思念芳月。

我已给她去信好几封，均未收到回音。这时，我看书再也不能投入，干脆走出阅览室，一路上思考着怎样好好给芳月再写一封信，就有同学从收发室给我捎来三封信。第一封信是二哥阳山寄来，其中说，夜里梦见我没有考取，不禁哭了，哪知第二天收到我的喜报，不禁大为欢喜，比自己考取了还高兴……

第二封信是小哥仁山写来，其中说：

听大哥回来讲，你的两床被子加起只有九斤重——这太薄太轻！昨晚我梦见你冻得发抖。你还买一床厚被吧！

我心中升起潮涌般的感动，又泪眼迷离地看第三封信。顿时，一笔娟秀的字迹映入我眼帘。这字迹我太熟悉了！我的心不禁狂跳：“难道是芳月寄来？”看看下面“寄自：地区财贸学校”，又有些不知所云，赶紧打开信封，从里面抽出一叠香笺——

山山哥哥：

你好！久违了！

首先，让我在此向你表示迟到的衷心的祝贺！

怎么也没料到，在我感觉“天尽绝人之路”时，能飘来那张小小的通知书，将我带入一片新天地，给我增添新的血液，给我第二次生命，也将我从麻醉中唤醒，从低下的民办教师中彻底解脱。我犹如鱼儿又回到水中，犹如断翅的鸟儿又生出新翅。真的，我太高兴了！尽管学校并不太理想，但总能使我从最难过、最痛苦中解脱，我能不高兴吗?

你的信我均收到，之所以一直未回信，是因为有多方面原因。既然一切都成为过去，现在谈也不必要了。

是的，你知道：我的暑假生活非常不如意，女孩子就该存心做别人认为该做的事？我偏不，因此我去当了民办教师。当时你走了，我心里既为你高兴，又为自己烦躁、难过，简直像倔牛，直惹得父母生气。我曾在心中这样形容：“这儿没有枪林弹雨，没有炮火纷飞，却常常充满浓烈的火药味。”如果我不因你留的那几句话，就不会去当民办教师（因此没去重读）。我简直要出走了。真的，我早想一个人出去闯闯（这在你走后我才这样想，因此没告诉你）。现在，今后，可能不会再这样想了。因为，由于事情的变化，周围的一切也变得“亲近”起来——我自己感觉这一场“事故”之后，长大了许多。相信你也有这种感觉。很有幸，即使我身处异地，也并不感到寂寞和孤独，因为有你时刻惦记着我。我想，我们会珍惜我们所经历的种种磨难——那将是我们的财富。

据我们班状况看，400 多分算是上等成绩。因此，我充满信心。

我们俩能这么有缘分，一是因为我们品行都不坏；二是因为环境使然。青梅竹马，共过患难，因此比别人幸运——在学生时代就“走到一起”。其他人则大多没有我们这种特殊环境，如果在学生时代（特别在中学甚至中学以前）过早密切“生活”，则大多不会像我们这样幸运地双双考取学校，有个理想结果。因为在顺境下，他们还小，精力几乎不会放到学习上，而我们俩则相反，我们牢固的感情不仅没有破坏我们的学习，反而帮助我们在那种艰苦条件下，在那种特殊的甜蜜情感中，事半功倍——说得明白些，就是：这事把握好的话，将有很大的建设性；把握得不好，则将具有十分大的破坏性。

因此，我建议：求学期间，我们少谈“旁事”，毕业后“专门”谈。反正来日方长，可以一直谈下去。那时，我们已成熟，可以更正确地对待这些。考上大专或中专只是走出万里长征第一步，希望你还像我们复习奋考时一样，有计划、有调节地灵活学习，以期将来能实现我们的远大理想。为此，我决心和你比赛。

亲爱的山山哥哥，你说呢?

祝你

好好学习、天天进步

圣洁仙子与月月妹妹

9月16日 奉

看完，我不顾旁人，一蹦老高，口里连连说：“感谢！感谢！上天有眼！上天有眼!”

我一口气跑上金玉山顶，望天，望地，意气风发。山顶人为峰。天高地阔。

渐渐，闪烁的星空中，一弯月儿最亮，深情，含笑，凝视山峰……

后　记

前前后后20余年，涂上这最后一个字，我真想流泪，因为心中充满感动。

早在高中毕业时，即心灵饱受磨难后，我就有心创作这部书，且在读大学时开过几次头，均因笔力太嫩而搁浅；直到1993年，在县文化部门工作两年多时，觉得可以写了，于是整理出20多万字素材；1994年用了约200天时间，一鼓作气写出60万字小说初稿；1996年狠狠删减一半还多，1998年和2006年又先后仔仔细细修改两次。

2011年初，我又静下心来，于年关放长假时，再次着手修改上部。4月中旬至5月下旬，我曾就本书上部初稿电子版向两三个行家请教。一个回言："体裁新颖，不同于一般的流行小说，主题较深刻；文字谈不上优美，但自有一种凝练淳朴的风格；有些场景颇诙谐，让人感同身受。"另一个回信："大作语言精炼，文笔流畅，故事情节引人入胜，人物性格鲜明，实在令人佩服。"还有一个说，她很喜欢，特别期待读到下部。正是他们的鼓励，督促我夜以继日地将下部又修改了一次。

就在2012年暑期前夕，我儿子小学毕业，顺利升入民办中学。此前6年，善良憨厚的他又像我小时一样，受到一些调皮同学的恶毒攻击；比我更加不幸的是，其中竟然有几个女生，比男生更甚地攻击他；而他幸运的是，有饱受磨难的我不时给他讲这部"诗小说"中的故事，从旁支着，让他经常化险为夷。他一直是班上的学习委员或卫生委员。坐在他屁股后面的一个男生很调皮，因他管过这个男生的"闲事"，故常给他找碴。他去给老师报告，老师非但不管不理，还嫌他"告状"了。他很恼火，无可奈何，向我倾诉。我给他出主意，讲了具体方案，要让老师不被动，不反感，而是主动来解决问题，会好办得多。果然不出所料，翌日，他放学回到家，喜气洋洋地告诉我，这天自习课，老师站在教室门口，望着外面；那个男生见有机可乘，就习惯性地小声骂他；他立刻按照我说的方法，不再去报告老师，而是义正词严地大声呵斥那个男生；老师闻讯而来，问明情况，当即将那个男生狠狠“熊”了一顿。以后，那个男生在他面前就老实了。

儿子小学最后一期，我让他专注于学业，不再参与竞选班干部。哪知，他的同桌——一个势利眼的女生来招他了。她曾经学习成绩极差，先前看他是班领导，就极力巴结他。他中了糖衣炮弹，帮助她的成绩突飞猛进。现在，她看他没当领导了，又很少再有时间辅导她学习，为讨好新领导，就经常攻击他。一天，我给他买了新圆规。她抢去看，不慎把它摔坏。他提出，要她赔偿。她耍赖，不赔。他为与她重修旧好，没再坚持要她赔。哪知她认为他软弱，变本加厉地欺负他。这天他实在是忍无可忍，“这辈子”第一次动手打同学——打了她一耳光。她立刻反击，将他脸上抓伤。老师处理时，认为是她先挑事儿，是他先动手，都不对，将两个各打五十大板——都批评了。他很委屈，向我哭诉当初“不晓得她是这么一个忘恩负义的东西”，不知以后该怎么办。我又根据“策略地长大”的人生经验，告知他具体办法——以后，内心做好不要她赔圆规的准备，但这只是思想上的，口头上绝不松动“损坏东西要赔，天经地义”这个“放之四海而皆准”的大道理，只要她再“讨嫌”，就拿出破圆规要她赔。果然，一旦她有风吹草动，他就按我教的去做，她再也不好意思对他“那个”了。

然而，我们都没想到的是，前面所说的那个调皮男生见我儿子的圆规坏了，竟主动借自己的圆规给他用。

儿子小学毕业时，我曾告诫他，上中学寄读后，那些筋筋怪怪的事儿将比小学时还要多（这3年来，果然如此），而我又不在他身边，就要靠他自己的智慧一一化解。

低矮的木板屋或逼仄的土墙，升级成高大宽敞的楼房；窗明几净了，人心却被社会污染，严重走形，甚至大变样……

确实，校园并非净土。这些年来，媒体不是常常报道吗——教师过度体罚学生致死，教师常常简单粗暴、不问青红皂白地教育学生，还有小学校长带女生开房，更有男教师长期禽兽不如地强奸女学生；许多学生在老师面前装作良善的羔羊，乃至拍尽马屁，而在老师背后、同学面前，则倚仗身体高大结实，或凭借老师对自己学习成绩好的偏爱，做对同学人身攻击或恶语相向的豺狼。这也督促我夜以继日地将这部作品修正完毕，以早日面世，让好学生读到后，吸取经验教训，尽量有效地排除干扰，专注于学业；让不良师生读到后，知道干坏事会被详尽记录，并公之于后世，而羞于害人，或收敛一些。

虽然故事所处的时代已过去近三十载，但如今低分、高分仍然是学生的命根，中考、高考依然是家长的困扰，师德的好坏还是学校的主宰，教育的成败永远关系病态或健康的未来……

2014 年，我又将全部初稿电子版发给各个年龄层次的网友看，得到他们的如潮好评。射手座女孩的眼眸告诉笔者："文章真的很不俗，好看，读到后面就越发觉得韵味无穷。"若念轩大发感慨："一直以来，都会多多少少有过这样的念头吧？将自己，以及身边人的成长之路，通过蚌孕珍珠一般，将其凝炼、凝炼、再凝炼，尽心尽力绘制成一片每个人多少都能找到些影子的天空，可惜无奈无果。是耐性的不够，抑或是文字的稚嫩，再或者是不够曲回的情节？若不知道，一直都是。直到看见群山的文，如此带着熟悉的气息慢慢在眼前展开的画卷，不知不觉中眼眶已微红微热。几十年的坚持，你就这么带着不可思议，完成了常人望而却步的传奇。我们感叹的同时，亦只能在一旁自叹不如了吧？"温泽曦说其"文笔踏实，娓娓道来，情节'有嚼劲'，耐人寻味，比千篇一律普通的文章要出彩。文章恢弘大气，颇有大家风范"，如果有机会，就推荐将其改编成影视作品。大柳对本作有深深的认同感："我也是土家族，读作者的文章，很多情节感同身受。有种久违的踏实感觉，没有那些浮华无趣……"

2015 年上半年，我又对本著做了微调，受到中国文史出版社的青睐，得以如此堂而皇之地面世。衷心感谢！

总之，这部小说面世后，如果小朋友读了，或哭或笑，受到不少启发，在学习和生活中少走弯路；大朋友读了，能多一点爱心，尽量多做一些于己于人有益的事——

若这部历经20年打磨、苦心孤诣的作品，能为你们的前行补充正能量，我就能得到辛勤劳动后的最大慰藉。

群山

2015年7月15日

再版后记

2020年9月初的这天清晨，我刚上班，突然接到拙著《我们一起长大》责任编辑的来电。她说2016年元月出版的那部长篇小说已售罄，问我愿不愿意再版。我欣喜莫名，毫不犹豫地回答："当然愿意!"

这部26年前就写出60万字初稿的长篇小说，本名《成长的山峰》，5年前被一个书商看中，将其内容浓缩后，改名《我们一起长大》，由中国文史出版社推出。

这部小说主要反映20世纪七八十年代土家族少年儿童的成长历程，分上篇和下篇。上篇主要写主人公15岁之前的生活；下篇写主人公3年高中生活。虽然主要描写山区土家族中小学师生的生活，但从侧面反映了我国改革开放前后农村所发生的沧桑巨变，并力图揭示"学校小社会、社会大校园"的主题，塑造向上的民族形象，呼唤坚韧的民族精神。

创作这部书，我是这样想的：一方面，写法要小心翼翼。主要给少年儿童读的作品，语言不能深奥，也不能因"实验"而出现语法问题，以免对他们学习写作造成负面影响。另一方面，要告诉少年儿童读者这个世界的真相。以往的许多少儿小说，以及现在正出版的少儿小说，要么写一些像童话一样唯美的作品，要么写一些玄幻等不切实际的作品——这些固然好，但太多太滥就不好了，因此我不想"复制"这些过于美或丑的作品，我想创作出不一样的、"美丑恰当"的、符合少儿实际生活的小说。

因此，写这部书，我努力这样做：一是语言尽量简洁、明了，但又不能失于"简单"。二是叙述方式要使故事更加生动形象、更具立体感、更有深度。三是少数民族特色和可读性要尽量兼备。于是，开头数万字看似平淡，却极富土家族生老病死的独特风味，且往往为后面的精彩埋下伏笔；越到后面，则会越来越“传奇”，同时越来越具深度和广度。为此，书中上百人物均有鲜明个性，以达虚虚实实的艺术效果。

其效果究竟如何，则有待于专家和读者检验。2013 年，我将初稿电子版前几章发给不同年龄层次的网友看，均得好评。心月妖狐认为，不会用专业术语说这文章的好，但内心确被触动，看时没有代沟。冷斑驳看过《成长的山峰》简介，即期望其像路遥的《平凡的世界》一样让人倾心——现实却又充满着人类所特有的各种复杂的情感，是幸福、是无奈，是痛是伤、是喜是悲，身在其中就像回归自己的过往；亲身经历让人沉沦、痴迷，心甘情愿地被之束缚，痛着却甘之如饴。夏末兮颜给我留言：“老哥好，一出就是精品，刚看了前两章，以前的时代特征从你的文里出来了，对老一辈的人多了点了解，哎，佩服佩服！老哥，我希望是好的结局，加油！”

这真让人欣慰，因为后面的内容更精彩，而且是越来越精彩。越到最后，越让你读时在意料之外，读后却在意料之中，惊喜连连，感动不断，回味无穷！

《我们一起长大》出版后，读者田安利言其“常常展现五彩的土家风情乃至人文画卷，具有文学与史料的双重价值”，中国民族报、中国建材报、《湖北作家》杂志、《儿童文学信息》电子刊、百度阅读网等对其进行了介绍或报道，美商天龙国际图书股份有限公司台湾分公司曾有售，国家图书馆也有收藏。

其实，关于这部书，还有一个惊喜。1996 年 4 月下旬，百花烂漫时节，我县召开文学笔会，荣幸地请到著名作家刘醒龙来给我们授课。那时，我还是个翠树般的青年，久久感动于刘老师的成名作——中篇小说《凤凰琴》，正努力开花，期望成为他那样有担当的作家，收获文学硕果；已收获数枚“硕果”的刘老师梳着柔软的漆黑的偏头，意气风发。整整 20 年后的金秋——2016 年的收获季节，他再次来到五峰，已远不是仅仅硕果累累，而是收获了长篇小说《威风凛凛》《天行者》《圣天门口》等等数颗“月亮”的“太阳”；然而，9 月 20 日晚，当我顶着他当年那样的分头（却在渐渐花白），去给他敬酒时，一眼发现，他已是直立的“倔强”的花白的寸头，圆融却沧桑。这让我深思：一个好作家，吃的是草，吐出的却是奶，甚至是血；其枯萎，是为了滋养焦渴的心灵。

更让我没有想到的是，他在授课即将结束时，专门提到我：“20 年前来过五峰的渔洋关，昨天又来，我希望这里有人还认识我，没想当天晚上这个愿望就实现了——当年才 27 岁的群山今天还记得我。更让我高兴的是，他 20 年前就创作出一部长篇小说初稿，今年初终于有出版社给他公费出版——20 年前写的小说，今天还有人给他出版，说明这部小说不会差，肯定会流传。这就是文学的力量！”当时，听了他的话，20 年的时光一下触动我内心最敏感处。我热泪盈眶，有种盛大的幸福感，感动得一塌糊涂，都没想起与他合张影。他第二次离开五峰时，我也没去送他，更没有送他《我们一起长大》，因为我在某处看到过他的一篇文章，说是每次下基层时，都有作者送他他们的著作，但他确实没有时间阅读……

现在，4 年多的时光又匆匆逝去，《我们一起长大》售罄，并得以再版为《成长的山峰》，似乎应验了他的话，也给了我决定收到《成长的山峰》样书后即送他一部的底气。只是，我有些好奇，不知届时他对此书会有什么样的真知灼见……

如今，这部书得以恢复其独特的、更有诗意的本名《成长的山峰》，堂而皇之地再版，能献给更多纯洁、坚贞、向上的人们，我怎会不乐意?!

群山

2020 年 11 月 3 日